KB140123

小華詩評·詩評補遺 研究

小華詩評·詩評補遺 研究

車溶柱

景仁文化社

목 차 _ 小華詩評·詩評補遺 研究

역주譯註에 즈음하여

　어느 분야든지 비평은 작품에 대해 호부好否를 지적할 뿐만 아니라, 앞으로의 향방을 제시하기도 하기 때문에 그 분야의 발전에 중요한 비중을 차지한다.

　이러한 비평이 우리 한문학사漢文學史에서 시만큼 활발하게 발달했다고는 말할 수 없으나, 지금 전하는 것을 중심으로 볼 때 고려 중기를 약간 지나면서 이인로李仁老가 「파한집破閑集」으로 선편先鞭을 잡았다. 그 후 계승한 저작이 적지 않았으나 그 가운데 양적 또는 질적으로 주목할 만한 것은 서거정徐居正의 「동인시화東人詩話」와 허균許筠의 「국조시산國朝詩刪」 및 「학산초담鶴山樵談」과 본 역주에서 대상으로 한 홍만종洪萬宗의 「소화시평小華詩評」 및 「보유補遺」를 들 수 있지 않을까 한다. 그리고 홍만종은 우리나라 역대의 시화詩話에서 전체의 내용을 보아야 할 만한 것은 제외하고 이규보李奎報의 백운소설白雲小說을 비롯하여 이십 사명의 문집에서 시화만을 추출하여 편집한 「시화총림詩話叢林」을 저작하기도 했다.

　그런데 서거정과 허균은 그들의 일생을 통해 볼 때 오랫동안 관직에 있으면서 높은 벼슬을 역임하기도 했고, 또 비평보다 작품 활동에 더욱 비중을 두었던 것으로 볼 수 있겠으나, 홍만종은 관직에 나갔다는 기록은 볼 수 없고, 또 작품의 저작보다 비평에 대해 더욱 주력했다고 할 수 있다. 이렇게 보고자 하는 것은 그의 저작에서 「시화총림詩話叢林」의 서序를 쓴 숭정崇禎 임진년壬辰年은 효종孝宗 3년(1651년)이고, 「소화시평」의 서문을 쓴 을묘년乙卯年은 숙종肅宗 1년(1675년)이며, 「시평보유詩評補遺」의 서문을 쓴 신미년辛未年은 숙종 17년(1691년)이므로, 총림叢林의 서를 쓴 해로부터 보유의 서를 쓴 해까지 사십 년이나 되었으며, 시평을 끝내지도 않고 이십년 가깝게 계속 자료를 수집하여 보유를 저작했다고하니 그는 한 평생을 우리나라 한시의 비평에 헌신했음을 알 수 있다.

「소화시평」의 체제는 대상작가의 생존년대를 따라 인물과 작품의 특징에 대해 간단히 언급하면서 작품을 소개하며 평을 하기도 했고, 또 작가와 작품만을 들어놓은 것도 간혹 있다. 그리고 논평태도는 「동인시화」가 송시풍宋詩風을 선호한 것과는 달리 「소화시평」은 당시풍唐詩風을 선호한 것으로 생각되는데, 그것은 저작 당시의 유행했던 시풍과 본인도 당시풍을 선호했던 것과 관계가 있었던 것이 아닌가 생각된다.

우리나라 역대의 시문에 대한 비평이 사대부의 작품을 중심으로 한 것이 일반적이었으나 「소화시평」과 「보유補遺」에는 승려僧侶, 천인賤人, 부인婦人, 기녀妓女들의 작품에 이르기까지 대상 작품의 폭이 넓은 것을 볼 수 있는데, 이것은 임진왜란과 병자호란을 겪으면서 나타난 사회의식의 변화에 저자도 민감하게 반영한 것으로 주목할 만하다고 생각된다. 그리고 서명書名이 시화詩話에서 시평詩評으로 바뀐 것은 저작과정의 이야기보다 작품에 대한 비평에 치중한 것으로 볼 수 있는데, 이것도 비평문학의 발전양상이라고 할 것이다.

후미에 있는 이존서李存緒의 소화시평 발문跋文에 따르면 이 책이 저작된 지 오래였으나 지금 비로소 간행되었다고 했으니, 「소화시평」이 간행刊行되었음을 알 수 있으나 간행본을 보지 못했고, 태학사太學社에서 간행한 홍만종 전집全集에 실려있는 필사본을 대본으로 했으며, 「보유」는 1938년에 발행된 인쇄본으로 했다.

그런데 내용에 있는 시가 다른 책에 실려 있는 것과 자구字句의 차이가 있는 경우 오자가 아니라고 생각되면 대본의 기록을 따랐으며, 다만 필자의 작가 연구에서 대상으로 한 작가의 작품인 경우 그들의 문집에 실려 있는 기록에 따랐다.

번역은 축자逐字로 하여 대본에 충실하고자 했으나 번역의 특성으로 의역이 불가피한 데가 있고, 또 필사본이기 때문에 오자誤字와 낙자落字가 없지 않은 듯해 어려움이 없지 않았다.

「보유」의 후미에 첨부한 「칠계창수록漆溪唱酬錄」은 홍만종의 「소화시평」과는 직접 관계가 없다. 다만 이존서李存緖의 발문에 의하면 옥천玉川 노규엽盧奎燁이 처음 간행한 「소화시평」을 가져왔다고 했으니 간행과 상관이 있었는지 알 수 없다. 내용은 이존서李存緖와 옥천과 시에 대해 대담 형식으로 서술되었는데, 한시漢詩의 제작과 이해에 적지 않은 도움이 될 것으로 생각되어 실었다. 본디이 창수록唱酬錄은 소화시평부록小華詩評附錄이라 하여 시평詩評 하권下卷 후미에 있었으나 보유 후미로 옮겼다.

지금까지 필자는 적지 않은 시화집詩話集을 선발하여 번역했는데, 그것은 먼 옛날부터 근세에 이르기까지 우리의 사상 감정을 가장 폭넓고 깊게 반영한 것이 한시漢詩가 아니었던가 생각되었기 때문이며, 이러한 한시를 정확하게 이해하기 위해서는 시화를 폭넓게 많이 보는 것이 매우 필요하다는 생각에서였다. 이같은 취지에 공감해 난필로 쓴 것을 간행해 준 경인 출판사 한상하韓相夏 회장 및

한정희韓政熙 사장과 교정으로 애써준 제자 문원철文元鐵군에 깊은
사의를 표한다.

2014년 11월 월천재月泉齋에서
차용주車溶柱 지識.

小華詩評

소화시평서小華詩評序

나와 친한 우해于海 홍만종洪萬宗 군君은 젊었을 때부터 시를 매우 좋아하여 백대百代의 시를 모두 열람하고 삼매三昧의 오묘한 경지를 통했으며 금강역사金剛力士의 눈을 갖추었다. 그는 드디어 우리나라 고금의 임금과 문인들의 아름다운 작품과 승려 규수들의 놀랍고 고운 말들에 이르기까지 모두 기록하지 않은 것이 없을 정도로 취해 「소화시평」이라 이름하여 나에게 보이면서 일러 말하기를 "옛날 양자운楊子雲이 『태현경太玄經』을 짓게 되자 모든 선비들이 그가 성인이 아니면서 경전經傳을 지었다고 나무라기를 춘추시대 오吳나라와 월越나라가 임금으로 참칭한 것과 같이 했다. 불녕不佞이 작자의 능력이 없으면서 이 책을 저작했으니 오나라와 월나라의 참칭한 나무람을 면할 수 없지 않겠느냐" 했다.

내가 응해 말하기를 "진실로 그럴 수 있다, 그러나 사람들의 감정은 옛 것을 좋아하고 지금 것을 가볍게 여긴다. 양자운楊子雲이 한漢나라 때 생존했기 때문에 한나라 선비들은 가볍게 여겼으나 후대의 사람들은 존중했다. 지금 자네가 역시 금세에 있기 때문에 쓸모없다는 나무람을 어찌 홀로 면할 수 있겠는가. 비록 그러하나 좋은 구슬과 좋지 못한 구슬이 가게에 진열되어 있으면 일반상인들은 모르겠지만 파사호波斯胡(아라비아 상인)는 한 번 보고 구분할 것이다. 이 책으로 하여금 후한後漢의 한담桓譚과 같이 그의 지식을 알아주는 사람을 만나지 못하면 그만이겠지만 만나게 되면 홀

로 자운子雲만이 후세 사람들로부터 존중을 받게 하겠는가. 하물며
자운이 존중을 받은 것은 그의 말이 앞사람의 말을 답습하지 않았
기 때문이다. 지금 자네의 이 책은 앞사람이 이미 언급한 것은 비
록 회자되는 것이라 할지라도 기록하지 않았고, 언급하지 않은 것
은 비록 보잘 것이 없다 할지라도 빠뜨리지 않아 잔편殘編, 일구逸
句, 단장短章, 쇄어瑣語를 모두 모아 남긴 것이 없고 새로운 것이
있으면 반드시 뽑았으며 더욱 취하고 버리는 것에 정밀했다. 비유
해 말하면 나무에 핀 꽃을 홍자紅紫가 스스로 구분이 되게 했으며,
모래밭에서 말을 달리게 했을 때 잘 달리고 못 달리는 것을 속이지
못하게 하여 이 책을 읽는 사람으로 하여금 아름다워 손에서 놓지
못하게 하여 전배前輩들이 고시화古詩話에서 내용을 거듭 취해 이
미 있었던 것을 또 쓰고 다시 써 옥상가옥屋上加屋하는 것과 많은
차이가 있다. 그러므로 자네는 잘 포장하여 알아줄 사람을 기다릴
것이며, 금세의 사람들이 나무라고 과소평가하는 것에 관심을 가지
지 않을 것이다.

세흑우歲黑牛
동애東崖 김진표金震標 서書.

서序

　수주隋珠와 초박楚璞이 그 채색은 서로 달라도 보배가 되는 것에는 같으며, 여희麗姬와 모장毛嬙이 그 형상은 서로 다르지만 고운 것임에는 한가지다. 계수나무와 향나무인 신초申椒, 난초와 구리때에서 그 바탕은 서로 다르나 그 향기는 같으며, 작은 시내에서 넓은 강하江河와, 여러 봉우리에서 높은 화산華山이 그 형세는 서로 다르나 흐르고 우뚝 솟은 것은 같은 것과 같이 많은 작가들의 시가 그 아름다움은 서로 다르나 모두 뽑을 만한 가치가 있는 것이다.

　현묵자玄默子 홍우해洪于海는 시를 매우 좋아하여 고금의 여러 작가들의 시문을 열람했는데, 그의 재주가 뛰어났기 때문에 귀로 들은 것을 남기지 않았으며, 그의 보는 것이 높았으므로 눈에 빠진 것이 없어 시에 대한 비평이 매우 엄정하여 드디어 우리나라 많은 작가들의 아름다운 작품과 뛰어난 시구들을 채집하여 두 편으로 나누어 「소화시평」이라 이름했다. 그가 평한 바는 여러 가지 색으로 그린 그림과 같이 밝아 사람으로 하여금 한 번 이 책을 보게 되면 그 규모와 체제가 이미 마음에 분명히 알게 할 것이니 시학詩學에 도움이 되는 것을 어찌 얕고 작다고 하겠는가. 동명東溟 정두경鄭斗卿 군평君平은 문장이 당세의 으뜸이었다. 일찍 홍우해洪于海의

彼美采蓮女	저 아름다운 연꽃 따는 처녀가
繫舟橫塘渚	배를 못 가에 가로 메었다.

羞見馬上郎　　말 탄 낭군을 부끄럽게 보다가
笑入荷花去.　　웃으며 연꽃 속으로 들어간다.

라 한 시를 일컬어 말하기를 "매우 성당盛唐의 어운語韻과 같다"고
했다. 우해于海의 시에 대한 논평이 세상에서 존중하게 여김을 볼
수 있어 오래 전하게 됨을 알 수 있으니 내가 어찌 서문을 쓰지
않을 수 있겠는가.

을묘년乙卯年 십월十月 보름
남양후인南陽後人 홍석기洪錫箕 서書.

서序

내가 일찍 옛 사람들이 논한 바 시를 아는 어려움이 시를 짓는
어려움보다 심하다는 말을 많이 들었는데, 이 말을 어찌 믿지 않을
수 있겠는가. 나와 사이가 좋은 우해于海 홍만종洪萬宗은 옛 사람
들의 책을 넓게 보았으며 특히 옛 사람의 시집詩集을 많이 보았다.
집에서 문을 닫고 골똘하게 연구하여 무릇 늙은이나 아이들 및 곱
고 추한이의 시를 마음에 비추지 않은 것이 없었다. 이에 우리나라
의 유명하고 뛰어난 작품들을 뽑아 한 책으로 편집하여 「소화시평」
이라 이름 했는데 만여 수에 가깝게 많았다.

작년에 내가 우해를 방문했더니 우해가 이 책을 보이면서 나에
게 읽어보게 했다. 실려 있는 시들이 염야艶冶, 창로蒼鹵, 웅혼雄渾,
간아簡雅, 길굴佶倔, 침울沈鬱하며, 그가 평한 바도 각자 그 묘함을
다해 비유하면 여산驪山의 진秦 시황릉始皇陵의 보물을 발굴했을
때 여러 물건들의 빛과 아름다움을 숨길 수 없는 것과 같으니 그가
시학詩學에 조예가 깊음을 쉽게 알 수 있었다.

내가 관찰해 보면 사가四佳 서거정徐居正의 「동인시화東人詩話」
는 정밀하나 넓지 못했고, 제호霽湖 양경우梁慶遇의 「제호시화霽湖
詩話」는 온당하나 작은 결점이 있다. 지금 우해가 저작한 바의 「소
화시평」은 정밀하면서도 온당하며 넓으면서도 두루 갖추어 서거정
徐居正과 양경우梁慶遇의 시화詩話를 능가할 것이라 해도 또한 지
나친 말이 아닐 것이다. 나의 시와 같은 것도 이 시평詩評 끝에 있

다. 진실로 변변치 못한 것을 좋은 것에 뒤따르게 했으니 부끄러움
이 되어 여러 사람들이 배를 잡고 웃지 않을까 두렵다.

　대개 홍우해洪于海는 어렸을 때부터 동명東溟 정군평鄭君平에게
배웠는데, 군평君平이 일찍 나에게 말하기를 "우해于海 시의 격률
格律이 맑고 높아 매우 당시唐詩의 운치가 있다"고 했으며, 또 말하
기를 "시를 보는 견해가 높고 밝아 비평을 잘한다"고 했으니, 이것
은 일세의 공론이 되기에 충분한 것일 뿐만 아니라 지금 저작한 이
시평詩評이 없어지지 않고 후세에까지 분명히 전해질 것이다. 이로
써 우해가 나에게 책머리에 서문을 쓰게 한 것이고 나도 또한 사양
하지 못한 것이다.

　　　　　　　　　계축년癸丑年 중추仲秋 상완上浣
　　　　　　　　　백곡 노인栢谷老人 김득신金得臣 서書.

서序

옛날 오도손敖陶孫이 한위漢魏 이하의 많은 시를 평했고, 왕세정王世貞이 명明나라 여러 작가들의 시를 평했는데, 모두 좋고 좋지 않은 것을 바로 썼고 주고 빼앗은 것이 같이 나타나 무서울 만큼 좋고 나쁜 것을 지적하고 있으니, 아 시를 평하기 어려움을 가상히 여길 만하며, 평하기 어려운 시를 평해 후학後學들로 하여금 취하고 버릴 것을 알게 하는 것은 특별한 안목을 가진 자만이 가능한 것이 아니겠는가.

나는 어렸을 때부터 시의 평에 대한 관심이 있어 일찍 오도손敖陶孫과 왕세정王世貞의 평한 바를 보고 기쁘게 따르고자 하여 위로는 태사太師에서부터 아래로는 근세의 시에 이르기까지 무릇 우리나라에서 시로써 유명한 자의 시를 널리 구하고 모으지 아니한 것이 없어 구입하기도 하고 빌리기도 하여 이와 같이 한 것이 여러 해가 되자 많은 책이 나의 시렁 위에 있게 되었다. 돌아보니 내 재질이 낮고 학력이 노둔하고 어두워 작품 속에 반영한 뜻의 깊고 얕은 것과, 조어의 교묘하고 옹졸한 것과, 격률의 맑고 탁한 것에 너무 어두워 그 근처와 주위에도 이르지 못해 매양 사람들과 시를 논할 때 혹은 혼돈하고 알지 못해 이것으로 마음에 혐이 되었다.

큰 병을 앓게 된 후부터 가련하게도 문자에 관심을 가질 수 없게 되어 지난날 이른 바 넓게 구하고 모았던 것을 또한 보지 못하고 한쪽에 치워놓게 되었다. 그러나 약을 먹는 여가에 문자에 관한 것을 제외하고는 마음을 쓸 바가 없었기 때문에 전에 보다가 두었던 것을 다시 수습하여 반복해서 읊으면서 먼저 입의立意한 바를 찾고 다음으로 조어造語를 어떻게 했는가 하는 것을 살피며, 또 격률의 조화를 알아본 뒤에 작품의 정밀하고 조잡한 것과 참되고 거짓된 것이 내 마음에 이해가 되는 듯 했다. 이와 같이 이해를 한 것이 또 몇 년이 지나자 얕고 깊고 교묘하고 옹졸한 것과 맑고 탁한 것에서 맛에 대해 백아伯牙와, 음악의 감상에 대해 춘추시대 사광師曠과 같이 흑백黑白을 구분하는 것처럼 분명하게 되었으니 이것이 「소화시평」을 짓게 된 이유가 될 것이다.

그런데, 내가 이른바 얕은 것이 과연 얕았고 깊은 것이 과연 깊었으며, 교묘하고 옹졸한 것과 맑고 탁한 것이 그 법칙을 잃지 않아 오도손敖陶孫과 왕세정王世貞이 후학들에게 존중을 받는 것과 같은 지 알 수 없다. 혹은 말하기를 "자네의 이 「소화시평」이 좋다. 그러나 우리나라에 시로써 유명한 자를 한정할 수 없는데 지금 자네가 평한 것이 어찌 이와 같이 간략한가." 내가 말하기를 "그렇지 않다. 계림桂林에 있는 나무를 도끼로써 모두 벨 수 없으며, 발해渤海에 있는 물고기를 그물로써 다 잡을 수는 없다. 긴 세월을 통해 저작 된 많은 시들을 어찌 한 손으로써 모두 거둘 수 있겠는가. 또 내가 저작한 이 책은 본디 참으로 아는 자에게 수정을 받고자 할 뿐이다. 크고 작은 것을 막론하고 모두 거두어 기록하는 채시採詩의 직책을 어찌 내가 감히 할 수 있겠는가." 이것으로 서序를 하고자 한다.

을묘년乙卯年 팔월八月
풍산후인豊山后人 홍만종洪萬宗 우해서于海書.

소화시평小華詩評 제자목록諸子目錄

풍월정風月亭 정정 월산대군月山大君

성광자醒狂子 심원深遠 주계군朱溪君

서호주인西湖主人 총송 무풍정茂豊正

태산수泰山守 체체

고원위高原尉 문효공文孝公 신항申沆

여성위礪城尉 이암頤庵 송인宋寅

동양위東陽尉 신익성申翊聖

고운孤雲 최치원崔致遠

참정參政 박인량朴寅亮

청하淸河 최승로崔承老

시중侍中 김부식金富軾

학사學士 정지상鄭知常

평장平章 고조기高兆基

서하西河 임춘林椿

노봉老峯 김극기金克己

쌍명재雙明齋 이인로李仁老

사인士人 임종비林宗庇

백운거사白雲居士 이규보李奎報

매호梅湖 진화陳澕

영헌英憲 김지대金之岱

밀직密直 곽예郭預

홍애洪崖 홍간洪侃

동암東庵 이진李瑱

익재益齋 이제현李齊賢

가정稼亭 이곡李穀

김제안金齊顏

목은牧隱 이색李穡

포은圃隱 정몽주鄭夢周

도은陶隱 이숭인李崇仁

삼봉三峯 정도전鄭道傳

오학린吳學麟

복재復齋 한종유韓宗愈

임규任奎

최균崔均

이장용李藏用

노여魯璵

설문우薛文遇

김구용金九容

중암中庵 채홍철蔡洪哲

설곡雪谷 정포鄭誧

독곡獨谷 성석린成石璘

원정猿亭 최성崔城

형재亨齋 이직李稷

신재愼齋 권사후權思後

문학文學 신장辛藏

허백당虛白堂 성경숙成磬叔

양촌陽村 권근權近

매헌梅軒 우권權遇

통정通亭 강회백姜淮伯

완역재玩易齋 강석덕姜碩德

인재仁齋 강희안姜希顔

쌍매雙梅 이첨李詹

태재泰齋 류방선柳方善

진일재眞逸齋 성간成侃

보한재保閑齋 신숙주申叔舟

이락당二樂堂 신용개申用漑

기재企齋 신광한申光漢

삼괴당三魁堂 신종호申從濩

취금헌醉琴軒 박팽년朴彭年

성삼문成三問

매죽당梅竹當 하위지河緯地

이개李塏

유성원柳誠原

무인武人 유응부兪應孚

사가정四佳亭 서거정徐居正

괴애乖崖 김수온金守溫

점필재佔畢齋 김종직金宗直

동봉東峯 김시습金時習

복재服齋 기준奇遵

소총篠叢 홍유손洪裕孫

허암虛庵 정희량鄭希良

문익공文翼公 정광필鄭光弼

목계木溪 강혼姜渾

읍취헌挹翠軒 박은朴誾

용재容齋 이행李荇

지정止亭 남곤南袞

망헌忘軒 이주李胄

안분당安分堂 이희보李希輔

눌재訥齋 박상朴祥

충암冲菴 김정金淨

정암靜菴 조광조趙光祖

이숙頤叔 김안로金安老

양곡陽谷 소세양蘇世讓

호음湖陰 정사룡鄭士龍

소재穌齋 노수신盧守愼

지천芝川 황정욱黃廷彧

춘정春亭 변계량卞季良

북창北窓 정렴鄭磏

인재忍齋 홍섬洪暹

신재愼齋 주세붕周世鵬

퇴계退溪 이황李滉

임당林塘 정유길鄭惟吉

습재習齋 권벽權擘

석주石洲 권필權韠

초루草樓 권갑權韐

봉래蓬萊 양사언楊士彦

취죽醉竹 강극성姜克誠

율곡栗谷 이이李珥

우계牛溪 성혼成渾

송강松江 정철鄭澈

석천石川 임억령林億齡

제봉霽峯 고경명高敬命

구봉龜峰 송익필宋翼弼

운곡雲谷 송한필宋翰弼

월봉月蓬 류영길柳永吉　　　총계叢溪 정지승鄭之升
고죽孤竹 최경창崔慶昌　　　지봉芝峯 이수광李晬光
옥봉玉峰 백광훈白光勳　　　록문鹿門 홍경신洪慶臣
고옥古玉 정작鄭碏　　　　　죽창竹窓 구용具容
백록白麓 신응시辛應時　　　명고鳴皐 임전任錪
손곡蓀谷 이달李達　　　　　현주玄洲 조유한趙維韓
백호白湖 임제林悌　　　　　석루石樓 이경전李慶全
제호霽湖 양경우梁慶遇　　　동악東岳 이안술李安訥
종옹拙翁 최해崔瀣　　　　　학곡鶴谷 홍서봉洪瑞鳳
만죽萬竹 서익徐益　　　　　약총藥窓 박엽朴燁
춘소春沼 신최申最　　　　　죽음竹陰 조희일趙希逸
동고東皐 최립崔岦　　　　　계곡谿谷 장유張維
어우於于 류몽인柳夢寅　　　소암疏庵 이李
아계鵝溪 이산해李山海　　　북저北渚 김류金瑬
하곡荷谷 허봉許篈 균筠 집輯　　택당澤堂 이식李植
종琮 한瀚 엽曄　　　　　　　백주白洲 이명한李明漢
한음漢陰 이덕형李德馨　　　용주龍洲 조경趙絅
백사白沙 이항복李恒福　　　감호鑑湖 양만석楊萬石
서경西坰 류근柳根　　　　　낙주洛州 구서봉具瑞鳳
청강淸江 이제신李濟臣　　　월봉月峰 홍洪
일송一松 심희수沈喜壽　　　청하淸河 권항權沆
파담坡潭 윤계선尹繼善　　　잠곡潛谷 김육金堉
오산五山 차천로車天輅　　　동주東洲 이민구李敏求
창주滄州 차운로車雲輅　　　행명涬溟 윤순지尹順之
월사月沙 이정귀李廷龜　　　동명東溟 정두경鄭斗卿
체소體素 이춘영李春英　　　백정언朴鼎言
오봉五峯 이호민李好閔　　　이규李珪
모당慕堂 홍리상洪履祥　　　정허당靜虛堂 홍洪
　　　　　홍란상洪鸞祥　　　만랑漫浪 황상黃床
현옹玄翁 신흠申欽　　　　　휴와休窩 임유후任有後

백곡栢谷 김득신金得臣

만주晚洲 홍석기洪錫箕

사포沙浦 이지천李志賤

회곡晦谷 조한영曺漢英

식암息庵 김석주金錫冑

윤정尹淳

이원진李元鎭

승僧 죽간竹磵 굉연宏演

천인天因 원감圓鑑 나옹懶翁

삼료參廖

정허당淸虛堂 휴정休靜 태능太能

수초守初

천인賤人

국담菊潭 김효일金孝一

함노艦奴 백대붕白大鵬

촌은村隱 유희경劉希慶

창애蒼崖 최대립崔大立

구곡龜谷 최기남崔奇男

부인婦人

정씨鄭氏

숙천령내자肅川令內子

난설헌蘭雪軒 허씨許氏

양사기첩楊士奇妾

기녀妓女

진낭眞娘

매창梅窓

추향秋香

설죽헌雪竹軒 취선翠仙

동양위東陽尉 관비官婢

우객羽客 전우치田禹治

귀신鬼神 이현욱李顯郁 박률朴崔

요사夭死 정적鄭磧 이영루李榮樓

　　양포楊浦

최전崔澱

기동奇童 차은로車殷輅 윤계선尹繼善

권득인權得仁

화곡華谷 정기명鄭起溟

묵재默齋 심안세沈安世

옥호자玉壺子 규상정성경鄭星卿 조趙

규상奎祥

사치四穉 신의화申儀華 이홍미李弘美

소하시평小華詩評 권지상卷之上

현묵자玄黙子 홍만종洪萬宗 우해 저于海 著

무릇 제왕의 문장은 반드시 일반 사람들에 비해 크게 다른 점이 있다. 송宋 태조太祖의 <영일시詠日詩>와 명明 태조太祖 <영설시咏雪詩>에서 그 넓고 큰 생각은 모두 말로써 표현 할 수 없는 바가 있다. 『여지승람輿誌勝覽』에 실려 있는 것을 살펴보면 고려高麗 태조가 일찍 순행하다가 경성鏡城 용성현龍城縣에 이르러 한 수의 절구를 지은 것이 있는데 말하기를,

龍城秋日晚　　용성龍城에 가을 해가 저무니
古戍寒烟生　　옛 전쟁터에 차가운 연기가 피어 오른다.
萬里無金革　　넓은 땅에 전쟁이 없으니
胡兒賀太平.　　호아胡兒들이 태평을 하례한다.

라 했으니, 뜻과 격格이 호걸스럽고 웅장하며 음률이 화창해 그가 삼한三韓을 통일한 기상을 이 시에서 볼 수 있다.

문종文宗이 거란契丹과 더불어 국경을 이웃하고 있어 그들의 지나친 요구에 괴로움을 당하고 있었는데, 어느 날 꿈에 중국 서울에 가서 그곳의 궁궐이 웅장한 것을 보고 꿈을 깬 뒤에 그곳을 그리워하며 시를 지어 기록했다. 그리고 바로 송나라 정부에 사신을 보냈으니 원풍元豊[1] 초기였다. 그 시에 말하기를,

惡業因緣近契丹	전생의 악한 인연으로 거란과 가까워
一年朝貢幾多般	한해 조공을 얼마나 주었던가.
移身忽到京華地	몸을 옮겨 갑자기 서울에 이르니
可惜中霄適漏殘.	밤중에 떨어지는 누수가 아깝다.

라 했는데, 그가 거란契丹을 버리고 송을 따르고자 한 뜻을 충분히
느낄 수 있다.

현종顯宗이 왕위에 오르기 전에 중흥사中興寺에서 시냇물을 읊
은 시에 말하기를,

一條流出白雲峰	한 줄기가 흰구름 봉우리로부터 흘러나와
萬里滄溟去路通	넓은 바다로 가는 길을 통했다.
莫道潺湲巖下在	바위 밑에서 졸졸 흐르고 있다고 말하지 마오
不多時日到龍宮.	얼마 되지 않아 용궁에 이를 것이다.

라 했는데, 말의 뜻이 크고 멀어 듣는 사람들이 임금이 될 기상이
있다고 말하더니 뒤에 과연 증험이 되었다.

충숙왕忠肅王이 안주安州 백상루百祥樓에 이르러 시를 지었는데
말하기를,

淸川江上百祥樓	청천강 위의 백상루百祥樓에는
萬景森羅不易收	많은 광경이 펼쳐있어 쉽게 거둘 수 없다.
草遠長堤靑一面	풀이 짙은 긴 언덕은 푸르기만 하고
天低列岊碧千頭	하늘 밑에 펼쳐 있는 많은 산봉우리는 푸르다.
錦屛影裏飛孤鶩	비단 병풍 같은 경치 속에 기러기가 외롭게 날고
玉鏡光中點小舟	거울처럼 밝은 물에 작은 배가 있다.
未信人間仙景在	인간세계에 선경이 있다는 말을 믿지 않았는데

---

1) 송宋 신종神宗의 연호

密城今日見瀛州.　　오늘 밀성²⁾에서 신선이 사는 영주를 보았네.

라 했는데, 시는 광채가 있으나 단 힘이 없고 약한 것이 결점이다.

　우리 정부의 여러 임금의 작품도 역시 많다. 태조太祖가 벼슬을 하기 전에 백악산白岳山에 올라 지은 시가 있는데 말하기를,

突兀高峯接斗魁　　우뚝 높게 솟은 봉은 북두성에 닿았으며
漢陽形勝自天開　　한양 지세의 뛰어남은 하늘이 만들었다.
山盤大野擎三角　　산이 서린 큰 들은 삼각산을 들어 올렸고
海曳長江出五臺.　　바다로 흐르는 긴 강은 오대산에서 나왔다.

라 하여 말이 호걸스럽고 장해 한漢 고조高祖의 대풍시大風詩와 웅장함을 다툴 듯 하니 그가 왕업을 초창한 것은 이 시에 조짐이 나타난 것이다.

　문종文宗이 동궁東宮에 있을 때, 굴을 소반에 담아 옥당玉堂에 하사했다. 여러 신하들이 모여 굴을 모두 먹었더니 소반에 시가 있는데 문종이 직접 쓴 것이다. 그 시에 말하기를,

旃檀便宜鼻　　향은 코로 맡을 수 있고
脂膏偏宜口　　맛은 입으로 알 수 있다.
最愛洞庭橘　　가장 동정호의 굴을 좋아하노니
香鼻又甘口.　　향은 코에 또 입을 달게 한다네.

라 했는데, 코에 향이 있고 입에 달다는 비유는 어찌 신하들에게 구하고자 하는 뜻이 아니겠는가.

　성종成宗이 평양비문平陽碑文을 보고 그 끝에 시를 지어 말하

───────────────

2) 안주安州의 옛 이름

기를,

先朝身許國安危　선조는 몸을 나라의 안위에 허락했으니
功在山河上鼎彝　공이 산하에 있어 종묘에 명기되었다.
爽氣空留圖畵裏　상쾌한 기상은 화상에 머물러 있고
英才今想急難時　꽃다운 재능은 어려울 때면 지금도 생각하게 한다.
石床苔覆山羊睡　이끼 낀 석상에 양들이 졸고 있으며
巒隴雲深野馬嘶　구름 짙은 산봉우리에 말들이 운다.
衰草月明凉露滿　풀은 시들고 달은 밝으며 이슬이 가득한데
行人幾欲問爲誰.　지나가는 사람들은 누구를 위했느냐 하며 묻는다.

라 했으니, 영웅과 호걸을 자나 깨나 생각하며 옛을 생각하고 지금
을 도모하고자 하는 뜻이 말하는 내용에 넘치고 있으니 참으로 제
왕의 말이라 할 것이다.

　인종仁宗이 대전大殿의 춘첩자시春帖子詩에 말하기를,

杓指東方節候新　북두성이 동쪽을 가리켜 절후가 새로웠으며
風雲佳會是良辰　바람과 구름이 온화한 좋은 때라오.
樓邊浮舞含畵鳳　다락가에는 함화의 봉황이 날며 춤을 추고
苑裏遊嘶保德麟　동산 속에는 보덕의 기린이 놀며 울고 있다.
白雪將殘知送臘　흰 눈이 녹으니 섣달이 가는 것을 알겠고
靑芽欲吐覺迎春　푸른 움이 돋으니 봄을 맞이할 것을 깨닫겠다.
年年每被殊恩渥　해마다 매양 특별한 은혜 입으니
祝福端宜駑劣身.　노둔하고 모자라는 몸이 복을 빌며 조심하련다.

라 했으니, 바르고 아름다우며 화창해 태평의 기상이 있는데, 왕위
에 오른 것이 일년이 되지 못했으니 아 매우 슬프다
　선조宣祖가 납매臘梅를 읊은 시에 말하기를,

人事每從忙裏擾　인사는 매양 바쁜 가운데서 요란하고
天心但覺靜無爲　천심은 다만 고요해 하는 것이 없음을 깨닫겠다.
上林臘月梅花發　상림에는 섣달인데 매화가 피었으니
誰道窮陰閉寒時.　누가 궁한 응달이 차가운 때를 막는다 하나뇨.

라 했는데, 윗 구는 하늘과 사람의 동정의 이치를 말했으며 아랫
구는 분명히 음기陰氣를 억압하고 양기陽氣를 북돋고자 하는 듯하
니 선조의 문장이 빛날 뿐만 아니라 학문이 높고 밝았음을 또한 볼
수 있다. 현옹玄翁 신흠申欽이 이르기를 "문종文宗, 성종成宗, 선조
宣祖의 문장은 한漢 무제武帝와 당종唐宗에 양보하지 않을 것이라"
했다.

　인조仁祖가 왕위에 오르기 전의 어린 나이에 한 연의 시가 있었
는데 말하기를,

世間萬物人禽獸　세간의 만물은 사람과 새와 짐승이요.
天上三光日月星.　천상의 삼광은 해와 달과 별이라네.

라 했는데, 말을 만든 것이 기이하기 때문에 아는 사람이 비상한
사람이라는 것을 알았다고 한다.

　효종의 시가 있었는데 말하기를,

我欲長驅十萬兵　내가 십만의 많은 군사를 거느리고
秋風雄鎭九連城　가을 바람에 강하게 구연성九連城3)을 진압하고
　　　　　　　　싶다.
大呼蹴踏天驕子　크게 고함치며 천교자4)를 짓밟고

---
3) 중국 요동遼東에 있는 지명.
4) 흉노匈奴의 비칭임.

歌舞歸來白玉京.　　노래하고 춤추며 백옥경5)에 돌아오리라.

라 했으니, 말의 뜻이 호방하고 장해,

雪恥酬百王　　　　백왕의 부끄러움을 씻겠고
除凶報千古.　　　　악한 무리를 제거하여 천고의 한을 갚으리라.

라 한 작품에 거의 양보하지 않을 것인데, 하늘이 수명을 주지 않아 뜻은 가졌으나 성취하지 못했으니 얼마나 아픈 일인가.

노산군魯山君이 폐위되어 영월寧越에 살고 있을 때 시가 있는데 말하기를,

嶺樹參天老　　　　재에 있는 나무들을 하늘에 닿을 만큼 오래 되었고
溪流得石喧　　　　시냇물은 바위에 부딪쳐 지껄인다.
山深多虎豹　　　　산이 깊어 호랑이와 표범이 많아
不夕掩柴門.　　　　저녁이 되지 않았는데 싸리문을 닫는다.

라 했는데, 말이 극히 슬퍼 읽으면 눈물이 난다.

광해군光海君이 강도江都에서부터 탐라耽羅로 옮겨가면서 배에서 시를 지었는데 말하기를,

炎風吹雨過城頭　　더운 바람이 비를 불어 성 머리를 지나가고
瘴氣薰蒸百尺樓　　장기는 높은 누에까지 매우 덥게 한다.
滄海怒濤來薄暮　　서늘한 성난 파도는 초저녁에 밀려오고
碧山愁色送淸秋　　푸른 산의 근심 빛은 맑은 가을을 보낸다.
歸心每結王孫草　　돌아가고 싶은 마음은 매양 왕손이 놀던 풀에 맺히고

---

5) 천상세계에 있다는 옥경玉京. 여기서는 서울을 지칭한 것이 아닌가 한다.

客夢頻驚帝子洲　　객지의 꿈은 자주 서울의 강변을 생각하며 놀랜다.
故國興亡消息斷　　고국의 흥망은 소식이 끊어졌고
煙波江上臥孤舟.　　연기 낀 강 위에 외로운 배에 누었다오.

라 했다. 그의 시가 이와 같은데 음탕하고 사치함을 헤아릴 수 없
어 마침내 나라를 엎치게 되었으니 참으로 수隋 양제楊帝와 더불어
같다고 하겠다.

　현옹玄翁 신흠申欽이 이르기를 "종실宗室에서 시에 능한 자가 또
한 많았는데, 풍월정風月亭이 으뜸이 되고 성광자醒狂子와 서호주
인西湖主人이 그 다음이 된다"고 했다. 풍월정風月亭은 바로 월산
대군月山大君 정婷이고, 성광자醒狂子는 주계군朱溪君 심원深源이
며, 서호주인西湖主人은 무풍정戊豊正 총總이다. 지금 세 분 시 각
한수씩 들어보겠다. 풍월정風月亭의 <기인寄人> 시詩에 말하기를,

樹陰濃淡石盤陀　　나무 그늘이 짙고 맑으며 바위가 서리고 비탈진데
一逕縈廻透澗阿　　한 가닥 길이 돌아 시내와 언덕으로 통했다.
陣陣暗香通鼻觀　　끊어졌다 계속되는 향기가 코로 스며들어
遙知林下有殘花.　　멀리 숲속에 남은 꽃이 있음을 알겠구나.

라 했으며, 성광자醒狂子의 <운계사雲溪寺> 시에 말하기를,

旅館殘燈夜　　여관은 희미한 등불 밑의 밤이요
孤城細雨秋　　고성은 가는 비 내리는 가을이라네.
思君意不盡　　그대를 생각하는 마음 그치지 않아
千里大江流.　　천리를 흐르는 큰 강물이라오

라 했으며, 서호주인西湖主人의 <어부사漁父詞>에 말하기를,

老翁手把一竿竹	늙은이가 손에 낚싯대를 잡고
静坐苔磯睡味閒	이끼 낀 자갈에 고요히 앉아 한가롭게 졸고 있다.
魚上釣時渾不覺	낚시에 고기 문 것도 전혀 모르는데
豈知身在畵圖間.	자신이 그림 속에 있는 것을 어찌 알랴.

라 했다. 근세의 태산수泰山守 체릉도 또한 시에 능했는데, 그의
<한거즉사閑居卽事> 시詩에 말하기를,

蕪菁結穗麥抽芽	장다리꽃이 지고 보리 싹이 돋으며
粉蝶飛牽茄子花	나비는 날아 가지꽃을 잡아 당긴다.
日照疎籬荒圃静	해 비친 성긴 울타리에 거친 채전이 고요하고
滿園春事似田家.	동산에 가득한 봄일이 전가田家와 같다오.[6]

라 했다. 대게 예부터 왕실의 사람들이 화려한 곳에서 생장하여 성
색聲色에 빠져 문장에 뜻을 가진 사람이 드물었는데, 위에 살펴본
작품들을 보면 매우 뛰어나 일반 문인들이 미칠 바가 아니기 때문
에 귀한 것이다.

현옹 신흠申欽이 이르기를 귀한 사람들 가운데 시에 능한 자는
고원위高原尉와 여성위礪城尉라고 했다. 살펴보면 고원高原은 바로
문효공文孝公 신항申沆이고 여성礪城은 바로 이암頤庵 송인宋寅이
다. 지금 두 사람의 시 한수씩 들어보고자 한다. 고원위高原尉의
<영백아咏伯牙> 시에 말하기를,

我自彈吾琴	나는 내가 타는 거문고가 있어
不須求賞音	반드시 소리를 감상해 주기를 원치 않는다.
鍾期亦何物	종자기鍾子期[7]는 어떤 인물이었기에

---

6) 이 시는 내용에 난해함이 없지 않다.

强辨弦上吟.　　　억지로 거문고 소리를 평했나뇨.

라 했으며, 여성위礪城尉가 희롱하며 지은 <빙초수파병기진랑시氷
綃手帕並寄眞娘詩>에 말하기를,

半幅氷綃一掬雲　구름 같은 반폭 비단을 움켜지고
寄渠聊作扇頭巾　부채와 수건을 하게 그에게 준다오.
不知幾處離筵上　몇 곳이나 이별하는 자리에서
持向阿誰拭淚痕.　누구를 향해 눈물을 닦을 지 알 수 없다오.

라 했다. 근세의 동양위東陽尉 신익성申翊聖도 역시 시에 능했는데
그의 <귀전결망시歸田結網詩>에 말하기를,

寒食風前穀雨餘　바람 부는 한식 곡우 즈음에
磨腮魚隊上灘○8)　볼따구니를 비비며 물고기 떼가 여울을 오른다
棄歲盡物非吾意　세월을 버렸으니 다 잡는 것은 내 뜻이 아니므로
故敎兒童結網疎.　일부러 아이에게 그물을 성글게 짜게 가르쳤다네.

라 했다. 아, 이러한 사람들은 귀공자로서 모두 젊은 나이에 부귀를
하게 되어 반드시 문장에 힘을 온전히 하지 못했을 것인데, 그들이
읊은 시가 이와 같으니 그들의 재능이 사람들에 지나친 자가 아니
면 어찌 능히 이와 같겠는가.
　　우리나라가 중국과 교통한 것은 멀리 단군檀君과 기자箕子로부
터 되었으나 대개 문헌의 기록이 없어졌고 수隋와 당唐나라부터

---

7) 위의 백아伯牙는 춘추시대 거문고를 잘했다는 음악가이며, 종자기鍾子期는 감상
　을 잘 했다고 함.
8) ○표 한 자는 初字인데 옥편에서 찾지 못했다.

내려오면서 비로소 작자가 있었는데, 을지문덕乙支文德이 수隋나라 장수 우중문于仲文에게 준 것과 신라 여왕이 비단에 짜서 공을 칭찬한 것이 비록 책에 있으나 모두 적막해 후대에서 크게 말할 것이 못된다. 당唐나라에서 시어사侍御史를 한 최치원崔致遠에 이르러 문체가 크게 갖추어져 드디어 동방 문학의 조祖가 되었다. 그의 <강남녀시江南女詩>에 말하기를,

江南蕩風俗	강남의 풍속이 방탕하여
養女嬌且憐	딸을 예쁘고 곱게 기른다.
性冶恥針線	성격은 바느질하는 것을 부끄럽게 여기게 하고
粧成調管絃	화장을 하고 관현을 타게 시킨다.
所學非雅音	배운 것이 바른 음악이 아니기 때문에
多被春心牽	춘심을 많이 이끌리게 한다.
自謂芳華色	스스로 얼굴이 아름답다고 말하며
長占艷陽年	언제나 청춘일 줄 여긴다.
却笑隣舍女	도리어 이웃집 처녀가
終朝弄機杼	아침 내내 베틀에서 베 짜는 것을 비웃는다.
機杼縱勞身	몸이 괴롭게 베를 짜겠지만
羅衣不到汝.	비단옷은 너에게 가지 않는다네.

라 했는데, 점필재佔畢齋 김종직金宗直은 이르기를 공이 당唐나라에 벼슬하고 있으면서 이 시는 삼오三吳 여인들을 보고 지은 것이 아닌가 했다. 내가 이 시를 볼 때 현실에 대해 풍자하고자 지은 것이며 삼오의 여아들에 국한된 것이 아닐 것이다. 말이 극히 고아古雅해 후세 사람들이 미칠 바가 아니다. 그가 지은 시문詩文이 매우 많았는데 여러 번 병란을 겪으면서 전하는 것이 매우 적으니 진실로 가석한 것이다.

고운孤雲 최치원崔致遠의 <부해시浮海詩>에 말하기를,

掛席浮滄海   넓은 바다에서 돛을 달고
長風萬里通   장풍을 만나면 만 리를 통하겠구나.
乘槎思漢使   떼배를 타고 한나라 사신을 생각하고
探藥憶秦童   약을 캐며 진나라 동자를 기억 한다오.
日月無何外   해와 달은 선경 밖에서 뜨고
乾坤太極中   하늘과 땅은 태극 가운데 있다.
蓬萊看咫尺   봉래산을 가까운 곳에서 볼 수 있으니
吾且訪仙翁.   내 또한 선옹을 찾아가리라.

라 했는데, 말이 크고 방자하다. <증지광상인시贈智光上人詩>에
말하기를,

雲畔構精廬   구름 가에 정사精舍를 지어 놓고
安禪四紀餘   조용히 참선을 한 것이 사십 년이 넘었다.
筇無出山步   지팡이는 산 밖에 나가지 않았고
筆絶入京書   붓은 서울로 가는 글을 쓰지 않았다.
竹架泉聲緊   대로 만든 홈에 샘물소리 졸졸하고
松欞日影疎   소나무로 만든 창에 해 그림자가 성기다.
境高吟不盡   높은 경지를 다 읊지 못하고
暝目悟眞如.   눈 감고 진여9)를 깨달은 듯하다.

라 했는데, 구격句格이 정밀하다. 또 여지도輿地圖를 제목으로 하여
지은 한 연에,

---

9) 불교철학에서 본체本體를 진여眞如라 하는데, 진眞은 허망하지 않다는 것이고
   여如는 평등을 의미한다고 한다.

崑崙東走五山碧   곤륜산은 동쪽으로 달려 오산이 푸르고
星宿北流一水黃.   별들은 북쪽으로 흘러 하나의 물이 누렇다.

라 했는데, 곤륜산崑崙山과 황하黃河는 천하 산수의 조종祖宗이라
한다. 생각이 극히 호걸스럽고 건장하다. 생각해 보면 이 늙은이의
가슴에 몇 개의 운몽택雲夢澤과 같은 넓은 것을 가졌는지 모르겠다.
   우리나라는 문헌으로써 중국에 알려져 중국에서는 우리나라를
소중화小中華로 불렸는데, 대개 문창후文昌侯 최치원崔致遠이 앞에
서 주도했고, 박인량朴寅亮 참정參政이 뒤에서 화답했기 때문이다.
문창후文昌侯가 당唐나라에 들어가서 지은 시가 사람들의 입에 회
자되고 있는데, 그의 <우정야우시郵亭夜雨詩>에 말하기를,

旅館窮秋雨   여관은 늦가을에 비가 내리고
寒窓靜夜燈   차가운 창은 고요한 밤에 등불이 비친다.
自憐愁裏坐   가련하게도 시름 속에 앉은 모습은
眞箇定中僧.   참으로 삼매三昧 속의 스님 같다오.

라 했으며, 박인량 참정參政이 송宋나라에 사신으로 가서 가는 곳
마다 시를 남겼는데, 중국 사람들이 전해 감상하며 그의 시문을 간
행하여 소화집小華集이라 이름 했다. 그의 <주중야음시舟中夜吟
詩>에 말하기를,

故國三韓遠   고국의 삼한은 멀고
秋風客意多   가을 바람에 나그네의 생각은 많다오.
孤舟一夜夢   고주에서 하룻밤 자고자 하니
月落洞庭波.   달은 동정호洞庭湖 물결에 떨어지고 있다.

라 했는데, 최치원의 시 격률格律은 엄정하고 박인량朴寅亮의 시
어운語韻은 매우 맑아 중국의 시인들과 더불어 같은 위치에서 비교
할 만하다.

　무릇 시를 지을 때 뜻이 노출 되지 않고 많이 함축되는 것이 아
름다움이 되며, 뜻이 노출되고 직설적이며 감싸는 것이 없으면 비
록 그 말이 크고 아름다우며 사치스럽다 할지라도 이를 아는 사람
은 취하지 아니 한다. 청하淸河 최승로崔承老의 시에 말하기를,

　　　有田誰布穀　　　밭이 있으나 누가 씨를 뿌리며
　　　無酒可提壺　　　술이 없으니 술병을 잡아 무엇하랴.
　　　山鳥何心緒　　　산새는 무슨 마음으로
　　　逢春謾自呼.　　　봄을 만나면 부질없이 우나뇨

라 했는데, 말이 매우 맑고 의미가 깊어 자못 옛 사람의 부비賦比[10]
의 체體를 얻었다. 옛날 창려昌黎 한유韓愈가 성남에 놀면서 시를
지었는데 말하기를,

　　　喚起窓全曙　　　창이 완전히 밝았다고 불러 일으키며
　　　催歸日未西　　　해가 지지 않았는데 돌아가기를 재촉한다.
　　　無心花裏鳥　　　무심한 꽃 속에 있는 새는
　　　更與盡情啼.　　　다시 정을 다해 운다오.

라 했다. 황산곡黃山谷이 이르기를 환기喚起와 최귀催歸는 두 마리
의 새 이름인데 헛되게 설정한 것과 같기 때문에 뒷사람들이 대부
분 알지 못할 따름이다. 그러나 사실은 미묘한 뜻이 있다. 대개 창

---

10) 부부賦와 비比는 시詩의 육의六義의 하나로서 표현형식의 체.

이 이미 완전히 밝았는데 새가 바야흐로 일어나라고 부르는 것은
어찌 늦지 않으며, 해가 아직 서쪽에 있지 않았는데 새가 돌아가라
고 재촉하는 것은 어찌 일찍지 아니한가. 두 마리의 새가 무심해
같이 놀고 있는 사람의 뜻은 알지 못하고 다시 정을 다하듯 일찍
일어나게 울고 늦다고 돌아가기를 재촉하는 것이 옳은가. 이렇게
이해한 뒤에 한창려韓昌黎의 시가 무궁한 맛이 있음을 알게 될 것
이고 표현한 뜻이 정밀하고 깊다. 포곡布穀과 제호提壺도 모두 새
이름이니 최청하崔淸河의 이 시도 한창려의 법을 얻었다고 할 것
이다.

　　김부식金富軾 시중侍中의 ＜등석시燈夕詩＞에 말하기를,

城闕深嚴更漏長	성궐이 깊고 엄하고 밤의 누수소리 길며
燈山火樹燦交光	등산燈山의 불이 나무에 어울려 빛이 찬란하다.
綺羅縹緲春風細	봄바람에 가늘게 비단옷이 너울거리고
金碧鮮明曉月凉	서늘한 새벽 달에 금벽金碧 빛이 선명하다.
華蓋正高天北極	어좌御座는 북극성처럼 높고
玉爐相對殿中央	옥로玉爐는 대궐 중앙에 마주해 있다.
君王恭默疏聲色	군왕이 공묵恭默해 성색聲色을 멀리하니
弟子休誇百寶粧.	이원제자梨園弟子는 백보장百寶粧을 자랑마오.

라 했는데, 말이 극히 법에 충실하다. 송도松都 ＜감로사시甘露寺
詩＞에 말하기를,

俗客不到處	속객이 이르지 못한 곳에
高臨意思淸	높게 오르니 마음이 맑구나.
山形秋更好	산 모양은 가을이 되니 더욱 좋고
江色夜猶明	강 빛은 밤에 오히려 밝다오.
白鳥高飛盡	백조는 높게 날아 가버리고

孤帆獨去輕	배는 홀로 가볍게 떠났다.
自憐蝸角上	반생동안 위태로운 세상에서
半世覓功名.	공명을 찾은 것이 불쌍하오.

라 했는데, 또한 사물에 얽매이지 않고 진세를 벗어나고자 한 의취가 있다. 세상에 전하기를 김부식金富軾 시중侍中이 정지상鄭知常 학사學士의,

| 琳宮梵語罷 | 사원寺院에서 염불을 파하니 |
| 天色淨琉璃. | 하늘빛이 유리처럼 맑다. |

라 한 구를 좋아하여 달라고 했으나 주지 않으므로 죄로써 얽어 죽였다. 뒤에 어느 절에 가서 우연히 뒷간에 갔더니 갑자기 뒤를 쫓아온 자가 있어 불알을 잡고 말하기를 "자네 낯이 어찌 붉은가" 부식이 말하기를 "건너 언덕 붉은 단풍이 낯에 비쳐 붉다"고 하고 인해 병으로 죽었다. 알아보니 당나라 유정지劉挺芝가 <백두옹시白頭翁詩>를 지었는데 그 한 구에 말하기를,

| 今年花落顔色改 | 금년 꽃 질 때 안색이 달라졌는데 |
| 明年花開復誰在. | 명년 꽃 필 때 다시 누가 있을까. |

라 했는데, 그의 외삼촌 송지문宋之問이 그 구를 좋아하여 달라고 했으나 주지 않으므로 화를 내며 흙덩어리로 눌러 죽였다. 아 사람들이 재주를 싫어하고 명예를 좋아하는 것이 이와 같으니 시를 짓는 자가 꼭 알아야 할 것이다.
　내가 일찍 단양丹陽 봉서루鳳棲樓에서 자게 되었는데, 그때 가을

비가 밤에 계속 와서 시내 물소리가 귀를 시끄럽게 했다. 새벽에 잠을 깨어 문을 열고 바라보니 짙은 구름이 산에 가득 끼어있고 나뭇잎의 빛은 희미하며 자던 새들은 아직 나뭇가지 사이에 있는데 깃이 많이 젖어 있었다. 갑자기 고조기高兆基 평장平章의,

昨夜松堂雨	간밤 송당에 비가 내리더니
溪聲一枕西	베개 서쪽에서 시냇물 소리 들린다.
平明看庭樹	날이 밝아 뜰에 나무를 보니
宿鳥未移栖.	자던 새가 쉬던곳을 떠나지 못하고 있다.

라 한 시가 오늘 아침의 정경을 묘사한 것과 같은 것을 깨달아 매우 기뻤다.

당唐나라 전기錢起가 처음에 고향의 추천을 받아 우연히 객사客舍의 달밤 뜰에서 시를 읊는 소리를 들었는데 말하기를,

曲終人不見	곡은 끝났는데 사람은 보이지 않고
江上數峰靑.	강 위에는 몇 개의 푸른 봉우리라오.

라 했는데, 전기錢起가 놀라 옷을 입고 살펴보니 하나도 보이는 것이 없었다. 귀신이 한 것으로 여기며 그 시를 기록해 두었다. 전기錢起가 과거에 응시하게 되자 고관 이위李暐가 상령고실湘靈鼓瑟을 제목을 하고 시운詩韻은 청자靑字였다. 전기가 바로 귀신이 말한 열자를 낙구落句로 했더니 이위李暐가 매우 아름답게 여기고 절창絶唱이 된다고 일컬으며 장원으로 합격시켰다. 고려 때 정지상鄭知常 학사學士가 일찍 절에 가서 공부를 하고 있었다. 어느 날 밤 달빛이 밝은데 언덕 위에서 시를 읊는 소리를 들었는데 말하기를,

僧看疑有寺　　스님은 보고 절이 있는가 의심하고
鶴見恨無松.　　학은 보고 소나무가 없는 것을 한한다.

라 하고 갑자기 보이지 않으므로 귀신이 알려주는 것으로 생각했
다. 뒤에 시원試院에 갔더니 고관이 하운다기봉夏雲多奇峯으로 제
목을 하고 압운押韻은 봉자峯字였다. 지상知常이 귀신으로부터 들
은 것을 넣어 제출했다. 고관考官이 그 구에 대해 놀랄만한 말이라
고 극히 칭찬하며 드디어 장원으로 선발했다. 전기錢起와 정지상鄭
知常의 두 구가 모두 신묘하며 내용도 또한 서로 비슷하니 이상한
일이다.

　요체拗體라는 것은 율시律詩의 변형變形이다. 마땅히 평성平聲이
될 곳에 측성으로 하며 마땅히 측성仄聲이 되어야 할 곳에 평성平
聲으로 하는 것인데,

負鹽出井北溪女　　소금을 가지고 우물을 나서는 이는 북계의 여자인데
打鼓發船何郡郞.　　북을 치며 배를 출발시키는 것은 어느 고을 사나인가.

湘潭雲盡暮山出　　상담湘潭에 구름 걷히어 저문 산이 나타나고
巴蜀雪消春水來.　　파촉巴蜀에 눈 녹으니 봄물이 흘러 나온다.

라 한 구와 같은 것이다 정지상鄭知常 학사學士가 깊게 그 묘함을
얻었다. 변산邊山 내소사來蘇寺를 제목으로 한 시에 말하기를,

古徑寂寞縈松根　　옛길은 쓸쓸하고 소나무 뿌리 얽혔으며
天近斗牛聊可捫　　하늘이 가까워 두우성斗牛星도 만지겠다.
浮雲流水客到寺　　부운浮雲과 유슈流水를 따라 손은 절에 왔고
紅葉蒼苔僧閉門　　홍엽紅葉 창태蒼苔에 스님은 문을 닫았다.
秋風微凉吹落日　　가을바람이 서늘하게 부니 해가 지고

山月漸白啼淸猿　　산에 달빛이 밝아지자 원숭이 우는 소리 맑다.
奇哉厖眉一老衲　　이상하게도 눈썹 크고 장삼 입은 늙은 스님은
長年不夢人間喧.　　장년이면서도 인간세계의 지껄이는 것을 생각지 않았다.

라 했는데, 맑고 굳세어 사랑할 만하다. 서하西河 임춘林椿의 시에
말하기를,

十載崎嶇面搏埃　　십년 동안 운명이 기구해 낯에 먼지가 치며
長遭造物小兒猜　　조물의 어린애가 늘 나를 시기했다
問津路遠槎難到　　나루 길은 멀어 떼로 이르기 어렵고
燒藥功遲鼎不開　　솥을 열지 못했으니 약을 언제 얻으랴.
科第未消羅隱恨　　과제는 나은羅隱[11]의 한을 풀지 못했으며
離騷空寄屈原哀　　이소離騷에 부질없이 굴원屈原[12]의 슬픔을 붙이었다.
襄陽自是無知己　　양양襄陽[13]에는 이제부터 지기가 없으며
明主何曾棄不才.　　명주가 언제 재주없다고 버렸는가.

라 했으니, 서하와 같은 문장으로 결국 과거에 합격하지 못해 그의
감개하고 탄식하는 뜻을 이 시에서 볼 수 있다.
　　시인들이 어부를 읊은 것이 많은데 그 한가한 맛을 취하고자 할
뿐이었는데, 홀로 노봉老峯 김극기金克己의 시에 말하기를,

天翁尙不貰漁翁　　하늘이 아직도 어옹에게 빌려주지 않아
故遣江湖少順風　　일부러 강호에 순풍을 적게 보냈다.
人世險巇君莫笑　　인간세상의 험한 것을 그대는 웃지 마오

---

11) 당唐나라 말 문인으로서 여러 번 과거에 응시했으나, 합격하지 못했다고 함.
12) 초楚나라 대부大夫 이소부離騷賦와 같은 작품을 지었다.
13) 양양襄陽은 당唐의 시인 맹호연孟浩然의 고향. 그가 현종玄宗에게 부재명주기不
　　才明主棄라 하니 현종이 경이 짐에게 구한 적이 없었으니 짐이 경을 버린 적이
　　없다고 하며 보냈다는 고사를 말함.

自家還在急流中.　자기 집도 도리어 급류에 있다네.

라 하여, 위험한 것을 말했다가 도리어 법에 조사를 받게 되었다. 진일재眞逸齋 성간成侃의 시에 말하기를,

數疊靑山數曲煙　몇 첩의 푸른 산 몇 굽이 연기
紅塵不到白鷗邊　홍진은 백구의 주변에 이르지 못했다.
漁翁不是無心者　어옹은 무심한 자가 아니었기에
管領西江月一船.　서강西江의 달빛과 배를 맡아 다스린다.

라 했는데, 이 시도 또한 명예와 현실의 이익을 추구하는 자와 더불어 다르다. 시에 담겨 있는 뜻은 노봉老峯의 시와 비록 다르나 경치를 묘사하는 말들이 각자 그 묘함을 다했다.

이인로李仁老는 호가 쌍명재雙明齋였는데 중국에 사신으로 가서 정월 초하루에 문관門館에 춘첩자春岾子의 시를 지었는데 얼마 되지 않아 그의 이름이 중국에 널리 알려졌다. 뒤에 중국 학사가 우리나라에서 간 사신을 만나게 되면 <춘첩자시春岾子詩>를 외우며 지금 무슨 벼슬을 하고 있는가 하며 물었다. 그 시에 말하기를,

翠眉嬌展街頭柳　거리의 버들은 푸른 눈썹처럼 곱게 펼쳐 있고
白雪香飄嶺上梅　재 위의 매화는 백설에 향기를 날린다
千里家園知好在　먼 곳의 우리 집 동산은 잘 있는 듯
春風先自海東來.　봄바람이 먼저 해동으로부터 온다오.

라 했는데, 매우 맑고 고왔다. 또 <유거시幽居詩>의 한 절구에 말하기를,

春去花猶在   봄은 갔으나 꽃은 오히려 있고
天晴谷尙陰   하늘이 갰으나 골짜기는 아직 컴컴하다.
杜鵑啼白晝   두견이 한낮에 울고 있어
始覺卜居深.   비로소 사는 곳이 깊음을 알았다네.

라 했는데, 송宋나라 시인들의 작품과 매우 비슷하다.

　시는 능히 사람을 궁하게 하기도 하고 또한 사람을 달하게 하기
도 한다. 당唐 현종玄宗이 맹호연孟浩然을 불러 보면서 옛날 지은
시를 읊게 했더니 맹호연이 바로,

不才明主棄   재주 없으니 밝은 임금도 버리고
多病故人疎.   병이 많아 친구와도 성길어 진다.

라 한 구를 외우니 현종玄宗이 말하기를 경이 스스로 짐朕을 구하
지 않았고 짐도 일찍 경을 버리지 않았다고 하며 드디어 돌려보냈
다. 고려 의종毅宗 때 어느 역驛에서 청우靑牛를 바치므로 신하들
에게 방자房字를 운으로 하여 시를 짓게 했더니 한 사람도 뜻에 맞
는 것이 없었다. 임종비林宗庇라는 선비가 있었는데 탄식해 말하기
를 나를 하여금 그 자리에 참여하게 했다면 마땅히 말하기를,

函谷曉歸浮紫氣   새벽에 함곡관函谷關으로 돌아가게 하니 자기가 떴고
桃林春放踏紅房.   봄이면 도림桃林에 놓아 홍방을 밟게 한다.

라 하니, 의종毅宗이 듣고 아름답다고 탄식하며 드디어 그에게 벼
슬을 주었다. 그렇다면 맹호연은 시로써 궁하게 되었고 임종비林宗
庇는 시로써 벼슬을 이루게 되었으니 모두 그들의 운명이다.

　이규보李奎報 상국相國의 호는 백운거사白雲居士였다. 세상에 전

하기를 그의 어머니가 규성奎星을 꿈에서 보고 그를 낳았다고 한
다. 일찍 비방하는 말을 듣고 지은 시가 있는데 말하기를,

爲避人間謗議騰	인간의 비방과 의논이 많은 것을 피하려고
杜門高臥髮鬌鬌	문닫고 누웠더니 머리가 덥수룩하다.
初如蕩蕩懷春女	처음에는 마음 설레는 봄처녀 같더니
漸作寥寥結夏僧	점점 고요해 여름 참선하는 중이 되었다.
兒戲牽衣聊足樂	아이들이 옷을 당기며 희롱하니 매우 즐거워
客來敲戶不須應	손이 와서 문을 두드려도 응하지 않았다.
窮通榮辱皆天賦	궁통과 영욕은 모두 하늘이 주는 것인데
斥鷃何曾羨大鵬.	메추리가 아무리 작아도 대붕을 부러워하랴[14]

라 했는데, 말이 극히 순탄하고 원활하다. <영앵무시咏鸚鵡詩>에
말하기를,

衿披藍綠觜丹砂	옷깃은 남빛 부리는 붉은데
都爲能言見尉羅	말을 할 줄 알기에 갇혀 있다네.
嬌姹小兒圓舌澁	재롱부리는 아이처럼 혀가 맘대로 돌지 않고
玲瓏處女慧容多	영롱한 처녀인듯 얼굴은 상냥하다.
慣聞人語傳聲巧	사람의 말 잘 듣고 교묘하게 전하며
新學宮詞導字訛	궁중의 노래 새로 배웠으나 글자가 틀렸다
牢鎖玉籠無計出	둥우리에 군게 갇히어 빠져 나갈길 없어
隴山歸夢漸蹉跎.	농산隴山에[15] 돌아갈 꿈이 점차 멀어지는구나.

라 했다. 공의 시를 본디 대가라고 일컬었는데 교묘함도 또한 이
와 같으니 큰 것은 수미산 같고 작은 것은 개자芥子같다고 이를

---

14) 장자莊子에 나오는 말로서 메추리가 작아도 그것으로 만족하며 큰 것을 탐하지
　　않았다는 말.
15) 중국 섬서성에 있는 산 이름으로 앵무새의 원 서식지로 일컬음.

말하다.

백운 이규보李奎報의 <유어시遊魚詩>에 말하기를,

圉圉紅鱗沒復浮	어릿어릿하는 홍린이 잠겼다가 또 떠오르니
人言得意任遨遊	사람들은 뜻대로 놀고 있는 것으로 여긴다
細思片隙無閒假	생각해보면 잠깐도 한가함이 없으니
漁父方歸鷺又謀.	어부가 바야흐로 돌아가면 백로가 또 노린다오.

라 했으며, <문앵시問鶯詩>에 말하기를,

公子王孫擁綺羅	공자 왕손처럼 비단옷 입고
要憑嬌唱助歡多	아름다운 노래로 기쁨을 돕는 것이 많다네.
東君亦學人間樂	봄바람도 인간의 즐거움을 배워
開了千花送爾歌.	많은 꽃을 피게 하여 네 노래를 듣게 보낸다.

라 했는데, 최자崔滋의 「보한집輔閑集」에 이 두 시를 실으면서 평해 말하기를 "앵시鶯詩는 얕고 가까우며 어시魚詩는 웅장하고 깊으며 또 비比와 흥興의 의취가 있기 때문에 어시가 더욱 좋다"고 했다. 나는 말하기를 "어시는 구상한 내용이 정밀하고 깊으며 앵시는 전체의 생각이 섬세하고 교묘해 각자 그 체를 이루었기 때문에 상하로 구분하기 어려우며 다만 격格은 모두 수隋와 송宋의 것이다."

백운白雲 이규보가 봉성현峰城縣에 자면서 지은 한 연의 시에 말하기를,

階竹困陰孫未長	섬돌의 대나무는 그늘에 지쳐 어린 것이 자라지 못했고
庭梅飽雨子初肥.	뜰의 매화는 비에 젖자 가지가 튼튼하다.

라 했는데, 스님 진정眞情이 이백운의 시에 차운하여 지은 시에 말하기를

> 夜壑風生松落子　밤 골짜기에 바람이 불자 솔방울이 떨어지고
> 春庭雨過竹生孫　봄 뜰에 비가 지나가니 죽순이 돋는다.

라 했는데, 대개 이백운의 시를 본받고자 했으나 오히려 오리와 같다고 하겠다.

매호梅湖 진화陳澕는 시를 짓는 것이 매우 빨라 이백운과 더불어 이름이 같았다. 그의 <영류시咏柳詩>에 말하기를,

> 鳳城西畔萬條金　봉성 서쪽에 많은 가지의 금빛 버들은
> 勾引春愁作暝陰　봄 근심을 억지로 끌고자 어둡게 한다.
> 無限狂風吹不斷　한이 없는 광풍은 계속 불어
> 惹煙和雨到秋深.　연기와 비를 이끌어 깊은 가을이 오게 한다.

라 했는데, 유창하고 아름다워 읊을 만하다. 그의 아우 온溫도 또한 시에 능해 그의 <영추시咏秋詩>에 말하기를,

> 隱砌微微著淡霜　섬돌에 가늘게 맑은 서리가 내렸는데
> 袷衣新護玉膚凉　겹옷을 새로 입어 옥 같은 살이 추울까 보호한다.
> 王孫不解悲秋賦　왕손은 비추부悲秋賦를 이해하지 못하고
> 只喜深閨夜漸長.　단지 깊은 안방에서 밤이 길어지는 것을 기뻐한다.

라 했으니, 부가富家의 기상을 잘 묘사했다.

영헌英憲 김지대金之岱의 유가사瑜伽寺에서 지은 시에 말하기를,

寺在煙霞無事中　절은 연기와 안개가 고요한 가운데 있고
亂山滴翠秋光濃　산들은 푸름이 쌓여 가을빛이 무르익었다.
雲間絶磴六七里　구름사이에 가파른 길이 육칠리나 뻗었고
天末遙岑千萬峯　하늘 끝의 먼 봉우리는 천만봉이 된다.
茶罷松簷掛微月　차를 마시고 나면 초승달이 처마에 걸려 있고
講闌風榻搖殘鍾　강이 끝나자 서늘한 자리에 종소리 울려 온다.
溪流應笑玉腰客　흐르는 냇물이 벼슬한 손을 응당 웃겠지만
欲洗未洗紅塵蹤.　홍진이 따르는 것을 씻고자 했으나 못 씻었다네.

라 했는데, 정지상鄭知常 학사學士의 <내소사시來蘇寺詩>와 더불어 같은 구률句律이다.

곽예郭預 밀직密直이 지은 <제직려시題直廬詩>에 말하기를,

半鉤疎箔向層巓　성긴 발을 반쯤 걸고 층층의 봉우리를 향하니
萬壑松風動翠烟　많은 골짜기의 솔바람에 푸른 연기 움직인다.
午漏正閑公事少　한낮은 한가로워 공사가 적어
倚窓和睡聽均天.　창에 의지해 졸면서 균천均天[16]을 듣는다.

라 하여, 풍부하고 화려한 가운데 한가하고 먼 뜻이 있다. 곽밀직郭密直이 매양 비가 오게 되면 우산을 쓰고 홀로 용화원龍化院 못에 가서 연꽃을 감상했는데 그 시에 말하기를,

賞蓮三度到三池　연꽃을 감상하러 세 번이나 삼지에 가니
翠蓋紅粧似舊時　푸른 잎과 붉은 꽃은 예와 같다오.
唯有看花玉堂老　오직 꽃을 보는 옥당의 늙은이가 있어
風情不減鬢如絲.　풍정은 줄지 않았으나 살쩍머리는 희었다네.

―――――――――――――――――

16) 진泰 목공穆公이 꿈에 천상天上에 올라가서 균천均天의 음악을 들었다고 함.

라 하여, 기상이 크고 잘지 않아 지금도 상상할 수 있다.

허균許筠의 「사부시고四部詩藁」를 살펴보면 병오기행丙午紀行에 말하기를 중국 사신 주지번朱之蕃 태사太史가 허균에게 이르기를 본국에서 신라부터 지금에 이르기까지 시에서 가장 좋은 것을 한 책에 써서 가져오게 했다. 허균이 사권으로 선발해 주었더니 주지 번이 보기를 다하고 허균을 불러 말하기를 "자네가 선발한 시를 밤에 자지 않고 촛불을 밝히고 보았는데, 최고운崔孤雲의 시는 조잡하고 약한 듯하며 이인로李仁老와 홍간洪侃의 시가 가장 좋았다"고 말했다 한다. 홍간의 호는 홍애洪崖였는데 바로 나의 십이대 선조였다. 고려조 때는 모두 소동파蘇東坡 시를 숭상하여 삼십 삼의 동파東坡가 있다는 말로 견주기도 했으나, 홀로 홍애 선조만은 깊게 당시唐詩의 가락을 얻어 송宋나라 시인들의 기습氣習을 완전히 벗었다. 그의 <조조마상시早朝馬上詩>에,

紫翠橫空澗水流　　붉고 푸르름은 공중에 비끼었고 시냇물이 흐르는데
風烟千里似滄洲　　천리의 풍연은 창주滄洲와 같다오.
石橋西畔南臺路　　돌다리 서쪽 남대의 길에서
拄笏看山又一年.　홀을 잡고 산을 보니 또 일년이라네.

라 했는데, 격과 운이 맑고 뛰어나 티끌에 얽히지 않았다. 홍애의 <고안행시孤鴈行詩>가 극히 청초淸楚하고 유려流麗하다. 그 시에 말하기를,

五侯池舘春風裏　　오후의 지관은 봄바람 속이요
微波鱗鱗鴨頭水　　오리 머리의 가는 물결이 반짝인다.
闌干十二繡戶深　　열두 난간의 아름다운 집이 그윽한데

中有蓬萊三萬里　　가운데 봉래산이 있어 삼만리라네.
彷徨杜若紫鴛鴦　　두약杜若[17]에 배회하는 붉은 원앙이요
倚拍芙蓉金翡翠　　부용에 의지하는 금빛 비취라네.
雙飛雙浴復雙棲　　쌍으로 날고 쌍으로 목욕하며 또 쌍으로 깃들이며
綷羽雲衣恣遊戲.　　비단깃과 구름옷으로 마음껏 유희한다.
君不見十年江海　　그대는 보지 못했는가 십년 동안 강해에 외로운
有孤雁　　　　　　기러기 있어
舊侶微茫隔雲漢　　옛 짝이 아득히 은하수를 격해 있는 것을.
顧影低昻時一呼　　그림자 돌아보며 낮고 높게 올라 한 번 부르니
蘆花索漠風霜晚.　　늦바람 서리에 갈대꽃이 쓸쓸하다.

라 했다. 점필재佔畢齋 김종직金宗直은 이 시를 그의 <「청구풍아 靑邱風雅」>에 선입하면서 평해 말하기를 자신의 상황狀況인 듯하 다고 했고, 허균은 성당盛唐 시인의 작품과 비슷하다고 일컬었는 데, 시는 진실에 가까운 것이 귀한 것이다.

　동암東庵 이진李瑱의 시에 말하기를,

滿空山翠滴人衣　　공중에 가득한 산의 푸르름이 옷에 스며드는데
艸綠池塘白鳥飛　　풀이 푸른 못에 흰 새가 날고 있다
宿霧夜棲深樹在　　짙은 안개 밤 동안 깊은 나무에 쉬고 있으면서
午風吹作雨霏霏.　　한낮에 바람이 불면 부슬부슬 비를 내리게 한다.

라 했으며, 제호霽湖 양경우梁慶遇의 시에 말하기를,

枳殼花邊掩短扉　　탱자꽃 주변에 사립문을 닫고
餉田村婦到來遲　　밭에 점심을 가져간 부인이 늦게 왔다.
蒲茵曬穀茅簷靜　　멍석에 곡식 쬐이고 처마는 고요한데
兩兩鷄孫出壞籬.　　병아리 짝 지어 무너진 울타리로 나온다.

---

17) 향초의 이름이라고 함.

라 했다. 이진李瑱의 시는 산골집의 경치를 잘 묘사했으면서 격이
높고 양경우梁慶遇의 시는 시골집에 있는 일을 묘사하면서 말이
묘하다.

우리나라 사람들이 음률에 밝지 못해 옛날부터 악부樂府와 가사
歌詞를 잘 짓지 못했다. 세상에 전하기를 익재益齋 이제현李齊賢이
충선왕忠宣王을 따라 연경에 있으면서 요수姚邃 학사學士와 여러
사람들과 더불어 놀았는데, 그의 보살사菩薩寺와 여러 작품들은 중
국 문인들의 감상하는 바가 되었다고 하니 어찌 북쪽으로 중국에
가서 깊게 배운 바가 있었기 때문에 그런 것이 아니겠는가. 내가
그의 <주중야숙사舟中夜宿詞>를 보니,

西風吹雨暝江樹	서풍이 비를 뿌려 강변 나무가 어두우며
一邊殘照靑山暮	한쪽에 햇빛이 비치나 푸른 산은 저물다.
繫纜近漁家	배 닻줄을 어가漁家 가까운 데 매니
船頭人語譁	뱃머리에 사람들 소리 시끄럽다.
白魚兼白酒	백어白魚와 아울러 백주로
徑到無何有	빨리 선경仙境에 이르고 싶다오.
自喜臥滄洲	스스로 창주滄洲에 누워 있는 것을 기뻐하며
那知是宦遊.	어찌 벼슬하는 것을 알려고 하랴.

라 했으며, 그의 <청신사靑神詞>에 차운하여 지은 시에 말하기를,

長江日落煙波綠	장강에 해가 지고자 하니 물결은 초록빛이며
移舟漸近靑山曲	배를 푸른 산 굽은 곳에 가깝게 옮겼다.
夜深蓬底宿	밤이 깊자 배대뜸 밑에 자니
暗浪鳴琴筑	어두운데 물결이 축금筑琴처럼 운다.
隔竹一燈明	대밭 너머 하나의 밝은 등불은
隨風百丈輕	바람을 따라 길고 가볍게 움직인다.

夢與白鷗盟   꿈에 백구와 더불어 맹세하는 것은
朝來莫漫驚.   아침이 되면 부질없이 놀라지 마오.

라 하여, 말이 극히 법에 맞고 깨끗해 중국 문인들이 칭찬한 바가
이 작품을 가리킨 것이다.

익재益齋 이제현李齊賢이 표모분漂母墳[18]을 지나면서 지은 시에
말하기를,

婦人猶解識英雄   부인이 오히려 영웅을 알아보고
一見殷勤慰困窮   한번 보고 은근히 곤궁함을 위로했다
自棄爪牙資敵國   스스로 조아爪牙[19]를 버려 적국에 주었으니
項王無賴目重瞳.   항왕項王[20]은 쓸데없이 두 눈동자[21]를 가졌다네.

라 했으며, 도은陶隱 이숭인李崇仁이 회음淮陰을 지나다가 표모漂
母에 감동하여 지은 시가 있는데 말하기를,

一飯王孫感慨多   왕손王孫[22]에게 한 번 밥을 주었으니 감개가 많은데
不知菹醢竟如何   저해菹醢[23]를 알지 못했으니 어찌하랴.
孤墳千載精靈在   오래동안 고분孤墳에 정령이 있어
笑殺高皇猛士歌.   고황高皇[24]의 맹사가猛士歌를 크게 비웃는다.

---

18) 초한楚漢 때 한신韓信이 곤궁해 있을 때, 배고파하자 그에게 밥을 주며 위로했
   다는 빨래한 지어미의 무덤.
19) 맹수의 어금니와 발톱, 훌륭한 장수를 말함.
20) 초楚의 항우項羽.
21) 항우의 한눈에 동자가 두 개씩이었다 하여 그를 중동重瞳이라 함.
22) 한신韓信을 지칭한 것이 아닌가 한다.
23) 소금으로 짜게 저린 것을 말한 것인데, 중죄로 처형된 사람의 살을 소금으로
   저린다고 하니 여기서는 한신의 처형된 후를 말한 것이다.
24) 한漢 고조高祖를 말함. 맹사가猛士歌는 그의 대풍가大風歌가 아닌가 한다.

라 했는데, 대개 항우와 유방劉邦이 모두 한 여인의 지식에 미치지 못하는 것을 조롱했으므로 풍자한 뜻이 다같이 깊었다.

가정稼亭 이곡李穀이 중국에 들어가서 그곳의 제과制科에 제이 갑第二甲으로 합격하여 명성이 많이 알려졌다. 일찍 <도중피우시 道中避雨詩>가 있는데 말하기를,

甲第當時蔭綠槐	당시 좋은 집에 푸른 느티나무 그늘이 덮었으니
高門應爲子孫開	귀한 집에서 자손을 위해 지었을 것이다.
年來易主無車馬	근간에 주인이 바뀌어 수레와 말은 없고
唯有行人避雨來.	오직 행인이 비를 피하기 위해 온다네.

라 했으니, 사람들이 집을 크고 좋게 지어 후세를 위해 계획하고자 하는 자는 경계해야 할 것이다.

김제안金齊安은 구용九容의 아우였다. 신돈辛旽을 죽이고자 계획 하다가 일이 누설되어 죽음을 당했다. 일찍 무황사無悅師에게 준 詩가 있는데 말하기를,

世事紛紛是與非	세상 일이 시비로 분분해
十年塵土汚人衣	십년 동안 먼지가 옷을 더럽힌다.
落花啼鳥春風裏	꽃 지고 새우는 봄바람 속에
何處靑山獨掩扉.	푸른 산 어느 곳에 홀로 사립문을 닫으리.

라 하여, 세상에서 숨어 살고자 하는 뜻이 있었으나 마침내 스스로 계획을 하지 못했으니 아깝다.

목은牧隱 이색李穡은 가정稼亭 이곡李穀의 아들이었다. 그의 아 버지의 뒤를 이어 중국의 과거에 합격하여 이름이 천하에 크게 알 려져 한림지제고翰林知制誥에 임명되었다. 구양현歐陽玄이 목은을

가볍게 여겨 조롱해 말하기를 "짐승과 새들의 다니던 길이 중국과
교통을 하게 되었다"고 하자 목은이 그 말에 응해 말하기를 "닭이
울고 개가 짖는 소리가 사방의 지역에까지 들린다"고 하니 구양현
歐陽玄이 자못 기이하게 여기며 한 구를 읊으며 말하기를,

> 持杯入海知多海. 잔물을 가지고 바다에 왔으니 바닷물이 많음을
>   알 것이다.

라 하니, 목은이 바로 응해 말하기를,

> 坐井觀天日小天. 우물에 앉아 하늘을 보면서 하늘이 작다고 말한다.

하자 구양현歐陽玄이 크게 놀라며 말하기를 자네는 천하의 기재라
고 했다. 그의 <입근대명전시入觀大明殿詩>에 말하기를,

> 大闕明堂曉色寒 대궐의 명당에 새벽빛이 차가운데
> 旌旗高拂玉闌干 옥란간에 깃발이 높게 펄럭인다.
> 雲開寶座聞天語 구름이 열리자 보좌에서 임금의 말씀이 들리고
> 春滿霞觴奉聖歡 유하잔에 봄이 가득한 것으로 지존至尊의 기쁨을 받든다.
> 六合一家堯日月 온 천하가 한 집 되어 요임금의 일월이요
> 三呼萬歲漢衣冠 세 번 부르는 만세 소리는 한漢의 의관이라네.
> 不知身世今安在 지금 이 몸이 어디 있는지 알지 못하겠으나
> 恐是靑冥控紫鸞. 아마 붉은 난새를 타고 하늘에 올라가는 듯하오.

라 했는데, 말이 극히 법에 맞고 빛나 당唐나라 두보杜甫 등의 <조
조대명궁시早朝大明宮詩>의 다음이 된다고 이를 만하다
  고려조는 작자가 스스로 작가로서 성공한 자를 들 수 없을 정도

로 많다. 석간石澗 조운흘趙云仡이 고려조의 십이 작가를 들었는데, 대개 김부식金富軾 시중侍中은 법에 맞고 깨끗하며, 정지상鄭知常 학사學士는 곧고 빛나며, 노봉老峯 김극기金克己는 공교하고 묘하며, 쌍명재雙明齋 이인로李仁老는 맑고 빛나며, 매호梅湖 진화陳澕는 두텁고 탐스러우며, 홍애洪崖 홍간洪侃은 맑고 높으며, 익재益齋 이제현李齊賢은 자세하고 비단처럼 고우며, 포은圃隱 정몽주鄭夢周는 호걸스럽고 방자하며, 도은陶隱 이숭인李崇仁은 함축성이 있고 조용해 각자 이름을 떨치었는데, 백운白雲 이규보李奎報는 크고 풍부하며, 목은 이색牧隱李穡은 깨끗하고 굳세어 더욱 뛰어난 자였다. 목은의 <부벽루시浮碧樓詩>와 같은 율시는 궁상宮商이 조화를 이루었는데 타고난 바탕이 뛰어났기 때문이며 배워서 이를 수 없는 것이다.

근세에 명明나라 사신 주지번朱之蕃 태사太史가 우리나라에 왔을 때, 서경西坰 류근柳根이 원접사가 되었고 허균許筠이 종사가 되었다. 주태사朱太史가 물어 말하기를 "오는 길에 있는 여관이나 역루驛樓에 귀국 문인들이 지은 시판詩板이 없는 것은 무슨 까닭인가" 하니 허균이 대답해 말하기를 "중국 사신이 지나는 길에 좋지 못한 시를 보일 수가 없어 철거했다"고 하자 주태사가 웃으며 말하기를 "나라는 비록 중국과 변방에 있는 나라로 나누었다 할지라도 시가 어찌 내국과 외국이 있겠는가. 지금 천하가 한 집이 되었고 사해가 모두 형제인데 나와 자네가 다 같이 이 세상에 태어나서 천자의 신하와 백성이 되었으니 어찌 중국에서 태어났다고 하여 스스로 자랑을 하겠는가"했다. 평양에 이르러 목은의,

長嘯倚風磴　　긴 휘파람 불며 바람 부는 비탈에 의지하니

山靑江自流　　　산은 푸르고 강물은 스스로 흐른다.

라 한 시를 종일 읊으며 시를 짓지 않고 웃으며 말하기를 "날마다 이와 같은 시를 얻어 줄 것 같으면 우리 무리들이 가히 어깨를 들먹거리며 쉴 수 있겠다"고 했다.

포은圃隱 정몽주鄭夢周는 일찍 일본日本에 사신으로 가서 시를 남긴 것이 매우 많은데 오언율시五言律詩 한 수에 말하기를,

平生南與北　　　평생 동안 남쪽과 북쪽에서
心事轉蹉跎　　　마음에 먹은 일이 기대에 어긋나게 돌아간다.
故國海西岸　　　고국은 바다 서쪽에 있고
孤舟天一涯　　　외로운 배로 하늘 한 모퉁이에 머문다.
梅窓春色早　　　매화 핀 창에 봄빛이 이르고
板屋雨聲多　　　판잣집에 빗소리 요란하다.
獨坐消長日　　　혼자 앉아 긴 날을 보내며
那堪苦憶家.　　　어찌 집 생각 괴로움을 견디랴.

라 했다. 근세에 왜국의 중으로서 시에 능한 자가 우리나라 사신에게 말하기를 "포은의 매창춘색조梅窓春色早 판옥우성다板屋雨聲多의 구는 일본에서도 절창이라 이른다"고 했다

포은 정몽주가 중국 남경에 사신으로 가서 지은 시가 있는데 말하기를,

江南形勝地　　　강남 풍경이 매우 뛰어난 땅은
千古石頭城　　　긴 세월의 석두성石頭城이었소
綠樹環金闕　　　푸른 나무들은 아름다운 대궐을 싸고 있고
靑山繞玉京　　　청산은 옥경玉京을 둘러 있다.
一人中建極　　　한 분의 임금이 가운데 표본을 세웠으며

萬國此朝廷　　　많은 나라들이 이 조정에 모였다
余亦乘槎至　　　나도 또한 배를 타고 이르니
宛如天上行.　　　완연히 천상을 걷는 것과 같다네.

라 했으니, 정포은은 단지 이학理學으로서 우리나라의 조祖가 될
뿐만 아니라 그의 문장도 또한 당唐나라 작품 가운데서도 좋은 작
품이 될 것이다.

　정포은鄭圃隱이 영천永川 명원루明遠樓에서 지은 시의 한 연에
말하기를,

風流太守二千石　　풍류 있는 태수太守는 이천석의 녹봉祿俸이요
邂逅故人三百杯.　　뜻밖에 친구 만나 삼백 배를 마신다.

라 했다. 동악 이안눌李安訥이 일찍 명원루明遠樓에 이르러 이 시
를 보고 감탄하면서 화시和詩를 짓고자 했으나 매우 어려워 종일
중얼거리며,

二年南國身千里　　이년 동안 몸은 천리 밖의 남국에 있고
萬事西風酒一盃.　　만사는 한 잔 술로 서풍에 날려 버린다.

라 한 구를 얻었는데, 이안눌의 시가 비록 매우 맑으나 정포은 시
의 크고 먼 기상에는 미치지 못했다.

　도은陶隱 이숭인李崇仁이 삼봉三峯 정도전鄭道傳과 더불어 목은
牧隱 이색李穡을 스승으로 하면서 재명才名이 서로 비슷했다. 그러
나 목은이 그들의 시를 평할 때 이숭인의 시를 먼저하고 정도전의
시를 뒤에 했으며, 일찍 도은을 칭찬하며 말하기를 "이 사람의 문

장은 중국에서 구해도 많이 얻지 못할 것이라"했다. 어느 날 목은
이 도은의 지은 바 <오호도시嗚呼島詩>25)를 보이면서 매우 칭찬
을 했다. 며칠 후에 삼봉이 또한 <오호도시>를 지어 목은에게 보
이면서 말하기를 "우연히 이 시를 옛 사람의 문장 가운데서 얻었습
니다" 하니 목은이 말하기를 "이 시도 참으로 아름다운 작품이다.
그러나 자네 무리들도 또한 여유가 있게 지을 수 있다. 그렇지만
도은의 시는 쉽게 얻지 못할 것이라"했다. 이로부터 삼봉에게 불평
이 쌓이기 시작하여 뒤에 권력을 잡은 신하가 되었을 때 그의 심복
을 시켜 도은이 유배되어 있는 곳으로 가서 몽둥이로 쳐 죽였는데,
<오호도시>가 대개 그 화의 탈이 되었다. 도은의 시에 말하기를,

嗚呼島在東溟中	오호도嗚呼島는 동해 가운데 있어
滄波渺然一點碧	아득한 푸른 파도에 파란 한 점.
夫何使我雙涕零	무엇이 나를 시켜 두 눈에 눈물을 흘리게 하나뇨
祇爲哀此田橫客	저 전횡田橫과 그의 문객이 슬프게 하는 것이라네.
田橫氣槪橫素秋	전횡의 기개가 맑은 가을 하늘에 가득해
義士歸心實五百	심복하는 의사가 오백 명이나 된다오.
咸陽隆準眞天人	함양의 코 높은 분은 하늘에서 내린 사람
手注天潢洗秦虐	손으로 하늘을 당겨 진의 학정을 씻었다.
橫何爲哉不歸來	전횡은 어찌하여 돌아오지 않고
怨血自汚蓮花鍔	원통하게 칼에 스스로 더럽게 피를 묻혔나뇨.
客雖聞之爭奈何	객들이 그 소식을 들었으나 어찌하리오
飛鳥依依無處托	나는 새가 이제 의탁할 곳이 없어졌다.
寧從地下共追隨	차라리 지하에 가서 서로 따를 것이며

25) 전한前漢 초에 전횡田橫은 제齊나라 임금의 아우였는데, 제齊가 한신韓信에게 망
하자 전횡은 부하 오백명과 더불어 오호도에 들어갔다. 뒤에 한漢 고조高祖가
부르자 전횡이 신하되기를 거부하고 자살했으며, 오백 명의 부하들도 모두 그
의 뒤를 따라 죽었다. 이 시는 그 고사故事를 애도하기 위한 것임.

軀命如絲安足惜　실날같은 목숨을 어찌 아끼리오.
同將一刎寄孤嶼　모두 같이 목을 찔러 외로운 섬에 몸을 부탁했으니
山哀浦思日色薄　산도 슬퍼하고 포구도 생각하며 햇빛도 엷었다.
嗚呼千秋與萬古　오호도嗚呼島는 긴 세월로 남아
此心怨結誰能識　이 마음 맺힌 원한을 누가 능히 알리오.
不爲轟霆有所洩　뇌성병력이 되어 이 한을 풀지 못하면
定作長虹射天碧　분명히 긴 무지개 되어 푸른 하늘을 쏘리라.
君不見古今多少輕薄兒　그대는 보지 못했는가 고금에 얼마의 경박아가
朝爲同袍暮仇敵.　아침에 동포되고 저녁에 원수 되는 것을.

라 하여, 슬퍼함이 매우 격렬하면서 조문하고 위로하는 것을 모두
나타냈다. 삼봉의 <오호도시>에 말하기를,

曉日出海赤　새벽 해가 붉게 바다에서 솟아
直照孤島中　바로 외로운 섬 가운데를 비친다.
夫子一片心　부자夫子의 한 조각 마음은
正與此日同　바로 이 해와 더불어 같다오.
相去曠千載　서로 천재의 먼 거리였지만
嗚呼感予衷　오호도는 나의 마음에 감동을 준다.
毛髮豎如竹　모발이 대처럼 서며
凜凜吹英風.　늠름하게 영풍英風이 분다.

라 했는데, 대개 도은陶隱을 압도하고자 한 것이며, 그에 미치지 못
한다는 것에 분함으로 마침내 그를 죽이게 했으니, 그것은 네가 다
시 부질없이 들보를 만들어 제비의 집을 허무는 것과 무엇이 다른
가. 아 또한 음험하다.

고려조의 시에서 다섯 자 시로서 매우 아름다운 것은,

鶴添新歲子　학은 새해에 새끼를 더했고

松老去年枝.　　　소나무는 작년 가지가 늙었다.

라 한 것과 같은 것은 오학린吳學獜의 <홍복사시洪福寺詩>이며,

喚雨鳩飛屋　　　비를 부르는 비둘기는 집 주위에서 날고
含泥燕入樑.　　　진흙을 물고 제비는 들보로 들어온다.

라 한 것은 김극기金克己의 <전가시田家詩>이며,

點雲欺落日　　　간교한 구름은 지는 해를 속이고
狠石捍狂瀾.　　　험상궂은 돌이 미친 물살을 막는다.

라 한 것은 이규보李奎報의 <구탄시狗灘詩>이며,

海空三萬里　　　넓은 바다는 삼만 리나 되고
山屹二千峯.　　　우뚝 높은 산은 이천 봉이라오.

라 한 것은 진화陳澕의 <간성도중시杆城道中詩>이며,

蜃氣窓間日　　　신기루는 창 사이의 햇빛이오
鷗聲砌下潮.　　　갈매기 우는 소리는 섬돌 밑의 조수라오.

라 한 것은 이제헌李齊賢의 <기행시紀行詩>이며,

魚擲時驚夢　　　물고기는 뛰어 때때로 꿈을 깨우고
鳩來或上欄.　　　비둘기는 와서 간혹 난간에 오른다.

라 한 것은 한종유韓宗愈의 <저자도시楮子島詩>이며,

> 行雲猶雨意　　가는 구름은 오히려 비를 머금었고
> 臥樹亦花心.　　누운 나무도 또한 꽃의 마음이다.

라 한 것은 이색李穡의 <卽事詩>이며,

> 草連千里綠　　풀은 천리를 연해 푸르고
> 月共兩鄕明.　　달은 두 곳 시골을 함께 밝힌다.

라 한 것은 정몽주鄭夢周의 <봉사일본시奉使日本詩>이다.
　일곱자 연구聯句에서 아름다운 것은,

> 門前客棹滄波急　　문 앞 나그네 탄 배에 파도가 급하며
> 竹下僧碁白日閑.　　대나무 아래 중은 한 낮에 한가롭게 바둑을 둔다.

라 한 것은 박인량朴寅亮의 <구산사시龜山寺詩>이며,

> 少而寡合多疏放　　젊어서 남과 맞음이 적은 것은 소방하기 때문이고
> 老不求名可退藏.　　늙어 이름을 구하지 않으니 물러나 숨을 만하다.

라 한 것은 임규任奎의 <귀장시歸庄詩>이며,

> 西子眉嚬如有恨　　서자西子[26]가 눈썹을 찡그리는 것은 한이 있는 듯하고
> 小蠻腰細不勝嬌.　　소만小蠻[27]의 가는 허리는 교태를 이기지 못한다.

---

26) 춘추 시대 월越나라 미인 서시西施로서 오왕吳王 부차夫差의 애비愛婢였다고 함.
27) 당唐나라 백거이白居易의 소실. 허리가 가늘고 춤을 잘 추었다고 함.

라 한 것은 최균崔筠의 <영류시咏柳詩>이며,

    魚跳落照銀猶閃   지는 햇빛에 뛰는 고기는 은빛이 번득이고
    鴉點平林墨未乾.   숲에 앉은 까마귀는 검은 것이 마르지 않았다.

라 한 것은 이장용李藏用의 <호심사시湖心寺詩>이며,

    寒推嶽色僧扃戶   차가움이 산 빛을 밀어내자 중은 문을 닫았고
    冷踏溪聲客上樓.   싸늘한 시내 물소리 밟으며 손은 다락에 오른다

라 한 것은 노여魯璵의 <수루시水樓詩>이며,

    荷葉亂鳴欹枕雨   베개에 기대니 연잎에 빗소리 요란하고
    柳條輕颺捲簾風.   발을 걷으니 바람에 버들가지 하늘거린다.

라 한 것은 설문우薛文遇의 <운금루시雲錦樓詩>이며,

    漁翁去後孤舟在   어옹이 간 후에 고주만 남아있고
    山月來時小閣虛.   산에 달이 뜰 때 집은 비었다.

라 한 것은 김구용金九容의 <유거시幽居詩>인데 고려조 시격詩格의 맛을 알만하다

김이수金頤叟(김안로金安老의 字)가 일찍 사가四佳 서거정徐居正과 이야기하며 말하기를 "고려조의 문인들은 말의 기운이 풍부하고 아름다우나 체격이 생소하며 우리 정부의 저술은 말이 섬세하고 기운이 약하나 의리는 정밀하니 어느 것이 우수한가"하니 사가四佳가 말하기를 "호걸스러운 장수와 호위하는 병졸들이 창과 방

패를 들고 있는 것과 인의를 말하는 썩고 속된 선비가 갓을 쓰고 단장을 하고 조용히 예법禮法을 말하고 있다면 자네는 장차 어느 것을 취하겠는가"했다. 현옹 신흠申欽이 이르기를 "우리 정부의 문장이 우뚝하게 많이 나왔지만 고려조와 비교하면 약간 사양해야 할 것이다. 문순文順의 크고 방탕한 것과 문정文靖의 넓고 질펀한 것은 우리 정부에서는 볼 수 없다"고 했다. 서사가徐四佳의 주장에 따르면 우리 정부가 우수한 듯하고, 신현옹申玄翁이 말한 것으로 논하면 고려조가 우수한 듯하다. 문순은 바로 이백운李白雲 규보奎報이며, 문정은 바로 이목은李牧隱 색穡이다. 여기에 그들의 칠언七言 근체시 각 한수씩 들어보고자 한다. 문순文順의 <부령포구시扶寧浦口詩>에 말하기를,

流水聲中暮復朝	흐르는 물소리 속에 저녁은 다시 아침이 되고
海村籬落苦蕭條	바닷가 촌락이 매우 쓸쓸하다.
湖淸巧印當心月	맑은 호수 가운데 달이 교묘하게 도장을 찍었고
浦闊貪呑入口潮	넓은 포구는 들어오는 조수를 탐내듯 삼킨다.
古石浪舂平作礪	찧는 물결에 바위가 편편해 숫돌이 되고
壞船苔沒臥成橋	부서진 배는 이끼에 묻혀 누워 다리가 되었다.
江山萬景吟難狀	강산의 많은 경치 읊어 표현하기 어려워
須倩丹靑畫筆描.	화가의 붓을 빌어 그림으로 그려련다.

라 했으며, 문정文靖의 <즉사시卽事詩>에 말하기를,

幽居野興老彌淸	깊숙한 들에 사는 사람의 흥치가 늙을수록 맑아
恰得新詩眼底生	새 시가 눈 밑에서 생겨나는 듯하다.
風定餘花猶自落	바람이 자도 남은 꽃은 오히려 떨어지고
雲移少雨未全晴	구름이 날아가도 가랑비는 완전히 개지 못했다.
墻頭粉蝶別枝去	담장머리 나비는 다른 가지로 날아가고

屋角錦鳩深樹鳴　　집모퉁이 비둘기는 깊은 나무에서 운다.
齊物逍遙非我事　　제물齊物과 소요逍遙[28]가 내 일이 아니기 때문에
鏡中形色甚分明.　거울 속에 비치는 빛이 매우 분명하다오.

라 했다. 대개 고려조의 시는 규모가 커서 송나라 시에 가깝고 우리 조정의 시는 격조格調가 맑아 당唐나라 시에 가깝다고 한다. 지금 위의 두 분의 시로써 보면 당시唐詩인가 송시宋詩인가. 보는 사람이 만약 당시인지 송시인지 정할 것 같으면 고려조와 우리 조정의 시의 우수하고 모자람을 스스로 판단할 것이다.

삼봉三峯 정도전鄭道傳의 <봉천문시奉天門詩>에 이르기를,

春隨細雨渡天津　　봄에 가랑비를 따라 천진을 건너가니
太掖池邊柳色新　　태액의 못가에 버들 빛이 새롭다.
滿帽宮花霑賜宴　　궁중의 꽃을 사모에 가득 꽂고 내린 잔치에 젖었는데
金吾不問醉歸人.　금오金吾[29]가 취해 돌아가는 사람을 묻지 않는다.

라 하여, 호방함이 뛰어나고 구속을 받지 않았다. 그의 <방김거사시訪金居士詩>에 이르기를,

秋陰漠漠四山空　　가을 그늘은 막막하고 사방은 비었는데
落葉無聲滿地紅　　낙엽은 소리 없이 땅에 가득 붉었다
立馬溪橋問歸路　　다리 위에 말을 새우고 돌아가는 길 물으며
不知身在畫圖中.　내 몸이 그림 속에 있는 지 알 수 없다네.

라 했으니, 시 가운데 그림이 있다고 하겠다.

---

28) 장자莊子의 두 편의 이름. 대소大小와 물아物我를 초월함을 말함.
29) 치안을 맡은 관직의 이름. 야간의 통행을 금지하는 것도 그의 권한이라고 한다.

양촌陽村 권근權近이 일찍 명明나라에 사신으로 갔더니 명의 태조太祖가 우리나라 지세의 아름다움을 묻고 잇따라 시를 짓게 했다. 양촌이 바로 응해 시를 지으니 태조가 노련한 수재라 하며 칭찬했다. 그가 읊은 <금강산시金剛山詩>에 말하기를,

雪立亭亭千萬峯	눈으로 우뚝 우뚝 선 천만봉이
海雲開出玉芙蓉	바다구름이 열리자 옥 같은 연꽃이 드러난다.
神光蕩漾滄溟近	늠실대는 신기한 빛은 서늘한 바다에 가깝고
淑氣蜿蜒造化鍾	꿈틀대는 맑은 기운은 조화를 모은 듯하다.
突兀岡巒臨鳥道	우뚝 솟은 산은 조도에 다다랐고
清幽洞壑祕仙蹤	맑고 깊숙한 골짜기는 신선의 자취 감추었다.
東遊便欲凌高頂	동쪽에 놀며 높은 꼭대기를 업신여기며 올라
俯視鴻濛一盪胸.	우주를 내려 보며 가슴을 한 번 씻으리라.

라 했는데, 정지승鄭之升이 이르기를 "이 시의 첫머리는 금강산의 참모습을 그려냈다"고 했다.

권우權遇의 호는 매헌梅軒이며 양촌 권근의 동생이다. 젊었을 때 정포은鄭圃隱에 배워 성리학性理學에 밝았다. 양촌이 매양 말하기를 "내가 동생보다 못하다"고 했다. 그의 <추일시秋日詩>에 말하기를,

竹分翠影侵書榻	대나무는 푸른 그림자를 나누어 책상을 침범하고
菊送清香滿客衣	국화는 맑은 향기를 보내 손의 옷에 가득하게 한다.
落葉亦能生氣勢	떨어진 잎도 또한 힘을 내어
一庭風雨自飛飛.	뜰에서 비바람과 같이 날고 있다.

라 했는데, 끝구는 극히 음운音韻이 있다.

통정通亭 강희백姜淮伯 완역제玩易齋 석덕碩德 인제仁齋 희안希顔의 조祖, 자子, 손孫, 삼인은 모두 문장으로써 세상에 크게 유명했다. 아 고금을 두루 살펴보면 글을 읽어 문장에 능한 자가 어려우며 비록 문장에 능해 일가를 이루었다 할지라도 후세에까지 전하기는 어렵다. 비록 후세에 전했다 할지라도 세상이 바뀌었는데 문장은 계속되어 그 업을 떨어뜨리지 않은 것은 더욱 어려운 것인데 옛날에 찾아보면 겨우 소蘇와 두杜의 이가二家이며 우리나라에서는 강통정姜通亭 일가가 세대를 계속하여 전통을 잇게 되었으니 어찌 아름답지 아니한가. 강통정姜通亭이 등명사燈明師에 보낸 시에 말하기를,

人情蟬翼隨時變	매미날개처럼 인정은 때를 따라 변하고
世事牛毛逐日新	소털과 같은 세상 일은 날을 쫓아 새롭다.
想得吾師禪榻上	우리 선사 참선하는 책상 위를 생각하게 되면
坐看東海碧㴞㴞.	앉아 동해의 푸르고 맑은 물결을 보리라.

라 했으며, 완역재玩易齋도 수암상인축秀庵上人軸에 시를 지어 말하기를,

占斷煙霞心自閒	고요한 산수에 있고자 정하니 마음이 스스로 한가로워
茅茨高架碧潺顔	푸른 물 잔잔히 흐르는 곳에 띠집을 높게 지었다.
飢飱倦睡無餘事	주리면 먹고 조는 것 외에 다른 일이 없는데
春鳥一聲花滿山.	새 우는 소리에 산에 꽃이 가득 피었다.

라 했으며, 인재의 <영송시咏松時>에 말하기를.

階前偃蓋一孤松	뜰 앞에 한 그루 굽은 소나무가 덮고 있어

枝幹多年老作龍　오랫동안아 가지와 줄기는 늙은 용이 되었다.
歲暮風高揩病目　저문 해 바람 부는 날 아픈 눈을 문지르며
擬看千丈上靑空.　푸른 하늘에 높게 오르는 것을 보려한다.

라 했는데, 격조가 가장 높다

쌍매雙梅 이첨李詹의 <영급암시咏汲黯詩>에 말하기를,

詔諛從來易得親　예부터 아첨하면 쉽게 친함을 얻을 수 있으니
君看大將與平津　그대는 대장大將과 평진平津을 보라.30)
高才久屈淮陽郡　높은 재능이 오래 동안 회양淮陽에서 다했으니31)
孰謂當時社稷臣.　누가 당시의 사직신이라 말했는가.

라 하여, 매우 아깝게 여기는 뜻이 사람으로 하여금 슬프게 한다. 또,

舍後桑枝嫩　집 뒤에 뽕나무가지 연하고
畦西薤葉抽　밭 서쪽에 마늘잎이 돋는다.
陂塘春水滿　못에 봄물이 가득하니
稚子解撑舟.　어린아이들이 배 저을 줄 안다.

라 했으니, 어찌 당唐나라 시인들에 못하다고 하겠는가.

　태재泰齋 류방선柳方善이 일찍 조사를 받은 후 과거를 보지 못하고 숨어살고 있으면서 지은 시가 있는데 말하기를,

晝靜溪風自捲簾　한 낮은 고요하고 시내 바람은 스스로 발을 걷는데
吟餘傍架檢書籤　시를 읊다 책상 곁에 책을 정리한다.

---

30) 이 구에서 대장大將은 위청衛靑이며 평진平津은 공손홍公孫弘이라 함.
31) 급암汲黯은 전한前漢 무제武帝 때의 직신直臣이었으며 뒤에 회양수淮陽守로 가서 돌아오지 못했다고 한다.

今年却勝前年懶　　금년은 전년보다 더욱 게을러
身世全敎付黑甛　　신세를 온전히 낮잠에 붙인다네.

라 했는데 난수懶睡를 검서檢書와 비교했으며, 말이 한가로워 좋다
　진일재眞逸齋 성간成侃이 일찍 집현전集賢殿에 있었는데 동료들
과 더불어 성남城南에 놀면서 운자韻字를 나누어 시를 짓게 되자
성간成侃이 먼저 시를 지었다. 그 시에 말하기를,

鈗橐年來病不堪　　요사이 병으로 공부를 할 수 없었는데
春風引興到城南　　봄바람의 흥에 이끌려 성남에 갔다네.
陽坡芳草細如織　　양지쪽 언덕이 연한 풀을 짜놓은 듯해
正是靑春三月三.　　바로 푸른 봄의 삼월 삼일이라네.

라 하니, 같이 갔던 선비들이 모두 붓을 던지고 짓지 않았다. 또
<도중시途中詩>와 같은 것에 말하기를,

離落依依半掩扃　　울타리는 늘어지고 빗장은 반쯤 닫혔는데
夕陽立馬問前程　　석양에 말을 세우고 앞길을 묻는다.
儵然細雨蒼烟外　　푸른 연기 밖에 가는 비가 빨리 내리는데
時有田翁叱犢行.　　그 때 농부가 송아지를 꾸짖으며 간다.

라 했는데, 경치를 묘사한 것이 그림 같다. 허균許筠이 이르기를
"우리나라 시가 옛 작가들을 본받은 것이 없었는데 홀로 성간成侃
화중和仲만이 비슷하다. 도잠陶潛과 포참군鮑參軍[32]을 살펴보면
세 편의 시가 그 법을 깊게 얻었으며 짧은 절구絶句에서도 당唐의
악부체樂府體를 얻었으니 이 사람에 힘입어 고요함을 면하게 되었

---

32) 도잠陶潛과 같이 진晉나라 때 유명했던 시인.

다”고 했다. 그의 <나홍시囉嗊詩>에 말하기를

爲報郎君道	낭군에게 알리고자 말하노니
今年歸未歸	금년에 돌아가고자 했으나 못돌아간다오.
江頭春草綠	강머리에 봄풀이 푸른데
是妾斷腸時	이즈음이 첩의 창자가 끊어지는 때라네.

郎如車下轂	낭군은 수레 밑의 바퀴같고
妾似路中塵	첩은 길 가운데 먼지 같다오.
相近仍相遠	서로 가까웠다가 잇달아 멀어져
看看不得親	보고보아도 친할 수 없다네.

綠竹條條勁	푸른 대는 가지마다 굳세고
浮萍箇箇輕	부평초는 하나하나 가볍다네.
願郎如綠竹	낭군은 푸른 대 같기를 원하며
不願似浮萍.	부평초 같은 것은 바라지 않는다오.

라 했는데, 허균許筠이 말한 것이 이 시가 아니겠는가.

박팽년朴彭年, 성삼문成三問, 이개李塏, 하위지河緯地, 류성원柳誠源은 세종 때 모두 집현전에 선발되어 들어가서 가장 은혜를 입었으나 을해년 세조가 선위를 받고 노산군魯山君이 상왕이 되자 박팽년의 무리들이 무인인 유응부兪應孚와 더불어 비밀리에 상왕을 복위시키고자 계획했다가 발각되어 모두 죽었기 때문에 그들의 시문이 세상에 간행이 되지 못했다. 지금 전해 외워지고 있는 시 각한 수씩 취하고자 한다. 아 여섯 선생의 충성과 의리는 밝고 빛나한 조각 말과 외짝의 글자라 할지라도 가히 일월과 더불어 빛을 다툴 것이므로 꼭 많아야 할 것이 없다. 대개 보는 자가 이 시로써 그들의 인품을 구하고자 하면 또한 그들에 대해 대략을 알 것이다.

박팽년의 시에,

十年身在禁中天　십년동안 몸이 궁중의 하늘 밑에 있으면서
只有丹心魏闕懸　단지 단심은 조정朝廷에 달려 있었다오.
西望白雲生眼底　서쪽을 바라 보니 흰구름이 눈에 보여
不堪歸興繞林泉　가고 싶은 생각이 시골에 둘러 있는 것을 견딜 수
　　　　　　　　없다.

라 했는데, 그 때 공의 부모가 전의全義에 있었기 때문에 이른 것
이다. 성삼문의 ＜영이제묘시咏夷齊廟詩＞에,

當年叩馬敢言非　그 때 말을 두드리며 과감하게 잘못을 말한 것은
大義堂堂日月輝　대의가 밝은 햇빛처럼 당당했다오.
草木亦霑周雨露　초목도 또한 주나라 비와 이슬에 젖었는데
愧君猶食首陽薇.　오히려 그대의 수양산 고사리 먹은 것이 부끄럽다오.

라 했으며, 이개의 ＜선죽교시善竹橋詩＞에,

繁華往事已成空　번화했던 지난 일이 이미 없어져
舞館歌臺野草中　무관舞館과 가대歌臺는 들에 있는 풀 속에 묻혔다
惟有斷橋名善竹　오직 끊어진 다리 선죽교가 있어
半千王業一文忠.　반천년 왕업에 문충공文忠公 한 사람 뿐이요.

라 했으며, 하위지의 박팽년에 답한 ＜차사의시借簑衣詩＞에,

男兒得失古猶今　남아의 득실은 옛날과 지금이 같아
頭上分明白日臨　머리 위에 분명히 밝은 해가 비친다오.
持贈簑衣應有意　사의를 주는 것은 응당 뜻이 있나니

五湖煙雨好相尋.　　오호의 안개비 속에 좋게 서로 찾으리라.

라 했으며, 류성원柳誠源의 <송별시送別詩>에,

白山拱海磨天嶺　　백산은 바다를 꽂아 마천령이 되었고
黑水橫坤豆滿江　　흑수은 땅을 가로질러 두만강이라오.
此是李侯飛騎處　　이땅은 이후李侯[33]가 비마를 타던 곳으로
剩看胡虜自來降.　　호로가 스스로 와서 항복하는 것을 많이 보았다.

라 했으며, 유응부兪應孚는 함길절제사咸吉節制使가 되어 지은 시
가 있는데 말하기를,

將軍持節鎭寧邊　　장군이 임명장을 가지고 영변寧邊을 진압하니
沙漠塵淸士卒眠　　사막에 티끌이 맑고 사졸은 존다오.
駿馬五千嘶柳下　　준마 오천 필은 버드나무 밑에서 울고
良鷹三百坐樓前.　　좋은 매 삼백 마리는 다락 앞에 앉았다네.

라 했다. 명明나라 예겸倪謙 시강侍講이 일찍 우리나라에 사신으로
와서 성삼문成三問의 <영이제묘시咏夷齊廟詩>를 보고 크게 칭찬
하면서 말하기를 "생각하지도 못했는데 해외에서 이러한 충절의
선비가 있다"고 했다.
　보한재保閑齋 신숙주申叔舟 이락당二樂堂 용개用漑 기재企齋 광
한光漢의 조祖 자子 손孫 세 사람이 모두 문장으로서 문형文衡을
맡았으니 위대하다. 보한재保閑齋가 일찍 북쪽에 놀러가서 중서中
書[34]에 있는 여러 사람에게 시를 붙이었는데,

---

33) 비기飛騎가 호로胡虜를 격파했다는 것은 전한前漢 때 리광李廣을 말하는 것인데
　　여기서는 누구를 지칭한 것인지 알기 어렵다.

頭滿春水繞塞山　　두만강의 봄물이 변방 산을 둘렀는데
客來歸夢五雲間　　나그네의 돌아가는 꿈은 오운 사이에 있다.
中書醉後應無事　　중서中書에서 취한 후에 응당 일이 없으리니
明月梨花不怕寒.　　밝은 달과 배꽃에 춥지 않으리라.

라 했으며, 이락당二樂堂은 <양화도시楊花渡詩>에서,

水國秋高木葉飛　　수국에 가을이 깊으니 나뭇잎이 떨어지고
沙寒鷗鷺淨毛衣　　차가운 사장에 백로의 털이 깨끗하다.
西風日落吹遊艇　　해가 지고 서풍이 놀고 있는 배에 불어
醉後江山滿載歸.　　취한 뒤에 강산을 가득 싣고 돌아가리라.

라 했으며, 기재企齋가 홀로 내조內曹에 숙직하면서 밤에 비가 내
리는 소리를 듣고 지은 시에,

江湖當日亦憂君　　강호에 있을 당시에도 또한 임금을 걱정했는데
白首無眠夜向分　　백수에 잠은 오지 않고 밤은 자정이 가까웠다.
華省寂寥疏雨過　　내조內曹가 적막하고 성긴 비가 내려
隔窓桐葉最先聞.　　창밖의 오동잎에서 가장 먼저 들린다.

라 했으며, 삼괴당三魁堂 종호從護도 또한 보한재保閑齋의 손자였
다. 문장에 능해 그의 <상춘시傷春詩>에,

茶甌飲罷睡初驚　　차를 마시고자 자던 잠을 처음 깨니
隔屋聞吹紫玉笙　　건너 집에서 저 부는 소리 들린다.
燕子不來鶯又去　　제비는 오지 않고 꾀꼬리도 또 갔는데
滿庭紅雨落無聲.　　뜰에 가득한 꽃이 떨어지면서 소리가 없다.

---

34) 중서성中書省으로 중앙관청을 말함.

라 했는데, 모든 시가 어찌 당唐나라 시인들에 양보하겠는가.

서거정徐居正의 호는 사가정四佳亭이며 양촌陽村 권근權近의 외손이다. 여섯 살에 글을 잘 읽어서 글을 지었기 때문에 사람들이 신동이라고 일컬었다. 여덟 살이었을 때 양촌을 모시고 앉아 있게 되었는데 사가四佳가 말하기를 "옛 사람이 일곱 걸음에 시를 지었다는 것은 오히려 늦은 듯 하므로 다섯 걸음에 짓겠다"고 했다. 양촌이 시험해 보고자 하늘을 가리키며 제목으로 하고 명名, 행行 경傾, 석자를 운으로 부르니 사가가 바로 응해 읊어 말하기를,

형圓至大蕩難名　둥근 모양이 매우 커 이름 하기 어려우며
包地回旋自健行　땅을 안고 돌면서 굳세게 간다.
覆幬中間容萬物　휘장으로 덮은 가운데 만물을 수용했는데
如何杞國恐頹傾.　어찌 기국杞國사람은 무너질까 두려워했는가.

라 하니, 양촌이 크게 기이하게 생각하며 감탄해 마지않았다. 사가가 오랫동안 문형文衡(대제학大提學)을 잡고 있었기 때문에 이름이 가장 많이 알려졌는데 평론하는 사람들로부터 무겁게 여기는 바가 되지 못한 것은 대개 그의 재주가 빛나고 넉넉한 것에 그칠 따름이었다. 그가 중국 사신 기순祈順을 대했을 때 먼저,

風月不隨黃鶴去　풍월은 황학을 따라 가지 않고
煙波長送白鷗來.　연파는 흰 갈매기를 길이 보낸다.

라 한 구가 도전하는 것과 같은 것이 있었는데 마침내,

五臺泉脈自天來.　오대산 샘물을 하늘로부터 왔다.

라는 구에 곤란하게 되었다. 선배들이 단지 먼저 다리를 걸었다가
뒤에 땅을 지고 넘어졌다며 나무라고 있으나 전혀 옛사람의 구를
모두 훔친 것을 알지 못했다. 내가 「동문선東文選」을 보았더니 고
려조 중암中庵 채홍철蔡洪哲의 <월영대시月影臺詩>의 한 연이 서
거정이 지은 것과 더불어 다름이 없이 같았으며 단지 상축相逐 두
자를 고쳤다. 「동문선」은 바로 사가가 국가로부터 명령을 받고 초
선한 것이다. 그가 익히 보았기 때문에 관습에 젖었을 것이며 어찌
중국 사신을 항복받기 위해 이 구를 사용했겠는가.

점필재佔畢齋 김종직金宗直은 선산善山 사람이었다. 선산을 맡아
나가면서 시가 있었는데 말하기를,

津吏非隴吏	나루지기는 농리가 아니고
官人卽邑人	관인은 바로 읍사람이라네.
三章辭聖主	세 번 글을 올려 임금을 하직하고
五馬慰慈親	다섯 말로써 어머니를 위로하게 되었다.
白鳥如迎棹	흰 새들은 배를 맞이하는 듯하고
靑山慣送賓	푸른 산은 익숙하게 손을 보낸다.
澄江無點綴	맑은 강은 한 점 티끌이 없으니
持以律吾身.	이로써 내 몸을 가다듬으리라.

라 했는데, 말이 극히 법에 맞고 깨끗하다. <장현촌가시長峴村家
詩>에 말하기를,

籬下紅桃竹數科	울타리 밑에 붉은 복숭아꽃과 대나무 두어 가지
霏霏雨脚間飛花	이슬비 내리고 간혹 꽃도 날고 있다.
老翁荷耒兒騎犢	노옹은 따비졌고 아이는 송아지 탔으니
子美詩中西崦家.	두자미杜子美 시 속의 서엄가西崦家라네.

라 했는데, 가히 시속에 그림이 있다고 하겠다. 또,

> 霜後梧桐猶窣窣　　서리 내린 후에도 오동나무는 오히려 솔솔하고
> 月明鵶鵲自翻翻.　　달이 밝은데 까치는 스스로 뒤친다.

라 했는데, 그 맑음이 이와 같으며,

> 鳩鳴穀穀棣棠葉　　비둘기는 체상나무 잎에서 곡곡히 울며
> 蝶飛款款蕪菁花.　　나비는 무꽃에서 간간히 날고 있다.

라 하여, 법에 맞고 맑음이 이와 같으니 이른바 우리 정부에서 으뜸이 된다고 한 것이 어찌 빈말이겠는가.

　　동봉東峯 김시습金時習은 다섯 살 때 기동奇童으로 유명했다. 세종世宗이 불러 <삼각산시三角山詩>를 시험해 보고 크게 기이하게 여겼다. 뒤에 거짓으로 미친 듯하며 머리를 깎고 산중에 있기도 했다. 지은 바의 시가 매우 많은데 모두 입으로 부르고 솜씨를 밀어 흥을 따르는데 그쳤으며 일찍 뜻을 두고 다듬지 않았다. 그러나 지은 바가 뛰어나 일반 사람들이 미칠 바가 아니었다. 그의 <무제시無題詩>에,

> 終日芒鞋信脚行　　종일 떨어진 신으로 다리를 믿고 가는데
> 一山行盡一山靑　　한 산을 지나니 한 산이 푸르다.
> 心非有想奚形役　　마음에 생각이 있음이 아닌데 어찌 사물의 영향을 받으며
> 道本無名豈假成　　도는 본디 이름이 없었으니 어찌 거짓으로 이루어지랴.
> 宿霧未晞山鳥語　　짙은 안개가 걷히지 않았는데 산새는 울고
> 春風不盡野花明　　봄바람이 계속 불고 있으니 들꽃은 밝다.
> 短筇歸去千峯靜　　짧은 지팡이 짚고 돌아가자 천봉은 고요하고

翠壁亂煙生晚晴.   푸른 벽에 낀 연기가 늦게 맑아진다.

라 했으니, 도道를 깨달은 자가 아니면 어찌 이같은 말이 있겠는가.
김동봉金東峯 시에 말하기를,

是是非非非是是   옳은 것이 옳고 그른 것이 그르다고 옳은 것이 아니고
非非是是非非是.   그른 것이 그르고 옳은 것이 옳다고 해서 옳은 것이
          아니다.

라 했으며, 또 말하기를,

同異異同同異異   다른 것이 같고 같은 것이 다르다고 다른것이 같은
          것이 아니고
異同同異異同同.   같은 것이 다르고 다른 것이 같다고 같은 것이 다른
          것과 같지 않다.

라 했으며, 복재服齋 기준奇遵의 시에 말하기를,

人外覓人人豈異   사람 밖에서 사람을 찾았으나 사람이 어찌 다르며
世間求世世難同.   세상 사이에서 세상을 구하나 같은 세상은 어렵다.

라 했고, 또 말하기를,

紅紅白白紅非白   홍은 홍이고 백은 빅이지 홍이 백은 아니며
色色空空色豈空.   색은 색이요 공은 공이지 색이 어찌 공이겠느냐.

라 했는데, 두 분이 이러한 구들을 사용하는 것을 좋아 했으며 자

못 희롱에 가깝다. 백운白雲 이규보李奎報의 <한거시閒居詩>에 말하기를,

莫問累累兼若若　다른 것은 다르고 아울러 같은 것은 같다고 묻지 말며
不曾是是況非非.　옳은 것도 옳은 것이 아닌데 하물며 그른 것이 그르겠는가.

라 했는데, 이 늙은이가 이러한 체를 처음으로 시작한 것인지 알 수 없다.

소총篠叢 홍유손洪裕孫의 <제강석시題江石詩>에 말하기를,

濯足淸江臥白沙　맑은 강에 발을 씻고 사장에 누웠으니
心神潛寂入無何　심신이 편안해 선경에 들어선 듯.
天敎風浪長喧耳　하늘이 풍랑을 내 귀에 길이 시끄럽게 하여
不聞人間萬事多.　세속世俗의 많은 일들을 듣지 못하게 한다오.

라 했는데, 대개 이 시는 고운孤雲 최치원崔致遠의,

常恐是非聲到耳　항상 시비소리 귀에 들릴까 두려워하여
故敎流水盡籠山.　고의로 흐르는 물 시켜 산에 가득하게 했다.

라 한 구에서 나왔다. 홍유손洪裕孫의 말의 뜻은 비록 아름다우나 마침내 미치지 못함이 있다.

허암虛庵 정희량鄭希良은 연산군燕山君 때 화를 피해 중이 되어 산수간을 다니며 늙어 어느 곳에서 세상을 떠났는지 알지 못한다고 말한다. 일찍 어느 절의 벽에 쓴 시에 말하기를,

朝天學士五更寒　　조천朝天하는 학사는 새벽이 되어 춥고
鐵馬將軍夜出關　　철마를 탄 장군은 밤에 관문을 나간다.
度寺日高僧未起　　절을 지나자 해가 높게 떴는데 중은 일어나지 않았고
世間名利不如閑.　　세간의 명리는 한가한 것만 같지 못하네.

라 했는데, 절에 있는 중이 이 시를 전했으며 식자識者들이 허암의 지은 것으로 알고 있다. 내가 이 시를 볼 때 단지 그의 인품만 높은 것이 아니고 시도 또한 높았다.

　문익공文翼公 정광필鄭光弼 상국相國은 나의 외륙대조였다. 평생에 지은 바를 잃어버려 남은 것이 없으며 <적금해시謫金海詩>한 수 외에 세간에 볼 수 있는 것이 없기 때문에 내가 수습해서 기록한다. 그의 <귀전시歸田詩>에 말하기를,

金章已謝路漫漫　　벼슬을 그만두니 길은 아득하고 멀며
垂白歸來舊業殘　　백발이 되어 돌아왔는데 옛 것은 남아 있다.
沿澗石田纔數畝　　냇가 돌밭은 겨우 얼마의 이랑이 되고
打頭茅屋只三間　　머리 닿는 띠집은 단지 삼칸이라네.
一村黎老皆新面　　한마을 장년들은 모두 낯이 설고
兩岸靑山是故顔　　양쪽 언덕 푸른 산은 옛날 보던 산이었다.
隣里不知蒙譴重　　이웃사람들은 중한 꾸지람 받은 줄 모르고
猶將濁酒慰玆還.　　탁주를 가지고 와서 돌아온 것을 위로한다.

라 했으며, <동야시冬夜詩>에 말하기를,

收拾柴薪用力窮　　땔감을 하느라고 힘을 다해 지쳤으며
煙消榾柮火通紅　　삭정이 나무 태워 불이 통하는 구들이 붉다.
昏鴉棲定風初下　　늦게 갈까마귀가 자리를 잡자 바람이 낮아지고
旅雁聲高夜正中　　가는 기러기 우는 소리 클 즈음 밤이 깊었다.

北闕夢回天穆穆	북궐을 생각하니 하늘은 온화하며
東山跡滯雨濛濛	동산에서 가지 못하게 이슬비가 내린다.
一生狂走叨名利	일생동안 외람되게 명리를 따라 미친듯했는데
竟與邯鄲呂枕同.	결국 한단에서 여옹呂翁과 더불어 베개를 같이 했다.35)

라 하여, 표현하고자 하는 뜻이 높고 예스러우며 말도 고와 매양 이 시를 외우면서 그의 덕을 상상해 볼 수 있다.

목계木溪 강혼姜渾의 <임풍루시臨風樓詩>의 한 연에,

紫燕交飛風拂柳	제비는 서로 날고 바람은 버들가지를 흔들며
靑蛙亂叫雨昏山.	개구리는 요란하게 울고 내리는 비는 산을 어둡게 한다.

라 했으며, 북저北渚 김류金瑬의 <객중시客中詩>에,

遙山帶雨池蛙亂	먼 산은 비를 띠었고 못에는 개구리 요란하며
高柳含風海燕斜.	높은 버들은 바람을 머금었고 바다에 제비는 날고 있다.

라 했는데, 북저北渚의 시는 목계木溪의 시에 뿌리를 했으나 호방 함에는 마침내 약간 양보해야 할 것이다.

읍취헌挹翠軒 박은朴誾과 용재容齋 이행李荇은 모두 문장으로써 서로 사이가 좋았다. 읍취헌挹翠軒이 연산군燕山君 때 화를 입고 죽 자 용재容齋가 그의 시문을 모아 세상에 간행했다. 그의 시는 타고 난 재주가 매우 높아 사람의 노력으로는 가능하지 않아 공중에서 물귀신을 잡는 형상과 같았다. 그의 <영보정시永保亭詩>에 말하 기를,

---

35) 한단지몽邯鄲之夢의 고사故事를 말한 것으로서 인생과 부귀의 덧없음을 말함.

地如拍拍將飛翼   땅은 박박拍拍해 날려는 날개를 가졌고
樓似搖搖不繫篷   누는 매지 않은 배처럼 흔들린다.
北望雲山欲何極   북쪽에 보이는 운산雲山은 어디에서 끝나고자 하며
南來襟帶此爲雄   남으로 오면서 둘러싸인 산하山河는 이곳이 제일이네.
海氛作霧因成雨   바다 기운은 안개 되어 비를 이루고
浪勢翻天自起風   물결은 하늘까지 뒤집어 바람을 일으킨다.
暝裏如聞鳥相叫   어두운 속에 새들의 부르는 소리 들리는 듯해
坐間渾覺境俱空.   앉아 있는 사이 모든 것이 허무함을 깨닫게 한다.

라 했는데, 용재容齋 이행李荇이 말하기를 "이 시가 사람의 생각을
벗어나 자연히 글을 이루고 있어 꾸미는 것을 빌리지 않았으니 거
의 천고에 드문 소리라"했다.

　지정止亭 남곤南袞은 문장이 매우 아름다워 우리나라에서 드문
바였다. 신광사神光寺에서 지은 여섯 수의 절구絶句는 모두 뛰어난
작품이다. 여기에 세수를 기록한다.

千重簿領抽身出   많은 문서를 처리하다가 몸을 뽑아 나가서
十笏僧房借榻眠   십홀十笏의 승방僧房에 자리 빌려 잔다오.
六月炎塵飛不到   유월의 더운 티끌이 날아오지 않으니
上方知有別般天.   상방上方에 별다른 하늘이 있음을 알겠다.

金書殿額普光明   보광으로 밝힌 금으로 쓴 액자의 집은
二百年來結搆精   이백 년이 되면서 정밀하게 지었다오
試問開山大壇越   이 절을 처음 지은 시주施主에게 묻고자 하노니
碧空無際鳥飛輕.   끝없는 푸른 하늘에 새가 가볍게 난다.

庭前栢樹儼成行   뜰 앞에 잣나무들은 엄연히 줄을 이루어
朝暮蕭森影轉廊   아침저녁 쓸쓸하게 그림자가 곁채를 돌고 있다.
欲問西來祖師意   서쪽에서 온 조사의 뜻을 묻고자 하노니

北山靈籟送凄凉.　북쪽 산의 신령스러운 피리소리가 서늘함을 보낸다.

라 했는데, 허균許筠이 이 시들을 그의 「시산詩刪」에 뽑아 넣으면서 평해 말하기를 "비록 그 사람은 화를 내고 침을 뱉을 만하나 시는 좋다"고 했다. 내가 일찍 보고 웃으며 말하기를 "태종太宗이 위魏의 무제武帝를 제사지내는 것은 바로 자신을 형상화한 것이라" 했다.36)

용재容齋 이행李荇은 지은 시가 화평和平하고 순수하며 익숙해 신선의 지경에 여유가 있게 이르렀다. 허균은 그를 우리나라 시인에서 제일이라고 일컬었다. 그의 차운次韻한 시에 말하기를,

多難纍然一病夫　여러 번 어려움이 많았던 병든 지아비가
人間隨地盡窮途　인간세계에서 가는 곳마다 궁한 처지를 다 겪었다.
靑山在眼誅茅晚　청산이 보이나 집을 짓기에는 늦었고
明月傷心把筆孤　명월에 마음이 상하나 같이 붓을 잡을 사람이 없다.
短夢無端看蟻穴　단몽短夢은 까닭 없이 개미집을 바라보고
浮生不定似檣烏　부생浮生은 돛대에 앉은 새처럼 불안하다네.
只今嬴得衰遲趣　지금에야 더디고 늦게 하는 방법을 약간 알아
聽取兒童拚白鬚.　아이 불러 흰머리를 뽑게 한다오.

라 했으며, 또 <제직사시題直舍詩>에 말하기를,

衰年奔走病如期　쇠한 나이에 병이 야속한 듯 빨리 오지만
春興無多不到詩　봄 흥에 시심은 가지 않는 곳이 없다오.
睡起忽驚花事晚　자다가 일어나 꽃이 졌을까 놀랐는데
一番微雨落薔薇.　한 번 가는 비에 장미꽃이 떨어졌다.

---

36) 허균도 남곤南袞과 같이 글을 잘했음에도 처형되었다.

라 했는데, 모두 따뜻하고 여유가 있으며 법규에 맞아 문장가로서 높은 지위에 있다고 하겠다.

이희보李希輔는 문장에 능했으며 호를 안분당安分堂이라 했다. 연산군燕山君이 일찍 애희愛姬를 잃고 매우 슬퍼하며 여러 신하들에게 만시輓詩를 짓게 했는데 이희보가 지은 절구絶句를 연산군이 보고 애통해 하며 상을 많이 주고 그것으로 갑자기 높은 벼슬에 임명되었기 때문에 뒤에 여론이 좋지 않아 마침내 뜻을 이루지 못하게 되었다. 그의 <춘일우음시春日偶吟詩>에 말하기를,

> 錦繡千林鳥亦歌　　비단 같은 많은 숲에 새들이 노래하니
> 天工猶自喜繁華　　천공도 스스로 번화함을 기뻐한다오.
> 門前枯木無枝葉　　문앞의 마른나무에는 가지와 잎이 없어
> 春力無由著一花.　　봄이 되었으나 한 송이 꽃도 피지 못한다.

라 했는데, 그가 스스로 슬퍼하는 감정을 볼 수 있으며 시도 또한 매우 아름답다

눌재訥齋 박상朴祥의 <남해신당시南海神堂詩>에 말하기를,

> 蕙肴椒醑穆將愉　　혜초의 안주 후추의 술은 실로 유쾌해
> 神衛煌煌駕赤虯　　모신 신도 매우 빛나며 붉은 용을 타고 있다.
> 香火粲薰三宿裏　　향불은 삼숙리三宿裏에 선명하며
> 月星明槪五更頭　　달과 별은 대개 오경 머리까지 밝다.
> 梢殘颶母天空闊　　약간 남은 회오리바람에 하늘은 넓고
> 鎖斷支祈海妥流　　자물쇠가 끊어질 정도로 빌어 바다도 순하게 흐른다.
> 禾黍有秋從可卜　　가을이면 벼와 기장이 풍년이 들듯하며
> 慶雲時起祝融陬.　　좋은 구름이 때때로 여름철에 일어나겠다.

라 하여, 노련하고 굳세며 기이하다. 또 <영남루시嶺南樓詩>의 한
연에,

> 漁艇載分籠渚月   고기 잡는 배가 달을 도롱에 나누어 실었고
> 官羊踏破羃坡煙.   양들은 연기 낀 언덕의 통발을 밟아 부수었다.

라 한 것은 극히 맑고 치밀하며, <법성포시法聖浦詩>의 한 연에,

> 龍宮曬出鮫人錦   용궁은 인어의 비단을 볕에 내어 쬐이고
> 蜃市跳回姹女車.   신기루에는 아리따운 여인의 수레가 빨리 돌아간다. 37)

라 한 것은 아득하고 넓다. 허균許筠이 일찍이 이르기를 내가 젊었
을 때 지천芝川 황정욱黃廷彧을 봤더니 그가 주장하는 의론이 매우
거만하여 고금의 문예를 이야기하면서 인정해 주는 바가 적었다.
용재容齋 이행李荇 같은 이는 지나치게 기름지고 이달李達은 모방
이 있다고 지적하고 호음湖陰 정사룡鄭士龍과 소재蘇齋 노수신盧守
愼은 조금 작가에 접근했으며 오직 눌재訥齋 만은 미치지 못하겠다
고 한다 했다.

　정암靜菴 조광조趙光祖 선생이 기묘당화에 죄를 입고 장형을 당
한 후 능성綾城으로 유배되었다. 여러 번 갇혀 있는 가운데 절구
한 수가 있다. 그 시에 말하기를,

> 誰憐身似傷弓鳥   누가 활 맞은 새와 같은 신세를 어여삐 여기랴
> 自笑心同失馬翁   스스로 마음이 말 잃은 늙은이 같아 웃는다오.
> 猿鶴正嗔吾不返   원숭이와 학은 내가 돌아가지 않는 것을 꾸짖으나

---

37) 여기에 인시된 눌재의 시는 난해하여 번역에 어려움이 적지 않았음을 밝혀 둔다.

豈知難出覆盆中.   어찌 복분 가운데서 나가기 어려움을 아리오.

라 했다. 얼마 후 죽음을 받게 되자 한 구를 읊어 말하기를,

愛君如愛父   임금 사랑하기를 아비 사랑하듯 했으니
天日照丹衷.   하늘의 해가 이 마음을 비치리라.

라 하고, 드디어 독약을 마시고 죽었는데, 사람들이 전해 외우면서 눈물을 흘리지 않은 자가 없었다.

충암冲菴 김정金淨은 문장이 정밀하고 깊으며 아득하고 엄숙했으며, 선배들이 그의 문장에 대해 산문은 서한西漢을 따랐고 시는 성당盛唐을 배웠다고 했다. 당쟁의 죄를 입고 장형杖刑을 당한 후 제주로 유배되었다가 잇달아 죽음을 받게 되었다. 그가 남해南海에 이르러 지은 <영로방송시詠路傍松詩>에 말하기를,

海風吹去悲聲遠   바닷바람이 불어 슬픈 소리 멀리가고
山月高來瘦影疏   산에 달이 높게 떠 여윈 그림자가 성기다.
賴有直根泉下到   곧은 뿌리가 땅속 깊게 들어간 것이 있어
雪霜標格未全除.   눈과 서리가 높은 가지에 내려도 완전히 죽지 않았다.

라 했으며, 또 말하기를,

枝柯摧折葉鬖髿   가지는 꺾어지고 잎은 더부룩하고 풀어졌으며
斤斧餘身欲臥沙   도끼 맞은 둥지가 사장에 넘어지고자 한다.
望絶棟樑嗟己矣   동량이 되고자 했던 기대가 끊어져 슬프지만
植牙堪作海仙槎.   높은 뗏목으로 해선海仙의 떼가 되고 싶다오.

라 했는데, 격과 운이 맑고 멀며 나타내고자 한 뜻이 매우 간절하
다. 대개 자신의 상황을 말하고자 한 것이나 결국 생명을 보전하지
못했으니 들보가 되고자 했던 것도 끝났지만 바다 신선의 뗏목이
되고자 했던 바람도 끊어졌으니 슬프다.

김안로金安老 이숙頤叔은 문장에 능했다. 그의 시 한 연에,

巢鶴立晴霾意氣　학이 맑은 날 서 있는 것은 큰 의기 때문이요
火山回碧賴精神.　화산이 푸르게 된 것은 정신의 힘입은 것이다.

라 했는데, 동명東溟 정두경鄭斗卿이 일찍 화공의 수단이라고 일
컬었다.[38]

명明나라 사신 화찰華察의 <압록강시鴨綠江詩>에 말하기를,

春江三月送浮槎　봄강 삼월에 배를 띄어 보내니
日落潮平兩岸沙　양쪽 언덕 사장에 해는 지고 조수가 낮다.
天地本來分異域　천지는 본디 다른 지역으로 나누어졌으며
風塵此去愧皇華　풍진으로 가는 황화가 부끄럽다오.
波飜鴨綠初經雨　파도가 치는 압록강은 처음으로 비가 왔고
柳帶鵝黃未着花　버들에 갈까마귀는 있으나 꽃은 피지 않았다.
四海車書今一統　사해의 많은 책들이 지금 하나가 되어
東溟文物自商家.　해동의 문물을 스스로 헤아리겠다.

라 했는데, 원접사 양곡陽谷 소세양蘇世讓이 차운해 말하기를,

溶溶淸浪泊靈槎　편편히 흐르는 맑은 물결이 배를 쉬게 해
騎從如雲蔟晩沙　말을 탄 사람들이 구름처럼 사장에 모인다.

---

38) 이 시도 어떤 의미인지 난해함이 있다

始識天公分物色	하늘이 물색에 따라 나누었음을 비로소 알았으며
故敎仙客管春華	일부러 선객에게 봄을 관리하게 가르쳤다오.
烟含濯濯江邊柳	강변의 버들은 아름답게 연기를 머금었으며
雨浥離離岸上花	언덕 위의 꽃은 비에 젖어 늘어졌다.
一脈斯文情誼在	한 맥의 사문斯文에 정의가 있나니
車書同屬帝王家.	많은 책이 함께 제왕가에 속했다.

라 하니, 중국 사신이 보고 감탄했다.

옛 문인은 시를 고치는 것을 싫어하지 않았다. 당唐의 임번任飜이 <제태주사시題台州寺詩>에 이르기를,

前峯月照一江水	앞 봉에 뜬 달이 강물을 비추고
僧在翠微開竹房	스님이 높은 산에 있으면서 죽방竹房을 열었다.

라 짓고 그곳을 떠났는데, 어떤 사람이 일자一字를 반자半字로 고쳤다. 임번任飜이 수십 리를 가다가 반자半字가 좋은 것으로 생각하고 빨리 돌아와서 고치고자 했다가 고친 것을 보고 감탄하며 말하기를 "태주台州에 사람이 있다"고 했다. 우리나라 기재企齋 신광한申光漢이 청계사에서 자다가 시를 지었는데 이르기를,

急水喧溪石	급하게 흐르는 물은 시내 돌을 지껄이게 하고
輕香濕磵花.	가벼운 향기는 냇가의 꽃을 젖게 한다.

라 짓고 가다가 도중에서 갑자기 暗자의 묘함을 알고 다시 돌아와서 바꾸었다고 하니, 옛사람들이 시를 지을 때 쉽게 글자를 결정하지 않았음을 볼 수 있다.39)

---

39) 끝에 세자細字로 대개 일자一字는 반자半字의 기이함만 같지 못하고 급急은 암

　　기재企齋 신광한申光漢과 호음湖陰 정사룡鄭士龍은 같은 시기에
시로써 명성이 비슷했으나 두 작가의 시의 기격氣格은 서로 같지
않았다. 신기재申企齋의 시는 맑고 밝았으며, 정호음鄭湖陰의 시는
크고 기이했다. 기재의 <옥원역시沃源驛詩>에 말하기를,

暇日鳴螺過海山	한가한 날 울던 나나니벌이 해산海山을 지나가며
驛亭寥落水雲間	역정은 수운水雲 사이에서 고요하다.
桃花欲謝春無賴	도화가 지고자 하니 봄을 믿을 수 없고
燕子初來客未還	제비는 처음 왔으나 손은 돌아오지 못했다.
身遠尙堪瞻北極	몸은 멀리 있으나 오히려 북극성을 볼 수 있고
路迷空復憶長安	길은 아득한데 부질없이 다시 서울을 생각한다.
更憐杜宇啼明月	두우새가 밝은 달밤에 우는 것이 가련한데
窓外誰栽竹萬竿.	창밖에 누가 많은 대나무를 가꾸었을까.

라 했다. 기재의 시는 여러 체를 구비했으나 호음은 칠언률시만을
잘 지었기 때문에 호음이 기재에 미치지 못한 듯 했다. 호음이 일찍
말하기를 "신공申公의 각체가 어찌 나의 한 율시를 당적할 수 있겠
는가" 했다. 기재의 <송인금강시送人金剛詩>에 말하기를,

一萬峯巒又二千	일만의 봉우리와 또 이천봉우리에
海雲開盡玉嬋姸	바다구름이 다 걷히자 옥처럼 곱다네.
少因多病今傷老	젊었을 때는 병이 많았고 지금은 늙어
孤負名山此百年.	한 평생 외롭게 명산을 등졌다.

라 했으며, 월봉月篷 류영길柳永吉의 <복천사시福川寺詩>에 말하
기를,

자암字暗의 묘함만 같지 못하다 했다.

落葉鳴廊夜雨懸   곁채에 낙엽소리 밤에 비가 내리는데
佛燈明減客無眠   불등은 가물가물 손은 잠을 자지 못했다.
仙山一躡傷遲暮   선산에 한 번 오르는 것이 늦은 것을 슬퍼하는 것은
烏帽欺人二十年.   이십년 동안 오모[40]가 사람을 속인 것이오

라 했는데, 신기재申企齋의 시는 자신이 늙고 병든 것을 슬퍼한 것이고, 류월봉柳月篷의 시는 자신이 얽히고 매여 현실세계를 벗어나이름 있는 곳을 찾는 것이 이와 같이 어려움을 탄식한 것이다. 두시의 격과 운이 모두 매우 맑은데, 류월봉 시의 첫 구의 말이 더욱주목할 만하다.

양곡陽谷 소세양蘇世讓이 말하기를 "우리 정부에서부터 내려오면서 대대로 작자가 있어 각자 이름을 떨치었으나 한쪽에 치우친기운과 습성習性에 얽혀 유려流麗한 것으로 가지 않으면 간혹 짜임새에 잘못이 있다. 호음湖陰 정사룡鄭士龍의 시는 기이하고 예스러워 약하고 얽매이는 기질을 씻는데 뛰어나 당唐나라 유명했던 시인이장길李長吉 하하賀와 이의산李義山 상은商隱과 더불어 재주를 비교할 만하다"고 했다. 호음의 <야좌즉사시夜坐卽事詩>에 말하기를,

擁山爲郭似盤中   둘러싼 산이 성이 되어 소반 가운데 있는 듯하고
暝色初沈洞壑空   어두운 빛에 처음 잠기자 골짜기는 빈 듯하다.
峯項星搖爭缺月   산 꼭대기의 별은 반달과 다투어 반짝이고
樹巓禽動竄深叢   나뭇가지 끝에 새는 깊은 떨기로 숨고자 움직인다.
晴灘遠聽翻疑雨   갠 날 멀리서 들리는 여울 소리 비가 아닌가 의심스럽고
病葉微零自起風   병든 잎이 떨어지며 스스로 바람을 일으킨다.
此夜共分吟榻料   오늘밤 함께 읊은 자리 값을 나누었으니
明朝珂馬軟塵紅   내일 아침 흰말로 연하게 티끌을 붉게 하리라.

---

40) 벼슬한 사람이 쓰는 모자

라 했는데, 참으로 늦가을에 홀로 바라보는 것이며 (고추독조 高
秋獨眺) 늦게 갠 날에 외롭게 부는 (만제고취晩霽孤吹) 것이라 이
르는 바이다.

시詩에는 이른바 신조神助라는 것이 있는데,

池塘生春草.　　　못에 봄풀이 돋아나고

라 한 것이 많은 세월을 통해 회자되었다. 대개 천연스러운 데서
나와 조화의 묘를 스스로 얻어 논의로써 어찌 감히 말할 수 있겠는
가. 후세에 문인들이 간혹 스스로 신조神助라고 이르는 자가 있으
니 송宋나라 양휘지楊徽之의,

新霜染楓葉　　　새로 내린 서리가 단풍잎을 물들였고
皓月借蘆花.　　　밝은 달빛이 갈대꽃에 빌려 주었다.

라 한 구를 스스로 신조라고 일컬었는데, 경구警句라고 이르면 옳
겠지만 어찌 신조라고 이르겠는가. 우리나라 춘정春亭 변계량卞季
良의,

虛白連天江郡曉　　허공이 하늘에 닿아 강군에 새벽이 되고
暗黃浮地柳堤春.　　은은한 누런빛이 땅에서 솟아 버들에 봄이 온다.

라 한 것과 호음湖陰 정사룡鄭士龍의,

雨氣壓霞山忽暝　　우기雨氣가 안개를 눌러 산이 갑자기 어둡고
川華受月夜猶明.　　냇물이 달빛을 받아 밤인데 밝다.

라 한 것에 대해 두 분이 모두 신조神助로서 자랑하고 있다. 춘정春
亭의 시는 경치를 묘사한 것이 비록 새로운 점은 있으나 신이 도왔
다는 것으로는 볼 수 없고, 호음의 시는 극히 청허淸虛한 기상이
있어 비록 신조라 일러도 또한 지나치게 허락한 것은 아닐 것이다.
   우리나라 시에서 위로 고려조에서부터 아래로 근대에 이르기까
지 놀랄 만한 연련聯으로 볼만한 것이 매우 많아 다 기록하기 어려운
데 우선 몇 사람의 칠언시七言詩 연구聯句를 들고 간단히 평을 더
하고자 한다. 정지상鄭知常 학사學士의 <장원정시長源亭詩>에,

   綠楊閉戶八九屋   푸른 버들 속 문을 닫은 팔구 채의 집
   明月捲簾三兩人.   밝은 달빛 아래 발 걷고 두서너 사람.

라 한 것은 표현된 뜻이 신의 경지에 이르러 낙비릉파洛肥凌波 보
보절진步步絶塵이라 한 것과 같고, 노봉老峯 김극기金克己의 <송인
시送人詩>에,

   天馬足驕千里近   천마의 발이 교만해 천리도 가깝게 여기며
   海鰲頭壯五山輕.   바다의 자라가 머리에 힘이 있어 오산도 가볍게 여긴다.

라 한 것은 말을 만든 것이 준걸스럽고 굳세어 이광상마李廣上馬
추타호아推墮胡兒라 한 것과 같으며, 백운白雲 이규보李奎報의 <하
일시夏日詩>에,

   密葉翳花春猶在   짙은 숲 속에 가린 꽃은 봄이 지난 뒤에도 피었고
   薄雲漏日雨中明.   엷은 구름 뚫은 해는 비 속에서도 밝다.

라 한 것은 사실을 묘사한 것이 정밀해 용면필하龍眠筆下 물색생태
物色生態라 한 것과 같고, 익제益齋 이제현李齊賢의 <다경루시多景
樓詩>에,

　　風鐸夜喧潮入浦　　바람에 풍경이 밤에 울고 밀물이 포구에 들어오며
　　煙蓑暝立雨侵樓.　　어둠 속에 도롱이는 섯고 비는 다락에 뿌린다.

라 한 것은 맑고 상쾌하며 호탕해 순양랑음純陽朗吟 비과동정飛過
洞庭이라 한 것과 같으며, 목은牧隱 이색李穡의 <청심루시淸心樓
詩>에,

　　捍水功高馬巖石　　물을 막은 공은 마안산馬巖山 바위처럼 높고
　　浮天勢大龍門山.　　하늘까지 뜬 세력은 용문산龍門山같이 크다.

라 한 것은 우뚝 솟아 장하고 기이함이 동선봉반銅仙捧盤 흘립공중
屹立空中이라 한 것과 같고, 포은圃隱 정몽주鄭夢周의 <황도시皇都
詩>에,

　　山河帶礪徐丞相　　산하가 숫돌을 가진 듯한 서승상徐丞相이요
　　天地經綸李太師.　　천지를 경륜하는 이태사李太師라네.

라 한 것은 크고 장하며 굳세어 마천거부摩天巨斧 벽개촉산闢開
蜀山과 같으며, 점필재佔畢齋 김종직金宗直의 <신륵사시神勒寺
詩>에,

　　上方鍾動驪龍舞　　상방의 종이 우니 여강驪江의 용이 춤추고

萬竅風生鐵風翔.　구멍마다 바람이 나니 철봉鐵鳳이 난다.

라 한 것은 엄중하고 넓어 균천광락均天廣樂 굉창요곽轟暢寥廓이라
한 것과 같으며, 망헌忘軒 이주李胄의 <망해사시望海寺詩>에,

蝙鳴側塔千年突　탑 옆에 우는 박쥐는 천년 동안 우뚝했고
龜負殘碑太古書.　거북이 지고 있는 비에는 태고의 글자가 쓰여 있다.

라 한 것은 깊숙하고 멀며 기이하고 예스러워 매풍신금埋酆神劍
침수우정沈水禹鼎과 같으며, 눌재訥齋 박상朴祥의 <금대시琴臺
詩>에,

彈琴人去鶴邊月　학이 높게 날자 거문고 타던 사람은 가고
吹笛客來松下風.　소나무에 바람이 불자 저를 불던 손은 왔다.

라 한 것은 높고 옛스러우며 상쾌하고 밝아 좌우부구左扶浮丘 우박
홍애右拍洪崖와 같으며, 읍취헌挹翠軒 박은朴誾의 <영보정시永保亭
詩>에,

地如拍拍將飛翼　땅은 박박해 날려는 날개을 받들었고
樓似搖搖不繫篷.　누는 매지 않은 배처럼 흔들린다.

라 한 것은 신기하고 황홀해 채신취무彩辰吹霧 가출층루架出層樓와
같으며, 호음湖陰 정사룡鄭士龍의 <후대야좌시後臺夜坐詩>에,

山木俱鳴風乍起　산목山木이 같이 울고 바람도 잠깐 불며
江聲忽厲月孤懸.　강물소리 요란하고 달만 홀로 떠 있다.

라 한 것은 오만하고 힘이 있게 흔들어 진사과주秦師過周 면주초승免冑超乘이라 한 것과 같으며, 소재蘇齋 노수신盧守愼의 <즉사시卽事詩>에,

秋風乍起燕如客   가을바람이 잠간 부니 제비는 손과 같고
晚雨暴過蟬若狂.   늦은 비가 갑자기 지나가자 매미가 미친 듯하다.

라 한 것은 구속을 받지 않고 노련하며 굳세어 마원곽삭馬援钁鑠 거안고면據鞍顧眄하는 것과 같으며, 지천芝川 황정욱黃廷彧의 <영해시咏海詩>에,

兩儀高下輪輿轉   하늘과 땅은 높고 낮으면서 수레처럼 구르며
太極鴻濛汞鼎開.   태극은 넓고 아득하며 수은 같은 솟이 열린다.

라 한 것은 기이하고 호걸스러우며 웅대하고 세련되어 과부추일夸父追日 오확강정烏攫扛鼎과 같으며, 동고東皋 최립崔岦의 <조천시朝天詩>에,

終南渭水如相見   종남산終南山과 유수渭水는 서로 본 것 같으며
武德開元得再攀   무덕武德과 개원開元[41]을 다시 잡은 듯하다.

라 한 것은 높고 깨끗하며 법에 맞고 무거워 상이주정商彝周鼎 엄렬동서儼列東西라 한 것과 같으며, 오산五山 차천로車天輅의 <명천시明川詩>에,

___

41) 무덕武德은 당唐 고조高祖의 연호. 개원開元은 당 현종玄宗의 연호.

風外怒聲聞渤海　　바람의 성난 소리 발해渤海까지 들리며
雪中愁色見陰山.　　눈 속의 근심 빛을 음산에서 볼 수 있다.

라 한 것은 깊고 넓으며 매우 분한 듯해 조권백천潮捲百川 뇌헌만
규雷搟萬竅라 한 것과 같으며, 체소體素 이춘영李春英의 <영보정시
永保亭詩>에,

月從今夜十分滿　　달은 오늘 밤을 좇아 완전히 둥글고
湖納晚潮千頃寬.　　호수는 늦게 밀물을 받아 천 이랑이 넘겠다.

라 한 것은 호걸스럽고 얽매이지 않고 크고 상쾌해 포초쾌제蒲梢駃
騠 불수기침不受覊靮과 같은 것이며, 석주石州 권필權韠의 <북관시
北關詩>에,

磨天嶺北山長雪　　마천령 북쪽 산에 길게 눈이 덮였으며
豆滿江南草不春.　　두만강 남쪽 풀에 봄이 오지 않았다.

라 한 것은 매우 맑고 밝아 수루비가戍樓悲笳 향철호천響徹胡天과
같으며, 교산蛟山 허균許筠의 <남평도중시南平道中詩>에,

春晚岸桃飄蘋蘋　　늦은 봄 언덕의 복숭아는 속속히 휘날리고
雨晴沙鴨語咬咬.　　비가 개자 사장의 오리는 교교거린다.

라 한 것은 맑고 새로우며 곱고 아름다워 서자신장西子新粧 위문정
소 倚門呈笑라 한 것과 같으며, 동악東岳 이안눌李安訥의 <경성시
鏡城詩>에,

邊城缺月懸愁外　　변성의 조각달은 근심 밖에 떠 있고
故國殘花落夢中.　　고국의 남은 꽃들은 꿈속에 떨어진다.

라 한 것은 맑고 섬세하고 묘해 청수부용淸水芙蓉 천연장식天然粧飾이라 한 것과 같으며, 어우於于 류몽인柳夢寅의 <가평산중시加平山中詩>에,

斑爛烏虺盤岩面　　반짝이는 검은 독사는 소반 같이 바위 위에 서리었고
傲兀黃熊坐樹顚　　오만한 누런 곰은 나무위에 앉았다.

라 한 것은 기괴하고 깊숙하며 험해 비천야차飛天夜叉 확식호표攫食虎豹와 같다고 할 것이다.
　　북창北窓 정렴鄭礦의 <산거야좌시山居夜坐詩>에 말하기를,

文章驚世徒爲累　　문장이 세상을 놀라게 하나 다만 얽힐 뿐이며
富貴薰天亦謾勞　　부귀의 향기가 하늘에 닿으나 또한 부질없는 괴로움이다.
何似山窓寂寞夜　　어찌 산창山窓의 적막한 밤에
焚香默坐聽松濤.　　향을 사르고 혼자 앉아 소나무 파도소리 듣는 것과 같으리.

라 했다. 이 시의 작자인 정렴鄭礦은 학문과 행동 면에서 이상한 인물이었는데, 그의 시도 또한 그 사람과 같다고 할 수 있다
　　인재忍齋 홍섬洪暹이 일찍 월과月課에서 지은 <염여퇴시灧澦堆詩>에 말하기를,

天險傳三峽　　험한 것으로 삼협三峽에까지 전해졌으며
雷霆鬪激湍　　우레 소리가 여울물과 부딪혀 싸운다.

風檣今日試	오늘 바람에 돛대를 시험하면서
客膽向來寒	손의 간담이 그저께부터 서늘하다.
但覺巖崖峻	단지 바위가 높은 것만 알고 있었으며
寧知宇宙寬	어찌 우주가 너그러움을 알았으랴.
淸猿啼不盡	원숭이는 맑은 울음을 그치지 않고
送我上危灘	나를 위태로운 여울로 오르게 보낸다.

라 하여, 말이 매우 맑고 높으며 호방했다. 인재가 젊었을 때 김안
로金安老의 모함한 바 되어 옥에 갇혀 있다가 유배되었는데 안로가
패하자 드디어 높은 벼슬에 오르게 되었다. 형을 받게 될 때 사람
들이 모두 위태롭게 여겼으나 양곡陽谷 소세양蘇世讓은 홀로 근심
하지 않고 말하기를 "지난날 그의 월과月課에서 지은 <염여시灩澦
詩>의 끝구가 위험한 것을 겪은 뒤에 비로소 현달할 뜻이 있기 때
문에 이로써 그가 죽지 않을 것을 안다"고 했다.

　내가 일찍 영주榮州 부석사浮石寺에 놀러가서 취원루翠遠樓에 올
랐는데 누樓가 공중에 높게 솟아 골짜기를 내려보니 날고 있는 새
들도 모두 그 등을 볼 수 있었다. 신재愼齋 주세붕周世鵬이 지은 율
시 한 수가 있는데,

浮石千年寺	천년이 된 부석사는
平臨鶴駕山	바로 학가산鶴駕山에 다다랐다오.
樓居雲雨上	누는 비가 내리는 구름 위에 있고
鍾動斗牛間	종은 북두성 사이에서 들린다.
刳木分河逈	나무를 쪼개 물이 돌게 나누고
開岩種玉閑	바위 열어 한가로움을 심었다.42)
非關貪佛宿	부처를 탐해 자는 것이 아니고

---

42) 이 경련頸聯은 어떤 의미인지 이해하기 어려움이 있음을 밝혀 둔다.

瀟洒却忘還.　　　깨끗하고 시원해 돌아가는 것을 잊었다.

라 했는데, 다른 사람이 지은 것이 이것에 미칠 수 없었다.

퇴계退溪 이황李滉 선생은 다만 이학理學으로써 우리 나라의 높음이 될 뿐만 아니라, 문장도 또한 여러 사람에서 탁월했다. 우인友人의 시에 차운한 시에,

性癖常耽靜　　　성격이 항상 고요한 것을 탐하며
形羸實怕寒　　　파리한 몸은 추위를 겁낸다오.
松風關院聽　　　소나무 바람소리는 담을 통해 들리고
梅雪擁爐看　　　화로를 안고 눈이 내린 매화를 보다.
世味衰年別　　　세상 맛을 늙으면서 이별하고
人生末路難　　　인생은 말로가 어렵다네.
悟來成一笑　　　깨닫게 되자 한번 웃게 된 것은
曾是夢槐安.　　　일찍 괴안국槐安國[43]을 꿈꾸었기 때문이오.

라 했으며, 또 <관서록關西錄>의 한 연에 이르기를,

絶域病攻天拂亂　떨어진 지역에서 병이 드니 하늘이 어지럽게 떨치고
荒城雷聞鬼驚忙.　거친 성에 우레소리 들리자 귀신도 놀라 바쁘다.

라 했으니, 이 시에서 그의 기상을 가히 볼 수 있겠다.

영주榮州 부석사浮石寺는 바로 신라 의상대사義相大師가 처음 세운 절이다. 처마 밑에 심은 나무가 있는데 그 이름을 알 수 없다. 그 절에 있는 중들에 의해 전해오는 것으로는 대사大師가 짚고 다

---

43) 당唐나라 때 지은 남가태수전南柯太守傳에서 순우분淳于棼이 꿈속에서 체험한 화려했던 나라 이름. 이 작품은 꿈이 허무한 것과 같이 현실의 무상함을 반영한 작품임.

니던 지팡이가 있었는데 처음에 대사가 정중定中44)에 들어갈 때 창밖에 심어 놓고, 드디어 문을 닫고 입적入寂했다. 뒤에 그 지팡이에 갑자기 가지와 잎이 나고 꽃이 매우 많이 피어 지금 천년이 지났으나 더욱 성하다고 한다. 옛날 과부夸父가 지팡이를 던져 등림鄧林을 이루게 했다는 것이 이것과 서로 비슷하다. 이 나무가 처마 밑에 있어 비와 이슬을 맞지 않음에도 높게 독립해 있으면서 봄이면 오래 동안 꽃이 피니 등림과 견주어 보면 더욱 기이하다. 퇴계 선생退溪先生의 시가 있는데 말하기를,

擢玉森森倚寺門　　뽑은 나무가 무성하게 자라 절문에 의지해 있는데
僧言卓錫化靈根　　중은 높은 스님의 지팡이가 영근靈根으로 변했다고
　　　　　　　　　 한다.
杖頭自有漕溪水　　지팡이 머리에 스스로 조계수漕溪水가 있어
不借乾坤雨露恩.　　건곤의 비와 이슬의 은혜를 빌리지 않는다오.

라 했다.

정상국鄭相國의 휘諱는 유길惟吉이며 호는 임당林塘이었는데 나의 외고조外高祖였다. 문장이 풍부하고 아름다웠으며 더욱 시에 능했는데 다듬는 것을 하지 않았으나 스스로 풍미風味가 있었다. <사제극성시賜祭棘城詩>에 말하기를,

聖朝枯骨亦沾恩　　나라로부터 마른 뼈도 또한 은혜에 젖어
香火年年降寒門　　해마다 향화가 한문寒門에 내려온다.
祭罷上壇風雨定　　제사를 파하자 단상에 비바람이 멈추니
白雲如海滿前村.　　바다같은 흰구름이 앞마을에 가득하다.

---

44) 불교에서 참선으로 삼매에 들어간 것을 말함.

라 했다. 공공의 정자가 한강 나루에 있었는데 이름을 몽뢰夢賚라
했다. 여성위 礪城尉 송인宋寅의 수월정水月亭과 이웃해 있었는데,
누워서 도위정都尉亭의 노래와 악기 소리가 크게 나는 것을 듣고
드디어 한 절구絶句를 읊었는데,

> 夢賚元爲水月隣　　원래 몽뢰정夢賚亭은 수월정水月亭과 이웃에 있어
> 兩翁分占一江春　　두 늙은이가 강의 봄을 나누어 가졌다.
> 東家樂作西家聽　　동가東家에서 하는 음악을 서가西家에서 들으니
> 絶勝屠門大嚼人.　　도문대작屠門大嚼[45]하는 사람보다 매우 낫다네.

라 했는데, 그의 기상을 볼 수 있겠다.

　세상에서 이르기를 중국의 지명地名은 모두 글자로써 표기되어
시를 짓는데 그대로 사용해도 아름다운데, 구강춘초외九江春草外와
삼협모범전三峽暮帆前과　기증운몽택氣蒸雲夢澤과　파감악양성波撼
岳陽城과 같은 구들에서 몇 자만 더하게 되면 능히 빛이 난다. 우리
나라는 모두 방언方言으로써 지명을 이루고 있기 때문에 시에 합당
하지 못하다고 했다. 내가 말하기를 그렇지 않다. 용재容齋 이행李
荇의 <천마록시天磨錄時>에,

> 細雨靈通寺　　　가는 비 내리는 영통사靈通寺요
> 斜陽滿月臺.　　　사양의 만월대滿月臺라네.

라 한 것과, 소재穌齋 노수신盧守愼의 <한강시漢江詩>에,

---

45) 고기 파는 집을 지나면서 고기를 씹는 흉내를 하면 먹지 않아도 기분이 좋다는
　　것을 말한 것인데, 이것은 좋아하는 것을 실현하지 못하고 상상만 해도 기분이
　　좋다는 것을 뜻함.

春深楮子島   봄이 깊은 저자도楮子島요
月出濟川亭.   달은 제천정濟川亭에 떴다.

라 한 시가 어찌 아름답지 아니한가. 오직 다듬는 묘한 솜씨에 있
을 따름이다.

　습재習齋 권權의 휘諱는 벽擘이었는데 내 조모祖母 외할아버지
였다. 글에서 시를 더욱 잘 지어 맑고 깊었으며 법규에 맞고 깨끗
해 스스로 일가를 이루었다. 송계松溪 권응인權應仁이 일찍 송천
양응정梁應鼎에게 말하기를 "합하閤下가 습재의 지은 바 시를 읽어
보았는가" 하니 송천이 익숙하지 못했다고 하자 송계가 말하기를
"사람들이 문단에 깃발을 세울 자가 누구겠는가 하고 물을 것 같으
면 나는 반드시 습재로서 대답할 것이라"고 하니 송천도 그렇다고
했다. 중국의 북해北海 등계달鄧季達이 우리나라에 오는 사신을 따
라 왔을 때 습재가 원접사遠接使의 종사관從事官이 되어 서로 만나
매우 즐거워 했다. 습재가 시를 지어 주며 말하기를,

有山皆着履   산이 있으니 신을 모두 신을 수 있으나
無水不流觴.   물이 없으니 잔을 흘러보내지 못하겠다.

라 하니, 등계달이 손바닥을 어루만지며 감탄해 말하기를 "내가 천
하를 많이 다녔으나 이러한 시인은 일찍 보지 못했다"고 했다.
　습재 권벽權擘과 석주石洲 권필權韠의 문장의 우렬에 대해 동악
東岳 이안눌李安訥에게 묻는 자가 있었는데 동악이 말하기를 "두
사람이 모두 중국 사신에게 준 시가 있다. 습재의 시에 말하기를,

一曲驪駒正咽聲   한 곡의 검은 망아지 우는 소리에 목이 메였고

朔雲晴雪滿前程	구름과 갠 눈이 앞길에 가득하다.
不知後會期何地	어느 곳에서 뒤에 만나게 될지 알 수 없으나
只是相思隔此生	단지 이 생애에서 만나지 못할 것을 생각한다오.
梅發京華春信早	매화가 핀 중국 서울에는 봄 소식이 빠르고
氷消江浙暮潮平	얼음 녹은 절강의 저녁에는 조수가 완만하겠다.
歸心自切君親戀	군친을 생각해 돌아가고 싶은 생각이 간절한데
肯顧東人惜別情.	동인과 석별의 정을 돌아보겠는가.

라 했으며, 석주의 시에 말하기를,

江頭細柳綠烟絲	강머리 버들 잎이 푸른 실과 같은데
暫駐蘭橈折一枝	잠깐 노를 멈추고 한 가지를 꺾었다.
別語在心徒脈脈	헤어지는 말을 하지 못해 보고만 있으며
離杯到手故遲遲	손에 잡은 술잔을 일부러 드디게 드리고자 한다.
死前祗是相思日	죽기 전까지 날마다 서로 생각할 것이며
送後那堪獨去時	보낸 뒤에 홀로 돌아갈 때를 어찌 견디랴.
莫道音容便長隔	오랫동안 듣고 보지 못할 것을 말하지 말라
百年還有夢中期.	일생 동안 꿈속에서 기약할 수 있다네.

라 했는데, 습재習齋의 시는 침잠하고 무거우며 석주의 시는 가볍고 약하다" 했으니 이에서 두 사람의 시에 대한 논의가 정해졌다고 이른다.

봉래蓬萊 양사언楊士彦의 <국도시國島詩>에,

金玉樓臺拂紫煙	화려한 누대樓臺에 붉은 연기가 떨치며
濯龍雲路下群仙	용이 씻은 운로雲路에 뭇 신선이 내려온다.
靑山亦厭人間世	푸른 산도 또한 인간세계가 싫어
飛入蒼溟萬里天.	서늘한 공중 만리나 되는 하늘로 날아간다.

라 했는데, 티끌세계를 벗어나고자 했다. 취죽醉竹 강극성姜克誠 <호정시湖亭詩>에,

江日晚未生   강에 해는 늦게까지 뜨지 못했고
蒼茫十里霧   십리의 푸르고 넓은 곳에 안개가 끼었다.
但聞柔櫓聲   단지 연한 노 소리만 들리고
不見舟行處.   배가 가는 곳을 볼 수 없다오.

라 했는데, 내가 처음에는 읊으면서 그 맛을 알지 못했다. 일찍 강정 江亭을 만나게 되었는데, 어느날 일찍 일어나 창문을 열었더니 많은 안개가 공중에 가득하고 아침 해가 빛을 감추어 가는 배는 알 수 없고 다만 노 젓는 소리만 들리므로 비로소 강극성이 광경을 표현한 것이 진실에 가까움을 깨달았다. 권석주權石洲의 <효행시曉行詩>에,

鴈鳴江月細   기러기 울고 강에 가는 달이 떴으며
曉行蘆葦間   새벽에 갈대 사이로 간다.
悠揚據鞍夢   편안히 안장에 앉아 꿈을 꾸었더니
忽復到家山.   문득 집에 도착했다네.

라 했는데, 내가 그 운과 말을 기이하게 여겼으나 그 의취를 이해하지 못하다가 일찍 춘천春川을 향해 가면서 청평파青坪坡에 자고 새벽에 출발하게 되었는데 그때 구월 이십일경이었다. 강을 따라 가는 길이 모두 갈대였고 새벽 달이 눈썹 같았으며 기러기 한 마리가 무리를 부르며 가고 있었다. 타고 가는 말을 믿고 채찍을 드리고 가다가 졸며 가면서 비로소 권석주 시의 묘사가 그림같음을 깨달았는데, 두분 시의 가치가 경치에 대한 묘사에 더욱 높았다.
    중국 사신 황왕黃王이 우리나라에 올 때 율곡栗谷 이이李珥가 원

접사遠接使가 되었다. 간이簡易 최립崔岦이 성천成川을 맡아 있으면서 공公을 시험해 보기 위해 여러 기생을 모아 놓고 말하기를 "이 늙은이를 부끄럽게 하는 자가 있을 것 같으면 후한 상을 줄 것이라" 했더니 한 예쁜 아이가 가고자 하므로 바로 공에게 보냈더니 공이 낮에는 좌우에 있게 하고 밤에는 반드시 그가 거처하는 곳으로 돌려 보냈다. 이와 같이 한 것이 한달을 넘게 되자 그 기생이 드디어 돌아가고자 하므로 공이 바로 절구絕句 한 수를 지어주어 말하기를,

旅館誰憐客枕寒　여관에 손의 차가운 것을 누가 가련하게 여겨
枉敎雲雨下巫山　무산巫山에 운우雲雨가 내리게 잘못 가르쳤나뇨.
今宵虛負陽臺夢　오늘밤 양대陽臺[46]의 꿈을 헛되게 등진 것은
只恐明朝作別難.　내일 아침 이별하기 어려울까 두려웠기 때문이네.

라 했으니, 쇠와 돌과 같이 굳은 심장으로 이와같이 맑고 새로우며 고운말로써 표현한 것은 송광평宋廣平의 <매화부梅花賦>와 더불어 서로 같다고 하겠다.

　제봉霽峰 고경명高敬命이 임진란 때 의병장義兵將이 되었고 양경우梁慶遇가 서기書記를 맡았다. 군무軍務의 여가에 말이 시를 논하는데 미치게 되자 제봉霽峰이 손곡蓀谷 이달李達의 시격詩格을 일컬어 말하기를 "옛날에서도 그와 짝이 될만한 사람이 드물다"고 했다. 양경우가 말하기를 "손곡의 시가 만당晩唐에서 나왔는데 한편

---

46) 초초楚 회왕懷王이 꿈에 무산巫山의 신녀神女를 만나 정을 통했는데, 그 신녀가 아침에는 구름, 저녁에는 비로 변해 내려와 양대陽臺에서 만나게 될 것이라고 했다 함. 이러한 이야기에서 나온 말로서 운우지합 또는 무산 또는 양대지몽陽臺之夢은 남녀의 정사를 상징적으로 말한 것임.

과 한 구썩은 읊을 만하나 그의 무르녹은 아름다움이 어찌 합하閣
下의 풍부하고 성함만 같을 수 있겠는가."하니 제봉이 말하기를
"어찌 가히 그 우렬을 쉽게 말할 수 있겠는가, 칠언률시七言律詩와
배률排律과 같은 작품에서는 나도 손곡에게 양보하지 않겠지만 단
률短律에 이르러 절구絶句와 같은 것은 결코 미칠 수 없다. 옛날 서
산군瑞山郡을 지키고 있을 때 이달李達을 동각東閣에서 맞이하여
여러 달을 머물게 하여 그와 더불어 시로써 부르고 화답했는데 매
양 절구를 지으면서 감히 송宋나라 문인들의 체로서 그 사이에 섞
어 그릇되게 할 수 없어 갑자기 당시唐詩를 배워 진가眞假를 반씩
했으니 진실로 부끄러움이 되었다"고 했다.

양경우가 사람을 만나게 되면 매양 말하기를 "문인들이 서로 가
볍게 여기는 것은 옛날부터 그렇게 했는데, 제봉霽峰이 손곡에 대
해 미루며 허락함이 이에 이르러 자신의 오른쪽에 두었으니 더욱
그의 어른스러움을 볼 수 있다"고 했다. 내가 제봉의 <어주도시
魚舟圖詩>의 절구를 보았는데,

蘆洲風颭雪漫空　　갈대밭이 바람에 펄럭이고 눈이 공중에 질펀한데
沽酒歸來繫短篷　　배를 짧은 대뜸에 메어놓고 술을 받아 돌아온다.
橫笛數聲江月白　　저 부는 소리 들리고 강에 달빛은 밝으며
宿禽飛起渚烟中.　　자던 새도 물가에서 날고자 한다.

라 했는데, 그의 성운聲韻과 격률格律이 매우 당唐나라 작가들에
가까우니 어찌 반은 거짓이라고 이르겠는가. 대개 스스로 겸손한
것이다.

호음湖陰 정사룡鄭士龍의 <백마강시白馬江詩>에,

別酒澆胸未散愁　송별주가 가슴을 적시었으나 근심은 남아있고
野橋分路到江頭　다리에서 길이 갈라지면 강머리에 이른다.
城池坐失溫王險　온조왕溫祚王의 험한 성지城池를 앉아 잃었고
圖籍曾聞漢將收　중국 장수가 지적도를 거두었다고 일찍 들었다.
花萎尙傳崖口缺　시든 꽃은 아직도 무너진 애구崖口에 전하고
龍亡猶認釣痕留　조룡대釣龍臺의 흔적은 오히려 지금도 알 수 있다.
寒潮强學靈胥怒　차가운 조수는 모든 영혼들의 화를 배워
亂送驚濤激柁樓.　어지럽게 놀란 파도를 보내 배의 키를 친다.

라 했으며, 제봉의 시에,

病起因人作遠遊　아픈 몸이 친구로 인해 멀리 여행을 했는데
東風吹夢送歸舟　동풍이 꿈을 불어 돌아가는 배를 보냈다.
山川鬱鬱前朝恨　산천은 전조前朝의 한으로 불평이 가득하고
城郭蕭蕭半月愁　성곽은 근심 낀 달빛으로 쓸쓸하다.
當日落花餘翠壁　그날의 낙화落花는 푸른벽에 남아있고
至今巢燕繞紅樓　지금도 제비집은 붉은 누에 얽혀 있다.
傍人莫話溫家事　사람들아 온조왕溫祚王 일을 묻지말라
吊古傷春易白江.　옛날을 조문하고 봄을 슬퍼하는 것은 백마강이 바꾸
　　　　　　　　리라.

라 했는데, 호음의 시가 비록 극히 웅장하고 호걸스러우나 제봉의
맑고 새로우며 높고 뛰어난 것만 같지 못하며 비록 유몽득劉夢得[47]
의 <금릉회고시金陵懷古詩>와 견준다 해애도 제봉이 반드시 많이
양보하지 않을 것이다.

　송강松江 정철鄭澈이 일찍 배를 타고가다가 한 사람의 선비를 만
났는데, 그 선비가 송강을 행촌杏村 민순閔純인가 여기고, 또 우계

---

47) 중당中唐 때 시인 유우석劉禹錫의 자字.

牛溪 성혼成渾이 아닌가 의심했다. 송강이 절구 한 수를 써주면서
말하기를,

> 我非成閔卽狂生   나는 성成도 민閔도 아니고 미친 선비로서
> 半百人間酒得名   반평생 동안 술에 취한 것으로 이름을 얻었다오.
> 欲向新知道姓字   새로 아는 사람에게 성자를 말하게 하면
> 靑山送罵白鷗驚.   청산이 꾸짖어 보내 백구白鷗를 놀라게 하리라.

라 하여, 호걸스러움이 뛰어나 얽매이지 않았다. 낙민루樂民樓에서
지은 시에 말하기를,

> 白岳連天起   백악白岳은 하늘과 연해 솟았고
> 城川入海遙   성천城川은 멀리 바다로 들어갔다.
> 年年芳草路   해마다 길에는 꽃다운 풀이 있는데
> 人渡夕陽橋.   사람들은 석양에 다리를 건너간다.

라 했는데, 세상에서 절창絶唱이라고 일컬었다. 그러나 내 생각으
로는 속되지 않았다고 하는 것은 그럴 듯하지만 절창은 되지 못할
것이다.

　　문장文章과 이학理學은 같은 영역으로 만들면 하나이다. 세상 사
람들이 알지 못하고 두가지 물건으로 보고자 하니 틀린 것이다. 당
唐나라로서 말하면 창려昌黎 한유韓愈는 문장으로 인해 도道를 깨
달은 것이다. <치재집恥齋集>에 이르기를 점필재佔畢齋 김종직金
宗直은 문장으로 인해 도를 깨달았다고 했으며, <석담유사石潭遺
史>에 이르기를 퇴계退溪 이황李滉도 또한 문장으로 인해 도를 깨
달았다고 했다. 내가 보니 우계牛溪 성혼成渾의 <증승시贈僧詩>
에 이르기를,

　一區耕鑿水雲中　　물과 구름 가운데의 한 구를 갈고 파며
　萬事無心白髮翁　　만사에 뜻이 없는 백발의 늙은이라오.
　睡起數聲山鳥語　　자다가 일어나서 산새 우는 소리를 듣고
　杖藜閑步遶花叢.　　지팡이 짚고 천천히 꽃떨기를 돈다네.

라 했는데, 매우 문인들의 체와 격식이 있다. 석주石洲 권필權韠의
<호정시湖亭詩>에 이르기를,

　雨後濃雲重復重　　비온 뒤에 짙은 구름이 겹겹이 꽉 끼어 있어
　捲簾淸曉看奇容　　발을 걷고 맑은 새벽에 기이한 형상을 바라본다.
　須臾日出無蹤跡　　잠깐 사이 해가 솟아 종적이 없어지자
　始見東南三兩峯.　　비로소 동남쪽의 양삼봉을 보겠다.

라 했는데, 매우 도를 깨달은 사람과 같다. 구봉龜峰 송익필宋翼弼
이 비록 미천한 출신이었으나 타고난 자품이 매우 높았으며 또한 문
장에도 능했다. 그의 <망월시望月詩>에 말하기를,

　未圓常恨就圓遲　　둥글지 못했을 때 항시 더디게 둥글어지는 것을 한
　　　　　　　　　　했는데
　圓後如何易就虧　　둥근 후에는 어찌 쉽게 이지러지나뇨.
　三十夜中圓一夜　　삼십일의 밤에서 하루밤만 둥그니
　百年心事總如斯.　　한평생의 심사가 모두 이와 같다오.

라 했는데, 말이 매우 정밀한데 이르렀다. 또 <객중시客中詩>에
말하기를,

　食披叢竹宿依霞　　먹는 것은 대밭에, 자는 것은 안개에 의지하니
　行計蕭然只一簑　　여행 계획이 쓸쓸해 단지 도롱이 뿐이다.

山近鷄龍秋氣早	산이 계룡산鷄龍山에 가까우니 가을이 일찍 오고
江連白馬夕陽多	강은 백마강白馬江과 연해 있어 석양빛이 많다.
路通南北君恩足	남북으로 통하는 길은 임금의 은혜에 흡족하고
身歷艱危學力加	몸은 어려움과 위험을 겪어 학력을 더했다.
子在秦城兄在外	아들은 진성秦城 형은 외지에 있어
夢中歸去亦無家.	꿈속에서도 돌아가고자 하나 또한 집이 없다네.

라 했는데, 어렵고 떠돌아다니는 형상이 말밖에 나타나 있다.

운곡雲谷 송한필宋翰弼의 시에,

花開昨夜雨	지난밤 비에 꽃이 피더니
花落今朝風	오늘 아침 바람에 꽃이 떨어졌다.
可憐一春色	가련하게도 한 해의 봄빛이
去來風雨中.	비바람 가운데서 가고 온다오.

라 했으며, 습재習齋 권벽權擘의 시에,

花開因雨落因風	비로 인해 꽃이 피고 바람으로 꽃이 떨어져
春去秋來在此中	가는 봄 오는 가을이 그 속에 있다.
昨夜有風兼有雨	간밤에 바람도 불고 비가 오더니
梨花滿發杏花空.	이화는 만발하고 살구꽃은 떨어졌다.

라 했다. 두 시가 뜻은 같은 듯하나 각자 아름다운 풍치가 있다.
세상에서 근래의 유명한 작가를 일컬을 때 반드시 호소지湖蘇芝
라고 말하는데, 호음湖陰 정사룡鄭士龍, 소재蘇齋 노수신盧守愼, 지
천芝川 황정욱黃廷彧을 이름이다. 호음 시의 짜임새의 정밀함과 소
재 시의 크고 풍부함과 지천 시의 구속을 받지 않고 기이한 것이
참으로 서로 경쟁이 될 만하다. 지천이 호음에게 준 시에 말하기를,

春事闌珊病起遲　　봄 일이 아름다우나 병으로 늦게 일어났으며

鶯啼燕語久逋詩　　꾀꼬리와 제비가 울고 지저귀어 시 짓는 것도 잊었다.

一篇換骨奪胎去　　한편도 완전히 바꾸어 가게 했으며

三復焚香盥手時　　향을 사르고 손 씻는 것을 세 번 반복했다네.

天欲此翁長漫浪　　하늘이 이 늙은이를 길이 부질없게 하며

人從世路故低垂　　사람들은 세상을 따라 아직도 머리를 숙인다.

銀山松桂芝川水　　은산銀山의 소나무와 지천의 물은

應笑吾行又失期.　　분명히 내 행동이 또 기회를 잃었다고 웃으리라.

라 했는데, 또한 대가大家의 한 면을 볼 수 있겠다. 허균許筠이 이르기를 "지천의 근율近律 백여편을 보았는데 그가 굳세고 강한 것을 힘써 지키고자 하며 무성하고 깊으며 샘솟고 맑아 참으로 천년 동안 내려오면서 뛰어난 것이다. 그의 작품이 그와 같은 것을 분석해 보면 대개 눌재訥齋 박상朴祥으로부터 나왔고 소재 노수신盧守愼과 호음 정사룡鄭士龍의 사이를 출입하면서 거의 그 파派와 같으면서 더욱 뛰어난 자라" 했다.

　월봉月蓬 유영길柳英吉이 일찍 오산五山 차천로車天輅 및 여러 인사들과 더불어 송도松都에 이르게 되었는데, 그때는 팔월로서 못에 연꽃이 모두 떨어졌고 단지 한 송이가 남아 비를 맞고 홀로 서 있었다. 제공들이 각자 시를 지었는데 월봉이 먼저 지어 낙구落句에 말하기를,

憐似楚王垓下夕　　불쌍하게도 초왕楚王[48]이 해하垓下[49]의 저녁에

旌旗倒盡泣紅粧.　　깃발은 모두 꺾어지고 홍장紅粧[50]이 우는 것과 같다오

48) 항우項羽의 나라 이름이 초楚였음.

49) 항우項羽가 마지막 패전한 곳의 지명.

50) 항우項羽의 부인 우미인虞美人을 지칭한 것임. 이 시에서 비를 맞고 있는 한 가
　지의 장미를 항우가 해하垓下에서 마지막 패전을 하고 우미인虞美人과 헤어지는

라 하니, 한 자리에 앉았던 인사들이 붓을 놓고 감탄하며 칭찬했다.

고죽孤竹 최경창崔慶昌이 낙봉인가駱峯人家에서 지은 시에 말하기를,

東峯雲霧掩朝暉   동봉의 구름과 안개가 아침 햇빛을 가리어
深樹棲禽晚不飛   깊은 나무에 깃들인 새가 늦게까지 날지 않는다.
古屋苔生門獨閉   고옥古屋에 이끼가 나고 문만 닫혀 있으며
滿庭淸露濕薔薇.   뜰에 가득한 장미가 맑은 이슬에 젖었다.

라 하여, 맑고 아름다움이 그림 같았다. 최고죽崔孤竹이 일찍 손곡蓀谷 이달李達과 더불어 허주계안도虛舟繫岸圖로서 시를 지었는데 손곡 시의 낙구落句에 말하기를,

泊舟人不見   배는 대놓고 있으나 사람은 보이지 않으며
沽酒有漁家.   술을 파는 고기잡는 사람의 집이 있다.

라 했으며, 고죽 시에 말하기를,

遙知泊船處   멀리서 배가 머무는 곳을 알고 있으며
隔岸有人家.   언덕 넘어 사람이 사는 집이 있다.

라 했다. 고죽은 인불견人不見 석자를 쓰지 않았으나 사람이 없다는 뜻이 그 가운데 있으니 최고죽의 시가 우수함이 된다.

내가 일찍 여러 선배들로부터 들어서 우리나라 시에서 오직 고죽孤竹 최경창만이 처음부터 끝까지 당시唐詩를 배웠고 송시宋詩의

것을 견주어 표현한 것임.

격식에 떨어지지 않았다고 했는데, 믿을만하다. 그의 시에서 높은
것은 무덕武德과 개원開元을 출입했고, 아래 것도 또한 장경長慶[51]
이하의 말은 하지 않았다. 그의,

> 春流繞古郭   봄빛은 흘러 옛 성곽을 둘렀었고
> 野火上高山.   들을 태우는 불은 높은 산을 오른다.

라 한 것과 같은 것은 중당中唐의 시와 비슷하고,

> 人烟隔河少   연기는 강을 사이에 두고 적어지며
> 風雪近關多.   바람과 눈은 관문이 가까워지자 많아진다.

라 한 것은 성당盛唐의 시와 같으며,

> 山餘太古雪   산에는 먼 옛날의 눈이 남았고
> 樹老太平烟.   나무가 늙자 태평의 연기가 끼었다.

라 한 것은 초당初唐의 시와 같은데, 알 수 없지만 지금 세상에서
다시 이러한 조률이 있겠는가.
　　옥봉玉峯 백광훈白光勳의 <홍경사시弘景寺詩>에 말하기를,

> 秋草前朝寺   추초秋草는 전조前朝의 절에 우거졌고
> 殘碑學士文   잔비殘碑는 학사가 지은 글이었다오.
> 千年有流水   천년 동안 물은 그대로 흐르고 있어
> 落日見歸雲.   석양에 날아가는 구름만 본다네.

---

51) 무덕武德은 당唐 고조高祖의 연호. 개원開元은 당唐 현종玄宗의 연호, 당唐 목종
　　穆宗의 연호

라 했는데, 매우 맑아 옛 작품에 가깝다. <제승축시題僧軸詩>에
말하기를,

智理雙溪勝	지리산智理山은 쌍계사雙溪寺가 좋고
金剛萬瀑奇	금강산金剛山은 만폭동萬瀑洞이 기이하다네.
名山身未到	명산名山을 가서 보지 못하고
每賦送僧詩.	매번 시만 지어 가는 스님에게 준다.

라 했는데, 맑고 아름다워 좋아할 만하다. 또 <삼차송월시三叉松月
詩>에 말하기를,

手持一卷蘂珠篇	손에 한 권의 예주편蘂珠篇52)을 잡고
讀罷空壇伴鶴眠	공단空壇에서 다 읽고 학과 같이 졸았다.
驚起中宵滿身影	밤중에 놀라 깨니 몸에 그늘이 가득하며
冷霞飛盡月流天.	안개가 걷히고 달은 하늘에서 흘러간다.

라 했는데, 맑고 깨끗해 찌꺼기가 없다.

고옥古玉 정작鄭碏은 북창北窓의 동생이었는데 또한 기사奇士였
다. 일찍 <자규시子規詩>가 있었는데 말하기를,

劍外稱皇帝	칼 밖에서 황제라 일컫고
人間託子規	인간은 자규에게 맡긴다.
梨花古寺月	배꽃 핀 옛절 달빛 아래
啼到五更時	새벽까지 울고 있다오
遊子千年淚	나그네가 오랫동안 흘리는 눈물이며
孤臣再拜詩	고신孤臣이 두 번 절하는 시였소
愁腸一叫斷	한번 우는 것에 슬픈 간장이 끊어지는데

---

52) 도교의 경전을 말함

何用苦摧悲.　　　무엇하러 괴롭게 슬픔을 억제하고자 하나뇨.

라 했는데, 이 시가 일시의 사람들에게 회자되었다. 장순명張順命 고사瞽師가 일찍 궁중에 불려갔더니 선조宣祖가 "너는 요사이 어느 곳에 있느냐" 하고 물으므로 대해 "해서海西 지방에 돌아다니고 있다"고 말했더니 선조가 말하기를 "들으니 정작 정작鄭碏이 근간에 해주海州에 있다고 하는데, 이 사람이 술을 좋아하는데 술을 얻어 마실 수 있는지 하고 잇따라 이화고사월梨花古寺月의 한 연을 외우며 아름다운 작품이라 하면서 전편을 보지 못한 것이 한스러우니 너가 혹시 기억을 하느냐" 하므로 순명順命이 외웠더니 선조가 직접 바로 벽에 썼다.

백록白麓 신응시辛應時가 일찍 홍문관弘文館 수찬修撰으로 궁중에 들어가서 숙직을 하고 있었는데, 그때 선조宣祖가 해당화海棠花 밑에 두견杜鵑이 울고 있는 것을 제목으로 하여 여러 학사들에게 시를 지어 올리게 했다. 백록의 시에 말하기를,

春盡海棠晩	봄이 다하고 해당화도 늦었는데
空留蜀鳥啼	부질없이 촉조蜀鳥만 머물러 울고 있다.
隔窓聞欲老	창 너머서 듣고 늙고자 하며
倚枕夢猶悽	자고자 하나 꿈도 오히려 차갑다.
怨血聲聲落	원망하는 피를 울음마다 흘리며
歸心夜夜西	돌아가고 싶은 마음은 밤마다 서쪽에 있다오.
吾王方在疚	우리 임금 바야흐로 오랜 병중에 있으니
莫近上林棲.	상림上林 가까이 쉬지 마오.

라 했는데,53) 혹은 전하기를 당시 선조宣祖가 상중喪中에 있으면서

53) 이 시의 형식은 오언율시五言律詩 인데, 번역에 대본으로 한 필사영인본에는 춘

보고 말구末句에 대해 매우 아름답게 여기며 감탄했다고 한다.

손곡蓀谷 이달李達이 젊어서 하곡荷谷 허봉許篈과 더불어 서로
사이가 좋았다. 어느날 찾았더니 마침 허균許筠이 와서 있으면서
손곡을 흘겨보고 조금도 예의를 갖추는 표정이 없이 태연하게 시
를 말하자 하곡이 말하기를 "시인이 자리에 있는데 동생이 일찍 듣
고 알지 못하는가 너를 위해 청해 시험해 보이리라" 하고 바로 운
을 부르니 손곡이 부르는 운에 응해 절구絶句 한 수를 지었는데 그
낙구落句에 이르기를,

小苑寒梅零落盡   작은 동산에 매화가 모두 떨어지니
春心移上杏花枝.   봄이 살구꽃 가지 위로 옮겼다.

라 하니, 허균이 표정을 고치며 놀라 사례하고 드디어 시반詩伴이
되었다. 또 호사湖寺의 스님에게 준 시에서 말하기를,

東湖停棹暫經過   동호에서 노를 멈추고 잠깐 지나니
楊柳悠悠水岸斜   버들은 한가하게 물이 흐르는 언덕에 빗겨 있다.
病客孤舟明月在   병객이 탄 고주에 밝은 달이 비치고
老僧深院落花多   노승이 있는 깊은 뜰에 낙화가 많다.
歸心黯黯連芳草   돌아가고 싶은 어두운 마음 방초와 연했고
鄕路迢迢隔遠波   멀고 먼 고향길은 먼 파도에 막혔다.

진해만공류촉조제격창당문욕로의침몽유처春盡海晚空留蜀鳥啼隔窓棠聞欲老倚枕夢
猶凄 로 되어 있는 것을 글자의 순서가 바뀐 듯 해 역자가 임의대로 위와 같이
바꾸었다. 대본이 필사본으로서 글자의 선후가 바뀐 것이 있으면 반드시 표시
를 했는데 위에는 표시를 하지 않았다. 신응시辛應時의 문집을 보지 못했고「국
조시산國朝詩刪」과「대동시선大東詩選」을 보아도 이 시가 실려 있지 않아 표기
를 확인해 보지 못했다. 기록에 잘못이 없는 것을 역자가 임의대로 바꾼 것인지
확인하지 못한 것이 아쉽다.

獨坐計程雲海外　홀로 앉아 운해雲海 밖의 길을 헤아리며
不堪西日聽啼鴉.　저녁 햇빛에 갈가마귀 우는 소리 듣기 어렵다.

라 했는데, 매우 당唐나라 시인의 운치가 있다.

　　손곡蓀谷 이달이 일찍 대방군帶方郡(지금 남원부南原府)을 유람
하면서 옥봉玉峯 백광훈白光勳, 백호白湖 임제林悌, 송암松巖 양대
박梁大撲과 더불어 광한루廣寒樓에 올라 술자리를 같이 했다. 백호
가 먼저 율시律詩 한 수를 지었는데 말하기를,

南浦微風生晚波　남포의 가는 바람에 늦게 물결이 일어나며
淸煙低柳碧斜斜　맑은 연기가 버들에 끼어 푸름이 빗겼다.
山分仙府樓居好　산이 선부仙府와 나누어 누에 있기 좋게 했고
路入平蕪野色多　길은 넓은 황무지로 들어가 들빛이 짙었다.
千里更成京國夢　천리의 먼 길에 다시 경국京國의 꿈을 이루었고
一春空負故園花　봄은 부질없이 고원의 꽃을 등졌다.
淸尊話別新篇在　맑은 술로 이야기하며 새로 지은 시도 있으니
却勝驪駒數曲歌.　아름다운 망아지의 울음보다 좋다오.

라 했으며, 손곡蓀谷이 차운하여 말하기를,

淸溪雨後起微波　비 내린 후 맑은 시내에 작은 물결이 일어나며
楊柳陰陰水岸斜　짙은 버들이 물 흐르는 언덕에 빗겼다.
南陌一樽須盡醉　한통 술로 거리에서 취하게 다 마시고
東風三月已無多　삼월의 봄바람은 계속 분다네.
離亭處處王孫草　이정의 곳곳에는 왕손의 풀이 짙었으며
門巷家家枳殼花　마을의 집집마다 탱자꽃이 피었다.
流落天涯爲客久　오래 동안 나그네 되어 먼곳으로 흘러다녀
不堪中夜聽吳歌.　밤중에 오가吳歌를 듣기 어렵다네.

라 했으며, 옥봉玉峯이 차운하여 말하기를,

畫欄西畔綠蘋波　　난간 서쪽에 푸른 마름 물결치며
無限離情日欲斜　　끝없이 헤어지는 정에 해가 지려한다.
芳草幾時行路盡　　방초로 가는 길이 언제 끝나며
靑山何處白雲多　　푸른 산 어느 곳에나 흰 구름이 많다오.
孤舟夢裡滄溟事　　고주孤舟로 서늘한 바다로 가는 것은 꿈속의 일이요
三月煙中上苑花　　삼월 아지랑이 속에 상원의 꽃이 피었다.
樽酒易空人易散　　술은 떨어지고 사람도 헤어지려 하니
野禽如怨又如歌.　　들새 우는 소리 원망하는 듯 노래하는 듯하네.

라 했으며, 송암松巖이 차운하여 말하기를,

烏鵲橋頭春水波　　오작교 머리에 봄 물결이 일고
廣寒樓外柳絲斜　　광한루 밖에 버들가지가 비꼈다.
風煙千里勝區在　　천리의 아지랑이는 좋은 지역에 있고
詩酒一場歡意多　　한마당 시주에 기쁜 생각이 많다네.
誰向離筵怨芳草　　누가 떠나는 자리를 향해 방초를 원망하며
行看歸騎踏殘花　　가면서 돌아가는 말이 꽃을 밟는 것을 본다.
天涯去住愁如織　　먼 곳으로 가고 머무는 것에 근심이 많아
强把狂言替浩歌.　　억지로 미친 말을 하여 호가浩歌를 바꾸고자 한다.

라 했다. 세상에 전하기를 제공諸公들의 이날 놀이가 마침 국가의
근심을 만났기 때문에 백호가 가자歌字를 운으로 하여 먼저 지어
제공들을 군색하게 하고자 했는데, 백옥봉白玉峯의 야금여가野禽如
歌를 시인들이 모두 하기를 운이 좋았다고 했다. 림백호林白湖의
시는 두텁고 아름답고 양송암梁松巖의 시는 둥글고 익숙하며, 이손
곡李蓀谷과 백옥봉의 시가 가장 당시唐詩의 운에 가까운데 손곡蓀

谷의 수구首句와 말구末句의 양구兩句가 평평해 옥봉玉峯의 기구起
句와 결구結句의 좋은 것만큼 같지 못하며 모두 구애받지 않고 맑
고 새롭다.

김종직金宗直의 「점필재집佔畢齋集」을 살펴보면 말하기를 "시를
배우기 시작한 때로부터 내려오면서 우리나라 시를 얻어 본 것에
서 시로서 유명한 작가가 수백 명이 될 뿐 아니라, 오늘에서부터
위로 신라 말에까지 소급하면 천년이 가까운데 그 사이에 교육과
정치로 풍속을 교화시키는 것을 알고 찬미하고 풍자하는 것을 형
용하여 열기도 하고 닫기도 하며 억압하기도 하고 들추기도 하여
깊게 성정性情의 올바른 것을 얻은 자로서 당唐과 송宋의 문인들과
우렬을 다툴 만하며 후세에 모범이 된다"고 했다.

대개 우리나라의 시학詩學이 삼국시대부터 시작되어 고려시대에
성했고 우리 정부에서 극에 달했으며 점필재佔畢齋 때로부터 오늘
에 이르기까지도 또한 수백 년인데 문장으로써 크게 유명한 자가
서로 이어 뛰어나 전후의 작자를 다 기록할 수 없어 비록 중국과
비교해도 많이 양보하지 않을 것이니 어찌 태사太史[54]의 문명의
교화로 이루어졌음이 있지 아니한가. 지금 백에 하나 또는 둘을 취
해 뒷 사람들에게 도움을 주고자 하는데 하나의 나무를 보고 등림
鄧林의 많은 나무를 아는 것이라 이를 것이다. 내가 매양 김부식金
富軾 시중侍中의 <즉경시卽景詩>에,

驚雷盤絶壁　　놀라운 우뢰는 서리어 있는 벽을 끊었고
急雨射頹墻.　　급하게 내린 비는 담장을 쏘아 무너뜨린다.

---

54) 태사太史는 누구를 지칭한 것인지 알 수 없는데, 세필細筆로 사자史字 옆에 의작
　　사疑作師라 했다. 조선조 선비들이 간혹 기자箕子를 은태사殷太師라 하기도 했는
　　데, 기자箕子를 지칭한 것이 아닌가 한다.

라 한 것은 그 빨리 떨치는데 (분신奮迅) 놀랐고, 정지상鄭知常 학
사學士의 <영두견시咏杜鵑詩>에,

> 聲摧山竹裂　　　꺾어지는 소리는 산의 대를 찢고
> 血染野花紅.　　　피는 들꽃을 붉게 물들인다.

라 한 것은 그 교묘하고 탐스러움에 (공염工艶) 놀라게 되고, 백운
白雲 이규보李奎報의 <덕연원시德淵院詩>에,

> 竹虛同客性　　　대나무는 손의 성격처럼 비었고
> 松老等僧年.　　　솔은 스님의 나이와 같이 늙었다.

라 한 것은 그 외따로 높은 (고고孤高) 것을 생각하게 되었고, 목은
牧隱 이색李穡은 <부벽루시浮碧樓詩>에,

> 城空一片月　　　성은 비었는데 한조각 달이요
> 石老雲千秋.　　　돌은 늙었으나 구름은 천추로다.

라 한 것은 그 맑고 먼 것에 (청원淸遠) 승복하게 되고, 춘정春亭
변계량卞季良의 <춘사시春事詩>에,

> 幽夢僧未解　　　깊숙한 꿈을 스님은 이해하지 못하고
> 新詩鳥伴吟.　　　신시를 새와 같이 읊는다.

라 한 것은 그 맑고 새로운 (청신淸新) 것에 기뻐하고, 괴애乖崖 김
수온金守溫의 <산사시山寺詩>에,

窓虛僧結衲　　　창밑에 스님은 장삼을 기우며
塔淨客題詩.　　탑이 깨끗하니 손은 시를 쓴다.

라 한 것은 그 맑고 한가한 (한아閒雅) 것을 사랑하며, 점필재佔畢齋 김종직金宗直의 <선사시仙槎詩>에,

靑山半邊雨　　　푸른 산 한쪽에 비가 내리고
落日上方鍾.　　해질 즈음 상방에 종소리 들린다.

라 한 것은 맑고 밝은 (청량淸亮) 것에 감탄하며, 충암冲菴 김정金淨의 <한벽루시寒碧樓詩>에,

風生萬古穴　　　바람은 긴 세월 동안 구멍에서 나오고
江撼五更樓.　　강은 새벽까지 누를 흔든다.

라 한 것은 그 호걸스럽고 장한 (호장豪壯) 것이 좋고, 용재容齋 이행李荇의 <계산즉사시溪山卽事詩>에,

鑿泉偸岳色　　　샘을 파서 산 빛을 도적질하고
移石殺溪聲.　　돌을 옮겨 시내 물소리를 나지 않게 한다.

라 한 것은 그 기이하고 교묘함을 (기교奇巧) 상상하게 하고, 호음湖陰 정사룡鄭士龍의 <감회시感懷詩>에,

未得先愁失　　　얻지 못해서는 먼저 잃을 것을 근심하고
當歡已作悲.　　기쁨을 당하게 되면 이미 슬픔을 하게 한다.

라 한 것은 그 매우 맑음을 (청절淸切) 깨닫게 하며, 동고東臯 최립
崔岦의 <제석시除夕詩>에,

　　鴻濛未許割　　넓고 뚜렷하지 않아 나누는 것을 허락하지 못했고
　　羊胛不須享　　양의 어깻살도 반드시 드리지 못했다.

라 한 것은 그 기이하고 굳센(기건奇健) 것에 감탄하며, 오산五山
차천로車天輅의 <영고안시咏孤雁詩>에,

　　山河孤影沒　　산하에 외로운 그림자가 사라지고
　　天地一聲悲.　천지에 하나의 슬픈 노래만 들린다.

라 한 것은 그 매우 사무치게 하는 (투일透逸) 것에 놀랄만하다.
슬픈 (처완悽捥) 것으로는 고운 최치원의 <고소대시姑蘇臺詩>에,

　　荒臺麋鹿遊秋草　거친 대에 고라니와 사슴이 가을 풀밭에 놀고
　　廢院牛羊下夕陽.　황폐한 동산에 석양이 드니 우양이 내려온다.

라 한 것과 같은 것이며, 쌀쌀하고 외로운 (한고寒孤) 것으로는 서
하西河 임춘林椿의 <증인시贈人詩>에,

　　十年計活挑燈話　십년 동안 사는 계획은 등을 밝히고 이야기하는 것이며
　　半世功名把鏡看.　반평생의 공명은 거울을 잡고 본다.

라 한 것과 같은 것이며, 섬세하고 교묘한 (섬교纖巧) 것으로는 노
봉老峯 김극기金克己의 <파천시派川詩>에,

飄盡斷霞花結子　끊어진 놀이 모두 날리니 꽃은 열매를 맺었으며
割殘驚浪麥生孫.　일렁이는 물결이 없어지자 보리는 낟알이 생긴다.

라 한 것과 같은 것이며, 맑고 밝은 (청광淸曠) 것으로는 익제益齋
이제현李齊賢의 <효행시曉行詩>에,

三更月照主人屋　밤중에 달은 주인집을 비추고
大野風吹遊子衣.　큰 들에 바람은 나그네의 옷을 휘날린다.

라 한 것과 같은 것이며, 노련하고 원숙한 (노숙老熟) 것으로는 목
은牧隱 이색李穡의 <자술시自述詩>에,

身爲病敵難持久　몸은 병의 적이 되어 오래 유지하기 어렵고
心與貧安已守成.　마음은 가난에 편안하여 이미 지킴을 이루었다.

라 한 것과 같은 것이며, 법에 맞고 빛난 (전려典麗) 것으로는 도은
陶隱 이숭인李崇仁의 <원일조조시元日早朝詩>에,

梯航玉帛通蠻貊　먼 곳에서 온 비단은 남만南蠻과 맥족貊族을 통했고
禮樂衣冠邁漢唐.　예악과 의관은 한漢과 당唐 보다 뛰어나다.

라 한 것과 같은 것이며, 예스럽고 질박한 (고복古朴) 것으로는 점
필재佔畢齋 김종직金宗直의 <복룡도중시伏龍途中詩>에,

邑犬吠人籬有竇　개는 사람을 보고 짖으며 울타리에는 구멍이 있고
野巫迎鬼紙爲錢.　들에 무당은 신을 맞이하는데 종이가 돈이 된다.

라 한 것과 같은 것이며, 높고 깨끗한 (고결高潔) 것으로는 동봉東
峯 김시습金時習의 <증철상인시贈澈上人詩>에,

> 流水落雲觀世態　　흐르는 물과 떨어지는 구름에 세태를 볼 수 있고
> 碧松明月照禪談.　　푸른 솔 밝은 달은 스님이 하는 이야기를 비춘다.

라 한 것과 같은 것이며, 기이한 것이 뛰어난 (기일奇逸) 것으로는
읍취헌挹翠軒 박은朴誾의 <영보정시永保亭詩>에,

> 急雨吹霧水如鏡　　급하게 내린 비가 안개를 불고 물은 거울 같으며
> 近浦無人鳥自謠.　　포구 가까이에 사람은 없고 새들이 노래한다.

라 한 것과 같은 것이며, 화창하게 달한 (창달暢達) 것으로는 복재
服齋 기준奇遵의 <효좌시曉坐詩>에,

> 心通萬水分源處　　마음은 많은 물의 근원을 나누는 곳과 통하며
> 耳順千林發籟間.　　귀는 짙은 숲에 소리가 나는 사이로 좇는다.

라 한 것과 같은 것이며, 기이하고 묘한 (기묘奇妙) 것으로는 호음
湖陰 정사룡鄭士龍의 <여사시旅舍詩>에,

> 馬吃枯箕和夢聽　　말이 마른 콩대기 먹는 것을 꿈속에서 듣고
> 鼠傓殘粟背燈看.　　쥐가 남은 곡식 훔쳐 먹는 것을 등불을 지고 본다.

라 한 것과 같은 것이며, 익숙하게 익혀진 (단련鍛鍊) 것으로는 동
고東皐 최립崔岦의 <객중시客中詩>에,

人輕遠客初逢炎　사람들이 나그네를 가볍게 여겨 처음 더위를 만난듯하며
馬苦多岐再到迷.　말은 많은 갈래 길에 시달려 다시 왔으나 헤맨다.

라 한 것과 같은 것이며, 깊게 느껴 탄식한 (감개感慨) 것으로는 오산五山 차천로車天輅의 <영회시詠懷詩>에,

神仙有分金難化　신선이 분수가 있으나 금을 변하게 하기는 어렵고
天地無情劒獨鳴.　천지가 무정해 칼이 홀로 운다.

라 한 것과 같은 것이며, 신기하고 묘한 (신묘神妙) 것으로는 석주石洲 권필權韠의 <유거만흥시幽居謾興詩>에,

淸晨步到澗邊石　맑은 새벽 걸어 시냇가의 바위에 이르렀으며
落日坐看波底峯.　해가 질 즈음 앉아 물결 밑의 산봉우리를 본다.

라 한 것과 같은 것이며, 맑고 밝은 (유량瀏亮) 것으로는 동악東岳 이안눌李安訥의 <강정시江亭詩>에,

江潮欲上風鳴岸　강에 조수가 오르고자 하니 바람이 언덕에서 울고
野雨初收月湧山.　들에 비가 처음으로 걷히자 달이 산에서 솟는다.

라 한 것과 같은 것이며, 풍부하고 빛난 (부려富麗) 것으로는 어우於于 류몽인柳夢寅의 <관서시關西詩>에,

春遊關塞王三月　봄에 관새로 유람하니 삼월의 으뜸이요
花發江南帝六宮.　꽃이 강남에 피니 육궁의 제일이다.

라 한 것과 같은 것이며, 매우 처참한 (처절淒切) 것으로는 택당澤
堂 이식李植의 <여강시呂江詩>에,

> 江湖極目皆秋色   강호에 보이는 것은 모두 가을빛이며
> 節序關心又夕陽.   계절 바뀌는 것에 관심을 가졌더니 또 석양이라네.

라 한 것과 같은 것이며, 매우 기이(기절奇絶)한 것으로는 동명東溟
정두경鄭斗卿의 <북관시北關詩>에,

> 嶺寒過雁常愁雪   찬 재를 지나는 기러기는 항상 눈을 근심하고
> 海黑潛龍欲起雲.   검은 바다에 숨어 있는 용은 구름을 일으키고자 한다.

라 한 것과 같은 것이다.

소화시평小華詩評 권지하卷之下

현묵자玄黙子 홍만종洪萬宗 우해于海 저著

시는 가히 사정에 깊게 사무쳐야 하며 잘못을 나무라는 것과 통해야 한다. 만약 시에서 하는 말이 세상의 가르침에 관여하지 못하고 뜻이 비比와 흥興[1]에 있지 아니하면 단지 노력한 것에만 그칠 따름이다. 졸옹拙翁 최해崔瀣가 체직遞職된 뒤에 지은 시에 말하기를,

塞翁雖失馬	새옹塞翁이 비록 말을 잃었고
莊叟詎知魚	장수莊叟가 어찌 물고기를 알리오.[2]
倚杖人如問	지팡이에 의지해 묻는 사람이 있을 것 같으면
當須質子虛.	마땅히 자허子虛[3]에게 물으라 하라.

라 한 것은 얻고 잃는 것을 근심하는 무리들을 경계하고자 한 것이다. 설곡雪谷 정포鄭誧의 <시아시示兒時>에 말하기를,

---

1) 비比와 흥興은 시의 육의六義의 하나로서 「시경詩經」에서 표현 방식을 말한 것이다.
2) 장자莊子가 혜자惠子와 같이 놀다가 물고기가 노는 것을 보고 이것은 고기의 낙이로다 하니 혜자가 말하기를 자네가 고기가 아닌데 어찌 고기의 낙을 아는가 했다. 장자는 자네는 내가 아닌데 내가 고기의 낙을 아는지 알지 못하는 지를 어찌 아는가 하였다. <장자莊子>
3) 사마상여司馬相如의 자허부子虛賦에 나오는 가공의 인물임.

乏食甘藜藿　　　먹는 것이 끊으지면 맹아주와 콩도 달고
無衣愛葛絺　　　옷이 없으면 갈포도 좋아한다네.
若求溫飽樂　　　만약 따듯하고 배부름의 즐거움을 구할 것 같으면
不得害先隨.　　　먼저 따르는 해를 얻지 않아야할 것이다.

라 했는데, 분수가 아닌데 망녕 되게 구하려는 무리들을 경계한 것이다. 가정稼亭 이곡李穀의 <유감시有感詩>에 말하기를,

身爲藏珠剖　　　몸은 구슬을 감추기 위해 쪼개게 되었고
妻因徙室忘　　　처는 집을 옮기다가 잃게 되었다.
處心如淡泊　　　마음가지기를 맑고 깨끗하게 할 것 같으면
遇事豈蒼黃.　　　일을 만나도 어찌 급하게 허둥대겠는가.

라 했는데, 사람의 사물에 대한 지나친 욕심이 마음을 가리는 것을 비유한 것이다. 독곡獨谷 성석린成石璘의 <송인풍악시送人楓岳詩>에 말하기를,

一萬二千峯　　　일만 이천의 산봉우리
高低自不同　　　높고 낮음이 스스로 같지 않다.
君看日輪出　　　자네는 해가 뜨는 것을 보고
何處最先紅.　　　어느 곳이 가장 먼저 붉었나뇨.

라 했는데, 사람의 품격에 높고 낮음이 있음을 비유한 것이다. 원정猿亭 최수성崔壽城의 <강상시江上詩>에 말하기를,

日暮滄江上　　　서늘한 강에 해가 저물고
天寒水自波　　　하늘은 차가운데 강물에 파도가 인다.
孤舟宜早泊　　　고주를 마땅히 일찍 머물게 하오

風浪夜應多.　　　밤이면 풍랑이 많을 것이오.

라 했는데, 급하게 흐르는 곳에 용감하게 물러나게 하는 뜻이 있다.
구봉龜峰 송익필宋翼弼의 <남계시南溪詩>에 말하기를,

迷花歸棹晚　　　꽃에 미혹되어 배로 돌아가는 것이 늦었으며
待月下灘遲　　　달을 기다리다가 여울로 내려가는 것이 더디었다.
醉睡猶垂釣　　　취해 졸면서도 오히려 낚시줄을 드리웠으며
舟移夢不移.　　　배는 가도 꿈은 옮기지 않는다.

라 한 것은 마음과 행동을 지키고 가짐에 변하지 않으려는 뜻이 있
다, 만죽萬竹 서익徐益의 <영설시詠雪詩>에 말하기를,

漠漠復飛飛　　　아득했다가 다시 날고 날아
隨風任狗衣　　　바람을 따라 구의狗衣[4]에 맡긴다.
徘徊無定態　　　돌고 돌면서 정한 형태가 없어
東去又西歸.　　　동으로 갔다가 다시 서로 돌아간다.

라 한 것은 안면을 바꾸고 형세에 따라 번복하는 자를 견주어 말한
것이다. 춘소春沼 신최申最의 <기탄시歧灘詩>에 말하기를,

岐灘石如戟　　　기탄의 돌은 창과 같다고
舟子呼相謂　　　뱃사공들이 서로 이르며 부른다.
出石猶可避　　　보이는 돌은 오히려 피할 수 있으나
暗石眞堪畏.　　　보이지 않는 돌이 참으로 무섭다오.

---

4) 어떤 다른 의미가 있는지 알아보지 못했다.

라 한 것은 말은 달게 하면서도 속으로 칼을 가지고 모르게 중상하고자 하는 자를 견주어 말한 것이다(이상은以上 오언절구이다五言絶句).

최승로崔承老 시중侍中의 <금중신죽시禁中新竹詩>에 말하기를,

禁籜初開粉節明　금중에 처음으로 죽순이 돋고 아름다운 계절이 밝으며
低臨輦路綠陰成　가마가 다니는 길 옆으로 푸른 그늘을 이루었다.
宸遊何必將天樂　궁중의 놀이에 어찌 반드시 천악天樂을 하랴
自有金風撼玉聲.　스스로 금풍金風에 옥소리가 들린다.

라 한 것은 음악에 대해 나무라고 경계하는 뜻이 있다. 형재亨齋 이직李稷의 <등철령시登鐵嶺詩>에 말하기를,

崩崖絶澗愜前聞　붕애와 절간을 전에 듣고 좋아했는데
北塞南州道路分　북쪽 변방과 남쪽 고을로 길이 나누어졌다.
回首日邊天宇淨　머리를 돌리니 해 주변에 하늘이 맑은데
望中還恐起浮雲.　바라보는 가운데 구름이 일어날까 겁난다오.

라 한 것은 참소하는 것을 근심하고 나무라는 것을 겁내는 뜻이 있다. 신촌愼村 권사후權思後의 <방안시放雁詩>에 말하기를,

雲漢猶堪任意飛　하늘에서는 오히려 마음대로 날 수 있는데
稻田胡自蹈危機　벼논은 어찌 밟기가 위험하나뇨.
從今去向冥冥外　지금부터 넓은 곳으로 가게 되면
只要全身勿要肥.　전신에 살이 찌는 것은 원하지 말기를 바라오.

라 한 것은 이익을 쫓는 무리들을 경계하고자 한 것이다. 신장辛藏

문학文學의 ＜영목교시咏木橋詩＞에 말하기를,

> 斫斷長條跨一灘　긴 나무 가지를 끊어 한 여울에 걸쳤는데
> 濺霜飛雪帶驚瀾　뿌리는 서리 날으는 눈에 놀란 물결과 띠를 하고 있다.
> 須將步步臨深意　반드시 걸음마다 깊은 곳에 이르렀을 때의 마음으로
> 移向功名宦路看.　공명과 벼슬길로 옮겨 가는 것을 보오.

라 하여 벼슬을 구하는 무리들을 경계하고자 한 것이다. 동고東皐
최립崔岦의 ＜십월우시十月雨詩＞에,

> 一年霖雨後西成　일년 동안의 장마 후에 추수를 하게 되었으나
> 休說玄冥太不情　우신雨神을 너무 무정하다고 하지 마오.
> 正叶朝家荒政晚　정부에서 흉년의 정책이 늦은 것을 규탄하는 것은
> 飢時料理死時行.　주릴 때는 요리하고 죽을 때는 간다네.

라 한 것은 정부에서 큰 계획을 하는 자가 스스로 경계하고자 한
것이다. 어우於于 류몽인柳夢寅의 ＜이주시伊州詩＞에 말하기를,

> 貧女鳴梭淚滿腮　가난한 여인이 베를 짜며 뺨에 눈물이 가득한데
> 寒衣初擬爲郎裁　처음에는 낭군의 겨울옷을 짓고자 생각했다.
> 明朝裂與催租吏　내일 아침 부세 독촉하는 관리에 찢어주어야 하는데
> 一吏纔歸一吏來.　한 관리 겨우 가면 또 한 관리가 온다네.

라 한 것은 국민과 근심을 나누어 가져야 할 자는 경계를 해야 할
것이다. 아! 당唐 섭이중聶夷中의,

> 二月賣新絲　이월에는 새로 짠 베를 팔고
> 五月糶新穀.　오월에는 햇곡식을 판다네.

라 하여 읊은 것을 논자들이 주시周詩[5]로 평을 했는데, 우리나라의
여러 작품에서 풍속과 교화에 도움이 있게 한 자가 어찌 섭이중의
밑에 있겠는가.(이상以上 칠언절구七言絶句)

　아계鵝溪 이산해李山海는 일곱 살 때 한 껍질 속에 세 개의 밤알
이 있는 것을 읊은 것에 말하기를,

　　一家生三子　　　한 집에 아들 셋을 낳았는데
　　中者半面平　　　가운데 것은 반쪽 면이 평평하다.
　　隨風先後落　　　바람을 따라 선후로 떨어지게 되면
　　難弟亦難兄.　　 아우와 형을 구분하기 어렵다네.

라 했으니, 다박머리의 나이에 능히 이와 같은 기이한 말을 했다.
만년의 <견회시遣懷詩>에 말하기를,

　　夢裏分明拜聖顔　　꿈 속에 분명히 임금님을 뵈옵는데
　　覺來依舊客天端　　꿈을 깨자 전처럼 하늘 끝에 있다오.
　　恨隨靑草離離長　　한은 봄풀을 따라 무성하게 길어졌고
　　淚着疎篁點點斑　　눈물은 성긴 대를 적시며 점점이 아롱졌다.
　　萬事不求忠孝外　　모든 일을 충효 밖에는 구하지 않았고
　　一身空老是非間　　일신은 부질없이 시비 사이에서 늙었다.
　　瘴江生死無人問　　장기 낀 강에 생사를 묻는 사람 없고
　　煙雨孤村獨掩關.　 안개비 내리는 고촌에서 홀로 문을 닫고 있다.

라 했는데, 맑고 고우며 둥글다. 아계와 같은 자는 능히 어렸을 때
재능을 발휘했다고 이를 만하다.

---

　5) 「시경詩經」에 주周나라 때 지었다는 백성들의 어려움을 나타낸 시를 지칭한 것
　　이 아닌가 한다.

　아계 이산해가 소군昭君6)을 읊은 두 수의 절구가 있는데 말하기를,

　　三千粉黛鎖金門　삼천의 아름다운 궁녀가 궁중에 갇혀
　　咫尺無由拜至尊　지척이면서 임금을 뵈올 인연이 없었다.
　　不是當年投異域　그때 이역異域으로 가지 않았다면
　　漢宮誰識有昭君.　한나라 궁중에 누가 왕소군王昭君이 있음을 알았으랴.

　　世間恩愛元無情　세상에 은애는 원래 정한 것이 없어
　　未必氈城是異鄕　반드시 전성氈城7)이 아니라도 이향異鄕이었다오.
　　何似深宮伴孤月　어찌 깊은 궁중에 외로운 달과 짝하고 있는 것이
　　一生難得近君王.　일생 동안 군왕을 가깝게 하기 어려움과 같지 않으리오

라 했는데, 대개 왕형공王荊公8)의 명비곡明妃曲에,

　　漢恩自淺胡恩深　한의 은혜는 얕았고 호의 은혜가 깊었으니
　　人生樂在貴知心.　인생의 즐거움은 마음을 알아주는데 귀함이 있다오.

라 한 뜻을 훔친 것인데, 이아계李鵝溪 시는 말의 뜻이 지나치게 노출 되었으니 말과 뜻은 마음의 소리라는 것은 믿을 만하다. 나대경羅大經이 일찍 형공荊公의 이 시를 평해 말하기를 "마음을 서로 알지 못해 신하는 가히 그 임금을 배반할 것이며 처는 가히 그 남편을 버릴 것이라" 했고, 주자朱子도 또한 평이 있었는데 말하기를

──────────

6) 왕소군을 말한 것인데, 그는 전한前漢 원제元帝 때 후궁後宮으로서 흉노匈奴에 시집 간 인물.
7) 중국 북쪽에 이민족異民族이 살고 있는 지역.
8) 북송北宋의 정치가 문인이었던 왕안석王安石의 봉작封爵의 이름이 형국공荊國公이었음.

"이치를 거스리고 도를 상하게 할 것이라" 했다.

하곡荷谷 허봉許篈이 아홉 살 때 <금전화시金錢花詩>를 지었는데 말하기를,

化工爐上用功多　화공化工이 술잔 위에 많은 공력을 사용하여
鑄出金錢一樣花　같은 모양의 꽃 같은 금전金錢을 만들어냈다.
半兩五銖徒自貴　반량과 오수를 다만 스스로 귀하게 여기며[9]
不知還解濟貧家.　가난한 집 구제에 필요한 것을 알지 못했다.

라 했는데, 아! 단산丹山의 새는 처음 나면서부터 오색을 갖추었으며 악와渥洼의 말은 망아지 때부터 명마名馬가 될 것이라는 조짐이 있었다. 문장은 스스로 천재가 있어 학력으로써 이루어 지는 바가 아니라는 것을 비로소 알았다. 또 <만하시灣河詩>와 같은 것에서 말하기를,

孤竹城頭月欲生　고죽성孤竹城 머리에 달이 뜨고자 하고
灤河西畔聽鍾聲　만하灤河 서쪽에서 종소리 들린다.
扁舟未渡尋沙岸　작은 배로 모래 언덕을 찾아 건너지 못했는데
烟霧蒼蒼古北平.　안개는 고북평古北平에 많이 끼었다.

라 했는데, 당唐의 시인의 절조絶調라 할 수 있다.

계곡谿谷 장유張維는 우리나라 시인 가운데 하곡 허봉許篈이 으뜸이 된다고 일컬었으며, 제호霽湖 양경우梁慶遇도 또한 하곡荷谷을 세상에서 뛰어난 시재라고 말했다. 내가 일찍 그의 <길성추회시吉城秋懷詩>를 보았는데,

---

9) 양兩과 수銖는 화폐를 헤아릴 때의 단위.

金門蹤跡轉依依	궁문宮門의 종적이 계속 그리우나
落盡黃楡尙未歸	느릅나무 잎 질 때까지 돌아가지 못했다.
塞角暗吹仙仗夢	새방 대평소 소리에 의장儀仗의 꿈을 꾸게 되고
嶺雲低濕侍臣衣	영운嶺雲은 시신侍臣의 옷을 적신다
功名誤許麒麟畫	공명으로 기린각 화상을 잘못 허락하게 되었고
歲月空驚熠燿飛	세월에 따라 부질없이 반딧불이 날으는 것에 놀란다.
憶得去年三署直	지난해 삼서三署에 번들 적 생각하면
禁城銀燭夜鍾微.	궁중의 은촉과 종소리 은은히 들린다.

라 했는데, 이 한 수의 시를 읽고 바로 두 사람의 말한 바를 믿었다.

오음梧陰 윤두수尹斗壽의 <증승시贈僧詩>에,

關外羈懷不自裁	관외에서 나그네의 감정을 자재하지 못하고
一春詩興賴官梅	봄의 시흥을 매화에 힘 입는다.
日長公館文書靜	해는 길고 공관에 일이 없어 고요한데
時有高僧數往來.	때때로 고승高僧이 자주 오고 간다.

라 했는데, 이 시에서 시時와 수數 두자는 말의 뜻이 서로 짝을 했음
에도 허균許筠이「국조시산國朝詩刪」에 뽑아 넣은 것은 무슨 까닭이
었을까.

서애西厓 류성룡柳成龍의 한 절구가 있었는데 말하기를,

竹窓殘雪夜蕭蕭	죽창에 남은 눈으로 밤이 쓸쓸한데
千里歸心故國遙	천리에서 먼 고국으로 돌아가고 싶은 마음이라오.
白首縱霑新雨露	늙어 새로운 비와 이슬에 젖게 되었으니
豈宜重誤聖明朝.	어찌 성명聖明의 조정을 거듭 더럽힐 수 있으랴.

라 했는데, 동주東洲 이미구李敏求가 일찍 이 시를 외우며 말하기를

"시는 비록 그가 잘하는 바가 아니나 또한 매우 절밀해 사랑할 만하다"고 했다.

조휘趙徽의 호는 풍호楓湖였는데 여러 문사들과 더불어 사냥을 하다가 산에 갑자기 불이 이르는 것을 보고 각자 시 한수씩 지었는데 조휘가 제일 뒤에 와서 그 운에 다음하여 말하기를,

漢幟間行超趙壁   한漢의 깃발이 행진하다가 조趙의 벽을 넘었고
齊牛乘怒奔燕軍.   제齊의 소가 화를 내어 연燕의 군軍으로 달려간다.

라 했는데, 늦게 와서 으뜸이 되었다고 이르겠다.

한음漢陰 이덕형李德馨이 나이 열 네살 때 봉래蓬萊 양사언楊士彦이 지나가다가 데리고 수석이 좋은 곳에 놀면서 율시 한 수를 지었는데 한음이 그 시에 화시和詩를 지어 말하기를,

野潤烟光薄   들이 넓으니 연기 빛이 엷고
水明山影多.   물이 맑으니 산 그림자가 많다.

라 하니, 봉래蓬萊가 감탄해 말하기를 "그대는 나의 스승이라" 했다. 이로 말미암아 빛난 이름이 더욱 크게 들리게 되었다. 한음이 일찍 시시柴市를 지나가다가 느낀 바가 있어 시를 지었는데 말하기를,

嶺海間關更起兵   영해嶺海 사이를 막고자 다시 군사를 일으켰으나
英雄運屈竟無成   영웅의 운수가 다해 마침내 이룸이 없었다.
百年養士恩誰報   오래 동안 선비를 기루었는데 뉘가 은혜를 갚으며
萬死勤王志獨明   임금을 위해 만번이나 죽고자 하는 뜻을 홀로 밝힌다오
虜主詎知容節義   노주虜主가 어찌 절의를 용납함을 알며

市人猶解惜忠貞　시장 사람들도 오히려 충정忠貞을 아끼는 것을 안다오
招魂欲和汪生句　혼을 불러 왕생汪生의 싯구에 화시를 짓고자 하니
易水東流似哭聲.　동쪽으로 흐르는 역수易水[10]가 우는 소리 같다.

라 했는데, 사람으로 하여금 매우 슬픔을 느끼게 한다.

　백사白沙 이항복李恒福이 여덟 살 때 참찬공參贊公이 칼과 거문고로써 구句를 지어보게 명령했더니 백사가 바로 응해 말하기를,

劍有丈夫氣　칼은 장부의 기상이 있고
琴藏千古音.　거문고는 천고의 음악을 가지고 있다.

라 하니, 듣는 사람들이 그가 장차 크게 성공할 것을 알았다고 한다. 백사가 젊었을 때 강가에서 며칠 동안 있으면서 배를 찾았으나 얻지 못해 매우 답답하여 희롱으로 한 수의 시를 지었는데 말하기를,

常願身爲萬斛舟　항상 원하는 것은 몸이 만섬이나 실을 수 있는 배가
　　　　　　　　되어
中間寬處起柁樓　중간 넓은 곳에 선실船室을 짓겠다.
時來濟盡東南客　때가 오면 동남의 손을 모두 싣고
日暮無心穩泛浮.　해가 저물면 편안히 뜨게 하는데 무심하랴.

라 했는데, 가히 제천濟川의 기상이 있다고 하겠다. 호음湖陰 정사룡鄭士龍이 문익곡文翼公 정광필鄭光弼의 글을 논해 말하기를 "세상에서 문장으로써 숙부를 일컫지 않은 것은 그의 공덕에 가리어

---

10) 물 이름, 춘추전국시대에 형가荊軻가 자객刺客으로 진秦나라를 갈 때 건넜다고
　　함. 위의 왕생汪生은 알아보지 못했다.

졌기 때문이라"고 했는데, 나는 한음과 백사에서도 또한 그렇게 이르고 싶다고 하겠다.

서경西坰 류근柳根이 일찍 송도松都에서 한 늙은 기생을 만났는데 그는 젊었을 때 서울에까지 유명했던 자였다. 드디어 시를 지어주어 말하기를,

瑤琴橫抱發纖歌　거문고 가로 안고 연한 노래 불러
宿昔京城價最多　지난날 서울에서 값이 가장 많았다오.
春色易凋鸞鏡裏　거울 속에 봄빛은 쉽게 시들어
白頭流落野人家.　늙게 되자 시골사람 집에 흘러 떨어졌다.

라 했는데, 말이 매우 슬프고 한서러워 석주石洲 권필權韠이 좋다고 일컬었다.

일송一松 심희수沈喜壽가 양양襄陽을 제목으로 한 시를 읊어 말하기를,

淸磵亭前細雨收　청간정 앞에 가랑비가 걷히자
斜陽馱醉海棠洲　해질 무렵에 해당주海棠洲에서 많이 취했다.
沙鳴乍止方開眼　모래가 우는 것이 잠간 그쳐 눈을 떴더니
身在襄陽百尺樓.　몸이 양양의 높은 누에 있다네.

라 했다. 사명沙鳴의 선로仙路에는 눈을 감고 지나간다는데, 이 늙은이의 이 행차는 헛되게 지나갔다고 이를 만하다.

청강淸江 이휘제신李諱濟臣은 나의 외조모의 외할아버지였다. 인품이 활달하고 문장이 호탕하며 날쌔어 기운이 일세를 덮었다. 그의 <도중구점시途中口点詩>에 말하기,

男子平生在	남자로 평생 동안 있으면서
星文古劍寒	별무늬가 있는 고검古劍이 서늘하다.
重磨鴨綠水	압록강 물에 거듭 갈아
新倚白頭巒.	새롭게 백두산 봉우리에 의지한다.

라 했으니, 그의 기상을 상상해 볼 만하다.

선연동嬋娟洞은 기성箕城[11] 칠성문七星門 밖에 있는데 바로 기생들이 죽으면 장사하는 곳으로서 당唐나라의 궁인사宮人斜[12]와 같은 곳이다. 시인들이 그곳을 지나게 되면 반드시 시가 있었다. 파담坡潭 윤계선尹繼善의 시가 있었는데 말하기를,

佳期何處又黃昏	아름다운 기약은 어느 곳이었으며 또 황혼인데
荊棘蕭蕭擁墓門	가시가 쓸쓸하게 묘를 옹위하고 있다.
恨入碧苔纏玉骨	한은 푸른 이끼에 들어가 옥골을 싸고 있고
夢隨朱閣對金樽	꿈은 좋은 집에 가서 술통을 대하고 있다.
花殘夜雨香無跡	밤비에 꽃이 시들어 향기도 자취가 없고
露濕春蕪淚有痕	봄 무우는 이슬에 젖어 눈물 흔적이 있다.
誰識洛陽遊俠客	누가 알랴 낙양의 노는 협객이
半山斜日吊芳魂.	산허리 지는 해에 아름다운 혼을 조문하는 자를.

라 했으며, 석주石洲 권필權韠도 또한 한 절구가 있었는데 말하기를,

年年春色到荒墳	해마다 봄빛이 거친 무덤에 이르니
花似新粧草似裙	꽃은 새로 화장한 듯 풀은 치마 같다오.
無限芳魂飛不散	한없는 혼들은 날아도 흩어지지 않아
至今爲雨更爲雲.	지금도 비가 되었다가 다시 구름이 된다네.

---

11) 평양平壤의 별칭임.
12) 당唐나라 때 궁인宮人들이 죽으면 장사지내는 곳. 사총斜塚이었다고 함.

라 했다. 윤계선尹繼善의 시가 비록 권석주權石洲의 시에 미치지
못하나 음운은 또한 맑음을 느낄 수 있는데 다만 몽자夢字가 편하지
못하다.

동고東皐 최립崔岦의 다른 호는 간이簡易였다. 문수승권文殊僧卷
에 차운次韻한 시에 말하기를,

文殊路已十年迷　　　문수암 길이 이미 십년이 되어 아득한데
有夢猶尋北郭西　　　꿈 속에서 오히려 북곽 서쪽을 찾을 때가 있다오.
萬壑倚筇雲遠近　　　지팡이에 의지해 많은 골짜기 원근의 구름을 보며
千峯開戶月高低　　　창을 여니 많은 봉우리마다 달빛이 높고 낮은 곳에 비
　　　　　　　　　　찬다.
磬殘石竇新泉滴　　　경쇠 소리 그치자 굴 속에 샘물 소리 새롭게 떨어지고
燈剪松風夜鹿啼　　　등불 돋우니 소나무 바람에 사슴 우는 소리 들린다.
此況共僧那再得　　　이러한 형상을 스님과 함께 다시 얻을 수 있으랴.
官街七月困泥蹄.　　　관가의 칠월은 진흙으로 걷기 어렵다.

라 했는데, 이 시가 동고의 시 가운데서는 평온한 듯하지마는 다른
인사들의 시와 비교하면 오히려 기이하고 굳센 기운의 맛이 있음
을 느낄 수 있다. 허균許筠이 말하기를 "간이簡易의 시는 본디 스
승이 없었고 스스로 시의 격格을 창조한 것인데 뜻이 깊고 말이
두드러져 성률을 다듬고 좋은 말들을 뽑아 모은 자들이 미치기 어
렵다"고 했는데, 나는 간이의 시가 문공文公[13]에 나음이 된다고 할
것이다.

　　옛 사람이 말하기를 사람됨을 일세의 사람들이 모두 좋아하게
하는 것은 바른 사람이 아니며 짓는 글이 일세의 사람들이 모두 좋
아하게 하고자 하는 것도 지극히 좋은 글이 아니라고 했는데 믿을

---

13) 주자朱子를 문공이라 하는데 여기서도 주자朱子를 말한 것인지 알 수 없다.

만하다. 말에서 알지 못하는 자는 헐어도 족히 성낼 것이 아니며 칭찬을 해도 족히 기뻐하지 아니하는 것은 글을 아는 자가 좋아하는 것과 같지 않기 때문이다. 어떤 사람이 금강산金剛山을 유람하고 와서 계곡溪谷 장유張維를 찾아 보았더니 계곡이 말하기를 "자네가 이번 여행에서 어찌 한 수의 시도 없느냐"하므로 그 사람이 동고 최립이 간성杆城에서 지은 바의 <관일출시觀日出詩>를 자신의 지은 것이라 하고 속이니 계곡이 무릎을 치고 읊으며 얼마 동안 있다가 말하기를 "이 시는 자네가 지은 것이 아니며, 이 시는 반드시 팔월 십육칠일에 지은 것이라"하자 그 사람이 크게 놀라며 말하기를 "이 시는 본디 놀랄 만한 것이 아니며, 또 어찌 팔월 십육칠일에 지은 것임을 알았느냐" 하니 계곡이 말하기를 "옛날 문인들이 정추正秋에 옥우玉宇라는 문자를 많이 사용했으며, 또 해가 뜨고자 하면 달은 서쪽에 있으니 바로 십 육칠일이다. 첫째 구에,

　　玉宇迢迢落月東　　까마득한 하늘에 떨어지는 달이 동쪽에 있으니.

라 한 것은 우뚝 솟은 높은 산을 말한 것이고,

　　滄波萬頃忽翻紅.　　서늘한 넓은 물결에 갑자기 붉은 빛이 뒤친다.

라 한 것은 황홀한 형상을 표현한 것이며,

　　蜿蜿百怪皆含火.　　꿈틀거리는 백가지 괴이한 것은 모두 불을 머금어.

라 한 것은 극히 깊숙하고 괴이한 것을 관찰한 것이며,

捧出金輪黃道中.　금륜14)을 황도15) 가운데로 받들어 올린다.

라 한 것은 높고 밝고 광대한 형상이 있는데 모두 만근의 힘이 있어 옛날부터 지금까지 해가 뜨는 것을 읊은 시에서 모두 여기에 미칠 수 없으니 자네가 어디에서 이 시를 얻어왔느냐" 하자 그 사람이 크게 놀라 승복하고 사실대로 말하니 계곡谿谷이 말하기를 "이 늙은이가 아니면 능히 이 같은 말을 할 수 없을 것이다" 했다. 아 지난날 동고東皐로 하여금 시를 짓게 했을 때 반드시 일세의 사람들이 모두 좋게 하고자 했다면 그가 계곡으로 하여금 경복함을 이와 같이 하겠는가. 알지 못하는 자들의 헐고 칭찬하는 것과 같은 것을 어찌 족히 기뻐하고 성낼 것인가.

동고 최립이 오만하게 지은 시의 한 연에 말하기를,

禽非易舌無陳語　새가 혀를 쉽게 놀리지 않아 묵은 말이 없고
樹欲生花自好枝.　나무는 꽃을 피게 하기 위해 스스로 가지를 좋게 한다.

라 했는데, 형상을 신기하게 하는 묘함이 내용에 움직이고 있다. 내가 말하기를 새만 묵은 말이 없을 뿐만 아니라 간이簡易도 또한 묵은 말이 없다.

백운白雲 이규보李奎報가 일찍 복양濮陽 오세문吳世文의 초청을 받아 갔더니 일시의 문인들이 모두 모였다. 술기운이 오르자 오세문이 지은 바의 삼백이운三百二韻의 시를 내어 놓으면서 화시를 구했다. 백운이 붓을 잡고 운을 따라 시를 짓는데 운韻이 더욱 어려우

---

14) 불교에서 삼륜의 하나로 지륜 즉 대지를 말함.
15) 지구의 공전 궤도면을 말한 것인데 지구에서 보면 태양이 일년 동안 한 바퀴 도는 것을 말함.

면 생각이 더욱 굳세어 넓고 질펀하고 거리끼거나 얽매이지 않아
비록 바람을 만난 돛대와 전장에서 달리는 말도 쉽게 그 빠름을 견
주지 못할 것이다. 또 오산五山 차천로車天輅의 문장은 이규보李奎
報 후의 한 사람이었다. 오산이 일찍 병조兵曹의 가랑假郎이 되어
기성벽騎省壁 위에 희롱으로 시를 써 말하기를,

休將爛熟較酸寒	익은 것을 가지고 시고 찬 것과 비교하지 말라
一枕黃梁宦興闌	베개 위의 황량몽黃梁夢16)에 벼슬 흥이 다했다.
天上豈無眞列宿	하늘에 어찌 참다운 별이 없겠는가
人間還有假郎官	인간세계에 도리어 가짜 낭관郎官이 있다네.
羞看雁鶩頻當署	기러기가 자주 관청의 당번이 되는 것이 부끄러우며
笑把蛟龍獨自彈	교룡만이 홀로 쏠 수 있는 것을 잡고 웃는다.
作此半生長寂寂	이것을 해 반생동안 길이 고요하게 되었으니
烟江閒却舊漁竿.	연기 낀 강에 한가롭게 옛 낚시대를 물러친다.

라 했는데, 깊게 느끼며 탄식함이 높다. 세상에서 간혹 그의 시에
교룡과 지렁이가 서로 뒤섞여 있는 것을 병으로 여기고 있으나, 나
는 생각하기를 오산의 시에 장편長篇과 대작大作은 계속 꿈틀거리
며 마르지 않아 그가 빨리 달릴 즈음에 말을 선택할 여가를 가지지
못했으니 비록 작은 하자가 있다 할지라도 그것은 오히려 등림鄧
林17)의 마른 가지이며 넓은 바다에 작은 지류이다.
    석주石洲 권필權韠이 오산 차천로와 더불어 함께 승축僧軸에 차
운次韻하게 되었는데 풍자風字에 이르러 석주가 먼저 써 말하기를,

16) 당대 전기소설傳記小說인 침중기枕中記에 여옹呂翁이 준 베개를 베고 잔 나그네
    가 꿈속에서 온갖 영화를 누리게 되었는데 꿈을 깨자 다시 나그네로 돌아왔다
    는 것으로 현실세계의 부귀영화가 허무하다는 것을 의미한 것임.
17) 산해경山海經에 어떤 도사道士가 짚고 다니던 지팡이를 땅에 꽂은 것이 무성한
    넓은 숲이 되었다고 함.

鶴邊松老千秋月　　학의 주변에 있는 소나무는 천추로 달과 같이 늙고
鰲背雲開萬里風　　자라 등의 구름에 만리의 바람이 열린다.18)

라 하며 스스로 매우 호걸스러움을 자랑했다. 오산이 차운해 말하기를,

穿雲洗鉢水　　글자가 탈락이 된 듯해 그대로 둔다.
冒雨乾衣智異風　　비를 무릅쓰고 지리산 바람에 옷을 말린다.

라 했는데, 장하고 굳센 것은 석주 시에 지나친다.
　우리나라에 온 중국 사신 웅화熊化가 태평관太平館에서 한가롭게 앉아 있으면서 시를 짓다가 한 연을 얻었는데 말하기를,

白晝一花落　　한 낮에 한 조각 꽃이 떨어지고
靑天孤鳥飛.　　푸른 하늘에 외로운 새가 날아 간다.

라 하고 스스로 하기를 신조神助가 있다고 했는데, 태평관太平館에 같이 있었던 인사들이 그 시에 화시和詩를 지은 자가 매우 많았으나 웅화熊化가 모두 주목하지 않았다가 홀로 월사月沙 이정귀李廷龜의,

淸香凝燕座　　맑은 향이 한가하게 앉은 자리에 엉기었고
虛閣敝翬飛.　　허각虛閣에 해어진 털이 날고 있다.

라 한 구를 비로소 몇 번 읊으며 말하기를 "이 시에는 당시唐詩의

_____

18) 여기에서 말한 자라는 단순한 자라가 아닐 것이고 큰 자라는 삼신산三神山을 등에 지고 있다고 했다.

운이 있다"고 했다.

체소體素 이춘영李春英은 눈이 높고 다른 사람의 능력을 적게 인
정했다. 일찍 월사 이정귀李廷龜와 더불어 담장을 사이에 두고 살
았다. 어느 날 체소가 월사의 집 대문 밖을 지나가다가 성징聖徵(월
사의 자字)을 불렀다. 월사가 나가면서 대답을 하자 체소體素가 멀
리서 일러 말하기를, "내가 오늘 너의,

春生關外樹   봄은 관문 밖의 나무로부터 나오고
日落馬前山.   해는 말 앞의 산에 떨어진다.

라 한 구를 들었는데 자못 발전성이 있어 시를 배우면 가능할 듯
하니 너는 시를 힘써 배우라" 하고 드디어 채찍을 치며 갔는데, 그
가 자신을 무겁게 여기고 사람에게 오만함이 이와 같았다.

임진란 때 선조宣祖가 서쪽으로 옮겨가자 오봉五峯 이호민李好閔
이 선조를 모시고 따라가 용만龍灣에 있으면서 아래쪽에 있는 삼도
三道의 병사들이 서울을 공격하고 있다는 말을 듣고 시를 지어 말
하기를,

干戈誰着老萊衣   전쟁에 뉘가 노래老萊[19]의 옷을 입을 수 있으랴
萬事人間意漸微   인간의 만사에서 뜻이 점점 가늘어진다.
地勢已從蘭子盡   지세는 이미 난자도蘭子島를 좇아 다했고
行人不見漢陽歸   행인은 서울로 돌아가는 것을 보지 못했다.
天心錯漠臨江水   천심天心이 그르치게 해 강물에 다다랐고
廟算凄凉對夕暉   국가의 계략이 구슬픈데 저녁 햇빛을 대한다.
聞道南兵近乘勝   근래 남쪽 병사들이 이기고 있다는 말을 들으니

─────────
19) 노래자老萊子는 중국 고대에 부모에 효성이 지극했다는 인물. 그는 나이 칠십에 어
   머니를 기쁘게 하기 위해 어렸을 때 입었던 옷을 입고 앞에서 춤을 추었다고 함.

　　幾時三捷復王畿.　　언제 세 번 이겨 서울을 회복하랴.

라 했다. 세상에 전하기를 선조가 보다가 셋째 연에 이르러 모르는
사이에 눈물을 흘렸다고 하니, 시가 제왕의 높은 자도 감동을 시킨
다고 이르겠다.
　　오봉 이호민李好閔이 마침 급하게 내리는 비가 창에 떨어지는 것
을 보고 갑자기 한 구를 얻었는데 말하기를,

　　山雨落窓多　　　　산에 내리는 비가 창에 떨어지는 것이 많다.

라 하고 잇따라 윗 구를 이어 말하기를,

　　磵流穿竹細　　　　시내 흐르는 물이 가는 대를 뚫는다.

라 하여 드디어 한 편을 이루어 아계鵝溪 이산해李山海에게 붙어
보였다. 아계가 단지 산우山雨의 구만 비평하는 표시만 하고 돌려
보냈다. 뒤에 그 까닭을 물었더니 아계가 말하기를 "공公이 반드시
실제 있었던 경우를 보고 먼저 그 구를 얻고 나머지는 모두 잇따라
지었으므로 한 편의 참다운 뜻이 모두 그 구에 있기 때문이다" 하
므로 그가 시를 보는 감식이 이와 같았다.
　　휘諱 이상履祥의 호는 모당慕堂인데 나의 증백조曾伯祖였다. 일
찍 율곡 이이李珥로부터 인정해 주는 것을 받았는데, 선생이 세상
을 떠나게 되자 만시로써 울며 말하기를,

　　斯文宗匠國蓍龜　　사문斯文의 으뜸이요 국가의 시귀蓍龜[20]로서
　　海內名聲走卒知　　이 세상에의 명성은 달리는 병사들도 알았다.

洛下正逢司馬日　　낙하洛下[21]에서 바로 사마[22]의 죽는 날을 만난 것이요
蜀中新喪臥龍時　　축중蜀中에서 새로 와룡[23]을 잃었을 때였소.
青衿不耐摧樑痛　　유생儒生들은 들보가 꺾이자 아픔을 견디지 못하고
丹扆偏深失鑑悲　　임금은 거울을 잃은 슬픔이 깊다오.
何意挺生何意奪　　무슨 뜻으로 태어나게 했다가 빼앗냐뇨
蒼天漠漠問憑誰.　　푸른 하늘이 넓고 넓어 누구에게 물으랴.

라 했는데, 매양 이 시를 읽게 되면 모르게 눈물이 흐르게 되니 하물며 직접 배운 자들은 말할 것이 있겠는가.

나의 증조할아버지 휘諱 난상鸞祥은 모당慕堂의 동생이었다. 오봉 이호민李好閔과 더불어 나이도 같고 또 연방蓮榜[24]에 같이 합격했는데 그때 오봉이 장원이었다. 여러 인사들이 탕춘대蕩春臺에 모여 푸른 소나무 뿌리가 물속에 뻗어 있는 것을 보고 서로 더불어 시를 짓게 되자 증조할아버지가 먼저 한 절구를 지었는데 그 시에 말하기를,

高直千年幹　　높고 곧은 천년의 줄기가
臨溪學老龍　　시내에 다다르자 늙은 용이 되었다.
蟠根帶流水　　서린 뿌리가 흐르는 물과 함께
似欲洗秦封.　　진봉秦封[25]을 씻고자 하는 듯하다.

---

20) 점칠 때 사용하는 시초와 거북으로서 국가의 중요한 일이 있을 때 자문을 받는 인사를 말함.
21) 낙洛은 중국 고대에 오래 동안 서울이었던 낙양洛陽을 말한 것으로서 낙중洛中 또는 낙하洛下는 서울 또는 그 주변을 지칭한 것임.
22) 사마司馬는 누구를 말한 것인지 성만 들었기 때문에 알 수 없다.
23) 제갈량諸葛亮을 말함.
24) 진사시進士試 또는 생원시生員試에 합격한 자의 이름을 기록한 것.
25) 어떤 의미인지 알아보지 못했다.

라 하니, 오봉이 크게 칭찬하며 말하기를 "지난날 장원이 오늘 자네에게 무릎을 굽히었다" 하고 드디어 붓을 놓았다.

　　내가 동명東溟 정두경鄭斗卿에게 현옹玄翁 신흠申欽과 지봉芝峯 이수광李晬光 두 분 시의 우렬을 물었더니 동명로인東溟老人이 말하기를 "현옹玄翁의 산문은 비록 우수하나 시는 본디부터 잘했던 것이 아니기 때문에 지봉과 녹문鹿門에 미치지 못할 것이라 했는데 녹문은 홍경신洪慶臣으로서 지봉과 더불어 문명이 같았다. 녹문의 <동강즉사시東江卽事詩>에,

　　　日落江天碧　　　해가 지려 하자 강과 하늘이 푸르며
　　　烟昏山火紅　　　연기로 어둡자 산에 불이 붉다.
　　　漁舟殊未返　　　고깃배는 돌아오지 않는데
　　　浦口夜多風.　　　포구의 밤에 바람이 많다네.

라 했으며, <강행시江行詩>에,

　　　黃帽呼相語　　　누런 모자 쓴 사람들이 서로 불러 말하기를
　　　將船泊柳汀　　　배를 버들 있는 물가에 머물게 하려 한다.
　　　前頭惡灘在　　　앞에 사나운 여울이 있어
　　　未可月中行.　　　달빛 아래 가지 못할 것이다.

라 했으며, <명비사明妃詞>에,

　　　淸海城頭白雁飛　　청해성淸海城 머리에 흰 기러기 날며
　　　塞風吹落漢宮衣　　새방의 바람이 불어 한궁漢宮의 옷을 떨어지게 한다.
　　　朝來一倍琵琶怨　　아침이 되자 비파 소리가 더욱 슬픈 것은
　　　昨夜甘泉夢裏歸.　　간밤 꿈에 감천甘泉[26]으로 돌아갔기 때문이요.

라 했는데, 격格과 운韻이 당나라 작가와 같은 점이 있다.

　현옹玄翁 신흠申欽은 젊었을 때부터 문장을 하여 문득 스스로 작가로서 성공했는데, 평론하는 사람들이 간혹 낮게 말하고 있으나 또한 자나친 것이다. 그의 <용만시龍灣詩>에 말하기를,

九月遼河蘆葉齊　구월의 요하에 갈대 잎이 가지런 한데
歸期又滯浿關西　돌아갈 기약이 또 패강 서쪽에서 지체되었다.
寒沙淅淅邊城合　차가운 모래는 절절해 변성邊城과 합쳤고
短日荒荒鴈翅低　짧은 해는 황황해 기러기는 내려온다.
故國親朋書欲絶　고국의 친구들과는 편지도 끊어지려 하고
異鄕魂夢路還迷　타향의 꿈은 돌아가는 길이 아득하다.
愁來更上醮樓望　근심이 되어 다시 초루醮樓에 올라 바라보니
大漠浮雲易慘悽.　큰 사막에 뜬구름이 쉽게 슬프게 한다.

라 했는데, 짙고 두터우며 노련해 가볍게 여기지 못할 것이다.
　총계叢桂 정지승鄭之升의 <유별시留別詩>에 말하기를,

細草間花水上亭　가는 풀 사이에 꽃이 피고 물위에 정자가 있으며
綠烟如畫掩春城　그림 같은 푸른 연기는 봄성을 가리었다.
無人解唱陽關曲　양관곡陽關曲을27) 알고 부르는 사람은 없고
惟有靑山送我行.　오직 푸른 산이 내 가는 것을 보낸다.

라 했으며, 지봉 이수광李睟光의 시에,

---

26) 한漢나라 때 서울의 땅 이름.
27) 당唐 왕유王維의 시 송원이사안서送元二使安西의 결구結句에 서출양관무고인西出陽關無故人이라 했는데, 이 시는 송별시送別詩로 유명하다. 여기에서도 송별의 의미로 말한 것이다.

寂寞扁舟鴨綠津　쓸쓸한 한 척의 배로 압록강鴨綠江 나루에 있으니
風光猶似昔年春　풍광은 옛날 봄과 완연히 같다네.
誰能解唱陽關曲　뉘가 능히 양관곡陽關曲을 알고 부르랴
唯有江波送遠人.　오직 강물만 멀리 가는 사람을 보내고 있다.

라 했다. 정총계鄭叢桂와 이지봉李芝峯은 같은 세대에 태어났기 때문에 반드시 답습은 못했을 것인데 어찌 그들의 시가 서로 같은가. 정총계鄭叢桂의 시가 이지봉의 시보다 자못 나은 듯하다.

「지봉류설芝峯類說」에 자신의 시 수십 구를 실으면서 말하기를 "세상에서 일컫어 말하기 때문에 기록한다"고 했다. 나로서 보면 일컬을 만한 것이 없고 오직,

林間路細纔通井　숲 사이 가는 길이 겨우 우물로 통했고
竹裏樓高不礙山.　대밭 속의 높은 누는 산을 막지 못했다.

라 한 구가 약간 마음에 그럴 듯하며, 그의 문집에 실린 바의 <극성시棘城詩>에,

烟塵古壘鵬晨落　연기와 먼지가 긴 옛 토성에 보라매가 새벽에 떨어지고
風雨荒原鬼晝行.　바람과 비가 내리는 거친 언덕에 귀신이 낮에 다닌다.

라 한 연의 구가 말이 기이해 충분히 일컬을 만 한데 그 가운데 기록하지 않은 것은 세상에서 일컬으며 말하지 않기 때문에 빠진 것인가. 창주滄洲 차운로車雲輅가 일찍 지봉의 시를 평해 풀로 덮은 집 밝은 창 아래 손과 주인이 서로 대해 좋은 술과 안주로 한번 술잔을 주고 받으며 다시 얼마나 남았는가 하고 물으면 단지 한 잔만 있고 다시 줄 것이 없다고 하기 때문에 기쁜 마음이 쓸쓸

해졌다고 했다.

　시를 짓는 작가들이 가장 꺼리는 것은 남의 것을 훔치는 것인데
옛 사람도 또한 많이 범하고 있다. 독곡獨谷 성석린成石璘의,

　　淸宵見月思親淚　맑은 밤에 달을 보고 어버이 생각하며 눈물 흘리고
　　白日看雲憶弟心.　대낮에 구름 바라보며 동생 생각하는 마음이라오.

라 한 것은 두보杜甫의,

　　思家步月淸宵立　달밤에 걸으며 집을 생각해 맑은 밤에 서있고
　　憶弟看雲白日眠.　구름을 보며 동생을 그리워하다가 대낮에 존다.

라 한 구를 사용한 것이며, 통정通亭 강회백姜淮伯의 <기제시寄弟
詩>에,

　　江山此日頭將白　강산이 오늘에 머리가 장차 희고자 하고
　　骨肉何時眼更靑.　골육은 어느 때 눈이 다시 푸르랴.

라 한 것은 황산곡黃山谷의,

　　江山千里俱頭白　강산은 천리까지 모두 머리가 희었고
　　骨肉十年終眼靑.　골육은 십년 만에 마침내 눈이 푸르렀다.

라 한 구를 사용한 것이며, 읍취헌挹翠軒 박은朴誾의,

　　怒瀑自成空外響　성난 폭포는 멀리까지 울림을 스스로 이루고
　　愁雲欲結日邊陰.　근심스러운 구름은 해 주변의 그늘을 맺고자 한다.

라 한 것은 구양수歐陽修의,

雷暄空外響   우레는 멀리까지 울림으로 지껄이고
雲結日邊陰.   구름은 해 주변에 그늘을 맺고자 한다.

라 한 구를 사용한 것이며, 용재容齋 이행李荇의,

一身千里外   한 몸은 천리 밖에 있고
殘夢五更頭.   남은 꿈은 샐녘까지 꾼다.

라 한 것은 당唐나라 시인 고황顧況의 시에,

一家千里外   집은 천리 밖에 있고
百舌五更頭.   온갖 혀는 샐녘까지 시끄럽다.

라 한 것을 사용한 것이며, 석천石川 임억령林億齡의,

江月圓還缺   강에 비친 달은 둥글다가 다시 이지러지며
庭梅落又開.   뜰에 매화는 떨어졌다 또 핀다.

라 한 구는 (자결字欸)을 사용한 것이며, 소재穌齋 노수신盧守愼의
<별제시別弟詩>에,

同舟碧海何由得   푸른 바다에 같이 배를 타는 것을 어찌 얻을 수 있으며
竝馬黃昏未擬回.   황혼에 말을 나란히 하고 돌아가는 것을 헤아리지 못
                하겠다.

라 한 구는 두보杜甫의,

同舟昨日何由得　어제 배를 같이 탔던 것을 어찌 얻을 수 있으며
並馬今朝未擬回.　오늘 아침 말을 나란히 하고 돌아가는 것을 헤아리지
　　　　　　　　　못했다.

라 한 구를 사용한 것이며, 지봉 이수광이 오산五山 차천로車天輅
의 만사輓詞에,

詞林秀氣三春盡　문단의 빼어난 기운은 봄철에 다 가고
學海長波一夕乾.　학해의 긴 물결은 하루저녁에 말랐다.

라 한 것은 당나라 시인의 시에,

詞林枝葉三春盡　문단의 가지와 잎은 봄철에 다가고
學海長波一夕乾.　학계의 긴 파도는 하루 저녁에 말랐다.

라 한 구를 사용한 것이다. 대개 스스로 시를 지으면서 힘써 묵은
말을 버리고자 하나 어근버근 그렇게 하지 못하니 그것이 어렵기
때문이 아니겠는가.
　체소體素 이춘영李春英이 글을 지으면 넓고 질펀하며 우뚝하고
힘이 있어 스스로 독특한 작가의 말을 이루었다. 일찍 <영보정시
永保亭詩> 세편을 지었는데 그 하나에 말하기를,

雉堞縈紆樹木間　치첩雉堞[28]이 나무들 사이에 얽히고 얽혀

---

28) 성城 위에 쌓아놓은 것을 말함.

金鼇頂上壓朱欄　　금오의 꼭대기는 붉은 난간을 눌렀다.
月從今夜十分滿　　달은 오늘 밤부터 완전히 둥글고
湖納晩潮千頃寬　　호수는 늦은 조수를 받아 매우 넓어졌다.
酒氣全勝水氣冷　　술기운은 차가운 물 기운을 완전히 이겼고
角聲半雜江聲寒　　대평소 소리는 강물소리와 섞이어 차다.
共君相對不須睡　　그대와 함께 마주 앉아 자지 말고
待到曉霧淸漫漫.　　맑음이 아득한 새벽 안개가 이르기를 기다리자.

라 했는데, 극히 얽매이지 않고 읍취헌挹翠軒 박은朴誾을 닮은 바가 있다.

중국 사신 고천준顧天埈이 우리나라에 왔을 때 석주石洲 권필權韠이 벼슬하지 않는 사람으로서 종사로 선발이 되었는데, 선조宣祖가 그의 시고詩稿를 가져오게 하여 앞에 두고 보았다. 그의 <한식시寒食詩>에,

祭罷原頭日已斜　　치성을 파한 원두原頭에 해는 이미 기울었고
紙錢翻處有鳴鴉　　지전 뒤치는 곳에 갈까마귀가 울고 있다.
山蹊寂寂人歸去　　적적한 산길에 사람들은 돌아갔는데
雨打棠梨一樹花.　　꽃이 핀 배나무에 비가 뿌린다.

라 했는데, 말이 극히 깨끗하고 뛰어나다. 또

人煙寒食後　　한식이 지난 후에 사람이 피우는 연기가 오르고
鳥語晩晴時　　늦게 개였을 때 새들은 지저귄다.

라 한 것과 같은 것은 그 자연의 묘함이,

芙蓉露下落　　연꽃은 이슬이 내리자 떨어지고

楊柳月中踈.　　　버들은 달빛 아래 성길다.

라 한 것에 어찌 못하겠는가. 계곡谿谷 장유張維가 말하기를 "내가
보니 석주의 입시울에서 나타나는 것과 눈썹의 움직이는 것이 시
가 아님이 없다"고 했다. 대개 석주의 시는 참으로 이른바 하늘에
서 준 것이다. 아깝게도 처음에는 시로써 선조宣祖의 알아주는 것
을 받게 되었고 끝에는 시로써 광해군光海君으로부터 화를 얻게 되
었으니 선비가 때를 만남이 다행하고 불행함이 이와 같은 것인가.

　시는 하늘로부터 얻은 것이 아니면 시라고 이르지 못할 것이다.
하늘에서 얻은 것이 없으면 사람들의 눈과 마음을 놀라게 하기 위
해 한 평생 시를 지었지만 성취한 바는 모든 것에 통했다는 자들이
겉으로는 같은 듯하나 사실은 다른 것에 지나지 못한 것이다. 비유
하면 채색을 따서 꽃을 만들게 되면 빛은 그렇듯 하지 않음이 아니
지만 생화生花와 같이 말할 수 없는 것과 같은 것이다. 내가 볼 때
석주 시의 격格은 평화스럽고 깨끗해 생각하건대 하늘에서 얻은 것
인가. 그가 해직解職 후에 지은 시에 말하기를,

平生樗散鬢如絲　　평생 동안 쓸모없이 살쩍머리만 희었고
薄宦凄涼未救飢　　처량하게도 낮은 벼슬은 굶주림을 구하지 못했다.
爲問醉遭官長罵　　취해 들은 관장官長의 꾸중 묻고 싶으며
何如歸赴野人期　　어찌 야인으로 돌아가는 것을 기약하지 않으랴.
摧開臘甕嘗新醅　　섣달 술독 재촉해 열어 새로 빚은 술 맛보고
更向晴窓閱舊詩　　다시 갠 창을 향해 옛날 지은 시를 본다.
謝遣諸生深閉戶　　학생들 돌려 보낸 후 문을 꼭 닫고
病中唯有睡相宜.　　병중에 오직 자는 것이 마땅할 듯 하오.

라 했는데, 말의 뜻이 극히 천연스러워 정당正唐의 여러 시인들에

양보함이 없을 것이다.

죽창竹窓 구용具容은 일찍 석주 권필權韠과 더불어 저자도楮子島
에 놀면서 지은 시가 있는데 그 한 연에 말하기를,

> 春陽一邊雨 봄 양지쪽 한 면에 비가 내리고
> 落照萬重山. 지는 해는 첩첩의 산에 비친다.

라 했는데, 한 때 전하며 외웠다.

처사處士 임전任錪의 호는 명고鳴皐였는데 시에 교묘했으며 평
생에 읽는 바는 이백李白의 당음唐音 뿐이었다. 일직 구句를 지은
것이 비록 좋다 할지라도 성조가 당시唐詩와 같지 않으면 문득 사
람들에게 보이지 않았다. 그의 <강간사江干詞>에 이르기를,

> 三竿日出白烟消 삼간三竿으로 해가 솟자 흰 연기가 사라지고
> 江北江南上晚潮 강남과 강북에 늦 조수가 밀려온다.
> 隔浦坎坎齊打鼓 건너 포구에 감감하게 같이 북을 치자
> 卽船已近海門橋. 바로 배는 이미 해문海門의 다리에 가까웠다.

라 했는데, 맑고 깨끗해 읊을 만하다.

허씨許氏는 고려 때 야당埜堂 이후부터 문장이 더욱 성했다. 완
浣 봉사奉事가 엽曄을 낳았는데 그가 초당草堂이다. 초당이 아들 셋
을 낳았으니 그 둘째가 봉篈이며 셋째가 균筠이었고 끝에 딸의 호
는 난설헌蘭雪軒이다. 완의 종숙從叔이 집輯이었고 충정공忠貞公
종琮과 문정공文貞公 침琛은 재종형이었는데 모두 문장으로 유명했
다. 혹은 전하기를 허씨의 윗대 산소에 옥주玉柱가 한 발 정도 긴
것이 있었는데 균이 부수어버린 뒤로 문장이 드디어 끊어졌다고

이른다. 여기에 각 인사들의 시 한편씩 들어 그 빛남을 보이고자
한다. 집집輯의 <실성사시實性寺詩>에 말하기를

梵宮金碧照山椒　　　불당의 누렇고 푸른빛이 산마루를 비추며
萬壑雲深一磬飄　　　많은 골짜기 깊은 구름 속에 경쇠소리 들린다.
僧在竹房初入定　　　스님은 죽방에서 처음 정중29)에 들어갔고
佛燈明滅篆香消.　　　불등은 가물가물 향불은 녹는다.

라 했으며, 종종琮의 <야좌즉사시夜座卽事詩>에 말하기를,

滿庭花月寫窓紗　　　뜰에 가득한 꽃과 달빛은 창에 쏟아지고 있으나
花易隨風月已斜　　　꽃은 쉽게 바람을 따르며 달은 이미 기울었다.
明月固應明夜又　　　밝은 달이 진실로 야차를 밝히고자 할 것이니
十分愁思屬殘花　　　모든 근심스러운 생각은 남은 꽃에 붙이리라.

라 했으며, 침침琛의 <춘한차태허운시春寒次太虛韻詩>에 말하기를,

銅臺滴瀝佛燈殘　　　동대銅臺에 물방울이 떨어지고 불등이 가물거리며
萬壑松濤夜色寒　　　골짜기마다 소나무 소리 밤 빛이 차갑다.
喚起十年塵土夢　　　십년 동안의 진토 꿈을 불러 일으키며
擁爐新試小龍團.　　　화로를 안고 새롭게 소룡단小龍團30)을 시험하리라.

라 했으며, 완완澣의 <촌장즉사시村庄卽事詩>에 말하기를,

春霖欲歇野鳩啼　　　봄장마는 그치고자 하고 비둘기가 울며
遠近平原草色齊　　　원근의 넓은 들에 풀빛이 가지런하다.

---

29) 참선을 하면서 삼매에 들어간 것을 말함.
30) 어떤 의미인지 알아보지 못했다.

　　步啓柴門閒一望　　걸어서 사립문을 열고 한가롭게 바라보니
　　落花無數漲南溪.　　무수한 낙화가 남계에 넘친다.

라 했으며, 엽훈의 <기성회제시箕城戱題詩>에 말하기를,

　　許椽東來下界塵　　허연許椽이 동쪽의 하계 티끌로 내려와서
　　大同江上累喚眞　　대동강 위에서 여러 번 진眞을 부른다
　　相將去作吹簫伴　　서로 같이 가서 짝이 되어 퉁소를 부니
　　浮碧樓高月色新.　　부벽루는 높고 달빛은 새롭다.

라 했으며, 봉조의 <적이산시謫夷山詩>에 말하기를,

　　經春鄕夢滯天涯　　봄을 지나자 고향을 그리워하는 꿈이 천애에 쌓였으며
　　四月湖山發杏花　　사월이 되니 산천에 살구꽃이 피었다.
　　江路草生看欲遍　　강변길에 돋은 풀을 두루 바라보니
　　放臣憔悴泣懷沙.　　귀양온 신하는 파리해 임금을 생각하며 운다.[31]

라 했으며, 균조의 <의창저만영시義昌邸晩咏詩>에 말하기를,

　　重簾隱映日西斜　　거듭된 발에 서쪽으로 지는 햇빛이 비치며
　　小院回廊曲曲遮　　소원小院에 도는 곁채는 굽이마다 막히었다.
　　疑是趙昌新畫就　　조창趙昌[32]이 그린 새로운 그림을 보는 듯
　　竹間雙雀坐秋花.　　대나무 사이 한 쌍의 새가 가을꽃에 앉았다.

라 했으며, 난설헌蘭雪軒의 <야좌시夜座詩>에 말하기를,

---

31) 회사懷沙는 임금을 노심초사하는 굴원屈原의 회사부懷沙賦를 말함.
32) 송宋나라의 유명한 화가. 꽃을 그리는 것에 능했다고 함.

金刀翦出篋中羅	칼로 상자속의 비단을 잘라내어
裁就寒衣手屢呵	겨울옷을 만들고자 손으로 여러 번 만진다.[33]
斜拔玉釵燈影畔	비녀를 가로 뽑아 등불 그림자 옆에 두고
剔開紅焰救飛蛾.	붉은 불꽃을 가려내어 나는 나방을 구하려 한다.

라 했다.

중국은 우리나라를 한쪽에 치우친 나라로 여겨 여러 문인들의 시를 하나도 선발한 것을 볼 수 없었다. 근세에 계문薊門의 가사마 賈司馬 신도新都 왕백영汪伯英이 우리나라 시를 선발하면서 홀로 난설헌蘭雪軒의 시가 많았는데, <상현요湘絃謠> 등과 같은 작품 을 모두 가장 교묘하다고 일컬었다. 그 사詞에 말하기를,

蕉花浥露湘江曲	파초꽃은 상강곡湘江曲에서 이슬에 젖었고
九點秋煙天外綠	짙은 가을 연기는 하늘 밖에서 푸르다.
水府深波龍夜吟	수부水府의 깊은 파도에서 용은 밤에 읊조리고
蠻娘輕蔓玲瓏玉	만랑蠻娘은 영롱한 옥을 가볍게 끈다.
離鸞別鳳隔蒼梧	창오蒼梧를 사이에 두고 떠나는 난새는 봉황을 이별하고
雨氣浸江迷曉珠	우기雨氣는 강을 침범해 효주曉珠[34]를 희미하게 한다.
閑撥神絃石壁上	석벽 위의 신기한 줄을 한가롭게 두드려
花鬟月鬢啼江姝	꽃처럼 단장하고 달같은 눈썹을 한 강주江姝를 울린다.
瑤空星漢高超忽	먼 은하수가 갑자기 높게 뛰어
羽蓋金支五雲沒	신선이 탄 수레가 오색 구름 속에 빠졌다.
門外漁郎唱竹枝	문 밖에서 어랑漁郎이 죽지사竹枝詞를 부르는데
銀潭半掛相思月.	서로 생각하는 달이 은빛못에 반쯤 걸리었다.

라 했는데, 왕궤王軌 동행보同行甫가 지은바 이담耳談 가운데도 또

---

33) 이 구에서 呵자는 어떤 의미로 사용되었는지 모르겠다.
34) 효주曉珠는 무엇을 지칭한 것인지 알아보지 못했다.

한 이 시를 실으면서 그가 태어난 땅의 물과 산의 신령스러움에 음
陰과 유柔에만 발동한 것은 그가 있는 곳이 치우치기 때문에 홀로
그에게 성하게 했는가 알 수 없지만 희공姬公[35]과 소공召公의 유음
遺音을 허씨許氏가 얻어 듣지 않았는가 했다.

우리나라에 사신으로 왔던 주지번朱之蕃 태사太史가 일찍 단보
端甫를 일컬어 비록 중국에 있었다 할지라도 또한 팔구인 가운데를
차지했을 것이라고 했는데, 단보端甫는 허균許筠의 자였다. 그는 형
을 받고 죽었기 때문에 문집이 세상에 유행하지 않아 사람들이 그
의 시를 아는 것이 드물기 때문에 특별히 몇 수 뽑아 놓는다. 그의
<유회시有懷詩>에,

倦鳥何時集	게으른 새는 어느때 모이며
孤雲且未還	외로운 구름도 또 돌아오지 않았다.
浮名生白髮	뜬 이름이 백발만 나게하고
歸計負靑山	돌아가고자 한 계획은 청산을 등지게 되었다.
日月消穿榻	일월을 자리 꿰미는 것에 소비했고
乾坤入抱關	건곤은 관문을 지키는 곳으로 들어갔다.
新詩不縛律	새로 지은 시가 율에 얽매이지 않아
且以解愁顔.	그것으로 낯에 근심을 푼다.

라 했으며, <초하성중시初夏省中詩>에 말하기를,

田園蕪沒幾時歸	전원이 묵어가는데 언제 돌아가리
頭白人間宦念微	머리 희어지니 벼슬하고 싶은 생각 줄어든다.
寂寞上林春事盡	적막한 상림에 봄까지 저무니
更看疎雨濕薔薇.	다시 성긴 비에 젖은 장미나 보려 한다.

---

35) 「시경詩經」에 적지 않은 작품이 실려 있는 주공周公을 지칭한 것이 아닌가 한다.

懕懕晝睡雨來初	편안히 자는 낮잠 비까지 처음 오는데
一枕薰風殿閣餘	자고 있는 집 모퉁이에서 훈풍이 불어온다.
小吏莫催嘗午飯	소리小吏야 점심 먹게 깨우지 말아다오
夢中方食武昌魚.	꿈 속에서 무창어武昌魚를 먹고 있다네.

라 했다. 시를 평하는 자들이 이르기를 동악東岳 이안눌李安訥의 시는 유연幽燕 지역의 소년들이 이미 침울한 기상을 지고 있는 것과 같고, 석주石洲 권필權韠의 시는 낙산洛山의 신이 파도 위를 달리다가 가는 걸음으로 주위를 살펴보는데 흐르는 빛이 기운을 토하는 것과 같으며, 허균의 시는 파사波斯의 호상胡商이 보석을 가게에 진열했는데 하품은 물과 불로써도 가지런히 하기 어렵다고 했다. 허균의 <제춘추관유감시除春秋館有感詩>에 말하기를,

投閒方欲乞江湖	한가로움을 얻고자 강호江湖로 가기를 빌었는데
金匱紬書更濫竽	금궤金匱의 교지敎旨가 무능한 사람 재능 있는 척 하게 한다.
丘壑風流吾豈敢	구학丘壑의 풍류를 내가 어찌 바라며
丹鉛讐勘歲將徂	단연丹鉛으로 교정하다 이 해도 저물어 간다.
壯遊未許追司馬	장유壯遊는 허락하지 않고 사마상여司馬相如를 따르게 하며
良史誰能繼董狐	사관史官으로 누가 동호董狐[36]를 따를 수 있으랴.
碧海煙波三萬頃	푸른 바다 하얀 파도 이는 넓은 곳에서
釣竿何日拂珊瑚.	어느 날 낚시 드리워 산호를 낚으리.

라 했는데, 말의 뜻이 극히 순하고 원만해 군색한 데가 없다. 그가 흉한 무리들에 붙어 놀아나게 되어 말과 행동이 어긋나 한결같이

---

36) 춘추시대 진晉나라의 사관史官. 역사를 직필直筆로 쓴 것으로 유명함. 위의 사마 상여司馬相如는 전한前漢때 문장가.

이에 이르게 된 것은 무슨 까닭이었을까.

　현주玄酒 조유한趙維韓의 <총석정시叢石亭詩>에 말하기를,

叢巖積石滿汀洲	떨기의 바위와 쌓인 돌이 물가에 가득해
造物經營杳莫求	조물주造物主의 경영이 아득해 알 수 없다오.
玉柱撑空皆六面	기둥으로 공중에 버티고 있는 것은 모두 여섯 면이며
蒼龍偃海幾千頭	푸른 용이 바다를 굽어 보는 것은 몇 천 두가 된다.
偸來豈是秦鞭着	훔쳐올 때 어찌 진秦의 채찍으로 한 것이며
刻劂元非禹斧修	깎을 때는 처음부터 우禹임금 도끼로 한 것이 아니었다.37)
不念邦家棟樑乏	국가에 동량의 재목이 모자라는 것은 생각하지 않고
屹然何事立中流.	무슨 일로 물 가운데 우뚝 섯나뇨.

라 했는데, 비록 가작이라 일컬을 수 있겠으나 충암冲菴 김정金淨의,

千古高皐叢石勝	긴 세월로 높게 솟은 총석정叢石亭의 좋은 경치에
登臨寥落九秋懷	오르니 횡해 깊은 가을을 생각한다오.
斗魁散彩隨碧海	북두北斗의 첫 별이 빛을 보내 넓은 바다로 가게 하며
月宮借斧削丹崖	월궁에서 도끼를 빌려 낭떠러지를 깎았다.
巨溟欲泛危巒去	큰 바다에 뜨고자 위태로운 산에서 떠나려 하며
頑骨長衝激浪排	완골頑骨은 심한 물결을 이기고자 길이 충돌을 한다.
蓬島笙簫空淡竚	봉래도蓬萊島의 피리소리 맑게 듣고자 섰다가38)
夕陽搔首寄天涯.	석양에 머리 들고 천애에 의지했다오.

라 한 시는 매우 높고 험해 사람으로 하여금 현기증을 일으키게 하

---

37) 중국에서 전해오는 이야기에 우禹임금이 치수治水 때 용문산龍門山의 굴을 도끼
　　로서 뚫었다고 하며, 진秦나라 때 만리장성萬里長城을 쌓으면서 편석鞭石을 하
　　여 돌을 운반했다고 하는데, 이 연은 이러한 전설을 반영한 것임.

38) 이 구의 공담저空淡竚는 이해하기 어려워 혹시 오자誤字가 있지 않은가 싶어 「대
　　동시선大東詩選」에 실려 있는 이 시를 보았으나 다름이 없으므로 어떻게 해석을
　　해야 할지 어려움이 있음을 밝혀 둔다.

는 것과 같지 못하다.

창주滄州 차운로車雲輅의 <죽서루시竹棲樓詩>에 말하기를,

頭陀雲樹碧相連　　두타산頭陀山의 구름과 나무는 푸르름이 서로 연했고
屈曲西來五十川　　서쪽에서 흘러오는 굽은 오십천이라오
鐵壁俯臨空外鳥　　철벽에서 공중에 있는 새를 구부려 보며
瓊樓飛出鏡中天　　좋은 누는 거울 같은 하늘 가운데 우뚝 솟았다.
煙霞近接官居界　　아름다운 놀은 관가官家쪽에 접근했고
風月長留几案前　　풍월만이 오래 동안 책상 앞에 머문다.
始覺眞珠賢學士　　비로소 진주眞珠(삼척三陟의 다른이름)의 어진 학
　　　　　　　　　사가
三分刺史七分仙.　　삼 분은 자사刺史 칠 분은 신선임을 깨달았다오.

라 했는데, 읽으면 상쾌하며, <산행즉사시山行卽事詩>에 말하기를,

峽墮新霜草木知　　산골에 새로운 서리가 내린 것을 초목이 아는데
寒江脈脈向何之　　차가운 강물은 끊어지지 않고 어디를 향해 가나뇨.
老龍抱子深淵裏　　늙은 용은 깊은 못 속에서 새끼를 안고 있으면서
臥敎明春行雨期.　　누워서 명년 봄 비 내릴 시기의 행동을 가르친다.

라 한 것과 같은 것에는 시의 뜻이 맑고 기이하며 도인道人도 이르
지 못할 바이다. 시를 평하는 자들이 창주滄洲의 시가 오산五山보
다 우수하다고 했으며, 창주도 일찍 자신의 시를 논하면서 말하기
를 "나의 시는 기름이 흐르는 잘 가린 쌀 오백 섬이며, 나의 형은
껍질도 있는 잡곡과 아울러 만섬이라"고 했다.

　이경전李慶全의 호는 석루石樓였는데 아홉 살 때 아버지 아계鵝
溪 이산해李山海가 안아 무릎 위에 올려 놓고 즉경卽景으로 시를
짓게 시켰더니 그 시에 말하기를,

一犬吠二犬吠三犬亦隨吠 첫째 개도 짖고 둘째도 짖고 셋째도 따라 짖는다.
客乎虎乎風聲乎 손이여 범이여 바람소리여
兒言山外月如鏡 아이는 산 밖에 달이 거울 같다고 말했는데
半更疎雨過殘梧. 밤중에 성긴 비가 남은 오동나무를 지나간다.

라 했으며, <작항주도시作杭州圖詩>에 말하기를,

楊柳依依卄四橋 이십사교에 버들은 늘어졌고
碧潭春水正沼沼 푸른 못에 봄물이 바로 가마득하다.
粧樓珠箔待新月 아름다운 누에 구슬 발이 초성달을 기다리며
江畔家家吹紫簫. 강변에 집집마다 퉁소를 분다.

라 했다. 아계鵝溪는 이른 나이에 신동으로 일컬었는데 석루石樓도 어린 나이에 기이한 글이 또 이와 같으니 가히 그집의 아이라고 일컬만하다. 어우於于 류몽인柳夢寅이 <송이교리일본시送李教理日本詩>에 말하기를,

鯨瀑東溟十二年 동해의 험한 파도 십이년 동안
馬洲蕭瑟隱重烟 바람소리 나는 마주馬洲는 짙은 연기속에 숨었다.
城頭畫閣催紅日 성두城頭의 좋은 집은 붉은 해를 재촉하고
臺上華筵近碧天 대상臺上의 빛난 자리는 푸른 하늘에 가깝다.
秋日賓盤饒島橘 가을철 손의 소반에 섬의 귤이 많겠고
夜風漁笛識夷船 밤에 부는 바람에 들리는 어적漁笛 소리로 오랑캐 배를 알겠다.
書生正坐談兵略 서생이 바로 앉아 병사에 관한 계획을 말하다가
醉撫龍泉看站鳶. 취해 용천龍泉[39]을 어루만지며 홀로선 솔개를 본다.

---

39) 송宋나라 때 만든 담청색의 자기를 말한 것인데, 여기서는 다른 의미로 쓰인 말인지 알 수 없다.

라 했는데, 단지 이 한 수의 시에서 그의 자세가 높은 것을 알 수 있으며, 또 그의 <산행시山行詩>에,

蚌螺粘石何年海	소라가 돌에 붙어 얼마나 많은 해로 바다에 있었으며
蘿菖生山太古田	산에 나는 순무는 태고부터 밭에 있었다.
躑躅背岩多白蘂	바위를 등진 철쭉은 흰 꽃술이 많으며
貂鼠食栢或青毛.	잣을 먹는 족제비와 박쥐는 간혹 털이 푸르기도 하다.

라 한 연들은 모두 극히 깊숙하고 기이하다.

류어우柳於于가 젊었을 때 책을 보다가 책 장 가운데 좀이 어지럽게 하고 있어 드디어 한 절구를 지었는데 말하기를,

秦王餘魄化爲蛆	진왕의 남은 넋이 구더기가 되어
盡食當年未盡書	그때 다먹지 못한 책을 모두 먹는다.
等食誰知當食字	먹는 것에서 뉘가 글자를 먹는 것을 알았으랴
一篇私字食無餘.	한권에 사자私字는 남김없이 먹었다.

라 했는데, 대개 흥분한 바가 있어 이른 것이며 어찌 홀로 좀만 미워한 것이겠는가.

류어우柳於于가 옥중에서 써 준 <상부사孀婦詞>에 말하기를,

七十老孀婦	칠십살되는 늙은 과부가
端居守空壺	단정하게 살면서 빈 도장을 지켰다.
傍人勸之嫁	옆사람들은 개가하기를 권하면서
善男顏如槿	좋은 남자의 낯이 무궁화와 같다고 했다.
慣誦女史詩	자못 여사女史들의 시를 외웠고
稍知妊姒訓	약간 태임太妊과 태사太姒40)의 가르침을 알았다.
白首作春容	흰머리의 나이에 젊은 얼굴로 화장하려는 것이

寧不愧脂粉.　　　　 어찌 연지와 흰분에 부끄럽지 않으랴.

라 했는데, 마침내 사형을 받게 되었다. 논자들이 어우於于와 최간
이崔簡易와의 비교에서 어우가 노련함은 비록 간이에 미치지 못하
나 재주는 지나치다. 간이簡易는 내려오는 형식에 의지해 짓는 것
이 있으나, 어우於于는 모두 자신의 중심에서 나와 변화가 무궁한
데 이것이 가장 어려운 곳이라 일컬었다. 류어우가 평생에 저술한
바가 수십만언에 그치지 않았는데, 아깝게도 그가 화를 입어 문집
이 세상에 유행하지 못한 것이 진실로 가탄스럽다.
　예부터 지금까지 시가 화복을 예언하는 참서로 연주시聯珠詩와
같은 것에서,

夜來雙月滿　　　　밤이 되면 한 쌍의 달로 가득했으나
曙後一星孤.　　　　새벽이 된 후에는 한 개의 별이 외롭게 있다.

라 한 것이 매우 많아 이루 다 기록할 수 없다. 홍명구洪命耈 감사
監司가 아이었을 때 한 구를 지어 이르기를,

花落天地紅.　　　　꽃이 떨어지니 천지가 붉다.

라 했는데, 학곡鶴谷 홍서봉洪瑞鳳의 어머니가 보고 탄식해 말하기
를 이 아이가 반드시 귀하겠지만 일찍 죽을 듯하다 만약 말하기를,

花發天地紅.　　　　꽃이 피자 천지가 붉다.

---

40) 태임太妊은 주周나라 문왕文王의 어머니, 태사太姒는 무왕武王의 어머니라고
　　한다.

라 했다면 복록을 헤아릴 수 없을 것이며 낙자落字는 긴 복을 가질
만한 기상이 없어 아깝다고 했다. 뒤에 홍공洪公이 평안감사平安監
司로서 싸우다가 금화金化에서 죽었는데 그때 나이 사십 이세였으
니 마침내 그 참언과 맞았다. 학곡鶴谷의 어머니는 어우 류몽인柳
夢寅의 누이었다. 어우가 공부를 할 때 옆에서 모르게 배웠는데 그
의 문장이 세상에 뛰어났으나 스스로 부인으로서 시를 짓는 것이
마땅하지 않다고 여기었기 때문에 전혀 전하는 바가 없고 오직,

入洞穿春色　　골짜기로 들어가면 봄빛을 뚫을 수 있고
行橋踏水聲.　　다리 위로 가게 되면 물소리를 밟을 수 있다.

라 한 구가 세상에 전한다.
　제호霽湖 양경우梁慶遇가 말하기를 동악東岳 이안눌李安訥이
추성秋城을 맡아 있을 때 나와 더불어 면앙정俛仰亭에 올라 시를
짓게 되었는데, 내가 감히 당돌하게 먼저 지어 그 함련頷聯에 이
르기를,

殘照欲沈平楚濶　　남은 해가 지고자 하니 들이 더욱 넓으며
太虛無閡衆峯高.　　하늘은 닫힘이 없어 뭇 봉우리가 높다.

라 하고 스스로 좋은 말을 얻었다고 했다. 동악이 차운하여 말하
기를,

西望川原何處盡　　서쪽을 바라보니 시내와 들이 어느 곳에서 다하며
東來形勝此亭高.　　동쪽으로 오니 경치의 아름다움에 이 정자가 높다.

라 했는데, 아랫구는 은근히 두보杜甫의,

　　　海右此亭高.　　　바다 오른쪽에서 이 정자가 높다.

라 한 것과 말의 형세가 대략 같은 듯하니 모과로써 던졌다가 옥을
받았다고 이르겠다 했다. 나로서 보면 동악의 시가 비록 둥글고 흠
이 없는 듯하나 마침내 제호의 맑고 새롭고 돌올突兀한 것만 같지
못한데 어찌 짐짓 그렇게 지었다고 하겠는가. 양제호가 일직 시를
지어 말하기를,

　　　殘花杜宇聲中落　　남았던 꽃이 두우새 소리 속에 떨어지고
　　　芳草王孫去後靑.　　아름다운 풀은 왕손이 간 후에 푸르다.

라 하고 스스로 놀랄 만한 연이라고 했는데, 이동악李東岳이 보고
웃으며 말하기를 이 시는 직설적이고 곡절이 없다 하고 자신의 시
를 외우며 말하기를,

　　　海棠花下逢僧話　　해당화 밑에서 스님 만나 이야기 하고
　　　杜宇聲中送客愁.　　두우새 소리에 손을 보내는 근심이 있다.

라 했는데, 이동악과 양재호梁霽湖의 시가 비록 얕고 깊은 것은
없다 할지라도 작법에는 스스로 교묘하고 옹졸함이 있다. 시를 배
우는 자들이 이 시에서 맞은 견해가 있다면 가히 더불어 시를 말할
수 있을 것이다.
　　동악東岳 이안눌李安訥은 체소體素 이춘영李春英 석주石洲 권필
權韠과 더불어 서로 사이가 좋았는데 두 사람은 모두 세상을 떠났

다. 그 후 두 집 자제들이 함께 동악이 있는 강도江都로 방문했더니 동악이 드디어 감동하여 시를 지어 말하기를,

藝文檢閱李僉正   예문관藝文館 검렬檢閱인 이첨정李僉正이요
司憲持平權敎官   사헌부司憲府 지평持平인 권교관權敎官이었소.
天下奇才止於此   천하의 기이한 재주가 여기에 그쳤으니
世間行路何其難   세상에서 살아가기가 어찌 이렇게 어렵나뇨.
陽春白雪爲誰唱   따뜻한 봄과 백설白雪은 누구를 위해 부르며
流水高山不復彈   유수와 높은 산은 다시 퉁기지 못하겠다.
皓首今逢兩家子   흰머리에 지금 양가의 자제를 만나니
一樽江海秋雲寒.   강해江海의 한 통 술에 가을 구름이 차갑다.

라 했는데, 말이 매우 굳세고 아름답다. 이체소李體素는 처음 과거에 합격하여 바로 검렬檢閱에 임명되었다가 종부사宗簿事 첨정으로 마쳤으며, 권석주權石洲는 일찍 동몽교관童蒙敎官이 되었으며 지금 사헌부司憲府 지평持平에 증직되었는데 나이 모두 사십 사세에 그쳤다.

택당澤堂 이식李植이 어느 날 이동악을 찾아갔더니 마침 두 스님이 와 있었는데 그때는 정월正月 초오일 전 삼일이었다. 동악이 바로 입으로,

春天五日雪三日   봄날 오일에 삼일동안 눈이 왔는데

라 불렀는데, 택당이 그 대구가 어떤 것일까 하고 흘겨보며 기다렸더니 동악이 또,

遠客四人僧二人.   멀리서 온 손이 네 사람에 스님이 둘이다.

라 읊으니, 그 대구가 매우 묘해 택당이 경탄해 마지 않았다.

심집沈輯 판관判官이 어머니를 모시고자 안변 동악을 빌어 어머니를 위해 수연을 열었다. 동악 이안눌이 그 자리에 율시律詩 한 수를 지었는데 그 함련頷聯에 말하기를,

> 卿月遠臨都護府　　현귀한 사람은 멀리 도호부都護府에 다달았고
> 壽星高拱大夫人.　　수성壽星은 높게 대부인을 받들었다.

라 하니, 문사文士인 이진李進이 이 시를 보고 감탄하며 말하기를 "참으로 육경六經의 문장이라"고 했다. 내가 동명東溟 정두경鄭斗卿에게 물어 말하기를 "권석주와 이동악의 시에서 누구의 시가 우수한가" 하니 동명이 말하기를 "석주의 시는 매우 아름답고 밝으며 동악의 시는 매우 깊고 굳세다. 불가佛家에 견주면 석주는 갑자기 깨달은 것이고 동악은 점점 닦아 나아간 것이다. 두 작가의 밝은 길은 비록 같지 않으나 우렬은 쉽게 논할 것이 아니라"고 했다.

동회東淮 신익전申翊全이 일직 상림도上林圖를 심양瀋陽에서 얻어 북저北渚 김류金瑬에게 시를 짓게 부탁했더니 말하기를,

> 紫閣昆明一掌中　　자각紫閣이 한 손바닥 속에서 모두 밝으며
> 武皇車馬若雷風　　무황武皇이 탄수레가 우레와 바람같다.
> 六丁有力排天外　　육정六丁[41]이 힘이 있어 하늘 밖으로 물리치고
> 三絶無端落海東　　세 가지 뛰어난 것이 무단히 해동海東에 떨어졌다.
> 去趙尙爲和氏璧　　조趙나라를 떠나는 것은 화시벽和氏璧[42]을 위함이요
> 輪韓亦是楚人弓　　수한輪韓은 역시 초楚나라 사람의 활이었다.

---

41) 둔갑술遁甲術을 할 때 부르는 신장神將의 이름.
42) 보배스러운 구슬. 초나라 화씨가 얻어 여러번 어려움을 겪은 뒤에 보배스러운 것으로 인정을 받았다고 함.

獨憐上林猶秦地　　홀로 불상히 여기는 것은 상림上林도 오히려 진나라
　　　　　　　　　　땅인데
誰經袞王賦小戎.　　누가 곤왕袞王을 지나 소융小戎에 주겠는가.

라 했는데, 청음淸陰 김상헌金尙憲과 관해觀海가 차운하여 시를 지었다. 관해가 말하기를 "이 늙은이의 이 시가 매우 기이하고 굳세나 수한輸韓 두 글자의 나온 곳을 모르겠다" 하니 어떤 손이 말하기를 "한자韓字는 삼한三韓의 한자가 아니겠는가" 하자 관해觀海가 웃으며 말하기를 "아니다. 만약 그렇다면 크게 잘못된 것이니 이 늙은이가 반드시 본 바가 있을 것이라" 했다.

　대개 기녀에 대한 감정과 생각을 다룬 작품에는 바른 것도 있고 바르지 못한 것도 있는데, 바른 것은 말을 할 만한 것이 있고 바르지 못한 것도 또한 경계할 만한 것이 있다. 동악東岳 이안눌李安訥이 북관北關에 안찰按察을 할 때 노래를 잘하는 기생이 있었다. 드디어 옷을 사게 돈을 주고 시를 지어 주면서 말하기를,

莫怪樽前贈素衿　　술통 앞에서 약간의 옷값 주는 것 이상히 여기지 말라
老翁寧有少時心　　노옹老翁이 어찌 소시 때의 마음이 있으랴.
秋空月滿思歸夜　　가을 하늘 달은 밝고 돌아가고 싶은 밤에
一曲妍歌直萬金.　　한 곡의 고운 노래 값이 만금이라오.

라 했으며, 수색水色 허적許稿이 일찍 초산楚山에서 관심을 가졌던 여자아이가 있었는데 시를 지어 말하기를,

擬將今日死君家　　만약 오늘 그대의 집에서 죽게 된다면
魂化春閨箔上蛾　　혼은 그대 방 주렴 위에 나방으로 변해
長在玉人纖手下　　오랫동안 아름다운 사람의 연한 손 밑에 있으면서

不辭軀殼似蟬花.   몸껍질이 선화蟬花 같이 되는 것도 사양하지 않으
리라.

라 했다.

학곡鶴谷 홍서봉洪瑞鳳이 시를 지으면 어둡고 답답하며 호걸스
럽고 굳세기는 하나 그의 시의 병은 어려움을 즐기는 것으로 매양
한 수를 짓게 되면 반드시 며칠이 걸리었다. 일찍 예천군醴泉郡에
이르러,

簷留如客燕   처마에 손처럼 머물던 제비가
池謝似卽花.   못에서는 바로 꽃과 같이 물러간다.

라 한 구를 지었는데, 종일 괴롭게 읊고자 했으나 결국 한편을 이
루지 못했다. 조정의 명령을 받들고 관서關西 지방에서 용천龍川의
늙은 마두馬頭에게 시를 주어 말하기를,

當時從事未生鬚   당시 종사從事는 수염이 나지 않았고
醉騁驪駰爾輒扶   취해 붉은 말을 타고 달리면 너가 잡아 주었지.
三十年來相見地   삼십년이 되면서 서로 보게 되는 곳에
吾豪爾健一分無.   나는 호걸스럽고 너는 굳센 것이 일분도 없다네.

라 했는데, 노련하면서도 더욱 굳세다.

학곡鶴谷 홍서봉洪瑞鳳이 지은 박금계朴錦溪의 만시輓詩 한 연에
이르기를,

搏鵬忽失扶搖勢   붕새를 치면서 갑자기 흔들리던 형세를 붙들다가 잃게
되고

病樹虛經爛熳春. 병든 나무는 화려한 봄을 헛되게 지난다.

라 했으며, 택당澤堂 이식李植이 설사雪簑 남이공南以恭의 만시輓詩
에 이르기를,

一炊爛熳邯鄲夢 한번 화려했던 한단몽邯鄲夢을 꾸게 되었고
萬斛撑過灩澦堆. 만섬으로 염여灩澦[43]의 둑을 버티며 지나간다.

라 했는데, 사람들이 두 구의 뜻과 생각을 만든 것이 서로 같다고
일컬었다.

박숙야朴叔夜 엽燁은 매우 문재文才가 있었으며 호는 약창葯窓이
었다. 과거에 급제하기 전에 어느 고을을 지났더니 그 고을 원이
삶은 기러기를 먹게 주었다. 박엽朴燁이 바로 그 소반에 시를 써
말하기를,

秋盡南歸春北去 가을이 끝나면 남으로 오고 봄이면 북으로 가는데
溪邊羅網忽無情 냇가 처놓은 그물이 갑자기 무정했다오.
來充太守盤中物 이곳에 와서 태수 소반의 물건이 되었으니
從此雲間減一聲. 지금부터 구름 속에 기러기 소리가 감하겠다.

라 했다. 일직 평안감사平安監司가 되어 서울로 가는 사신에게 시
를 주어 말하기를,

歌低琴苦別離難 노래는 낮고 거문고 소리 괴로운 이별의 어려움에
隴樹蒼蒼隴水寒 둔덕의 나무는 푸르고 물은 차다오.
我與雪山留此地 나는 눈 내린 산과 이곳에 머물고

---

43) 중국의 물 이름이라 한다.

君隨西日向長安. 그대는 서쪽 해를 따라 서울로 간다네.

라 했다. 그의 문재가 이와 같았는데 마침내 그의 몸은 원통하게
되었으니 아깝다고 하겠다.

　죽엄竹陰 조희일趙希逸은 일찍 종사관從事官으로서 서홍瑞興에
이르렀는데, 그때 손곡蓀谷 이달李達이 좋아했던 기생을 바로 잃었
다. 마침 여러 인사들이 역루驛樓에 모여 손곡蓀谷을 위해 도기시
悼妓詩를 짓고자 했다. 조죽음趙竹陰이 먼저 지어 말하기를,

生離死別兩茫然 생사의 이별이 모두 아득해
恨入嬋娟洞裏綿 한스러움은 선연동嬋娟洞[44] 속에 솜에 쌓여 들어가
　　　　　　　　는 것이요.
飛步無蹤仙佩冷 빠른 걸음은 신선이 차고 있는 맑음을 따름이 없고
殘花不語曉風顚 남은 꽃은 새벽 바람에 떨어지는 것을 말하지 않는다.
美人冤血成春草 미인의 원통한 피는 봄풀이 되었고
神女朝雲鎖峽天 신녀神女의 애정은 산골의 하늘에 막히었다.
九曲柔腸元自斷 구곡의 부드러운 창자가 스스로 끊으졌는데
驛名何事又龍泉. 역 이름은 무슨 일로 또 용천龍泉[45]이라 했나뇨.

라 하니, 여러 인사들이 붓을 던졌다.
　옛 사람들이 스님에게 준 시가 많았는데, 호음湖陰 정사룡鄭士龍
의 시에 말하기를,

踏盡千山更萬山 천산을 모두 밟았고 다시 만산을 밟았으나
滿腔疑是碧屛顔 속에 가득한 것은 푸르고 우뚝한 낯이 아닌가 한다.
他年縱未超三界 다음날 삼계三界[46]를 초탈하지 못하면

---

44) 평양 주변에 있는 골짜기의 이름으로 그곳 기생들이 죽으면 장사지내는 곳이라 함.
45) 서홍西興의 관관이름이라고 함.

猶與婆娑作寶關.   오히려 파사婆娑와 더불어 보관寶關을 지을 것이요.

라 했으며, 동고東皐 최립崔岦의 시에 말하기를,

白雲涵影古溪寒   흰 구름의 그림자에 젖은 시내는 차고
松月時時上石壇   소나무에 걸려있는 달은 때때로 석단石壇에 오른다.
詩在此中自奇絶   시가 그 가운데 있으면 스스로 매우 기이한 것인데
枉尋岐路太漫漫.   갈래길을 잘못 찾아 너무 늦었다.

라 했으며, 동악東岳 이안눌李安訥의 시에 말하기를,

老來何事喜逢僧   늙은 나이에 무슨 일로 중 만난 것을 기뻐하랴
欲訪名山病未能   명산을 찾고자 했으나 병으로 하지 못했다오.
花落矮簷春晝永   꽃은 짧은 처마에서 떨어지고 봄 낮은 길며
夢中皆骨碧層層.   꿈속의 금강산은 층층이 푸르다.

라 했으며, 소암疎庵 임숙영任叔英의 시에 말하기를,

儒言實理釋言空   선비는 실리를 말하고 스님은 공을 말해
氷炭難盛一器中   얼음과 숯을 한 그릇에 담기 어렵다.
惟有秋山薜蘿月   오직 가을 산에 담쟁이 덩굴의 달빛 아래
上人淸興與吾同.   상인上人의 맑은 흥은 나와 더불어 같다오.

라 했는데, 정호음鄭湖陰의 시는 기이하고 군세고, 최동고崔東皐의 시는 정밀하고 깊으며, 이동악李東岳의 시는 맑고 깨끗하며, 임소암任疎庵의 시는 일반적인 한계를 벗어나 각자 그 다함에 이르렀

---

46) 불교에서 천계 인계 지계, 또는 욕계 색계 무색계를 말함.

다. 무릇 시와 산문에서 귀한 것은 뿌리에 있다. 이른바 기이하고 우뚝 한 것과 맑고 깨끗한 것은 그 재주는 같지 않지만 오직 그 뿌리가 깊은 자는 기이하고자 하면 기이하고 맑게 하고자 하면 맑게 된다. 현주玄洲 조위한趙緯韓은 평생에 지은 시가 기괴하고 험하고 우뚝했다. 그가 완폭대玩瀑臺를 읊은 시에 말하기를,

深藏睡虎風煙晦　　깊은 곳에 숨어 자는 범은 바람과 연기를 피하고
倒掛生龍霹靂噴.　　거꾸로 걸려 있는 용은 벼락처럼 꾸짖는다.

라 했는데, 용과 뱀을 잡고 범과 표범을 묶은 형세이다. 그런데 그가 괴산군수槐山郡守 오숙吳翻에게 준 시와 같은 것에 이르러 말하기를,

新燕不來春寂寂　　새로 찾을 제비가 오지 않아 봄이 쓸쓸하며
故人將去雨紛紛.　　친구가 가고자 하니 비가 많이 내린다.

라 했는데, 자못 평담하고 맑고 매우 깨끗해 험하고 끊는 듯한 태도가 없으니 그 뿌리가 넓고 깊은 것이 아니면 능히 이와 같을 수 있겠는가.

　계곡谿谷 장유張維는 문장이 둥글고 화창하며 순하고 익숙해 큰 작가가 되었다. 청음淸陰 김상헌金尙憲이 그의 문집의 서문에서 말하기를 "성종成宗의 세대에는 점필재佔畢齋 김종직金宗直이 독보적이었고, 선조宣祖 때는 간이簡易 최립崔岦이 높은 위치에 있었다"고 했는데, 대개 계곡의 문장이 가히 두 분과 아울러 삼걸三傑이 된다는 것을 말한 것이다. 그의 <증기암시贈畸庵詩>에 말하기를,

叢篁抽筍當階直　대밭에 올라오는 죽순이 뜰을 당하면 곧고
乳燕將雛掠戶斜　젖을 먹이는 제비는 새끼를 데리고 지게를 채며 난다.
自笑蓬蒿張仲蔚　스스로 웃노니 쑥속에 살았던 장중울張仲蔚이
平生不識五侯家.　평생에 오후가五侯家⁴⁷⁾를 알지 못했던 것이오.

라 했는데, 이 시에서 그의 한 면을 볼 수 있으며 범과 같은 문장임을 알 수 있다.

우리나라는 고운孤雲 최치원崔致遠 이후로부터 고려를 지나 우리 조정에 이르기까지 그 사이 수천 년이었는데, 문장을 힘써한 자는 수백 가에 불과하며 대가大家는 겨우 십여인이다. 지금 두드러지게 놀랄 만한 말들을 기록하고자 하는데 여러 시화詩話에 실리고 실리지 못한 것을 상관하지 않고 아울러 기록하고자 한다. 최고운崔孤雲 학사의 ＜윤주자화사시潤州慈和寺詩＞에,

畫角聲中朝暮浪　대평소 소리에 아침 저녁 물결 일며
靑山影裏古今人.　푸른 산 그림자 속에 고금 인물 얼마인가.

라 한 것에 내가 일찍 깊이 느끼어 탄식하지(감개感慨) 아니할 수 없으며, 백운白雲 이춘경李春卿의 ＜원일조조시元日早朝詩＞에 말하기를,

三呼萬歲神山湧　세 번 만세를 부르자 신산神山이 솟고
一熟千年海果來.　천년 만에 한번 익는 해과海果가 오른다.

라 한 것에는 내가 일찍 장하고 빛난 것에 (장려壯麗) 탄식하지 아

47) 다섯 등급 즉 공公, 후侯, 백伯, 자子, 남男의 제후를 말함. 위의 장중울張仲蔚은 후한後漢때의 인물로서 박학했으나 숨어살며 벼슬을 하지 않았다고 한다.

니할 수 없으며, 익재益齋 이중사李仲思의 <기행시紀行詩>에,

> 雨催寒犢歸漁店　송아지는 비에 쫓겨 어점漁店으로 돌아가고
> 風動輕鷗送客舟.　갈매기는 바람에 밀려 배에 다가온다.

라 한 것에는 일찍 그 치밀함에 (정치精緻) 탄식 하지 않을 수 없으며, 목은牧隱 이영숙李穎叔의 <산중시山中詩>에,

> 風淸竹院逢僧話　바람이 맑은 죽원竹院에서 스님 만나 이야기하고
> 草軟陽坡共鹿眠　풀이 연한 양지쪽 언덕에 사슴과 함께 존다.

라 한 것에는 짙고 풍부함에 (농섬穠贍) 탄식하지 아니할 수 없으며, 사가四佳 서강중徐剛中의 <용종시龍鍾詩>에,

> 黑雲暗淡葡萄雨　검은 구름이 짙게 끼자 포도에 비가 내리고
> 紅霧霏微菡萏風.　붉은 안개가 가늘게 내리자 꽃봉오리에 바람이 분다.

라 한 것에는 평화로움에(충융冲融) 탄식하지 않을 수 없으며, 점필재佔畢齋 김계온金季溫의 <청심루시淸心樓詩>에,

> 十年世事孤吟裏　십년 동안의 세상 일은 외로이 읊조리는 속에 지났고
> 八月秋容亂樹間.　팔월 가을빛은 어지러운 나무 사이에 있다.

라 한 것에는 상쾌하고 밝은 것에 (상랑爽朗) 탄식하지 않을 수 없으며, 동봉東峯 김열경金悅卿의 <산거시山居詩>에,

> 龍曳洞雲歸遠壑　용은 구름을 몰고 먼 골짜기로 돌아가고

雁拖秋日下遙岑.   기러기는 가을 해를 끌고 아득한 산봉우리로 내려간다.

라 한 것에는 맑고 굳센 것에 (아건雅健) 탄식하지 아니할 수 없으며, 허백虛白 성경숙成磬叔의 <연경궁고기시延慶宮故基詩>에,

羅綺香消春獨在   비단에 향기는 사라지고 봄만 홀로 있으며
笙歌聲盡水空流.   저 소리 끝나고 물만 부질없이 흐른다.

라 한 것에는 슬프고 쓰라림에 (처초悽楚) 탄식하지 아니할 수 없으며, 읍취헌挹翠軒 박중열朴仲說의 <복령사시福靈寺詩>에,

春陰欲雨鳥相語   비 오려는 봄날 새들은 지저귀고
老樹無情風自哀.   늙은 나무는 무정한데 바람만 슬퍼하는구나.

라 한 것에는 그 신기함을 (신기神奇)탄식하지 아니할 수 없으며, 용재容齋 이택지李擇之의 <대흥도중시大興道中詩>에,

多情谷鳥勸歸去   다정한 골짜기의 새는 돌아가기를 권하고
一笑野僧無是非.   웃는 스님은 시비가 없다오.

라 한 것에는 그 한가하고 맑음에 (한담閒淡) 탄식하지 않을 수 없으며, 호음湖陰 정운경鄭雲卿의 <황산전장시荒山戰場詩>에,

商聲帶殺林巒肅   쇳소리 살기 띠어 숲속이 음산하고
鬼燐憑陰堞壘荒.   밤이면 도깨비불이 진터를 어지럽힌다.

라 한 것에는 그 굳세고 사나움에 (경한勁悍) 탄식하지 아니할 수

없으며, 소재穌齋 노과회盧寡悔의 <기윤리시寄尹李詩>에,

　　日暮林鴉啼有血　　날이 저물자 숲 속의 갈까마귀는 울며 피를 흘리고
　　天寒沙鳥影無隣.　　날이 춥자 사장의 새는 그림자에 이웃이 없다.

라 한 것에는 그 슬프고 한스러움에 (처완悽惋) 탄식하지 아니할 수 없으며, 지천芝川 황경문黃景文의 <파관시罷官詩>에,

　　靑春謾說歸田好　　젊은 나이에 시골로 가고 싶다는 것은 거짓말이며
　　白首猶歌行路難.　　흰 머리에도 오히려 행로난行路難을 읊조린다오.

라 한 것에는 그 격렬하고 절실함에 (격절激切) 탄식하지 아니할 수 없으며, 동고東皐 최입지崔岦之의 <부경시赴京詩>에,

　　劍能射斗誰看氣　　칼빛이 북두성을 쏘나 뉘가 그 기운을 보며
　　衣未朝天已有香.　　옷은 중국 조정에 가지 못했는데 이미 향기가 있다.

라 한 것에는 그 용맹스럽고 굳셈에 (교건矯健) 탄식하지 아니할 수 없으며, 계곡溪谷 장지국張持國의 <조발판교점시早發板橋店詩>에,

　　寒虫切切草間語　　벌레는 풀 속에서 차갑게 울고
　　缺月輝輝天際流.　　조각달은 하늘 모퉁이에서 밝게 비친다.

라 한 것에는 그 맑고 깨끗함에 (청초淸楚) 탄식하지 않을 수 없다.
　택당澤堂 이식李植이 열 살이었을 때 <영류서시詠柳絮詩>에 말하기를,

隨風輕似雪　바람을 따를 때는 눈처럼 가볍고
着地軟於綿.　땅에 떨어질 때는 솜같이 연하다.

라 하니, 보는 사람들이 기이하게 여겼다. 임진왜란 후에 왜국에서
통신사通信使를 보내주게 청하자 우리나라 사람들이 분하게 여겼
으나 조정朝廷에서는 그들이 화를 일어킬까 겁내어 승려인 유정惟
政을 보내 그들의 사정을 살피게 했다. 유정惟政이 지위가 높은 인
사들에게 두루 시를 구하자 택당澤堂이 그때 과거에 급제하기 전이
었으나 또한 시를 주게 되었는데 그 시에 말하기를,

制敵無長算　적을 제어하는데 좋은 계획이 없어
雲林起老師　운림雲林의 노선사老禪師를 일어나게 했다.
行裝沖海遠　행장은 깊은 바다같이 멀고
肝膽許天知　간담은 하늘이 허락할 정도로 알려졌다.
試掉三禪舌　색계色界의 허를 시험해 선택했는데
何煩六出奇　어찌 여섯 가지 기이한 계획까지 번거롭게 하리오
歸來報明主　돌아와서 임금에게 아뢸 때도
依舊一筇枝.　옛처럼 한가지 지팡이겠지.

라 했다. 유정도 또한 시에 능했는데, 기뻐하며 말하기를 "이 시를
얻게 되었으니 내 걸음이 외롭지 않을 것이라" 했다
　권갑權韐은 아홉 살 때 <송도회고시松都懷古詩>를 지었는데 당
시에 회자되었다. 뒤에 택당 이식李植이 만시輓詩를 지어 말하기를,

雪月寒鍾故國詩　설월雪月과 한종寒鍾은 고국故國의 시였고
九齡佳句世皆知　아홉 살에 지은 아름다운 싯귀는 세상이 모두 안다네.
風塵歷詆空時輩　풍진세계에 당시 무리들이 전하는 것을 막았고[48]
江海歸來有酒巵　강해江海로 돌아오자 술이 있다오

囊裏虎豹身擁褐　주머니 속에는 호랑이가 있었으나 몸에는 갈옷을 입
　　　　　　　　었고
案頭丹訣鬢成絲　책상머리의 단결丹訣49)은 살쩍머리를 희게 했다.
唯應五寶聯珠集　분명히 오두五寶50)의 연주집聯珠集51)은
不廢高名死後垂.　높은 이름이 폐지되지 않고 죽은 뒤에 드리우리라.

라 했는데, 뜻을 세우고 말을 선택한 것이 정밀하고 교묘해 가히
명작名作이라고 이를만하나 그 격격格은 수隋나라 송宋나라의 것
이다.

　영평永平의 백로주白鷺洲는 그 지경내에서 가장 아름다웠다. 백
주白洲 이명한李明漢이 일찍 한 절구를 지었는데 용주龍洲 조경趙
絅과 감호鑑湖 양만고楊萬古가 모두 차운을 하여 지었으나 백주白
洲의 시가 제일이었다. 그 시에 말하기를,

身如白鷺洲邊鷺　몸은 백로주 물가의 백로같고
心似白雲山上雲　마음은 백운산白雲山 위의 구름이라네.
孤吟盡日不知返　종일 외롭게 시를 읊으면서 돌아가지 못했는데
雲去鷺飛誰與羣.　구름과 백로가 가버리면 누구와 더불어 무리를 하랴.

라 했으며, 조룡주趙龍洲의 시에 말하기를,

潭虛先受欲生月　빛을 먼저 받은 못에 달이 뜨고자 하며

---

48) 이 구의 내용은 권갑權韐의 생애에 있었던 일과 상관이 있는 듯하나 어떤 일인
　　지 알아보지 못했다.
49) 신선의 요법 또는 비방.
50) 다섯 사람의 두씨竇氏의 선비들을 말함. 여기서는 그 가문家門의 사람들을 지칭
　　한 것이 아니고 권갑權韐의 형제를 말한 것이다
51) 구슬처럼 아름다운 시를 모아 놓은 시집.

　　松老尙浮不盡雲　　고목에 아직 떠 있는 구름은 다하지 않았다.
　　應有此間閒似者　　이 속에 분명히 한가한 듯한 자가 있으니
　　君今獨往非人羣.　　그대가 지금 홀로 가면 사람의 무리가 아니오.

라 했으며, 양감호楊鑑湖의 시에 말하기를,

　　東風花落水中石　　동풍에 물 속의 바위에 꽃이 떨어지고
　　西日客眠松下雲　　해가 지려 하자 손은 소나무 밑의 구름에서 지고자 한다.
　　醉把一盃酬白鷺　　취해 잔을 잡고 백로에게 주노니
　　世間惟有爾爲羣.　　세간에 오직 너가 무리되어 있다네.

라 했다.

　구서봉具瑞鳳의 호는 낙주洛洲였다. 아이였을 때 달밤에 여러 아
이들과 더불어 백사白沙 이항복李恒福 상공相公의 집에 들어갔더니
백사가 "너는 글을 읽지 않고 연밤을 따고자 하느냐" 하자 구서봉
具瑞鳳이 대해 말하기를 "글은 이미 모두 읽었으므로 놀고자 한다"
했다. 백사가 말하기를 "내가 운자韻字를 부를 것이니 짓지 못하면
매를 맞을 것이라" 하고 드디어 유자遊字를 부르니 구서봉이 바로
응해 말하기를,

　　童子招朋月下遊　　동자가 친구들과 달빛아래 놀고 있는데

라 했다. 다시 추자秋字를 부르니 바로 말하기를,

　　相公池舘冷如秋　　상공相公의 못과 집이 가을처럼 차갑다.

라 했다. 백사가 그의 시에 능함을 알고 강운强韻으로써 군색하게

하기 위해 우자牛字를 부르니 곧 말하기를,

> 昇平事業知何事　태평스럽게 하는 사업이 무슨 일인지 아나뇨
> 但問蓮花不問牛.　단지 연꽃만 묻고 소는 묻지 않는다.[52]

라 하니, 당시 구서봉具瑞鳳을 기이한 아이라 일컬었다.

　나의 조부 참찬공參贊公의 호는 월봉月峯이었으며 전주부윤全州
府尹을 했는데, 일찍 한벽당寒碧堂에서 잔치를 하면서 청하淸河 권
항權沆의 시에 차운하여 말하기를,

> 肩輿晚出城南陌　가마를 타고 늦게 성남 들길에 나갔다가
> 獨上高樓百尺餘　홀로 백척이나 되는 높은 누에 올랐다.
> 山雨作晴溪水急　산에 내리던 비는 개고 시냇물이 급하게 흐르며
> 暝雲纔捲洞天虛　어두운 구름이 겨우 걷히고 하늘은 텅 비어있다.
> 孤舟長笛憑欄外　고주의 긴 저 소리는 난간 밖에서 들리고
> 紅燭淸樽待月初　붉은 촛불과 맑은 술통은 달이 뜨기를 기다린다.
> 幽興未闌秋夜永　깊숙한 흥을 다하지 않았는데 가을밤이 깊어
> 不妨扶醉暫躊躇.　취해 부축을 받고 잠깐 주저하는 것도 해롭지 않으리라.

라 하니, 그 때 관찰사觀察使도 글에 능했던 인물이었는데 크게 칭
찬하며 판에 새겨 걸게 했다. 뒤에 공公이 갈마들어 돌아올 때 그
현판을 거두고자 하니 사람들이 모두 하지 못하게 하자 공이 말하
기를 "내 시는 내 스스로 읊는 것으로 그칠 것이며 어찌 이 집에
걸어두고 더러움을 들어낼 것이 있겠는가" 하니 사람들이 듣고 사

---

52) 서한西漢 때 병길丙吉이 길을 가다가 죽은 사람에 대해서는 묻지 않고 소가 헐
　떡거리는 것을 근심했다는 것으로 맡은 일에 성실함을 말한 것인데, 여기에서
　상공相公으로서 해야 할 일은 묻지 않고 다른 것을 묻는다고 한 것이다.

양함이 많이 있다고 했다.

　김육金堉 상국相國의 호는 잠곡潛谷이었다. 일찍 부사副使로서 중국에 가게 되었는데, 산해관山海關에서 십리 가량 되는 곳에 각산사角山寺가 있어 극히 험해 오르기가 매우 어려웠다. 김잠곡金潛谷이 서장관書狀官 류념柳念과 더불어 말고삐를 나란히 하고 가서 그 절에 오르니 안계가 넓고 경치가 아름다워 공자孔子가 태산泰山에 올라 천하를 작게 여긴 홍취가 있었다. 드디어 입으로 한 절구를 불러 말하기를,

再入中原路	두 번 중원을 들어오는 길에
今年辦壯遊	금년에도 장하게 노는 것을 처리하게 되었다.
居僧指海外	머물고 있는 중은 해외를 가리키는데
微露泰山頭.	태산은 봉우리를 약간 드러낸다.

라 하여 바로 서장관書狀官에게 주니 서장관이 상사上使에게 말하기를 "오늘 세가지 장한 것을 보았다"고 하자 상사가 무엇을 말한 것인가 하니 서장관官이 말하기를 "천길되는 산과 만리나 되는 바다는 천하에서 장한 것으로서 가히 다 말할 수가 없는데 부사副使가 칠십이 넘은 나이에 붉은 낯과 흰 머리로 매우 험한 곳을 오르고 건너면서 붙들어 주지 않고 지팡이도 짚지 않으면서 평지를 밟는 것처럼 건강한 것도 또한 장관壯觀이라"고 했다. 나로서 보면 시의 뜻도 극히 넓고 멀어 가히 네가지의 장관이 된다고 할 것이다.

　동주東洲 이민구李敏求는 젊었을 때부터 문장을 업으로 하여 사詞와 부賦를 가장 잘 지었다. 그의 시는 처음에 단단한 것을 주로 했으나 늦게 강주江州에 폐출되어 있으면서 더욱 노력하여 점점 밝

고 화창한데 이르렀다. 그가 전창도위全昌都尉 주석酒席에서 지은 시에 말하기를,

秦樓烟霧細杳濃 진루秦樓에 안개가 짙게 끼었는데
牽率華筵起病慵 이끌리어 빛난 자리에 병들고 게으른 사람이 참석했다.
十月風威欺病骨 시월의 센 바람은 병골病骨을 속이게 하고
三杯酒力借衰容 석잔의 술 힘은 쇠한 얼굴에 빌려준다.
樓鴉上苑天寒樹 상원上苑의 차가운 나무에 갈까마귀가 쉬고
歸騎東城日暮鍾 동성東城이 저물즈음 종소리에 말을 타고 돌아간다.
自笑泥塗餘骯髒 진흙길에 건장하다고 스스로 웃노니
幾年流落又登龍. 몇 년 유락하다가 또 등룡登龍하리라.

라 했는데, 진하고 빛나며 곱고 차분하다. 또 그의 <강정시江亭詩>의 한 연에,

風塵扶白髮 풍진 속에서 백발을 붙들었고
江漢對淸樽. 강한江漢에서 맑은 술통을 대한다.

라 했는데, 또한 호걸스럽고 상쾌해 일컬을 만하다.
　내가 옛날 영남에 놀러가서 영해寧海의 관어대觀魚臺에 올랐더니 대臺는 바위에 다달았고 바위 밑에 노는 물고기를 헤아릴 수 있었다. 시판詩板에 동주東洲 이민구李敏求의 시가 있었는데 말하기를,

觀魚臺下海茫茫 관어대 밑에 바다는 매우 넓은데
羊角秋風鶴背長 회오리의 가을바람에 학의 등은 길다.
倚盖天隨鼇極庳 덮힌 하늘에 의지해 가는 자라는 극히 낮고
旋磨人比蟻行忙 맷돌처럼 도는 사람에 비해 개미의 행동은 바쁘다.
陶將萬壑蛟龍水 많은 골짜기에 교룡의 물을 통하게 하고

洗出中宵日月光　　밤중에 해와 달의 빛을 씻어낸다.
欲掛雲帆乘溟沆　　구름같은 돛을 달고 넓은 물에 타고 달려
扶桑東畔試方羊.　　해가 돋는 동쪽 바다에 돌아다니고 싶다.

라 했는데, 내가 차운하여 말하기를,

高樓閣上意微茫　　높은 누각에 오르니 마음이 아득하고
鰲背冷風萬里長　　자라 등의 차가운 바람은 멀리서 길게 분다.
臺壓千尋蛟龍嶮　　대臺가 눌리고 있는 천길은 교룡蛟龍처럼 험하고
山留太古劫灰忙　　산에 머물고 있는 태고의 것은 문득 허무하다오.
天晴遠嶼收雲氣　　하늘이 맑으니 먼 섬에 구름기운이 걷히고
海赤層濤盪日光　　바다의 붉은 층의 파도는 햇빛따라 움직인다.
便欲登仙從此去　　신선이 되고 싶어 이 곳을 따라가고자 하니
世間榮辱等亡羊　　인간세계의 영욕이 망양亡羊[53]과 같다네

라 했다. 그 후 동주東洲의 집으로 찾아갔더니 동주가 그의 지은 시들을 보여주었는데, <관어대시觀魚臺詩>에 이르러 내가 말하기를 "이 시를 관어대에서 보았다"고 하니 동주가 시는 어떤가 하므로 내가 말하기를 "말의 뜻은 바르고 군세나 격格은 서강西江[54]의 시격詩格으로 떨어졌고, 또 선마旋磨의 마자磨字는 황산곡黃山谷이 거성去聲으로 사용했으니 또한 흠이 될 듯하다"고 하니 동주도 동의했다. 내가 전날 동주의 시에 차운한 시를 외우며 어떠한가 하자 동주가 매우 칭찬했다. 뒤에 다시 동주택東洲宅에 가서 이야기 하면서 그의 사고私稿를 보았더니 그 <관어대시>는 없었다. 문인들이 대부분 자신의 것을 옳다고 하는데, 이 늙은이의 이러한 태도는

---

53) 어떤 일에서 선택할 방법을 찾지 못하는 것을 말함.
54) 명나라의 시체를 말함.

잘못이 있으면 능히 고친다고 이를 것이다.

내가 일찍 동주 이민구李敏求와 더불어 국조國朝의 고사故事에 말이 미치게 되자 동주가 자세히 차례로 말하며, 또 말하기를 계해 癸亥년 사이에 내가 소암疎菴 계곡谿谷의 무리와 아홉 사람이 호당 湖堂에 사가賜暇 독서를 하게 되었는데, 어느 날 임금으로부터 시 제詩題를 내어 제공諸公들에게 시를 지어 바치게 했다. 그 때 내가 장원이 되어 표피豹皮옷 한 벌을 받았고 계곡이 이등이 되어 호피 虎皮 한 벌을 받았으며 그 외에도 모두 상을 차이가 있게 받았다. 그리고 술을 내렸으므로 제공들이 서로 더불어 즐겁게 마시다가 주기가 오르자 다 같이 나에게 말하기를 오늘의 내린 시제에 자네 가 장원이 되었으니 우리들의 글에 대해 그 높고 낮은 것을 말해보 라 하므로 내가 웃으며 하기로 하고 인해 계곡을 일러 말하기를 "자네의 글은 긴 강과 같아 한 번 쏟으면 천리를 가면서 소리가 없 으며, 여고汝固(택당澤堂 이식李植의 자字)는 산에 있는 길과 같아 깊숙하고 높으며 꽃과 풀에서 소리가 난다. 천장天章(백주白洲 이명 한李明漢의 자字)은 나공원羅公遠과 같이 황백黃栢의 냄새를 맡을 때 아름다운 색의 빛은 있으나 안으로 꽃잎의 판이 모자라며, 숙우 肅羽(누구의 자인지 알아보지 못했음)는 흰 앵무새와 같이 타고난 재주가 있어 한 두 수의 말은 잘한다"고 하니 제공들이 서로 돌아 보고 크게 웃으며 모두 적중한 말이라고 했다. 그 때 그 자리에 있 었던 사람들은 이 네 사람에 그치지 않았으며 같이 있었던 사람들 에 대해 각각 논평한 바가 있었으나 내가 늙었기 때문에 잊어버리 고 기억하지 못한다고 했다.

내가 근간에 행명자涬溟子 윤순지尹順之의 시고詩稿를 얻어 보았 는데 그의 시가 당시唐詩도 아니고 송시宋詩도 아니며 스스로 일가

一家를 이루어 격이 맑고 말이 묘하며 구가 둥글고 뜻이 넓어 옛날 문인들에 깊게 접근했으나 세상에서 알아주는 사람이 드물었다. 그의 칠언근체시七言近體詩 몇 수를 뽑았는데 <멱구희점시覓句戲占詩>에 말하기를,

結習多生未忘癡　배우고자 하는 못난 인생이 어리석음을 잊지 못해
尙從文字鬪新奇　아직도 문자를 좇아 신기한 것과 싸운다오.
但令美玉連城在　단지 아름다운 옥이 많이 있게 하고자 하며
不厭良金鼓橐遲　좋은 금이 늦게 전대를 두드리는 것을 싫어하지 않는다.
濶意有時騰驥足　뜻이 활발하면 천리마를 탄 듯한 때도 있고
苦心終夜引蛛絲　마음이 괴로울 때는 거미줄을 끄는 것으로 밤을 마친다.
尋花問柳閒聞處　꽃을 찾고 버들을 묻는 한가함을 듣는 곳에
笑爾沈吟復索詩.　중얼거리며 다시 시를 찾는 너를 웃고자 한다.

라 했으며, 그의 <망해정시望海亭詩>에 말하기를,

鴻荒開闢坎离門　태극太極이 개벽되면서 감리坎离의 문이 열리고55)
礪石崑崙左右蹲　곤륜산崑崙山의 돌을 갈아 좌우에 모았다.
垂手恰堪扶日轂　손을 드리워 해바퀴를 알맞게 붙들었고
側身今已躡天根　몸을 옆으로 하여 지금 천근天根에 이미 올랐다.
挾山超海非難事　산을 끼고 바다를 건너는 것은 어려운 일이 아니며
暴虎憑河不足論　맨손으로 범을 잡고 바다를 건너는 것은 논할 것이 없다.
落帆長風吹萬里　긴 바람이 멀리 불어 돛을 내리니
眼邊吳楚浪中翻.　눈 앞에 오吳와 초楚나라가 물결 가운데 번득인다.

라 했으며, 또 말하기를,

---

55) 『주역周易』의 양우兩儀와 팔괘八卦를 말한 것임.

劈海危亭峻欲飛	바다에 솟은 위태로운 정자 높게 날고자 하며
任公曾作釣鼇磯	임공任公이 일찍 자라 낚는 바위를 만들었다.
風雷驚動喧蛟窟	바람과 우레소리는 교룡의 굴을 놀라게 지껄이고
金碧參差漾日暉	좋은 채색이 가지런하지 못하게 햇빛이 물결친다.
尙父提○看隱約	상부尙父[56]가 무엇을 들고 은약隱約[57]을 보며
薊門烟樹望依微	계문의 연기 낀 나무가 희미하게 보인다.
吾生豪壯誠堪詫	내 일생의 호장함이 진실로 자랑이겠지만
貝闕珠宮踏得歸.	좋은 집들을 직접 보고 돌아가리라.

라 했는데, 용맹스럽게 오르고 넘어 지천芝川과 해산海山[58]의 시와
더불어 다툴 만 하다.

동명東溟 정두경鄭斗卿은 문장의 기운이 사해四海를 머금었고
그의 눈에는 천고에 이를만한 사람이 없으며 문장이 태산과 북두
성과 같아 일대의 솜씨는 진한秦漢과 성당盛唐의 파派를 갈라놓았
으니 가히 달마대사達磨大師가 서쪽으로 와서 홀로 선교禪敎를 열
었다고 이를 것이다. 그의 <영백구시咏白鷗詩>에 말하기를,

白鷗在江河	갈매기가 강하에 있으면서
泛泛冬夏	겨울과 여름에 항시 떠다닌다.
羽族非不多	깃을 가진 무리들이 많지 않은 것은 아니지만
無吾憐是鳥也	내가 없으면 이 새를 어여삐 하랴.
年年不與鴈南北	해마다 기러기와 더불어 남북으로 가지 않고
日日常隨波上下	날마다 항시 물결을 따라 위 아래로 다닌다.
寄語白鷗莫相疑	백구에 말하노니 서로 의심하지 말라

---

56) 아버지와 같이 나이 많고 학덕이 높은 분. 주周 무왕武王이 태공太公을 상부尙父
라 불렀다 함.
57) 뜻을 알기 어렵고 말이 간단한 것. 또는 분명히 알지 못하는 것. 앞의 ○표 한
자는 알아보기 어려움.
58) 지천芝川은 황정욱黃廷彧의 호이며 해산海山은 누구인지 알아보지 못했다.

余亦海上忘機者.　나도 또한 바다 위에서 기회를 잊은 자라오.

라 했는데, 우리나라 예와 지금의 시인들을 보라 누가 감히 이와
같은 말을 한 자가 있는가. 계곡 장유張維가 일찍 사람들에게 말하
기를 "나의 글은 비유하면 좋은 말과 같아 걷게 하면 걷고 달리게
하면 달리나 오히려 말인 것을 면하지 못했는데, 군평君平과 같은
경우에 이르러서는 차라리 도마뱀이 용이 하는 것을 잃지 않은 유
類가 아니겠는가." 하고 인해 그의 기자묘箕子廟의 시에,

海外無周粟　　바다 밖에는 주周나라 곡식이 없지만
天中有洛書.　　하늘 가운데 낙서洛書59)가 있다네.

라 한 것을 읊으며 자신도 모르게 손뼉을 치며 말하기를 "이 구는
사람들의 생각 밖에서 나온 것으로서 가히 미치지 못하겠다"고 했
으니 그를 인정한 것이 이와 같았는데, 군평君平은 바로 동명의 자
字였다. 계곡은 동명보다 나이 몇 살이 많았다.
　　중국 사신 강왕姜王이 우리나라에 올 때 북저北渚 김류金瑬 상공
相公이 원접사遠接使가 되었고 동명 정두경鄭斗卿이 벼슬하지 않았
던 사람으로서 종사從事가 되었다. 의주義州에 이르러 부윤府尹 이
완李莞과 더불어 통군정統軍亭에서 술을 마시다가 마침 모도독毛
都督의 군사들이 지나가는 것을 보고 율시 한 수를 지었는데 말하
기를,

統軍亭前江作池　통군정 앞에 강은 못을 이루었고
統軍亭上角聲悲　통군정 위의 대평소 소리 구슬프다.

───────────
59) 역경易經에 하출도河出圖 낙출서洛出書라 했다.

使君五馬靑絲絡	사군使君의 오마五馬는 푸른 실로 얽혀졌고
都督千夫赤羽旗	도독都督의 많은 군사 붉은 깃발 들었다.
塞原兒童盡華語	변방의 아이들은 모두 화어華語를 하고
遼東山川非昔時	요동의 산천은 옛날같지 않다오.
自是單于事游獵	지금부터 선우單于가 사냥에 종사하리니
城頭夜火不須疑.	성두城頭의 밤 불빛을 의심하지 마오.

라 했는데, 기격氣格에 힘이 있고 굳세 두보杜甫와 비슷하니 참으로 이른바 불이문不二門[60] 가운데 정법正法의 안장眼藏이며 들여우와 같은 소품小品과 가히 같이 논할 바가 아니다.

　근세에 계곡 장유張維, 택당澤堂 이식李植, 동명東溟 정두경 삼인을 아울러 당세의 이름 높은 문인으로 일컫는데, 논하는 자들이 각자 숭상하는 바로써 우수하고 모자람을 정해 가볍게 여기고 무겁게 여기니 매우 말할 것이 없다. 무릇 문장의 아름다움은 각자 정해진 값이 있는 것인데 어찌 좋아하고 미워하는 것으로써 높이고 낮출 수 있겠는가. 내가 보기에는 계곡의 문장은 두텁고 거침이 없어 넓은 호수에 전혀 바람도 없이 조용한 것과 같으며, 택당의 문장은 정밀하고 묘하며 철저하고 정확해 진대秦臺의 밝은 거울에 물건의 형상이 정확히 비치는 것과 같으며, 동명의 문장은 매우 빼어나고 준걸스럽고 장壯해 맑은 하늘 한낮에 벽력 소리가 크게 나는 것과 같아 세 작가의 기상이 각자 서로 다르다. 동명은,

海上白雲間	바다 위에 흰 구름 사이에
蒼蒼皆骨山	푸르고 맑은 개골산이라오.
山僧飛錫去	산승이 지팡이를 날리며 가자
笑問幾時還	웃으며 언제 돌아오겠는가 물었다.

---

60) 불교에서 상대의 차별을 없애고 절대의 이치를 나타내는 문.

라 했는데, 뛰어난 가운데 극히 한가하고 맑아 작품의 형상과 짜임새가 이태백李太白과 매우 같은데 이러한 것은 계곡과 택당이 말하지 못한 바이다.

김응하金應河 장군將軍의 만시輓詩가 매우 많았는데 박정길朴鼎吉의 만시가 가장 으뜸이었다.

百尺深河萬仞山　백척의 깊은 강 만길의 높은 산이며
至今沙磧血痕斑　지금까지 모래에 피 흔적이 아롱졌다.
英魂且莫招江上　꽃다운 혼을 강상으로 부르지 마오
不滅匈奴定不還.　흉노를 멸하지 않으면 결코 돌아오지 않을 것이오

라 했는데, 그 사람이 나쁘지 않았던 것은 아니지만 한 사람의 재사였다.

이규李珪는 문장에 능했으며 세상에 드문 재주였다. 그의 <백상루시百祥樓詩>에 말하기를,

睥睨平臨薩水湄　살수薩水가를 평면으로 흘겨 바라보니
高風獵獵動旌旗　엽렵한 높은 바람에 깃발이 움직인다.
路通遼海三千里　길은 요해의 삼천리를 통했고
城敵隋唐百萬師　성은 수당의 백만군사를 대적했다.
天地未曾忘戰伐　천지는 아직도 전쟁을 잊지 않았으며
山河何必繫安危　산하가 어찌 반드시 안위에 매였으랴.
悽然欲下新亭淚　슬퍼 신정新亭에서 눈물이 흐르고자 하니
樓上胡笳莫護吹.　누 위에서 속이고자 피리를 불지 마오.

라 했는데, 준걸스럽고 힘이 있다. 또,

蛩吟野逕秋聲急　귀뚜라미 우는 들길에 가을소리 급하고

雀噪柴門暮景疎.　　새들이 지저귀는 싸리문에 저문 경치가 성기다.

라 한 것과 같은 것은 또한 맑고 놀랄 만하다. 택당 이식이 일찍 용만龍灣에 있으면서 이규李珪가 죽임을 당했다는 말을 듣게 되었다. 그 때 밥상을 받아 놓고 있었는데 고기를 물리치고 먹지 않으면서 오랫동안 슬퍼하고 있었다. 옆에 사람들이 괴이하게 여기며 물으니 말하기를 "내가 그 사람을 위해서 이러한 것이 아니고 그의 뛰어난 재능을 아깝게 여기는 것이다."했다.

　신최申最 도사都事의 호는 춘소春沼였다. 그의 할아버지 현옹玄翁 신흠申欽으로부터 문장을 계승하여 사부詞賦를 잘 지었으며 시도 또한 맑고 깨끗했다. 그의 <환루시還捷詩>에,

偶入城中數月淹	우연히 성중에 들어가서 수개월 머물다가
忽驚秋色著山尖	가을빛이 산꼭대기에 오자 갑자기 놀랐다.
行裝理去孤舟在	행장을 정리하여 고주孤舟가 있는 곳으로 가며
急影侵來素鬢添	급하게 다가오는 그림자에 흰 살쩍머리가 늘었다.
早謝朝班誰道勇	일찍 조정을 떠난 것에 누가 용감하다고 말하며
晚餉邱壑不稱廉	늦게 시골에서 떡을 먹는다고 청렴함을 일컫지 않을 것이다.
且愁未免天公怪	천공天公이 괴이하게 여길 것을 면하지 못해 근심스러워
欲向成都問姓嚴	성도成都를 향하여 엄씨성嚴氏姓을 묻고자 한다.[61]

라 했는데, 마땅히 소장공蘇長公[62]으로 하여금 양보하게 해야 할 것이다.

---

61) 끝에 엄씨는 누구를 말하는 것인지 알아보지 못했다.
62) 소동파를 지칭한 것이 아닌가 한다.

나의 아버지의 호는 정허당靜虛堂이었는데 지은 글이 성리性理에 근거를 두어 높고 천연스럽게 이루어져 다듬고 꾸미지 않았다. 택당 이식이 일찍 일컬어 법法은 지국持國(장유張維의 자)에 사양해야 하겠지만 이理는 났다고 했다. 숙속菽粟 포백布帛과 같은 것에서 <한중시閒中詩> 한 절구가 있는데 말하기를,

追惟既往眞爲惑　　지난 것을 따르는 것은 참으로 의혹스러우며
逆料將來亦是愚　　장래를 미리 생각하는 것도 또한 어리석은 것이다.
萬事當頭須放下　　만사가 앞에 닥치면 모름지기 놓아 두라.
儘敎心地淨無虞.　　마음이 맑으면 걱정이 없다고 가르칠 것이네.

라 했는데, 동회東淮 신익성申翊聖이 이르기를 "이 시는 보고 얻은 것이 통하고 벗어나 참으로 선비의 말이다. 세상에 글귀를 다듬고 기이한 것을 자랑하고 새로운 것으로 알리고자 하는 자가 어찌 능히 이와 같은 말을 할 수 있겠는가."했다.

만랑漫浪 황자유黃子由는 시에 능했으나 세련되지 못하고 어려운 흠이 있었다. 일본日本에 사신으로 가면서 지은 시에 이르기를,

童男女求仙昔地　　동남녀童男女로 신선을 찾았던 옛 땅에
大丈夫今杖節行.　　대장부가 지금 사신으로서 간다오.

라 하여, 사람들이 전해 외우게 되었다. 포은圃隱 정몽주鄭夢周의 <봉사일본시奉使日本詩>에 이르기를,

張騫槎上天連海　　장건張騫63)의 돛대 위에 하늘은 바다에 연했고

---

63) 전한 무제武帝 때 서역의 여러 나라에 사신으로 갔던 인물.

　　　徐福祠前草自春.　　　서복徐福[64]의 사당 앞에 풀은 스스로 봄이 되었다.

라 했는데, 이 두 시를 보면 하늘과 땅의 차이가 있을 뿐이 아니다.
　　임유후任有後 참판參判의 호는 휴와休窩였다. 중년에 한가롭게
폐출되어 있으면서 온전히 시문에 종사했다. 젊었을 때 절에 놀러
가서 지은 <제승축시題僧軸詩>에 말하기를,

　　　山擁招提石逕斜　　산이 둘러싼 절에 돌길이 비꼈으며
　　　洞天幽杳閟雲霞　　깊숙하고 아득한 동천에 안개로 으슥하다.
　　　居僧說我春多事　　스님은 나에게 봄이 되면 일이 많다고 말하며
　　　門巷朝朝掃落花　　아침마다 문 앞에 떨어진 꽃을 쓴다.

라 했는데, 보는 사람이 소암疎庵 임숙영任叔英의 시로 잘못 알고
있었다. 뒤에 소암疎庵이 그 시축詩軸을 보고 말하기를 "만약 성당
盛唐의 말이 아니면 입 밖에 내지 않는다고 했는데, 이 시가 비록
당운唐韻에 가깝게 접근했다할지라도 매우 중당中唐의 소리가 섞여
있으니 바로 후생의 젊은 사람이 지은 것이라" 했다. 아래 시와 같은
것에서,

　　　鑱石題名姓　　깎은 돌에 이름과 성을 쓰니
　　　山僧笑不休　　스님은 계속 웃는다.
　　　乾坤一泡幻　　하늘과 땅은 물거품처럼 변하는 것인데
　　　能得幾時留.　　얼마나 머물 수 있으랴.

라 했는데, 이 시를 읽게 되면 자신과 이 세상을 모두 잊게 되어
색色과 상相이 함께 비었다. 성률聲律 가운데 이러한 묘함을 갖춘

―――――――――
64) 진시황 때 동남녀 삼천명을 데리고 불사약을 구하기 위해 동해로 떠난 인물.

것이 없었다고 이르지 못할 것이니 중당中唐 또는 만당晩唐의 작품
으로 적게 말할 수 있겠는가.

백곡栢谷 김득신金得臣은 타고난 재주는 매우 노둔했으나 많은
책을 읽어 기틀을 쌓아 둔한 것으로 말미암아 날카로웠다. 그의
<용산시龍山詩>에 말하기를,

古木寒雲裏	고목古木은 차가운 구름속에 있고
秋山白雨邊	가을산 언저리에 비가 내린다.
暮江風浪起	저물 즈음 강에 풍랑이 일어나니
漁子急回船.	어부漁父가 급히 배를 돌린다.

라 하여, 한 때에 회자되었으나 그의 <목천도중시木川道中詩>에,

斷橋平楚夕陽低	짧은 다리 옆 평원平原에 해가 지려 하니
正是前林宿鳥棲	바로 앞 숲은 자는 새가 쉬는 곳이라네.
隔水何人三弄笛	물 건너 뉘가 세 번이나 피리를 불고 있을까
梅花落盡古城西.	옛 성 서쪽에 매화가 모두 떨어진다.

라 한 구가 매우 당唐나라 작가들에 접근한 것과 같지 못하다.

만주晩洲 홍석기洪錫箕는 타고난 재주가 민첩하고 빨라 붓을 잡
고 시를 지을 때 샘물이 솟고 은하수의 물이 흐르는 것과 같이 조
금도 막히거나 정체하지 않아 사람들이 미칠 수 없었다. 일찍 송도
松都의 운거사雲居寺에 놀러가서 여러 친구들과 더불어 밤에 앉아
있게 되었는데 한 친구가 홍석기에게 일러 말하기를 "자네가 저 경
쇠를 쳐 한 번 나는 소리가 끝나기 전에 한 수의 시를 지을 수 있겠
는가?" 하고 잇따라 월야문비파月夜聞琵琶를 제목으로 하여 문聞,
운雲, 군자君字를 운으로 하고 경쇠를 치고 나와 제목과 운을 보이

니 홍석기가 친구의 하는 말에 응해 말하기를,

千秋哀怨不堪聞　　긴 세월로 슬픔과 원망을 차마 들을 수 없으며
落月蒼蒼萬壑雲　　지는 달은 어둑하고 골짜기마다 구름이 끼었다.
莫向樽前彈一曲　　술통을 향해 한 곡조를 타지 마오
東方亦有漢昭君.　　동방에도 또한 한漢의 왕소군王昭君이 있다네.

라 했다. 대개 그 때 의순공주義順公主가 연경燕京으로 시집을 갔기 때문에 이름인데 한 자리에 앉았던 사람들이 혀를 토하며 감탄했다.

　내가 일찍 현기증을 앓고 있어 외부 출입을 하지 않고 있었는데 동명東溟 정두경장鄭斗卿丈이 휴와休窩 임유후任有後를 데리고 문병을 왔으며 백곡栢谷 김득신金得臣, 만주晩洲 홍석기도 또한 같이 왔다. 내가 술을 내어놓고 몇 사람의 여악女樂으로 노래하고 거문고를 타게 하여 술이 취하게 되자 자리에 있던 인사들이 시를 짓기도 하고 혹은 노래도 불러 밤이 오래되어 파하게 되었다. 그 후 육칠년이 지나면서 동명과 휴와가 서로 이어 세상을 떠나고 백곡과 만주도 모두 시골에 떨어져 있었다. 어느 날 만주가 찾아와서 율시 한 수를 주었는데 말하기를,

吾儕行樂向來多　　지난 날 우리 무리들은 즐거움이 많았는데
玄鬚蒼顔間綺羅　　검은 머리 젊은 낯에 간혹 비단옷을 입었다.
栢谷風標元不俗　　백곡栢谷의 풍채는 원래 속되지 않았고
豊山才格亦同科　　풍산豊山의 재주는 또한 출중했다.
波瀾浩蕩任公筆　　물결이 일고 호탕했던 임공任公의 붓이였고
天地低昂鄭老歌　　천지를 내렸다 올렸다 한 정로鄭老의 노래였다.
聚散存亡還七載　　돌아보면 칠년인데 취산과 존망이 되었으니
逢君今日意如何.　　오늘 자네를 만나니 생각이 어떠하겠느냐.

라 하여, 옛날을 회상하고 지금의 상태를 슬퍼하는 감정이 말에서
넘쳐 읽으면 사람으로 하여금 눈물을 흘리게 한다. 풍산豊山은 바
로 내 성의 본관이다.

　　백곡栢谷 김득신金得臣과 만주晩洲 홍석기洪錫箕는 모두 <효행
시曉行詩>가 있었는데, 백곡의 시에 말하기를,

　　　　鷄聲來野店　　　닭 우는 소리가 들에 있는 점포에서 들려오며
　　　　鬼火溪橋渡.　　　도깨비불이 시내 다리를 건너간다.

라 했으며, 만주의 시에 이르기를,

　　　　鷄鳴飯後店　　　닭이 밥 먹었던 뒷 점포에서 울고
　　　　馬過睡時橋.　　　말은 졸 때 다리를 지나간다.

라 했는데, 모두 정경情景을 묘사한 것으로서 만주의 시가 더욱 진
실에 가까운 것으로 마땅히 고도賈島[65]의 계성모점시鷄聲茅店詩와
더불어 서로 백중할 것이다.

　　사포沙浦 이지천李志賤의 지은 시는 괴이한 것에 치우쳤다. 그의
<영청산시咏靑山詩>가 가장 아름다웠는데 그 시에 말하기를,

　　　　假令持此靑山賣　　가령 이 푸른 산을 가지고 팔려고 하면
　　　　誰肯欣然出一錢　　뉘가 즐겁게 일전이라도 주겠는가.
　　　　莫歎終爲浮世棄　　뜬 세상에서 버림이 되었다고 탄식하지 말라
　　　　尙堪留老人前置　　아직도 노인들 앞에 두게 머물러 있다오.
　　　　纔含落月窺虛愰　　겨우 지는 달을 머금고 빈 방장을 엿보며

---

65) 중당 때 시인. 그는 젊었을 때 출가했다가 시를 많이 짓고 싶어 환속했다는 말
　이 있음.

旋拂輕雲入晩筵　　가벼운 구름이 늦은 자리에 들어오게 떨친다.
造物秖應嫌獨取　　조물주가 혼자 가지는 것을 혐의할까 공손히 응해
疎簾不敢向西峯.　　성긴 주렴으로 西峯을 향하지 못하게 한다네.

라 했다.

나의 빙군聘君 조조曺曺 휘휘諱 한영漢英의 호는 회곡晦谷이었다. 일찍 여장呂庄에 있으면서 중양일重陽日에 오언근체시五言近體詩를 지었는데 말하기를,

故里重陽會　　고향마을의 구월구일九月九日의 모임에
相携醉幾遭　　서로 이끌고 취하는 것을 몇 번이나 만날까.
老翁難杖策　　늙은이는 지팡 짚기가 어려워
佳節負登高　　좋은 계절 엎혀 높은데 올랐다.
沙白仍淸渚　　모래는 희고 강물은 맑으며
花黃復濁醪　　국화 옆에서 다시 탁주를 마신다.
狂歌落帽興　　미친듯 노래하여 모자가 떨어지는 흥이 있으나
無復少年豪.　　다시 소년의 호기는 없다네.

라 했는데, 격격格格과 율율律이 매우 맑았다. 공公이 젊었을 때 택당 이식을 좇아 배워 스스로 근원이 있었다.

김사백金斯百(석주錫冑)의 호는 식암息庵이었는데 많은 책을 넓고 깊게 보아 아는 것이 넉넉하고 재주도 많아 글을 짓게 되면 스스로 일가를 이루었다. 일찍 나와 더불어 시를 지어 주고받고 하면서 내 시를 일컬어 본디의 면목(본색本色)이라 했는데, 대개 김사백金斯百은 사詞와 부賦를 잘 짓다가 늦게 시를 짓게 되었기 때문에 나의 시를 지나치게 인정한 것이다. 그의 시가 자주 옛 시를 법한 것이 있었다. 일찍 접위관接慰官으로 동래東萊에 있으면서 나에게

시 한 수를 보낸 것이 있었는데 말하기를,

相離千里外	서로 천리 밖에 떨어져 있으면서
相憶幾時休	서로 얼마나 쉬는 것을 생각했는가.
以我虛標梗	나를 헛되게 막힌 것을 나타낸다고 했으며
憐君誤淩疣	그대가 혹으로 잘못 고생하는 것을 가련하게 여겼다네.
靑春愁已過	청춘의 근심은 이미 지나갔고
碧海暮長流	푸른 바다의 어두움은 길게 흐른다.
夢裏還携手	꿈속에 서로 손을 잡고 돌아와서
同登明月樓.	함께 달 밝은 누에 올랐다오.

라 했는데, 그 때 내가 왼쪽 손에 침을 잘못 맞아 누워 있었기 때문에 함련頷聯에 이와 같이 말한 것이다. 내가 차운하여 시를 지어 그에게 전해 말하기를,

世故殊難了	세상의 일이 마치기가 매우 어려워
離愁苦未休	헤어진 근심의 괴로움을 쉬지 못했다오
緣詩君太瘦	시로 인연하여 자네는 너무 파리하며
隨事我生疣	일을 따르다가 나는 혹이 났다네.
夜月誰同酌	달 밝은 밤에 누구와 같이 술을 마시며
春天獨泛流	봄하늘에 홀로 배를 탔다오.
還朝知不遠	조정으로 돌아가는 것이 멀지 않을 듯하니
匹馬候江樓.	말을 타고 강변 누에서 기다리리라.

라 했는데, 내가 그 때 마침 서호西湖에서 배를 타고 있었기 때문에 경련頸聯에서 말한 것이다. 옥구슬을 주었는데 목과木瓜로써 갚았다고 이르겠다.

윤정尹淳은 선조宣祖 때의 인물로서 맑고 중요한 벼슬을 했다.

궁중에 숙직(직려直廬)을 하면서 미세한 물건으로 인해 관가官家에 고소를 하고자 했기 때문에 동료들이 엷게 여겼다. 윤정尹淳이 절구 한 수를 지어 말하기를,

弊屨堯天下	요임금 천하에도 신발은 해어졌으나
淸風有許由	맑은 바람은 許由에게만 있었다.
宮中無棄物	궁중에는 버리는 물건이 없는데
猶挐自家牛.	오히려 자신의 집 소만 끌고 간다.

라 했는데, 지금까지 회자되고 있다. 그러나 소부巢父의 일로써 허유許由[66]에 귀속시켰는데, 세상 사람들이 능히 구별을 못하고 있어 한 번 웃는 자료를 하고자 한다.

이원종李元鍾은 인조仁祖 때 사람으로서 <영한조시詠漢祖詩>에,

山東隆準氣雄豪	산동山東의 코가 높고 기운이 호걸스러운 인물로
一約三章帝業高	한 번에 삼장三章[67]을 약속해 제업帝業이 높았다오.
莫道入關無所取	관중關中에 들어가서 취한 것이 없다고 말하지 말라.
祖龍天下勝秋毫.	조룡祖龍[68]의 천하가 가을 털보다 나을 것이다.

라 하여, 호걸스럽고 굳세어 얽힌 것을 벗으나 사람들이 말하지 못한 바를 했으니, 시를 가히 이름만으로 취할 수 있겠는가.

오성鰲城 이항복李恒福 상공相公의 만시挽詩가 매우 많았는데, 당시에 시를 평하는 자들이,

---

66) 소부巢父와 허유許由는 모두 요堯임금 때 천하를 주고자 해도 받지 않았다는 청백한 인물.

67) 한漢 고조高祖가 처음 관중關中에 들어가서 세 가지 약속한 것을 말함.

68) 진秦 시황始皇을 조룡祖龍이라 함.

鰲柱擎天天妥帖	자라 기둥이 하늘을 받치자 하늘이 편안했고
鰲亡柱折奈天何	자라가 죽어 기둥이 끊어졌으니 하늘을 어찌하랴.
北風吹送因山雨	북풍이 불어 산에 비가 내리게 보내는데
雨未多於我淚多.	비가 내 눈물보다 많지 않을 것이오.

라 한 시를 으뜸이 된다고 했다. 혹은 성여학成汝學이 지은 바라 하고 혹은 김창일金昌一이 지은 것이라 하는데, 어느 말이 옳은지 모르겠다. 김창일은 조상의 음덕으로 청도군수淸道郡守를 했다.

　이름이 알려지지 않은 사람의 시가 전해 외워지는 것이 매우 많으나 아름다운 작품은 또한 드물다.

雨後淸江興	비온 뒤에 맑은 강에 흥이 있어
回頭問白鷗	머리 돌려 백구에게 물었다.
答云紅蓼月	답해 말하기를 붉은 여뀌에 달이 비치고
漁笛數聲秋.	어부가 부는 저 소리 들리는 가을이라오

라 했는데, 말이 매우 더럽다. 이잡극裡雜劇[69]에,

水澤魚龍窟	못에는 물고기와 용의 굴이 있고
山林鳥獸家	숲에는 새와 짐승의 집이 있다.
孤舟明月客	달 밝은 밤 외로운 배의 나그네는
何處是生涯.	어느 곳에서 살 수 있게 되랴.

라 했는데, 말의 뜻이 궁하고 차갑다. 걸아조표乞兒操瓢에,

三尺齊紈上	석 자의 가지런한 비단 위에

---

69) 이裡자 앞에 낙자落字가 있는 듯하며 필사자도 표시만 하고 글자는 써넣지 않았다.

誰摸鴈眈長	누가 기러기의 긴 눈썹을 그리랴.
蘆花霜落後	갈대꽃에 서리 떨어진 후에
烟月夢瀟湘.	연기어린 은은한 달빛에 소상瀟湘을 꿈 꾸는 것이오.

라 했는데, 거짓인 듯하며 진실하지 않다. 우맹효손優孟效孫에,

十月嚴霜着地多	시월 엄한 서리가 땅에 많이 내렸는데
强提團扇意如何	억지로 둥근 부채를 가졌으니 생각이 어떠냐.
紅塵十載空奔走	십년 동안 붉은 티끌세계에서 부질없이 분주해
多小靑山掩面過.	얼마의 푸른 산에 낯을 가리고 지나간다.

라 했는데, 말과 격格이 시고 엷다. 촌부학장村婦學粧에,

攻愁愛酒還成病	근심을 이기고자 술을 좋아했다가 도리어 병을 이루어
治病停盃轉作愁	병을 고치려고 술을 끊자 다시 근심을 하게 되었다.
一夜西窓風雨鬧	하루 밤 서쪽 창에 비바람이 요란한데
兩除愁病夢滄洲.	근심과 병을 모두 제거하고 창주滄洲를 꿈꾸었다.

라 했는데, 자못 시를 짓는 솜씨가 있어 작가라 하겠다.

　시詩는 간혹 한 연이 세상에 전해 외우는 것이 있는데, 아름다운 것도 있고 아름답지 않은 것도 있다. 무명씨無名氏의 시에,

竹窓碁影碧	대나무 창에 바둑 두는 그림자 푸르고
梅塢雨聲香.	매화 핀 산언덕에 빗소리 향기롭다.

라 했는데, 지나치게 교묘하려다가 상하게 되었다.

果熟山登席	산에 과실이 익으면 자리에 오르게 되고

魚肥海入盤. 　　바다의 물고기가 살찌면 소반에 들어온다.

라 했는데, 연구聯句에 치우친 병이 있다.

公子骨青秋入竹 　　공자公子의 뼈가 푸르니 가을에 대밭을 들어선 듯
美人粧濕雨過花. 　　미인이 화장에 젖게 되자 꽃에 비가 지난 듯하다.

라 한 것은 기이하고자 한 것이 병이 되었다.

茶名雀舌僧疑飲 　　차를 작설雀舌이라 이름하니 중이 마시기를 의심하고
山號蛾眉女欲猜. 　　산을 아미蛾眉라 부르니 여자가 시기한다.

라 한 것과,

江名白馬疑南林 　　강을 백마白馬라 이름하니 남쪽 말 먹이기를 의심하고
山號扶蘇恐北監. 　　산을 부소扶蘇라 부르니 북감北監이 무서워한다.

라 한 양련兩聯은 같은 격식을 가진 것으로 정교하지 아니함은 아니나 낮고 속되어 싫증이 난다. 권도權韜의,

杜鵑聲苦春山晚 　　두견새 우는 소리 시끄러우니 산에 봄이 늦었고
枳殼花殘古寺幽. 　　탱자꽃이 지자 옛 절이 그윽하다.

라 한 말은 극히 맑고 놀랄만하다. 이춘원李春元의 <금강산시金剛山詩>에,

氣像秋冬春夏異 　　기상은 가을 겨울 봄 여름이 다르고

精神一萬二千同.　　정신은 일만 이천 봉우리가 같다.

라 한 것은 말이 자못 힘이 있고 굳세다. 정지우鄭之羽의 <은성시 檼城詩>에,

人逢絶塞俱靑眼　사람이 변방 끝에서 만나면 모두 눈이 푸르고
山到窮邊亦白頭.　산이 마지막 변방에 이르면 또한 머리가 희다오.

라 한 것은 뜻이 매우 슬프고 한스럽다. 권갑權韐의,

幽人偏愛磵邊石　깊숙한 곳의 사람은 냇가의 돌을 좋아하고
山鳥不驚林下僧.　산새는 숲에서 스님을 보아도 놀라지 않는다.

라 한 것은 그윽함이 매우 뛰어나 앞에 든 몇 연을 압도할 것이다.
　고려 때는 시에 능한 스님이 많았다. 굉연宏演은 호가 죽간竹磵이었는데, <제묵룡권시題墨龍卷詩>에 이를기를,

閭闔超超白氣通　마을 문에 까마득하게 白氣가 통하고
滿梢雲起黑潭風　나무 끝에 구름이 일고 검은 못에 바람이 분다.
夜來仙杖無尋處　밤이 되자 선장仙杖[70]을 찾을 곳이 없는데
應向人間昨歲豊.　분명히 인간세계를 향해 풍년이 들게 하리라.

라 했다. 천인天因의 <냉천정시冷泉亭詩>에 이르기를,

鑿破雲根構小亭　돌을 깎아 작은 정자를 지었더니
蒼崖一線灑泠泠　푸른 비탈에 한 줄기가 서늘하게 뿌려졌다.

---

70) 임금의 의장儀杖을 말하는데, 여기서는 무엇을 지칭한 것인지 알 수 없다.

何人解到淸涼界　　어떤 사람이 맑고 서늘한 곳을 알고 와서
坐造人間熱惱惺.　　앉아 인간의 뜨거운 번뇌를 깨닫게 한다.

라 했으며, 원감圓監의 <우중수기시雨中睡起詩>에 이르기를,

禪房闃寂似無僧　　선방禪房이 매우 고요해 중이 없는 듯하며
雨浥低簷薜荔層　　비가 낮은 처마 담쟁이와 여지층을 적신다.
午睡驚來日已夕　　낮잠을 자다가 놀라 일어나니 해는 이미 지려는데
山童吹火上龕燈.　　산동山童이 감실 등에 불을 붙인다.

라 했으며, 나옹懶翁의 <경세시警世詩>에 이르기를,

終朝役役走紅塵　　벼슬을 마칠 때까지 바쁘게 홍진세계를 좇아다녀
頭白焉知老此身　　어찌 이 몸이 머리가 희게 늙었음을 알았으랴.
名利禍門爲猛火　　명예와 이욕이 화문禍門의 사나운 불이 되어
古今燒殺幾千人.　　예부터 지금까지 몇 천 사람을 태워 죽였는가.

라 했다.
　　우리 조정에서 승려로서 시에 능한 자가 매우 드물었는데 오직
삼요參蓼가 으뜸이었다. 그의 <증성천쉬시贈成川倅詩>에 이르기를,

水雲蹤迹已多年　　정한 곳 없이 다닌지 이미 많은 해가 되어
針芥相投喜有緣　　작은 것도 서로 주는 것이 좋은 인연이라오.
盡日客軒春寂寞　　종일 객헌客軒에 봄이 적막한데
落花如雪雨餘天.　　꽃은 눈처럼 떨어지고 비는 계속 내린다.

라 했다. 휴정休靜의 호는 청허淸虛였다. 그의 <상추시賞秋詩>에
이르기를,

> 遠近秋光一樣奇　원근의 가을빛이 같은 모양으로 기이해
> 閑行長嘯夕陽時　석양이 될 즈음 한가롭게 가며 휘파람을 분다.
> 滿山紅綠皆精彩　산에 가득한 붉고 푸른 빛은 모두 정채가 있고
> 流水啼禽亦悅詩.　흐르는 물과 우는 새도 또한 시를 좋아한다.

라 했다. 태능太能이 서산대사西山大師에 드린 시에 이르기를,

> 蓬廬天地假形來　쑥대집 천지에 형상을 빌려와서
> 慚愧多生托累胎　부끄러움이 많은 이 생애가 얽힌 胎에 의탁했다.
> 玉塵一聲開活眼　눈내리는 소리에 눈을 활짝 뜨니
> 淸宵風冷古靈臺　맑은 밤 옛 영대靈臺에 바람이 차다.

라 했으며, <수초수기시守初睡起詩>에 이르기를,

> 日斜簷影落溪濱　해가 비껴 처마 그림자가 냇가에 떨어지고
> 簾捲微風自掃塵　미풍에 주렴이 걷히자 먼지가 스스로 쓸린다.
> 窓外落花人寂寞　창 밖에 꽃은 떨어지고 사람은 적막한데
> 夢回林鳥一聲春.　꿈을 깨자 숲속의 새 우는 소리에 봄이라네.

라 했는데, 여러 시들의 감정과 경치를 표현한 것이 모두 묘해 각자 한가한 의취가 있어 이른바 승려들이 재주가 많다는 것을 믿을 수 있지 아니한가.

유희경劉希慶, 김효일金孝一, 최태립崔太立이라는 자들이 있었는데 낮은 계층의 출신으로서 모두 시에 능했다. 유희경은 제복祭服을 만드는 장인匠人으로 호는 촌은村隱이다. <양양도중시襄陽道中詩>에,

> 山含雨氣水含烟　산에는 우기雨氣 물에는 안개가 오르며

青草湖邊白鷺眠　청초호青草湖 가에 백로가 졸고 있다.
路入海棠花下去　해당화海棠花 밑으로 길이 꺾어 들어가니
滿枝香雪落揮鞭.　가지에 가득한 꽃이 휘둘리는 채쭉에 눈처럼 떨어진다.

라 했다. 김효일은 금루관禁漏官이었으며 호는 국담菊潭이었다.
<자고시鷓鴣詩>에 이르기를,

青草湖波接建溪　청초호 물결이 건계建溪에 접했으니
刺桐深處可雙棲　자동刺桐의 깊은 곳에 한 쌍이 머물겠구나.
湘江二女冤魂在　상강湘江에 두 여인[71]의 원통한 넋이 있으니
莫向黃陵廟上啼.　황릉黃陵[72]을 향해 사당 위에서 울지 마오.

라 했다. 최태립崔太立은 역관譯官이었으며, 호는 창애蒼崖였다. 상
처喪妻한 후에 지은 <야음시夜吟詩>에 이르기를,

睡鴨薰消夜已闌　오리가 졸고 향불이 사라져 밤이 깊었는데
夢回虛閣枕屛寒　꿈을 깨자 빈 집에 베개와 병풍이 차갑다.
梅梢殘月娟娟在　매화가지에 남은 달이 예쁘게 있어
猶作當年破鏡看.　세상을 떠날 때 보는 것과 같다오.

라 했다. 또 백대붕白大鵬과 최기남崔奇男이라는 자가 있었는데 모
두 시를 잘 지었다. 백대붕은 전함사노典艦司奴였는데, <취음시醉
吟詩>에 이르기를,

醉插茱萸獨自娛　취해 수유茱萸를 꽂고 홀로 즐거워 하며
滿山明月枕空壺　밝은 달빛이 산에 가득한데 빈 병을 베고 누웠다.

---

71) 요堯임금의 딸이며 순舜임금의 부인인 아황娥皇과 여영女英임.
72) 상강湘江에 있는 이비二妃의 묘.

傍人莫問何爲者   옆에 사람들아 무엇하는 자인가 묻지 말라
白首風塵典艦奴.   풍진세계에 백수의 전함노典艦奴라오.

라 했다. 최기남崔奇男은 동양위東陽尉의 관노官奴였다. 그는 호가
구곡龜谷이었는데, 그의 <한식도중시寒食途中詩>에 이르기를,

東風小雨過長堤   동쪽 바람 가는 비에 긴 언덕을 지나가니
草色和烟望欲迷   풀빛이 안개와 어울려 흐리고자 한다.
寒食北邙山下路   한식에 북망산 밑의 길에
野鳥飛上白楊啼.   들새들이 백양白楊 위를 날며 운다.

라 했는데, 시가 모두 매우 맑다. 아 재주는 귀하고 천한 것으로
한정할 수 없는 것이 이와 같았다.

　중국은 옛날 부인으로서 글에 능했던 자는 조대가曹大家 반희班
姬 밑으로 기록할 수 없을 정도로 많았다. 우리나라는 여자들이 문
학을 일삼지 않아 비록 자품이 뛰어난 자가 있었으나 방적紡績을
하는데 그쳤기 때문에 부인들의 시가 전하는 것이 드물다. 오직 우
리 정부에서 정씨鄭氏[73]가 읊은 바,

昨夜春風入洞房.   간밤 봄바람이 동방에 들어오고.

라 한 절구가 사가四佳 서거정徐居正의 「동인시화東人詩話」에 실려
있다. 정씨鄭氏는 또 <영학시咏鶴詩>가 있는데 말하기를,

一雙仙鶴叫淸宵   한쌍의 선학仙鶴이 푸른 하늘에서 우니

---

73) 이 정씨鄭氏는 위의 작야동방昨夜洞房의 정씨와는 다른 인물이다.

疑是丹邱弄玉簫   단구丹邱[74])에서 퉁소를 희롱하는 것이 아닌가 한다.
三島十洲歸思闊   삼도三島와 십주十洲로 돌아가고 싶은 생각은 많아
滿天風露刷寒毛.   하늘에 가득한 이슬에 차가운 털을 문지른다.

라 했다. 또 종실宗室 숙천령肅川令 내자內子의 시와 란설헌蘭雪軒 허씨許氏가 있다. 숙천령 내자의 <영빙호시咏氷壺詩>에,

最合床頭盛美酒   상머리 아름다운 술 담는 것으로 가장 적합한데
如何移置小溪邊   어찌하여 작은 냇가에 옮겨 있나뇨
花間白日能飛雨   대낮에 꽃 사이에 비가 오게 되면
始信壺中別有天.   비로소 병 속에 별천지가 있음을 믿게 되었소

라 했으며, 허란설헌許蘭雪軒의 <궁사시宮詞詩>에,

清齋秋殿夜初長   맑고 깨끗한 가을 궁중에 밤이 처음으로 깊어지자
不放宮人近御床   궁인이 어상御床에 가까이 하는 것을 놓아두지 않
                는다.
時把剪刀裁越錦   때때로 가위를 잡고 월나라 비단을 재단하여
燭前閒繡紫鴛鴦.   촛불 앞에서 한가롭게 원앙을 수놓는다.

라 했으며, 또 조원趙瑗 승지承旨의 처妻와 양사기楊士奇 사문斯文 의 첩妾이 모두 문사文詞를 잘했다.
　　조원의 처 옥봉玉峰 이씨李氏는 국조國朝의 제일이라고 하는데, 그의 <즉사시卽事詩>에 이르기를,

柳外江頭五馬嘶   강머리 버드나무에 다섯 말이 울어

---

74) 신선이 살고 있다는 상상적인 지역.

半醒半醉下樓時　반쯤 깨고 반쯤 취해 누에서 내려올 때였소.
春紅欲瘦臨粧鏡　젊은 얼굴이 여위고자해 거울 앞에서
試畫梅窓半月眉.　매화 핀 창 밑에서 반달 같은 눈썹을 그린다.

라 했으며, 양사기楊士奇 첩의 <규원시閨怨詩>에 말하기를,

西風摵摵動梧枝　서풍이 우수수 오동나무 가지를 흔들고
碧落冥冥鴈去遲　푸른 하늘은 어두워 기러기가 천천히 간다.
斜倚綠窓人不寐　창에 기대어 자지 않고 있는데
一眉新月下西池.　눈썹같은 초생달은 서쪽 못으로 진다.

라 했는데, 위에 든 여러 시가 각자 그 교묘한 곳에 이르러 여인들
의 시로서 우수한 것이다.

　중국은 옛날 재주 있는 기생으로서 시에 능했던 자에 설도薛濤
와 취교翠翹와 같은 무리들이 자못 많았다. 우리나라에서도 여자들
이 비록 글을 배우지 않았다 할지라도 기생들 가운데 바탕이 우수
한 자가 없지 않았을 것인데, 시로써 세상에 전하는 자가 전혀 없
는 것은 무슨 까닭일까. 어숙권魚叔權의 「패관잡기稗官雜記」을 살
펴보면 우리나라에 여자들의 시가 삼국三國 때는 알려진 것이 없고
고려 오백년에는 단지 용성龍城의 기생 우돌于咄과 팽원彭原의 기
생 동인홍動人紅이 시 짓는 것을 알고 있었다고 했으나 또한 전하
는 것이 없다. 근세에 송도松都의 진랑眞娘과 부안扶安의 계생桂生
의 시가 문인들과 더불어 서로 다툴만 하니 진실로 기이한 것이다.
진랑眞娘의 <영반월시詠半月詩>에,

誰斲崑山玉　누가 곤륜산崑崙山의 옥을 깎아
裁成織女梳　직녀織女의 빗을 만들었을까.

　　牽牛離別後　　　견우牽牛와 이별한 뒤에
　　愁擲碧雲虛.　　　근심에 젖어 푸른 구름 속으로 던졌다.

라 했으며, 계생의 호는 매창梅窓이었는데, 그의 시에 이르기를,

　　醉客執羅衫　　　취한 손이 비단 적삼을 잡으니
　　羅衫隨手裂　　　비단 적삼이 손을 따라 찢어진다.
　　不惜一羅衫　　　비단 적삼을 아까워 하는 것이 아니고
　　但恐恩情絶.　　　단지 정이 끊어질까 겁내는 것이요.

라 했다. 또 기녀로 추향秋香과 취선翠仙이 또한 시에 능했는데, 추향의 <창암정시蒼巖亭詩>에 이르기를,

　　移棹淸江口　　　노를 푸른 강어귀로 옮기니
　　驚人宿鷺翻　　　사람에 놀라 자던 백로가 난다.
　　山紅秋有跡　　　산은 붉어 가을의 자취가 있는데
　　沙白月無痕.　　　흰 사장에 달의 흔적은 없다.

라 했으며, 취선은 호가 설죽雪竹이었는데 그의 <백마강회고시白馬江懷古詩>에 이르기를,

　　晩泊臯蘭寺　　　늦게 고란사臯蘭寺에 쉬면서
　　西風獨倚樓　　　서풍에 홀로 누에 기대었다.
　　龍亡江萬古　　　용은 죽었으나 강은 그대로 흐르고
　　花落月千秋.　　　꽃은 떨어졌으나 달은 항시 있다.

라 했다. 또 동양위東陽尉 관비官婢도 또한 시에 교묘했다. 한 절구에 이르기를,

落葉風前語	떨어지는 잎은 바람 앞에서 속삭이고
寒花雨後啼	차가운 꽃은 비내린 뒤에 울고 있다.
相思今夜夢	서로 생각하는 오늘 밤 꿈을
月白小樓西.	달빛 밝은 작은 누 서족에서 꾼다네.

라 했는데, 말이 모두 교묘하고 아름답다. 아 승려와 창기는 사람들
이 매우 천하게 여기는 바로서 나이 든 자라 할지라도 서로 더불어
하기를 부끄럽게 여기는데, 지금 그들의 지은 시가 이와 같으니 우
리나라에 재주가 많음을 볼 수 있다.

국초國初에 전우치田禹治는 우사羽士[75])였는데 당唐나라에 조당
曹唐이 있는 것과 같다고 할 것이다. 그의 <만월대시滿月臺詩>에
차운해 말하기를,

靑松黃葉古臺路	고대古臺의 길에 청송靑松은 누런 잎이 들고 있으나[76])
惟有人心長未閒	오직 인심은 길이 한가롭지 못함이 있다.
寶○尙餘天上月	보寶○에는 아직 하늘의 달이 남았고
宮眉留作海中巒	궁미宮眉는 바다 가운데 산처럼 머물러 있다.
落花流水斜陽外	낙화와 유수는 사양 밖에 있으며
斷雨殘雲城郭間	그친 비와 남은 구름은 성곽 사이에 끼었다.
遼鶴不來人事盡	요동遼東으로 간 학은 돌아오지 않고 인사는 끝났는데
百年消息鬢毛斑.	오랫동안의 소식에 살쩍머리만 희다.

라 했는데, 호음湖陰 정사룡鄭士龍이 감탄해 마지않았다고 한다.

---

75) 선인仙人이 되고자 하는 선비.
76) 청송황엽靑松黃葉은 송경松京이 왕도王都로서 끝난 것을 상징적으로 표현한 것
임. 아래 구에 ○표한 것은 글자를 알아볼 수 없음.

　　고려 때 한 선비가 있었는데 친구를 방문하여 술을 마시고 날이
저물어 집으로 돌아오다가 도중에 취해 누웠는데 갑자기 시를 읊
는 소리가 들리었다. 그 시에 말하기를,

　　　澗水潺湲山寂歷　　시냇물은 졸졸 흐르고 산은 고요하며
　　　客愁迢遞月黃昏.　　길손의 근심은 까마득하게 먼데 달은 지려 한다.

라 하므로 놀라 일어나 바라보니 자신은 산 속의 길에 누워있으며
옆에 옛 무덤이 가시에 둘러싸여 있으므로 비로소 당唐나라 시인
이하李賀의 시에 이른바,

　　　秋墳鬼唱鮑家詩　　가을 무덤에 귀신은 포가鮑家의 시를 읊고
　　　恨血千年土中碧.　　한스러운 피는 천년 동안 흙속 푸르름을 물들인다.

라 한 것이 헛된 말이 아님을 알았다. 또 귀신같은 이현욱李顯郁의
시에 말하기를,

　　　風鷗驚雁落平沙　　바람에 놀란 갈매기와 기러기는 사장에 떨어지고
　　　水態山光薄暮多　　물의 형태와 산 빛은 어두울 즈음 뚜렷하다.
　　　欲使龍眠移畵裏　　용이 자는 것을 그림 속에 옮기고자 하면
　　　其如漁艇笛聲何.　　고기 잡는 배의 저 소리는 어찌할 것인가.

라 했다. 또 귀신같은 박률朴崒의 시詩에 말하기를,

　　　海棠秋墜花如雪　　가을이면 해당화가 눈처럼 떨어지고
　　　城外人家門盡關　　성 밖의 집들은 모두 문을 닫았다.
　　　茫茫邱隴獨歸去　　망망한 언덕길을 혼자 돌아가니

日暮路遠山復山.　　해는 저물고 길은 멀며 산 너머 또 산이오.

라 했다. 또 권갑權韐이 만난 바의 귀시鬼詩에 이르기를,

樓臺花雨十三天　　누대에 꽃이 비처럼 쏟아지는 십삼천十三天[77]에
磬歇香殘夜闃然　　경쇠소리 쉬고 향은 사라지며 밤은 고요하다.
窓外杜鵑啼有血　　창 밖에 두견새는 피를 흘리며 우는데
曉山如夢月如烟.　　새벽 산은 꿈같고 달빛은 연기같다.

라 했는데, 음운이 모두 매우 높고 맑으며 깊숙해 인간의 말이 아니다. 어찌 귀신도 또한 스스로 시를 좋아하며 간혹 놀라게 할 만한 시를 짓게 되면 반드시 사람을 빌려 세상에 전해 그의 재주를 드러내고자 함인가.

　　왕엄주王弇州는 「문장구명文章九命」을 지었는데 그 하나에 말하기를 단절短折이라 하며, 잇따라 옛과 지금의 현인賢人에서 글은 잘했으나 수명이 짧았던 사람 사십 칠명을 들었다. 내가 읽고 슬펐다. 대개 슬프게도 하늘이 재주 있는 사람을 출생시킨 것이 천 수백년 지나면서 그 수가 겨우 한두 명이 아니며 싹이 있으면서 빼어나지 못하고 빼어났으면서도 열매를 맺지 못하는 것은 무슨 까닭인가. 내가 우리나라에 글은 잘 했는데 수를 하지 못한 자 열두 사람을 취해 각자 시 한수씩 뽑아 붙여 둔다. 정적鄭磧은 북창北窓 정렴鄭礦의 동생이다. 시재가 있었는데 약관이 되지 못해 일찍 죽었다. 아이였을 때 금란굴金襴窟에 가서 시를 지은 것이 사람들의 칭찬한 바가 되었다. 그 시에 말하기를,

---

77) 어떤 의미인지 알아보지 못했다.

人言菩薩着金襴　사람들은 보살이 금적삼을 입고
住在衝波石竇間　물결치는 돌구멍 사이에 있다고 말한다.
爲訪眞身了無見　진신眞身을 찾고자 했으나 보이지 않고
水紋山氣自成斑.　물무늬와 산기山氣가 스스로 아롱졌다.

라 했다. 이영극李榮極은 시재가 있었는데 이십 삼세에 일찍 죽었
다. 그의 <증승시贈僧詩>에,

疎雲山口草萋萋　성긴 구름은 산입구에, 풀은 우거졌는데
夜逐香烟渡水西　밤에 향연을 쫓아 물 서쪽으로 건너간다.
醉後高歌答明月　취한 후에 노래로 밝은 달에 답하니
江花落盡子規啼.　강에 꽃은 다 떨어지고 자규가 운다.

라 했다. 최전崔澱은 재주가 있었으나 일찍 죽었으며 호를 양포楊
浦라 했는데 세상에서 선재仙才라 일컬었다. 아홉 살 때 율곡栗谷
이이李珥를 쫓아 파주坡州에서부터 서울로 돌아오면서 말 위에서
율곡栗谷이 운을 부르자 최전이 바로 대해 말하기를,

客行何太遲　손의 걸음이 어찌 너무 더딘가
不畏溪橋暮　시내 다리의 저문 것을 무서워하지 않는다.
靑山一片雲　푸른 산의 한조각 구름이
散作江天雨.　흩어져 강천의 비가 된다오.

라 했다. 차은로車殷輅는 오산五山 차천로車天輅의 형이었으며 당
시 기동奇童이라 불렸는데 갓을 쓰지 못하고 일찍 죽었다. 그의 아
버지 식軾이 황주통판黃州通判이었을 때 당시 나이 열 두 살이었다.
<송객시送客詩>를 지어 말하기를,

幾宴寧賓館	영빈관寧賓館에서 몇 번 잔치하며
頻登廣遠樓	자주 광원루廣遠樓에 올랐다.
一朝雲樹別	갑자기 친한 친구와 헤어지고자 하는데
山碧水空流.	산은 푸르고 물도 부질없이 흐른다.

라 했다. 윤계선尹繼善은 세상에서 귀재鬼才라 일컬었는데 이십 육세에 일찍 죽었다. 임진란 후에 달천전장㺚川戰場을 지나다가 시를 지었는데 말하기를,

古場芳草幾回新	옛 전장에 풀은 몇 번이나 새로웠는데
無限香閨夢裏人	한없이 젊은 여인의 꿈속 사람이었소.
風雨過來寒食節	비바람이 지나가는 한식절에
髑髏苔碧又殘春.	해골에는 푸른 이끼요 또 봄도 쇠잔했다오.

라 했다. 권득인權得仁은 화산花山 사람이었으며 석주石洲 권필權韠과 더불어 한 때 이름이 가지런 했는데 겨우 일곱 살이 지나고 일찍 죽었다. 그의 시에 말하기를,

橫塘十丈藕	횡당의 열발되는 연잎을
采緝作衣裳	꺾어 모아 의상을 만들었다.
零落隨流水	흐르는 물을 따라 떨어지고
江南昨夜霜.	지난 밤 강남에 서리가 내렸다.

라 했다. 정기명鄭起溟은 송강松江 정철鄭澈의 아들로서 재주가 있었는데 일찍 죽었으며 스스로 호를 화곡華谷이라 했다. 그의 <춘규사春閨詞>에 말하기를,

東風吹入莫愁家	집에 동풍이 불어온다고 근심하지 말라

簾幌徐開燕子斜　주렴이 천천히 열리자 제비가 빗겨 있다.
睡起調琴香露濕　자다가 일어나 이슬에 젖은 거문고 줄을 고르니
滿庭零落碧桃花.　푸른 복숭아꽃이 떨어져 뜰에 가득하다.

라 했다. 심안세沈安世의 호는 묵재默齋라 했으며 열네 살에 이미 제주가 이루어져 세상에서 기재奇才라 일컬었으며 나이 열아홉에 일찍 죽었다. 그가 최국보시체崔國輔詩體를 본받아 지은 시에 말하기를,

秋雨下西池　가을비가 서쪽 못에 내리니
綠荷聲暗動　푸른 연잎에 약한 소리가 들린다.
蕭蕭半夜寒　소소히 내리는 반야의 차가움에
驚起鴛鴦夢.　원앙이 잠에서 놀라 깬다.

라 했다. 정성경鄭星卿은 동명東溟 정두경鄭斗卿의 아우였으며 호를 옥호자玉壺子라 했는데 약관이 되지 못하고 일찍 죽었다. 그의 <보허사步虛詞>에 말하기를,

江上仙翁藏室史　강상江上의 선옹仙翁이 실사室史를 감추고
靑牛紫氣滿關山　청우靑牛의 붉은 기운 관문과 산에 가득했다.
一去流沙不知處　흐르는 모래처럼 한 번 간 곳은 알 수 없고
人間只有五千言.　이 세상에 단지 오천언五千言만 있다오.[78]

라 했다. 조규상趙奎祥은 현주玄洲 조찬한趙纘韓의 손자였으며 시재詩才가 있었는데 일찍 죽었다. 아이였을 때 읊은 <안령시鞍嶺

78) 이 시는 노자老子를 말한 것인 듯한데 실사室史는 알아보지 못했고 오천언五千言은 관윤關尹에게 알려준 도덕경道德經의 오천언五千言을 지칭한 것이 아닌가 한다.

詩>에 말하기를,

> 將軍躍馬踏天山　장군이 말을 달려 천산天山을 밟으며
> 揮却金鞭掃鐵關　금편金鞭을 휘둘러 철관을 소탕했다.
> 沙塞卽今無戰伐　사새沙塞에 지금은 싸움이 없어
> 國門安掛伏波鞍.　복파伏波의 안장을 국문國門에 잘 걸어두었다.[79]

라 했다. 신의화申儀華는 춘소春沼 신최申㝡의 아들로서 호는 사치
당四稚堂이었는데, 재주와 생각이 아름답고 빛났으며 사부詞賦에
교묘했다. 일찍 설부雪賦를 지어 사람들의 입에 회자되었으며 스물
여섯에 일찍 죽었다. 그의 <설후음시雪後吟詩>에 말하기를,

> 屋後林鴉凍不飛　집 뒤 숲속의 갈까마귀는 추워 날지 못하고
> 曉來瓊屑壓松扉　새벽이 되자 옥같은 가루는 소나무문을 누른다.
> 應知昨夜山靈死　분명히 간밤에 산신령이 죽었음을 알고
> 多少峯巒盡白衣.　여러 곳 산봉우리가 흰 옷을 입었다.

라 했다. 이홍미李弘美는 용주龍洲 조경趙絅의 외손이다. 문장에 능
했으나 열일곱에 일찍 죽었으며 그가 지은 한도송漢都頌은 한 때
전파되었다. 여덟 살 때 반월半月을 가리키며 제목으로 하고 잇따
라 운을 부르니 홍미弘美가 바로 응해 말하기를,

> 半缺半輪影不成　반은 깨어지고 반은 둥글어 그림자를 이루지 못했는데
> 衆星磊落暮光爭　뭇별들은 구애받지 않고 늦게 빛을 다툰다.
> 鏡分兩段雙飛去　거울이 두 쪽으로 나누어져 쌍으로 날아가서

---

79) 복파伏波는 후한後漢 때 용장勇將인 마원馬援을 지칭하고 있으나 후대에는 용장
을 복파장군伏波將軍이라 하기도 함.

別有何天一片明.　따로 어느 하늘에 가서 한 조각이 밝게 할 것인가.

라 했다. 아 만약 이러한 무리들로 하여금 나이를 빌려주었을 것 같으면 그들이 성취할 것을 어찌 한정할 수 있겠는가. 하늘이 이미 출생시켰다가 바로 그들의 나이를 빼앗아 재주를 펴지 못하게 했으니 오호 아깝지 아니한가.

소화시평후발小華詩評後跋

내가 병으로 활동을 하지 못한 때로부터 한가하게 있으면서 일이 없어 약을 먹는 여가에 우리나라 여러 작가들의 지은 시들을 구해 무료함을 달래고자 했다. 그런데 병중에 책을 보는 것은 대개 그 맛을 취해 아픔을 잊고자 한 것이다. 어느 날 친구 옥천玉川 노규엽盧奎燁이 문병을 하고자 와서 나에게 책을 보이면서 말하기를 이 책은 현묵자玄默子 홍만종공洪萬宗公이 편집한 「소화시평小華詩評」인데, 이 책이 저작은 오래되었지만 지금 비로소 간행되었다고 했다. 내가 기쁘게 받아 한 번 읽고 그 기이하고 보배스러워 사람들의 이목을 기쁘게 할 것을 알고 드디어 다른 책들을 물리치고 온전히 보았더니 청량산淸凉散을 마시고 병이 나아지는 것을 알지 못한 것과 같았다.

아 우리나라는 고려로부터 아조我朝에 이르기까지 문장가가 무리로 나와 작은 소리로 중얼거리는 자가 각자 일가를 이루면서 모두 스스로 아름다움의 묘함을 얻었다고 하나 구별할 수 없었다. 그러나 홍공洪公의 이러한 평을 얻어 비로소 각 작가의 좋고 나쁜 것이 그의 한 번 감정에서 도망을 가지 못하게 하여 사람으로 하여금 책을 열자 분명히 손으로 가리키는 것과 같아 시가詩家들의 긴 세월 동안의 사표師表를 정하는데 직접 가르침을 받지 않아도 승복할 수 있게 되었다. 내가 가만히 생각해 보면 홍공洪公은 바로 인조仁祖 때의 인물이다. 인조로부터 지금에 이르기까지 이백여 년이 되

었는데 그 사이 문인으로서 재사들이 대대로 아울러 나와 그 사이
작자들의 유명한 글과 아름다운 구가 앞서 문인들보다 우수한 듯
한 자도 또한 많이 있었으나 홍공의 붓으로 논평을 받지 못했으니
얼마나 아까운가. 아 지금 사람들도 홍공의 뜻과 같은 자가 있어
뒤를 이어 계속 하게 되면 옛날 오도손敖陶孫과 왕세정王世貞의 공
이 어찌 홀로 중국에서만 온전히 아름답겠는가. 드디어 느낀 바 있
어 글을 지어 말하기를,

洛陽才子問誰誰	묻노니 낙양洛陽의 재자가 누구누구냐
莫向詞林濫作詩	문단을 향해 시를 함부로 짓지 말라.
今世若逢于海筆	오늘날 만약 우해于海의 논평을 만나게 되면
春秋袞鉞又安知.	춘추의 곤룡포와 도끼를 또 어찌 알리오.

세을유십월하한歲乙酉十月下澣 야헌주인野軒主人
이존서李存緒 근발謹跋.

詩評補遺

시평보유서詩評補遺序

내가 일찍 우리나라 옛과 지금의 문인들의 시를 모아「소화시평
小華詩評」을 저작했는데, 많이 찾고 넓게 고증하고자 한 것을 부지
런히 하지 않았음이 아니지만 오히려 세상의 문인 재자才子의 이름
있는 글과 빼어난 구가 간혹 빠지고 잃은 것이 있었는가 염려되어
드디어 다시 모으고 기록한 것을 첨가해「시평보유」라 이름했다.

일찍 들은 엄창랑嚴滄浪의 말에서 이르기를 "시는 따로 의취가
있고 이理와 관련이 없으며, 시는 따로 재주가 있고 책과 관련이
있는 것이 아니다"라고 했다. 자세히 살펴보면 선배들의 아름다운
작품이 진실로 많았으나 간혹 시를 알지 못하는 자들에 의해 버린
바가 되었으며, 일반 선비들의 작품에서도 놀랄만한 것이 없지 않
았음에도 이에 사람들이 알아보지 못해 제외되는 것을 옛날부터
그렇게 되었던 것이고 홀로 오늘에만 그런 것이 아니다. 만약 이러
한 시들이 모두 없어지고 알아주지 않는다면 참으로 시는 따로 뜻
과 재주가 있음에도 세상에서 그것을 알아주는 것을 얻지 못했기
때문일 것이다.

내가 이렇게 되는 것을 아깝게 여겨 듣고 볼 수 있었던 것을 거
두고 모아 보충했으니 비유하면 크게 흘러 떨어지는 음악을 이루
는데 피리와 같은 음악을 폐지하지 못할 것이고, 넓은 바다의 구슬
을 찾는데 어린 올챙이의 진기한 것을 제외할 수 없는 것과 같은
것이니, 어찌 편벽되게 천선天仙을 받드는 말과 용을 표시하고 빛

나는 옥을 말하는 것만 취하고 간혹 두상杜常의 지은 것과 꽃이 날다가 비에 젖어 떨어진 것과 같은 것을 잃어버릴 수 있겠는가.

옛날 고병高秉이 편찬한 「당시품휘唐詩品彙」에 습유拾遺가 있으며, 양백겸楊伯謙이 선집한 「당음唐音」에도 유향遺響이 있다. 지금 내가 보유補遺를 지은 것도 또한 이러한 의지와 같이 하고자 한 것이다.

신미년辛未年 정월正月 보름

풍산후인豊山後人 현묵자玄默子 홍만종洪萬宗 서序.

시평보유詩評補遺 상편上編

명明나라 태조太祖의 <영설시詠雪詩>에 말하기를,

臘前三白浩無涯　　섣달 그믐 전에 내린 눈이 넓어 끝이 없으니
知是天公降六花　　하늘이 육화六花[1]를 내렸음을 알 수 있겠다.
九曲河深凝處凍　　구곡하의 깊고 엉긴 곳까지 얼어
張騫無處再乘槎.　　장건張騫[2]이 다시 떼배를 탈 곳이 없겠다.

라 했으며, 우리 태조의 <영설시>에 말하기를,

上帝前霄御紫宮　　상제上帝가 전날 자미궁紫微宮에 계시면서
四溟鞭着起群龍　　사방 바다에 채찍을 쳐 뭇 용을 일으킨다.
應憐白屋寒無食　　분명히 초라한 집에 춥고 먹을 것이 없는 것을 불쌍히
　　　　　　　　　여겨
遍灑瓊漿滿海東.　　해동에 맛있는 장을 가득하게 두루 뿌린다.

라 했다. 옛 사람이 명 태조의 시에 대해 이르기를 "통일의 큰 기틀
을 이룰 상이 있다"고 했는데, 내가 볼 때 우리 태조의 시에는 뭇
백성을 구제할 큰 뜻이 있으니 제왕帝王의 넓은 도량의 규모가 같
음을 믿을 수 있다.[3]

---

1) 눈의 다른 이름.
2) 전한前漢 무제武帝 때 서역西域 여러 나라에 사신으로 갔다 온 인물.
3) 시평보유의 대본은 활자영인본이었는데, 이 활자본은 소화시평필사본과는 달리

태종太宗이 중국 사신 육옹陸顒에게 준 시에 말하기를,

春來草木正芳鮮　봄이 오자 초목들이 향기롭고 신선한데
萬里驅馳賦獨賢　먼길 달리는 것을 홀로 현자에게 주었다.
誕播聖恩臨海國　임금의 은혜 알리고자 우리나라에 왔고
遙持使節上雲天　멀리 사신의 임명을 가지고 운천雲天에 올랐다.
相逢數日還傾盖　며칠 서로 만났으나 친하게 되었으며
可恨今朝敝別筵　오늘 아침 이별하는 자리 가지게 된 것이 한스럽다.
珍重贈言須記取　한 말을 진중하게 기록해 두겠으니
幸頒綸命更來傳.　임금의 말을 알리기 위해 다시 왔으면 다행이겠다.

라 했는데, 중국에 대한 좋은 감정이 말 속에 넘친다.
　세조世祖가 인정전仁政殿의 조회에 참석한 후 지은 시가 있었는데 말하기를,

環佩丁當響玉墀　섬돌에서 차고 있는 정당한 둥근 옥소리는
群臣濟濟早朝時　군신들이 엄숙하게 일찍 조회할 때였소.
子房在右長卿左　자방子房⁴⁾은 오른쪽 장경長卿⁵⁾은 왼쪽에 있으니
一代奇才盛若斯.　일대 기이한 재주가 이같이 성할 수 있겠는가.

라 했는데, 자방子房은 반드시 권람權擥일 것이고 장경은 아마 서거정徐居正을 가리킨 것이 아닌가 한다.
　선조宣祖⁶⁾의 <영삼색도시咏三色桃詩>에 말하기를,

대상으로 한 작품에 대해 논평을 끝에 작은 활자로 기록했는데, 이것도 홍만종洪萬宗이 한 것이므로 연달아 번역하기로 했다.
4) 한漢 고조高祖의 모신謀臣 장량張良의 자字.
5) 한 무제武帝 때 문인 사마상여司馬相如의 자字.
6) 문장이 역대의 군왕들 가운데 뛰어났다고 했다.
　(※시평詩評과는 달리 인시한 시의 작자에 대해 간단히 소개해 놓았으므로 주

天桃一朵花	천도天桃 한 가지에 핀 꽃이
變幻二三色	두서너 색으로 변하고 있다.
植物尚如此	식물도 오히려 이와 같으니
人情宜反覆.	인정이 반복하는 것은 마땅하지 않은가.

라 했는데, 사물에 의탁하여 뜻을 부린 말이 매우 놀랍고 뛰어나 가히 두서너 가지로 변하는 자들로 하여금 낯이 붉으며 마음으로 항복하게 할 것이다.

숙종肅宗이 경오년 사이에 밤에 입직하는 신하들을 불러 술을 내리고 잇따라 절구 한 수를 지어 주면서 화시和詩를 짓게 했는데, 그 시에 말하기를,

湛湛零露匪陽晞	맑은 이슬이 떨어지는 것은 해가 돋기 때문이 아니니
厭厭含杯宜醉歸	편안히 술을 마시고 마땅히 취하면 돌아가리라.
令德令儀昔有訓	좋은 덕과 법은 예부터 가르침이 있나니
作詩勸戒莫予違.	시를 지어 권계해 나를 어기지 말라.

라 하여, 술을 경계하고 신하들에게 조심하게 하는 뜻이 감탄할 정도로 많다.

안평대군安平大君7)이 사신으로 중국에 갔더니 한 각로閣老가 있어 맞이하여 잔치를 베풀었는데 술이 한참 어우러질 즈음에 각로閣老가 말하기를 "내가 여덟폭 그림이 있는데 천하의 뛰어난 보배라" 하고 잇따라 병풍 하나를 펼쳤는데 그려있는 그림은 청산모거青山茅居 죽림조작竹林鳥鵲 시문만경柴門晚景 견폐귀인犬吠歸人의 형상이었다. 인해 청해 말하기를 "당신이 나를 위해 절구絶句 한 수를

로써 옮겨 놓는다).
7) 세종世宗의 아들이었음.

지어 이 병풍에 써주면" 했다. 안평대군이 붓을 먹물에 적시어 쓰고자 하니 각로가 말하기를 "나의 여덟 폭의 그림에 절구 한 수로써 모두 표현하고 싶으니 가능하겠는가"했다. 안평대군이 인해 술에 취한 행동으로 먹물을 그 병풍의 여러 곳에 뿌리니 각로가 갑자기 크게 화를 냈다. 안평대군이 웃으며 한 구를 써 말하기를,

> 萬疊靑山遠　　만첩의 푸른 산은 멀리 있고
> 三間白屋貧.　　삼칸의 띠집은 가난하겠구나.

라 했는데, 단지 산과 집만 말했을 뿐이며 다른 경치는 언급되지 않았기 때문에 각로가 더욱 좋아하지 않았다. 안평대군이 또 결구結句를 써 말하기를,

> 竹林烏鵲晩　　대숲에 새와 까치가 늦었고
> 一犬吠歸人.　　개 한 마리가 돌아가는 사람을 짓는다.

라 하여, 그림에 그려진 경치가 모두 들어가고 뿌린 먹물도 거미줄처럼 쓴 글자 획 속에 다 들어가 흔적이 없어지자 각로가 크게 칭찬했다고 한다.

　　소현세자昭顯世子[8]가 심양瀋陽에 인질로 있으면서 지은 시가 있는데 말하기를,

> 身爲異域未歸人　　몸은 이역에서 돌아가지 못하는 사람이 되었으며
> 家在長安漢水濱　　집은 장안 한강가에 있다오.
> 月白庭心花露泣　　달 밝은 뜰에 꽃은 이슬에 젖어 울고

---

8) 인조仁祖의 아들이며 유배되어 있다가 병으로 세상을 떠났다.

風淸池面柳絲新	바람 맑은 못가에 버들잎은 새롭다.
黃鶯喚罷遼西夢	꾀꼬리는 울어 요서遼西의 꿈을 깨우고
玄鳥來傳塞北春	제비는 와서 새북의 봄을 전한다.
昔日樓臺歌舞地	옛날 누대에서 노래하고 춤추던 곳을
不堪回首淚沾巾.	바라보며 눈물이 수건을 적시는 것을 견딜 수 있으랴.

라 했는데, 말이 매우 슬프고 한스럽다.

양녕대군讓寧大君[9)]이 <제승축시題僧軸詩>에 말하기를,

山霞朝作飯	아침에는 산의 안개를 밥으로 하고
蘿月夜爲燈	밤에는 담쟁이 덩굴에 걸려있는 달을 등불로 한다.
獨宿空巖畔	홀로 빈 바위 옆에 자고 있는데
惟存塔一層.	오직 한 층의 탑만 있다오.

라 했는데, 귀한 사람의 시가 바로 이러한 것이다.

해숭위海嵩尉 윤신지尹新之[10)]가 안주安州 오미헌五美軒에 자면서 지은 시에 말하기를,

湖山歷歷曾相識	호수와 산은 분명히 일찍 알았던 것이요.
鬢髮星星半已明	머리카락은 희뜩희뜩 이미 반이 희었다.
人世十年如走馬	이 세상 십년이 달리는 말과 같고
江樓五月又流鶯	강루의 오월에는 또 꾀꼬리가 난다.
輕陰垂野草連渚	그늘이 들에 드리웠으며 풀은 물가까지 연했고
急雨驅潮波撼城	급하게 내리는 비는 조수를 몰아 물결은 성을 흔든다.
會待天仙高宴罷	천선天仙을 만나 잔치를 파하게 되자
御風長擬下蓬瀛.	바람을 따라 봉래蓬萊와 영주瀛洲로 가고자 헤아린다.

---

9) 태종太宗의 아들임.
10) 호는 현주玄洲 해평인海平人이며 선조宣祖의 부마駙馬.

라 했는데, 매우 유창함을 느낄 수 있다.

동양위東陽尉 신익성申翊聖[11]의 광릉시廣陵詩에 말하기를,

月溪之下斗湄傍　　월계月溪의 밑에 두미斗湄의 옆에
茅屋數間臨方塘　　띠집 몇칸이 방죽에 다다라있다.
老人携書坐白石　　노인은 책을 들고 바위에 앉았고
童子敲枻歌滄浪　　아이는 상앗대를 치며 어부漁父의 노래를 한다.
流雲度水滿平墅　　흐르는 구름은 물을 건너 들에 가득하고
幽鳥隔林啼夕陽　　산새는 숲속에서 석양에 운다.
紅稀綠暗覺春晩　　붉고 푸른빛이 희미해 봄이 늦음을 알겠는데
惟有山僧來乞章.　　오직 산승山僧이 찾아와서 글을 지어 주기를 빈다.

라 하여, 사람들에 많이 회자되었다. 그러나 두 연聯의 구법句法이
서로 같아 오히려 하자가 없지 않은 보배일 것이다.

금양위錦陽尉 박미朴瀰의 <제화첩시題畵帖詩>에 말하기를,

屋下淸江屋上山　　집 아래는 맑은 강 집 위에는 푸른 산
靑帘輕颺樹陰間　　술 판다는 표기가 나무 그늘에서 가볍게 날린다.
柴扉晝掩尨聲定　　낮에도 싸리문은 닫혔고 삽살개 짓는 소리 그쳤으니
曾是漁翁買酒還.　　일찍 어옹이 술을 사서 돌아왔기 때문이오.

라 했으니, 이 시는 그림 가운데 시가 있고 시 가운데 그림이 있다
고 하겠다.

영창위永昌尉 홍주원洪柱元[12]의 <만영창대군천장시挽永昌大君
遷葬詩>에 말하기를,

遺教終無賴	남긴 가르침은 결국 힘입음이 없었으니
深冤孰不哀	깊이 원통함을 누구인들 슬퍼하지 않으리오
人生八歲盡	인생을 여덟 살에 다했고
天道十年回	천도天道는 십년만에 돌아왔다오.
白日重泉照	밝은 햇빛이 중천重泉을 비치겠고
靑山永宅開	푸른 산에 길이 살 집이 열리었다.
千秋長樂殿	길이 장락전長樂殿13)은
應作望思臺.	분명히 망사대望思臺가 될 것이오.

라 했다. 대개 광해군光海君이 인목대비仁穆大妃를 폐출하고 영창 대군永昌大君을 죽였는데 그 때 영창대군의 나이 여덟 살이었다. 인조반정仁祖反正이 되자 예를 갖추어 개장을 했는데 이 시를 읽게 되면 사람으로 하여금 눈물을 흘리게 한다.

변중량卞仲良14)의 <철관시鐵關詩>에 말하기를,

鐵關城下路岐賒	철관성鐵關城 밑에 길은 높고 멀며
滿目烟波日又斜	연파烟波는 눈에 가득하고 해는 비끼었다.
南去北來春欲盡	남북으로 오고 가며 봄도 다하고자 하는데
馬頭開遍海棠花.	말머리에 해당화가 두루 피었다.

라 했는데, 자못 깨끗함을 느낄 수 있다. <송경시松京詩>에 말하 기를,

松山繚繞水縈迴	송악산松岳山이 얽혀 둘러싸고 물은 돌고 있으며
多少朱門盡綠苔	얼마의 붉은 대문에 푸른 이끼가 끼었다.
惟有東風吹雨過	오직 동풍이 불고 있어 비가 지나가고

---

13) 태후가 거처하는 궁의 이름. 여기서는 인목대비를 지칭한 것임.
14) 호는 춘당春堂 밀양인密陽人이며 태조의 형 완산군完山君 원주元株의 사위.

城南城北杏花開.　　성남북에는 살구꽃이 피었다.

라 했는데, 옛날을 조상하며 감개하는 뜻을 또한 볼 수 있겠다.

정이오鄭以吾[15]가 다른 사람의 시에 차운하여 지은 시에 말하기를,

憐君別墅少人知　　그대의 별서別墅를 아는 사람이 적어 가련하며
漢曲奇遊足四時　　한곡漢曲에서 기유奇遊는 사시면 족하다오.
藤爲簷虛長迭蔓　　등나무가 길게 덩굴을 보내 처마가 되었고
竹因墻缺忽橫枝　　대나무는 무너진 담장을 가로 막았다.
白雲滿地尋蓮社　　흰 구름이 땅에 가득하자 절을 찾았고
明月流江卷釣絲　　밝은 달빛이 강을 비치자 낚싯줄을 걷었다.
抱道不輝安可得　　도를 지녔으나 빛내지 못함을 어찌하랴
聖君前席要論思.　　성군聖君 앞자리에서 생각을 논함이 필요하다오.

서거정徐居正[16]은 아이였을 때 중국 사신이 우리나라에 왔는데 사가四佳가 태평관太平館에 들어가서 손가락으로 창에 구멍을 뚫어 안을 들여다보니 중국 사신이 미워하여 창을 뚫은 아이를 잡아들이게 했는데 그 아이가 빼어나고 밝아 평범한 아이들과 다른 것을 보고 너가 글자를 아느냐 하고 물으니 안다고 했다. 또 글을 지을 수 있겠는가 하니 어려울 것이 있겠는가 하므로 중국 사신이 말하기를,

指觸紙窓成孔子　　손가락으로 창의 종이를 뚫어 공자孔子를 이루었다.

---

15) 호는 교은敎隱 진주인晉州人이며 벼슬은 대제학大提學.
16) 호는 사가四佳 달성인達城人이며 벼슬은 대제학.

라 하니 사가四佳가 바로 응해 말하기를,

手持明鏡對顏回.　손에 밝은 거울을 가지고 안회顏回를 대한다.

라 하므로 중국 사신이 크게 기이하게 여겨 책과 역사에 관해 여러 가지를 물으니 막히지 않고 대답을 했다. 이러한 서거정徐居正이 중국 사신 기순祁順과 양화도楊花渡에 놀며 그의 시에 답해 지은 시에 말하기를,

風流江海十年情　강해에서 멋있게 놀았던 십년의 정이
坐對湖光潑眼明　빛난 호수를 대해 앉으니 눈이 더욱 밝아진다.
山似高人長偃蹇　산은 고인高人과 같이 길게 누웠고
水如健筆更縱橫　물은 굳센 붓처럼 이리저리 흐른다.
柁樓擧酒日初落　배같은 누에서 술을 마시자 해는 지려하고
官渡哦詩潮自生　나루에서 시를 읊자 조수가 밀려온다.
更待月明扶醉去　다시 달이 밝을 때를 기다려 취해 가고자 하니
杏花疎雨不禁淸.　살구꽃과 성긴 비가 더욱 맑게 한다.

라 했으며, 중국 사신의 시에 말하기를,

擬罷高樓未盡情　고루해서 잔치를 파하고자 했으나 정을 다하지 못해
又携春色泛空明　봄빛을 이끌고 달이 비친 물에 떴다오.
人隨竹葉盃中醉　사람은 죽엽주竹葉酒 술잔을 따라 취했고
舟向楊花渡口橫　배는 양화도楊花渡 어구를 향해 빗기었다.
東海迷茫孤島沒　넓은 동해에 외로운 섬은 보이지 않고
南山蒼翠淡雲生　푸른 남산에 맑은 구름이 일고 있다.
從前曾得江湖樂　종전에도 강호의 즐거움이 있었으나
今日衿懷百倍淸.　오늘의 생각이 백 배나 맑으리라.

라 했는데, 두 시가 모두 아름다우나 기순祁順의 시가 우수한 것
같다.

  김종직金宗直[17]은 학문과 문장이 일세의 높이는 바가 되었다. 젊
었을 때 시원試院에 들어가서 백룡부白龍賦를 지어 제출했더니 시
험관이 보고 제외시켰다. 괴애乖厓 김수온金守溫이 제외시킨 것에
서 보고 매우 탄식하며 드디어 들어가서 임금에 아뢰어 영산훈도靈
山訓導로 제수되었다. 그의 시에 말하기를,

　　雪裡梅花雨裡山　　눈 속에는 매화 비 속에는 산이 있어
　　看時容易畫時難　　볼 때는 쉽지만 그리기는 어렵다.
　　早知不入詩人眼　　일찍 시인의 눈에 들어오지 않을 것을 알았다면
　　寧把臙脂寫牧丹.　　차라리 연지를 가지고 목단을 그렸을 것이다.

라 했다.

  김시습金時習[18]의 시가 있는데 말하기를,

　　五帝三王事　　오제五帝와 삼왕三王[19]의 일은
　　掉頭吾不知　　머리를 두드려도 나는 알지 못하겠다.
　　孤舟一片月　　외로운 배에 한 조각 달이 비치는데
　　長笛白鷗飛.　　긴 저 소리에 백구가 난다.

라 했는데, 세상을 버리고 떠날 높은 의취가 있다. 내 선인先人이
지은 한 연련聯이 있었는데 말하기를,

---

17) 호는 점필재佔畢齋 선산인善山人이며 벼슬은 형조판서刑曹判書.
18) 호는 매월당梅月堂이며 강릉인江陵人이다.
19) 중국 고대의 제왕들을 말함.

心儒跡佛金時習   마음은 선비 자취는 승려인 金時習이요
外聖內禪王守仁.   밖으로는 성인 안으로는 부처인 王守仁이라네.[20]

라 했는데, 매월당梅月堂의 마음과 자취를 이구二句로써 모두 표현했다.

　이가우李嘉愚의 시에 말하기를,

水田飛白鷺   논에는 백로가 날고
夏木囀黃鸝.   여름 나무에는 꾀꼬리가 운다.

라 했는데, 왕유王維가 막막漠漠과 음음陰陰 녁자를 첨가하여 칠언구七言句를 이루었다. 선배들이 왕유의 첨부한 것이 정신에 스스로 배가 되었다고 했다. 사령운謝靈運의 시에 말하기를,

林壑欲暝色   숲과 골짜기는 어둡고자 하고
雲霞收夕霖.   구름과 안개는 저녁 장마를 거둔다.

라 했는데, 이백李白이 오운구가五雲裘歌에서 금전수상衿前袖上 녁자를 그 위에 첨가하여 그 친절하고 빛을 더했음이 또한 아름답다고 했다.

　가도賈島의 시에 말하기를,

獨行潭底影   그림자는 못 밑에서 홀로 가고
數息水邊身   몸은 물가에서 몇 번 쉰다.

---

20) 명明나라의 정치가 학자, 그의 호는 양명陽明임.

라 했는데, 우리나라 동봉東峯 김시습이 비석飛錫과 부상敷床 녁자를 그 위에 첨가했으나 도리어 다듬은 흔적이 있어 가도賈島 오언五言의 천연스러운 것과 같지 못했으니, 왕유王維와 이백李白이 채색의 아름다움을 배나 더한 것에 미치지 못한 것이 멀다.

남효온南孝溫[21]의 <한식시寒食詩>에 말하기를,

天陰籬外夕陽生	침침한 울타리 밖에 석양이 다가오고
寒食東風野水明	한식의 봄바람에 들의 물이 맑다.
無限滿船商客語	가득한 배에 장사꾼들의 말이 시끄럽고
柳花時節故鄉情.	버들꽃 필 때 고향 생각이 난다오.

라 했으며, <몽자정시夢子挺詩>에 말하기를,

邯鄲一夢暮山前	저믄 산 앞에서 한단邯鄲[22]의 꿈을 꾸었고
魂與魄逢是偶然	혼과 넋이 만나는 것도 우연이라오.
細雨半庭春寂寞	가는 비 내리는 뜰에 봄은 쓸쓸하고
杏花無數落紅錢.	무수한 살구꽃이 붉은 돈처럼 떨어진다.

라 했으며, <성남시城南詩>에 말하기를,

城南城北杏花紅	성남북에 살구꽃이 붉으며
日在花西花影東	해가 꽃 서쪽에 있으니 꽃 그림자는 동쪽에 있다.
匹馬病翁驚節候	필마를 탄 병든 늙은이가 절후에 놀라
斜風吹淚女墻中.	비긴 바람에 여장女墻[23] 가운데 눈물 흘린다.

---

21) 호는 추강秋江 의녕인宜寧人이다.
22) 현실세계의 부귀와 공명이 허무하다는 것을 반영한 꿈.
23) 여장女墻은 여항女牆과 같은 말로 성위의 얕은 담이라고 한다.

라 했는데, 당唐나라 시인들의 작품에 비해 손색이 없다.

　홍유손洪裕孫[24]은 세상을 우습게 여기고 초연하게 처신하면서 영화와 이익을 구하지 않았다. 젊었을 때 우연히 원각사圓覺寺에 갔는데 그 때 괴애乖崖 김수온金守溫과 사가四佳 서거정徐居正이 조정에서 물러나오면서 원각사에 들러 홍유손을 만나 시를 짓게 하고 운을 부르자 홍유손이 부르는 운에 따라 말하기를,

與其非穀强賢臧	노래하는 곡穀보다 글을 읽는 장臧이 좋아
爭似丁刀更善藏	다투던 정도丁刀처럼 잘 감추어 두련다.
雪裏草衣肌盆軟	눈 속의 풀옷에서 살결은 더욱 부드럽고
日中木食腹猶望	늦게 과일만 먹었으나 배는 오히려 부르다.
靑山綠水吾家境	청산과 녹수는 우리집 있는 곳인데
明月淸風孰主張	명월과 청풍은 누가 맡으랴.
如寄生涯宜放浪	나그네 같은 생애 방랑하다가
還思名敎共天長.	명교名敎로 돌아와 길이 하늘과 같이하리라.

라 했는데, 이 때 동봉東峯 김시습이 오른쪽 자리에 있다가 청산록수靑山綠水의 구를 보고 눈물을 흘리며 오래 있다가 사가四佳를 바라보며 강중剛中(사가의 자字)아 네가 능히 이것을 알겠느냐 했다.

　성현成俔[25]과 채수蔡壽[26]는 성격이 모두 호방하고 걸쩍걸쩍하여 작은 일에 구속을 받지 않았다. 일찍 같이 승정원承政院에서 직책을 맡아 있다가 일에 관련되어 같이 파직이 되었는데, 그들은 잠깐 송경松京에 놀러가면서 마부馬夫를 데리고 가지 않고 두 사람이 서로 바꾸어 가며 노주奴主가 되었다. 어느 날 성현成俔이 주인이

24) 호는 조총篠叢이며 당성인唐城人이다
25) 호는 허백虛白이며 창녕인昌寧人이다.
26) 호는 나재懶齋이며 인천인仁川人이다.

되고 채수蔡壽가 말고삐를 잡고 가다가 만월대滿月臺에 이르러 그
곳 선비들이 모여 술을 마시고 있는 것을 보고 성현이 바로 그곳으
로 가서 말석에 앉아 말하기를 "나도 가난한 선비로서 관서關西지
방으로 가다가 우연히 이와 같은 좋은 모임을 만났으니 남은 술이
있으면 마시게 주면 좋겠다."고 했다. 여러 선비들이 술을 주며 말
하기를 "자네도 글을 아는가" 하므로 겨우 어로魚魯를 구분할 수
있을 정도라고 하니 선비들이 운자를 부를테니 지어보라 하고 운
을 부르므로 성현이 바로 응해 말하기를,

秋風匹馬松京路	가을 바람에 말을 타고 송경松京길을 가니
訪古行人意未聞	옛 것을 찾는 행인의 생각이 한가롭지 않다오.
流水至今鳴澗谷	흐르는 물은 지금 골짜기에서 울고
浮雲依舊鎖峯巒	뜬 구름은 예처럼 산봉우리를 덮고 있다.
千年城郭夕陽外	천년의 성곽은 석양 밖에 남았고
一代衣冠春夢間	일대의 의관은 봄 꿈 사이에 있다.
爲問繁華何處去	묻노니 번화한 것이 어느 곳으로 갔나뇨

라 하고 끝 구句의 반자班字 운운韻에 이르러 자못 짓지 못하고 생각
하며 머뭇거리고 있으므로 채수蔡壽가 마부馬夫로 밑에 있다가 갑
자기 성현을 바라보며 상전上典은 어찌,

　殿臺無主野花班.　전대殿臺에 주인은 없고 들꽃만 늘어졌다.

라 하지 않느냐 하니 여러 선비들이 깜짝 놀라며 말하기를 "저 종
도 또한 시에 능한가" 하고 잇따라 시를 읊으며 말하기를 "너의 주
인과 종은 참으로 더불어 시를 말할 수 있겠다. 비록 성현成俔과
채수蔡壽라 할지라도 어찌 이 시보다 잘 지을 수 있겠는가" 했는데

당시 두 사람의 문명이 매우 많이 알려졌기 때문에 이와 같이 말한 것이다. 그 자리에서 떠날 때 성현이 말하기를 "다음 날 서로 만나게 되면 성명을 모를 것인데 나는 성현이라" 하고 난재 난란懶齋도 또한 말하기를 "이 마부馬夫는 채수라" 하니 여러 선비들이 비로소 두 사람에게 속았음을 알고 놀라며 헤어졌다고 한다.

정희량鄭希良[27]의 시에 말하기를,

百年通計憂多日   백년을 통해 계산하면 근심하는 날이 많고
一歲中間笑幾時.   한 해 가운데 웃는 때가 얼마나 되랴.

라 했는데, 이 한 구가 바로 세간 근심과 즐거움을 깨닫게 한다.

김일손金馹孫[28]은 점필재佔畢齋 김종직金宗直에게 글을 배웠다. 점필재가 일찍 그에게 일러 말하기를 "자네의 재주가 시에서는 잘하는 바가 아니라"고 했기 때문에 일손馹孫이 시에 힘쓰지 않았으며 오직 <삼가현관수루시三嘉縣觀水樓詩> 한 편이 그의 문집 끝에 실려있다. 그 시에 말하기를,

一縷溪村生白烟   한가닥 냇가 마을에 흰 연기가 오르고
牛羊下括謾爭先   소와 양이 아래로 내려오면서 앞을 다툰다.
高樓樽酒東西客   높은 누의 통술에 동서의 손이 모였고
十里桑麻南北阡   길게 늘어선 상마는 남북의 언덕에 있다.
句乏有聲遊子拙   소리 있는 시구 적어 노는 자가 옹졸하나
盃斟無事使君賢   무사히 술을 마실 수 있는 것은 사군使君[29]의 탓이오.
倚欄更待黃昏後   난간에 의지해 다시 황혼을 기다린 후에

---

27) 호는 허암虛庵 해주인海州人이며 검열檢閱을 역임.
28) 호는 탁영濯纓이며 김해인으로 이조정랑을 역임.
29) 그 지역의 수령을 지칭한 것임.

　　看水仍看月到天.　　물을 보다가 잇따라 달이 하늘에 뜬 것을 보련다.

라 했는데, 지봉芝峰 이수광李睟光도 또한 이르기를 탁영濯纓이 산
문에서는 뛰어났으나 시사詩詞에는 짧다고 했다. 옛 사람이 이른바
시에는 별다른 재주가 있다고 했는데 믿을 만하다.
　　이희보李希輔30)의 <곡망처분시哭亡妻墳詩>에 말하기를,

　　老樹黃榛鎖九原　　늙은 개암나무가 구원九原31)을 자물쇄 했으며
　　玉人零落此爲墳　　옥인玉人이 이곳에 떨어져 무덤이 되었다.
　　山頭明月顔猶見　　산머리 밝은 달빛에 얼굴을 볼 수 있는 것 같고
　　石上鳴泉語更聞　　흐르는 샘물 소리에서 다시 말은 들을 수 있다.
　　喚畵不成眞面目　　화공을 불러 그렸으나 참다운 면목은 이루지 못했고
　　蒸香難反舊精魂　　향을 피웠으나 옛 혼을 돌리기 어렵다.
　　丁寧來世還夫婦　　분명히 내세에 다시 부부가 될 것이니
　　地下無忘約誓言.　　지하에서 맹세한 말 잊지 마오.

라 했는데, 말이 매우 슬프고 아름답다.
　　김현성金玄成32)의 <성처분시省妻墳詩>에 말하기를,

　　來誰可見去誰辭　　온들 누구를 보며 간들 누구에게 말을 하며
　　宿草離離馬鬣危　　묵은 풀이 짙어 말갈기를 위태롭게 한다.
　　天外遠峯思剪髻　　하늘 밖의 먼 봉우리 보면 땋은 머리 자르는 것을
　　　　　　　　　　　생각하고
　　澗邊殘柳憶齊眉　　냇가 남은 버들은 가지런한 눈썹을 기억하게 한다.
　　兵塵共避千巖險　　난리 때 같이 깊고 험한 골짜기에서 피했고

---

30) 호는 안분당安分堂 평양인平壤人이며 대사성大司成을 역임.
31) 깊은 땅 속, 묘지.
32) 호는 남창南窓 김해인金海人이며 돈령敦令을 역임. 율곡栗谷 이이李珥 우계牛溪
　　성혼成渾이 모두 추대했다고 함.

> 官廩纔寬一歲飢　녹봉은 겨우 한 해의 주린 것을 너그럽게 했다.
> 他日黃泉無愧處　다음 날 저세상에 부끄럽지 않은 곳에서
> 撫君孤姪似君時.　그대 조카 어루만지는 것을 그대 때와 같이 하리라.

라 했는데, 말이 극히 슬프고 아름답다.

　박소朴紹33)는 젊었을 때 도학道學을 구하고자 하는 뜻이 있어 한훤당寒暄堂 김굉필金宏弼에게 배워 문인이 되었다. 일찍 시가 있었는데 말하기를,

> 無心每到多忘了　무심하면 매양 이르렀다가 모두 잊어버리게 되고
> 着意還應不自然　관심을 가지면 도리어 부자연스럽다.
> 緊慢合宜功必至　긴장과 게으름을 알맞게 해야 반드시 공을 이루게 되며
> 寔能除得妄中緣.　참으로 잃고 얻는 것은 허망한 인연이요.

라 했는데, 그가 학문에 깊었음을 가히 알 수 있을 듯하다. 남쪽으로 돌아가면서 지은 한 절구가 있는데 말하기를,

> 名利前頭路幾千　명리名利 앞에 길이 몇 천 갈래나 되는가
> 却來江上有漁船　문득 돌아오니 강에 어선이 있다.
> 一心似水收吾內　마음은 물처럼 내 정신을 거둘 수 있으며
> 萬事如雲只付天.　만사는 구름같으니 하늘에 맡길 뿐이다.

라 했으니, 영리에 편안하며 지위에 관심을 두지 않고 원망이 없는 자임을 또한 상상할 수 있겠다.

　정광필鄭光弼34)의 <가봉시佳峯詩>에 말하기를,

---

33) 호는 야천冶川 반남인潘南人이며 사관司官을 역임.
34) 호는 수천守天 동래인東萊人이며 영상領相 역임. 기묘사화己卯士禍 때 사류士類들을 구하고자 했으며 중종中宗 묘정廟庭에 배향配享.

漠漠山雲愛	아득한 산에 낀 구름이 사랑스럽고
茫茫京路賒	까마득한 서울길은 멀다.
靑歸原上草	푸른 빛은 언덕 위의 풀로 돌아가고
紅蠹澗邊花	붉은 빛은 냇가의 꽃에 우뚝 솟았다.
萬像皆春色	많은 형상은 모두 봄빛이며
孤生感物華	외로운 인생은 사물의 아름다운 빛에 감동한다.
山僧情獨厚	스님이 홀로 정이 두터워
霖潦亦來過.	장마에도 왔다 갔다네.

라 했으며, 또 말하기를,

廖落盆山暮	쓸쓸한 분산盆山은 저물고
寒江向海流	차가운 강은 바다를 향해 흐른다.
魚龍回永夜	어룡은 긴 밤에 돌아오고
風露動高秋	바람과 이슬은 가을을 움직인다.
獨鶴猶孤邁	홀로 학은 외롭게 지나가며
群鴉得自由	뭇 갈까귀는 자유롭게 날고 있다.
故園千里遠	고향이 멀어 천리나 되니
心折此淹留.	단념하고 이곳에 오래 머물고자 한다.

라 했다. 정광필의 시가 세상에 전하는 것이 매우 적으므로 오언五言 근체시近體詩 두 수를 취해 기록했다.

　정화鄭和[35]는 시에 능했다. 일찍 아버지인 광필공光弼公을 모시고 매화나무 아래에서 잔치를 했는데, 아버지가 세상을 떠난 뒤에 매화가 많이 피어있는 것을 보고 과거를 회상하며 지은 시가 있는데 말하기를,

---

35) 정광필의 서자庶子.

三十年前識此梅　삼십년 전부터 이 매화나무를 알고 있었는데
年年長向壽筵開　해마다 길게 수연壽筵하는 자리를 향해 피었다.
至今摧折風霜後　지금 바람과 서리에 꺾어진 뒤에
每到花時不忍來.　매양 꽃 필 때가 되면 차마 볼 수 없다오.

라 했다.

남추南趎[36]는 곡산谷山에 살고 있었는데 문명이 매우 알려졌다. 남곤南袞이 그를 추천하고자 불러오게 하여 일러 말하기를 "들으니 네가 문명이 매우 있다고 하니 너의 시를 보고자 한다."하며 분에 있는 매화를 가리키며 짓게 하니 바로 응해 말하기를,

一朵盆蘂弱　한송이 분에 있는 꽃술이 약하나
千秋雪態豪　길이 눈과 같은 태도는 호걸스럽다.
誰能伸汝曲　누가 능히 너 굽은 것을 펴
直拂暮雲高.　바로 떨치어 저문 구름처럼 높게 하랴

라 하니, 남곤이 크게 화를 내며 드디어 끊어버렸다.

최숙생崔淑生[37]의 <유거시幽居詩>에 말하기를,

一帶淸溪繞竹園　한 줄기 맑은 내가 대밭을 둘러 있고
曳筇終日覓眞源　지팡이 짚고 종일 진원眞源을 찾았다.
歸來月出靑山靜　돌아오니 달이 뜨고 푸른 산이 고요해
分付兒童莫掩門.　아이 시켜 문은 닫지 못하게 했다.

라 했는데, 생각이 침착하고 여유가 있다.

---

36) 호는 서계西溪이며 고성인固城人으로 벼슬은 전한典翰을 역임.
37) 호는 고재蠱齋 경주인慶州人이며 찬성贊成을 역임.

박은朴誾38)의 시에 말하기를,

古國逍遙隔萬里	떠돌아다니다가 고국이 많이 멀어졌으며
荒村寂寞客氈寒	거친 마을 쓸쓸하고 나그네 방석이 차다.
風霜湖海長年別	풍상으로 호해湖海를 길이 이별했으니
夜雨樽前一日歡.	비 내리는 밤에 술통 앞에서 하루 즐거워 보련다.

라 했으며, 또 말하기를,

今古成嗟咄	고금으로 가엾고 슬픈일만 이루어지고
行裝飽苦辛	행장에는 괴롭고 쓴 것만 많다.
心知皆遠謫	마음을 아는 사람은 모두 멀리 귀양을 갔고
面識少相親	알고는 있으나 서로 친한 사람은 적다.
樂事年年減	즐거운 일은 해를 거듭할수록 감하고
塵愁日日新	세상 근심은 날마다 새롭다.
邇來秋釀熟	요사이 가을 술이 익었다고 하니
邀醉止亭人.	지정止亭이나 불러 취해보련다.

라 했는데, 이러한 작품이 없어질까 염려되어 기록했다.

이의무李宜茂39)는 일찍 함흥령咸興嶺을 지나면서 지은 구句가 있는데 말하기를,

石逕穿林高復低	숲을 뚫은 돌길이 높고 다시 낮으며
溪流決決細緣蹊	냇물은 좁은 지름길을 따라 졸졸 흐른다.
幽禽笑我忽忽過	숲속의 새는 나를 웃고 바쁘게 지나가며

---

38) 호는 읍취헌挹翠軒 고령인高靈人이며 십육 세에 수찬修撰이 되었고 이십육 세에 화를 입었다. 지정止亭은 남곤南袞의 호.

39) 호는 연헌連軒 덕수인德水人이며 응교應敎를 역임했다. 무오사화戊午士禍에 화를 입었으며 글을 지을 때 종이를 잡으면 바로 썼고 조금도 생각하지 않는 듯했다.

閒傍巖花自在啼. 한가롭게 바위 옆의 꽃을 오락가락하며 울고 있다.

라 하여, 한가한 운치를 볼 수 있다.

용재容齋 이행李荇은 바로 공公의 아들인데 그의 문장이 내력이 있음을 알 수 있다. 이행[40]은 신장이 십척이나 되었고 낯이 모가 나고 수염이 많았다. 일찍 원접사遠接使가 되어 관서關西에서 중국 사신을 맞이하게 되었다. 그때 날씨가 춥고 눈이 개였는데 중국 사신이 적赤(?) 구溝 누자婁字를 압운押韻으로 했는데 구루溝婁는 바로 정주定州의 지명地名이다.(혹은 규루奎婁로써 압운을 했다고 한다.) 용재容齋가 바야흐로 중국 사신과 마주 앉아 누자婁字에 이르러 자못 짓지 못하고 생각하고 있으니 송계松溪 권응인權應仁이 학관學官으로서 옆에서 먹을 갈고 있다가 말하기를 "이 먹을 검루고黔婁古라 하는데 검루고黔婁古는 방언으로 먹을 말하는 것이라"고 하니 용재容齋가 비로소 깨달아 바로 써 말하기를,

肩聳似山吟孟浩 어깨는 산처럼 솟아 맹호孟浩를 읊었고
衾寒如鐵臥黔婁. 이불은 쇠같이 차가워 검루黔婁에 누웠다.

라 하니, 중국 사신이 크게 칭찬했다고 한다. 옛 사람이 시를 보고 그 사람의 길흉을 안다고 했는데, 용재가 일찍 용산龍山에 놀다가 긴 다리에 배 돛을 내리고 물가에 많이 있는 것을 보고 한 연을 얻었는데 말하기를,

出林無葉竹 숲속을 나서니 대는 잎이 없고

---

40) 호는 용재容齋이며 영의정領議政 역임. 위의 적자赤字는 오자가 아닌지 아래 누婁자와 같은 운자가 아니다.

依岸失龍雲.　　　　언덕에 의지한 용은 구름을 잃었다.

라 했다. 신용개申用漑가 이 시를 듣고 슬프게 탄식하며 말하기를
"시가 좋기는 하나 대나무가 잎이 없으면 마르게 되고 용이 구름을
잃게 되면 위태롭게 되는데 말이 상서롭지 못한 것에 접근했다"고
했다. 뒤에 용재가 휘호徽號 사건으로 국문을 당했다.

　권필權韠[41]의 시가 있는데 말하기를,

安得世間無限酒　　어찌 세상에 한이 없는 술을 얻어
獨登天下最高樓.　　홀로 천하의 가장 높은 누에 오르겠다.

라 했는데, 우계牛溪 성혼成渾이 이 시를 듣고 말하기를, "한없는
술에 취해 제일 높은 누에 오르고자 하면서 사람들과 더불어 같이
하고자 아니하니 매우 위태로운 말이라" 했다. 석주石洲가 과연 시
로 인해 연관이 되어 죽었다.

　조종祖宗 때는 간혹 사운四韻으로써 사람을 선발했다. 중종中宗
때 율시律詩 대편大篇을 짓게 하여 시험을 보였는데 김이숙金頤叔
(안로安老의 자字)이 장원을 했다. 그가 읊은 시가 여의격산호如意
擊珊瑚였는데 그 시에 이르기를,

王家有若石家無　　왕가王家에서 석가石家[42]와 같은 부자가 있지 않다면
較富爭奢一代俱　　부를 비교하고 사치한 것을 다투는 것에 일대가 함께
　　　　　　　　　　하리라.
忽訝手中生霹靂　　갑자기 손에 벽력 소리가 나는 것을 의아하게 여기며

---

41) 호는 석주 안동인安東人이다.
42) 중국 진晉나라의 부자인 석숭石崇을 지칭한 것으로서 그는 임금이 주는 작은
　　산호珊瑚나무를 부수버리고 큰 산호나무를 가져왔다고 한다.

不知天下重珊瑚　천하에 산호를 중하게 여기는 것을 알지 못하겠다.
一株莫惜枝枝碎　한 나무 가지마다 부서지는 것을 아깝게 여기지 말고
六樹非慳箇箇輸　여섯 나무 나누어 주는 것은 인색한 것이 아니다.
漫把枯柯誇作寶　마른 가지 잡고 보배 되었다고 자랑 많이 하는 것은
至今人說墮樓珠.　지금 사람들은 누에서 구슬을 떨어뜨렸다고 말한다.

라 했는데,[43] 사람은 밉지만 재주는 볼 만하다고 했다.

이장곤李長坤[44]의 <성묘시省墓詩>에 말하기를,

丙辰丁巳奈何天　무신丙辰년과 정사丁巳년은 하늘인들 어찌하랴
痛哭杯棬二十年　동글이 잔을 받들고 통곡한 것이 이십년이었소.
黃閣二公由積善　황각黃閣[45]에 있는 이공二公은 적선 때문이고
白頭三黜坐多愆　백두에 세 번 내친 것은 허물이 많아 죄를 받았다오
松楸漠漠圍雙壟　아득한 송추松楸는 두 언덕에 둘러싸였고
咫尺冥冥隔九泉　지척이면서 어두운 깃은 구천九泉이 막았기 때문이다.
奠罷歸來山日暮　전을 드리고 돌아오니 산에 해는 저물며
弟兄揮淚洞門前.　형제들은 동문 앞에서 눈물 흘린다.

라 하여, 사람으로 하여금 한 자를 보게 되면 한 번씩 눈물을 흘리게 한다.

김정金淨[46]은 어떤 선비 사람이 그에게 청해 말하기를 "내가 낙동강洛東江 위에 새로 집을 지었는데 앞에는 연못이 있고 뒤에 산 언덕에는 대나무가 있다. 시 한 수를 얻어 앞에 걸어두고 싶다"고 하니 충암冲庵이 바로 응했는데 그 연에 말하기를,

---

43) 내용에 고사와 상관이 있기 대문인지 난해함이 없지 않다.
44) 호는 학고鶴皐 벽진인碧珍人이며 병조판서兵曹判書 역임.
45) 정승이 사무를 보는 관청의 문. 의정부議政府의 별칭.
46) 호는 충암冲庵 경주인慶州人이며 형조판서刑曹判書 역임.

寒聲戰碧叢叢竹　　차가운 소리가 떨기마다 푸르름으로 싸우는 것은 대요
淨色藏紅朶朶蓮.　　맑은 빛이 가지에 붉음을 감추고 있는 것은 연이라네.

라 했는데, 말이 극히 높고 깨끗하다.

　　신광한申光漢[47]이 양양襄陽 <동산역시洞山驛詩>에서 말하기를,

蓬蒿茫茫落日愁　　넓고 먼 다북대에 해가 지려는 근심에
白鷗飛盡海棠洲　　백구는 해당주에서 모두 날았다.
如今始踏鳴沙路　　지금에 비로소 명사로를 밟으니
二十年前舊夢游.　　이십 년 전 옛 꿈에 놀던 곳이었소.

라 했다.

　　서거정徐居正의 <사호도시四皓圖詩>에 말하기를,

於世於名已兩逃　　세상과 명예의 양쪽에 이미 도망쳐
閑圍一局子頻敲　　한가로운 바둑 한 판에 돌이 자주 놓인다.
此中妙手無人會　　이 가운데 묘수를 아는 사람이 없었으니
最有安劉一着高.　　유씨劉氏를 안정되게 놓는 것이 가장 높은 수라네.

라 했다.

　　신광한申光漢의 <여망도시呂望圖詩>에 말하기를,

淸渭東流白髮垂　　맑은 위수渭水가 동으로 흐르는데 백발을 드리워
一竿誰見釣璜時　　낚시대에 누가 옥을 낚는 때를 보았으리오.
悠悠湖海多漁父　　넓은 호수에 어부가 많았으나
不遇文王定不知.　　문왕文王을 만나지 못하리라고 하며 결코 알지 못했다.

---

47) 호는 기재企齋 고령인高靈人이며 숙주叔舟 손자임.

라 했는데, 옛 사람이 시를 지을 때 가장 귀한 것은 결구結句의 정
신에 있다고 했는데, 이 두 시의 결구가 모두 신기하고 묘함을 얻
었다.

정사룡鄭士龍48)이 과거에 급제하기 전에 서울 기생 장상주掌上
珠를 좋아했는데 장상주는 얼굴이 아름답고 시에 능했다. 그때 어
떤 정승이 장상주를 보고 좋아하여 머물러 있게 하고 보내지 않았
다. 호음湖陰이 어느날 정승의 집을 지나게 되었는데, 그때 마침 장
상주가 누 위에 있다가 지나가는 호음을 내려다 보고 가지고 있던
부채를 던져 주니 호음이 바로 시를 지었는데 말하기를,

錦蓮隨風落	비단부채가 바람을 따라 떨어지니
離魂暗欲消	혼이 떠나 모르게 사라지고자 한다.
玉樓人有淚	누에 눈물 흘리는 사람이 있으나
銀漢鵲無橋.	은하수에 다리를 놓을 까치가 없다오.

라 하여, 장상주에게 던져 주자 장상주가 그 시를 수건 속에 감추
고 울고 있으니 정승이 그것을 알고 바로 호음을 불러 말하기를
"장부가 비록 큰 사업을 하여 이름을 백대에까지 드리우지 못할지
언정 어찌 가히 사람의 좋아하는 바를 빼앗아 인연을 끊게 할 수
있겠는가" 하고 인해 명령하여 기생을 호음과 같이 돌아가게 했
는데, 그 정승은 바로 박원종朴元宗이라고 이른다. 대개 시는 뜻
이 있어 짓는 것이겠지만 자연스러운 것에서 얻는 것만 같지 못
하다. 시가 자연스러운 것에서 얻어지면 묘한 경지에까지 들어가
게 된다. 호음湖陰 시詩에 말하기를,

---

48) 호는 호음湖陰 동래인東萊人이며 대제학大提學을 역임.

山雨絲絲竹院邊 부슬비가 대밭 주변에 내리고
榴花亂點綠苔錢 석류꽃이 요란하게 푸른 이끼에 돈처럼 떨어진다.
閑看鷄鬪過墻去 한가롭게 닭싸움을 보다가 담장을 지나가면서
不覺好詩生眼前 눈앞에 좋은 시가 있음을 알지 못했다.

라 했으니, 호로湖老가 과연 자연에서 얻지 않았는가.

선조宣祖 때 제주濟州에서 도화마桃花馬를 진상하자 선조가 기이하게 여겨 여러 신하들에게 시를 짓게 명령했다. 이때 호음이 지은 시에,

望夷宮裡失天眞 망이궁望夷宮[49] 속에서 천진天眞함을 잃게 되자
走入桃源避虐秦 도원桃源으로 달려와서 진秦의 학정虐政을 피했다.
背上落花風不掃 등 위에 떨어진 꽃을 바람도 쓸지 못해
至今猶帶武陵春. 지금도 오히려 무릉武陵의 봄을 띠고 있다.

라 했다. 호음이 지은 이 도화마시桃花馬詩는 교묘하다고 말할 수 있겠으나 망이궁望夷宮이라는 말이 임금의 명령에 의해 짓는 시에는 합당하지 못해 하자가 되는 것을 면할 수 없다. 그러므로 그의 문집에서 삭제했음을 볼 수 있다.

정사룡鄭士龍이 일찍 백상루百祥樓에서 중국 사신의 염자韻字를 압운으로 한 시에 차운하여 지은 시에 이르기를,

樓高飛雁平看背 누가 높아 나는 기러기 등을 편편하게 볼 수 있고
水淨遊蝦細數鬚. 물이 맑아 노는 두꺼비 수염을 헤아릴 수 있다.

라 했다. 그 후 박민헌朴民獻[50]의 <촉석루시矗石樓詩>에 말하기를,

---

49) 궁宮의 이름인데 진秦의 조가趙高가 이세二世임금을 이 궁에 시해했다.

樓前過鵞平看背　　누 앞에 지나가는 오리의 등을 편편히 볼 수 있고
水底游蝦細數鬚.　　물 밑에 노는 두꺼비의 수염을 자세히 셀 수 있겠다.

라 했는데, 박민헌朴民獻은 호음의 후배였다. 호음의 고정高淨 두 자
가 배나 힘이 있으니 주객主客의 차이를 가히 볼 수 있다.

노린서盧麟瑞는 정호음鄭湖陰의 문인이었다. 그의 <영연시詠烟
詩>에 말하기를,

春於垂柳可　　봄에는 버들이 드리우는 것이 좋겠고
秋與暮山宜.　　가을에는 저문 산과 같이 하는 것이 마땅하다.

라 하니, 호음이 보고 감탄했다.

안정란安庭蘭은 호남 사람으로 줄글을 잘 지었다. 그때 호음 정
사룡이 대제학이었는데, 정란庭蘭이 스스로 학관學官이 되고자 추
천을 얻기 위해 호음의 행차를 기다려 고의로 말을 타고 앞길을 막
았다가 모시고 가는 사람에게 잡혔다. 호음이 왜 길을 막았느냐 하
고 물으니 정란이 말하기를 "저는 궁한 선비로서 약간의 글을 알고
있어 학관學官을 하고 싶었으나 길이 없었기 때문에 고의로 길을
막아 대감의 시험을 받고자 한다" 하므로 호음이 노전수류路前垂柳
를 제목으로 하고 운을 부르니 정란이 바로 응해 말하기를,

灞水長橋落彩虹　　패수의 긴 다리에 무지개가 떨어지니
萬條楊柳舞春風　　많은 버들가지가 봄바람에 춤을 춘다.
此間離別知多少　　이 사이에 이별을 얼마나 알고 있느냐
添得佳人恨淚紅.　　가인의 한이 서린 붉은 눈물만 더한다.

---

50) 호는 화헌樺軒 함양인咸陽人이며 참판을 역임.

라 하니, 호음이 크게 칭찬하며 바로 군직軍職을 맡게 했다고 한다.

민제인閔霽仁은 입암立巖을 제목으로 한 시에 말하기를,

屹立風濤百丈奇   바람과 파도가 백장인데 기이하게 우뚝 서 있어
堂堂柱石見於斯   당당한 돌기둥을 여기에서 보겠다.
今時若有憂天者   지금 만약 하늘을 걱정하는 자가 있으면
早晩扶傾舍爾誰.   언제든지 무너지는 것을 잡는데 너를 두고 누구를 하랴.

라 했는데, 특별히 우뚝 서 흔들리지 않은 뜻이 있다.

서경덕徐敬德[51]은 어떤 사람이 보내준 부채에 감사하며 지은 시에 말하기를,

誰知一本通頭貫   누가 한 뿌리에서 머리를 통해 꿰었음을 알며
便見千枝自幹張.   문득 천가지가 줄기로부터 벌여있는 것을 보겠다.

라 했다. 최력崔櫟은 서화담徐花潭의 문인이었으며 한 연의 시가 있는데 말하기를,

終宵對月非耽景   밤이 마칠 때까지 달을 보나 경치를 탐하는 것이 아니며
盡日投竿不在魚.   종일 낚시를 해도 고기 잡는 데 있지 않다.

라 하니, 화담花潭이 듣고 칭찬하며 말하기를 가히 도道를 아는 자의 시라고 이르겠다 했다.

이언적李彦迪[52]의 시에 말하기를,

---

51) 호는 화담花潭 당성인唐城人이며 참봉參奉에 추천되었으나 나가지 않았고 영의정領議政에 추증되었다.

52) 호는 회재晦齋 여홍인驪興人이며 찬성을 역임, 시호는 문원공文元公.

江沈山影魚驚遁　강에 산 그림자가 잠기자 고기가 놀라 도망가며
峯帶烟光鶴怕棲　산봉우리에 연기가 끼니 학이 쉬기를 겁낸다.
物塞固宜迷幻妄　짐승도 막히면 환망함이 진실로 마땅하지만
人通何事誤東西.　사람은 무슨 일을 통해 동서를 잘못 아나뇨.

라 했는데, 물고기는 육지가 아닌가 의심하고 놀라며 학은 그물로 의심하고 겁내는 것이니 대개 느낀 것이 있었기 때문이다.

송질宋質53)이 살고 있는 곳은 성희안成希顔이 옛날 살았던 집으로 묵사동墨寺洞에 있었는데 동이 깊숙했다. 임당林塘 정유길鄭惟吉이 방문을 하니 규암圭庵이 시를 지어 감사하게 여기자 임당도 그 시에 차운하여 시를 지었으며, 일시의 문인들이 차운하여 갚았다. 규암의 시에 말하기를,

玉人乘月訪幽居　옥인이 달빛을 타고 깊숙하게 사는 곳을 찾아
柴戶推來樹影踈　사립문을 밀고 오니 나무 그림자가 성글어진다.
山釀暫開千日酒　집에서 빚은 천일주를 잠깐 내어놓았고
盤肴偶得八梢魚　소반에는 우연히 팔초어를 얻었다.
狂詩不用傳驚俗　미친 시는 세상을 놀라게 전하는 것이 되지 못할 것이고
淸話方知勝讀書　맑은 이야기가 독서보다 좋음을 알겠다.
明日送君山下路　내일 그대를 산 아래 길에서 보내게 되면
小塘寥落似逃虛.　작은 방죽이 쓸쓸해 피해 사는 곳인 듯하겠다.

라 했으며, 정유길鄭惟吉54)의 시에 말하기를,

衙罷歸來問索居　관아의 일을 파하고 돌아와 사는 곳을 찾아 물으니

---

53) 호는 규암圭庵 회덕인懷德人임.
54) 호는 임당林塘 동래인東萊人이며 선조宣祖 때 좌상左相 역임.

一庭林月正扶疎	뜰에 숲속의 달빛이 바로 성긴 것을 붙든다.
朝陽已覺鳴祥鳳	조양朝陽에 상서로운 봉이 우는 것을 알았고
大壑還傾縱巨魚	대학大壑에 도리어 큰 고기가 길이로 놓였다.
松蓋當門能迓客	소나무도 대문 앞에서 손을 맞이하고
竹窓留雪好看書	창문 밖에 있는 눈은 책을 보는 데 좋겠다.
孤舟不盡山陰興	고주孤舟로 산음山陰의 흥을 다하지 못했으니
絶磴雲梯擬疎虛.	비탈길 높은 사다리로 성글었던 것을 헤아린다.

라 했으며, 김인후金麟厚[55])의 시에 말하기를,

朝回一室儼閑居	조회하고 돌아오니 집이 온통 한거에 엄연하고
餘事無妨時於疎	나머지 일은 때때로 성글어도 무방하리라.
筆下倒傾三峽水	붓끝은 삼협수를 거꾸로 기울인 듯
墨池飛出北溟魚	먹물에는 북명北溟의 고기가 날아가는 듯하다.
人歸暮境月窺榻	사람이 돌아간 저문 곳에 달이 자리를 비치고
門掩落花風捲書	문을 닫자 꽃은 떨어지고 바람이 책을 덮는다.
誰向此間初卜築	누가 이곳에 처음 집을 지었을까
祇今偏覺境淸虛.	지금에 지경이 맑음을 알 수 있겠다.

라 했으며, 임억령林億齡[56])의 시에 말하기를,

寒齋寂寂比僧居	서재가 쓸쓸하니 중이 있는 곳과 같으며
地僻門前馬跡疎	지역도 깊숙해 문앞에 말자취도 성글다.
志不公侯吾與點	뜻은 공후公侯에 두지 않고 증점曾點과 같이 한 것이며[57])
夢遊江海我知魚	꿈에도 강해江海에 놀고 싶은 나를 고기도 알리라.

---

55) 호는 하서河西 울산인蔚山人이며 문묘文廟 배향配享.

56) 호는 석천 선산인善山人이며 감사監司를 역임.

57) 공자孔子께서 여러 제자들 가운데의 증점曾點 말을 듣고 감탄하며 오여점吾與點이라 했다고 함.(論語 先進篇)

欲爲天下無雙士　천하에 둘도 없는 선비가 되고자 하며
肯讀人間作聖書　마땅히 인간세계에 성인이 지은 책을 읽으리라.
思把一尊論世事　생각은 일존一尊[58]을 잡고 세사를 논하고자 하는데
遠來風疾正乘虛.　멀리서 불어오는 바람이 빨라 헛된 것을 탄 것인가.

라 했는데, 임석천林石川의 시가 가장 좋아 사람으로 하여금 외우
는 것을 싫지 않게 한다.

　석천石川 임억령林億齡이 해인사海印寺 일주문一柱門에 시를 지
어 말하기를

一柱門前憩　일주문 앞에 쉬고 있으니
三竿日已昏　길었던 해가 져 어둡고자 한다.
梨花山雨後　배꽃에 산의 비가 내린 뒤에
滿地落紛紛.　땅에 가득하게 어지럽게 떨어진다.

라 했다. 석천이 이 시를 짓고 돌아와서 그의 친구에게 말하기를
"내가 해인사에서 절구 한 수를 지었다"고 하며 인해 이 시를 외우
며 말하기를 "내 시가 아름다우나 단지 한스러운 것은 산우山雨의
산자山字를 처음에 춘자春字로 한 것만 같지 못하다"고 하니 그 친
구가 놀라며 말하기를 "자네가 우연히 조화造化의 도움을 얻어 이
같은 아름다운 작품이 있었는데 도리어 천연스러움을 허물고자 하
느냐" 하자 이에 석천이 갑자기 스스로 깨달았다고 한다.

　이준경李俊慶[59]이 젊었을 때 시를 지어 호음湖陰 정사룡鄭士龍
에게 보이며 말하기를 "내 시를 옛 사람의 시와 비교할 수 있겠는

---

58) 전한前漢 때 동중서董仲舒가 주창한 유교일존주의儒敎一尊主義와 같은 의미가 아
　닌가 한다.
59) 호는 동고東皐 광주인廣州人.

가” 하니 호음이 말하기를 “비록 옛 사람과 같을 수는 없으나 친구를 위해 만시輓詩를 짓는 데는 여유가 있겠다”고 하니 동고가 그후로부터 시를 짓지 않았다고 한다. 그의 명종明宗 만사輓詞에 말하기를,

半夜催宣詔	밤중에 조서詔書를 펴는 것을 재촉해
蒼皇寢殿升	매우 급해 침전寢殿에 올랐다.
龍顏纔及覩	임금을 겨우 뵈옵게 되자
玉几已難憑	옥궤에도 이미 의지하기 어려웠다.
聖嗣由前定	왕위 계승은 전에 정했던 대로 했으며
宗祊遂有承	종방宗祊[60]이 드디어 이어지게 되었다.
三朝猶不死	셋 조정[61]까지 오히려 죽지 않아
忍看禍相仍.	화가 계속되는 것을 차마 볼 수 없다오.[62]

라 했는데, 말이 매우 뼈에 사무치게 간절하다고 하겠다.

정렴鄭磏[63]이 그의 아우 고옥古玉 작磏과 수암守庵 박지화朴枝華와 더불어 봉은사奉恩寺로 가면서 주중舟中에서 시를 지었는데 말하기를,

孤烟生古渡	연기가 옛 나루에 솟아 오르며
落日下遙山	지는 해는 먼 산으로 떨어진다.

---

60) 왕실王室의 왕위王位 또는 왕통王統을 말한 것이 아닌가 한다.

61) 여기에서 삼조三朝는 중종中宗 인종仁宗 명종明宗을 말한 것이 아닌가 한다. 이준경李俊慶이 선조宣祖 5년에 세상을 떠났으나 이 시가 명종의 만사이기 때문에 선조는 제외되었을 것이다.

62) 이 작품은 명종의 만사輓詞이지만 명종이 세상을 떠날 즈음까지 무사無嗣했기 때문에 당시 영의정領議政이었던 이준경李俊慶이 선조宣祖가 왕위를 계승하게 되는 절박한 순간을 중점적으로 반영했다고 볼 수 있다.

63) 호는 북창北窓 온양인溫陽人이며, 현감縣監 역임.

一棹歸來晚	한 개의 노로 돌아오기가 늦겠는데
招提杳靄間.	절은 아득한 구름 사이에 있다.

라 했으며,

　박수암朴守庵이 차운하여 말하기를,

孤雲晚出岫	외로운 구름은 늦게 산골짜기에서 나오고
幽鳥早歸山	깊숙한 곳에 있는 새는 일찍 산으로 돌아간다.
余亦同舟去	나도 함께 배를 타고 가니
忘形會此間.	자신을 잊고 친밀하게 여기에 모였다.

라 했고, 정고옥鄭古玉이 차운하여 말하기를,

日暮冥烟合	날이 저물자 어두움과 연기가 합쳐 끼었으며
蒼茫山外山	푸르고 넓은 곳에 산은 겹겹이 있다.
招提問何處	절은 어느 곳에 있는가 물었더니
鍾動翠微向.	종소리가 산 중턱 사이에서 들린다.

라 했는데, 북창北窓의 시가 가장 진실에 가깝다고 하겠다.
　북창 정렴鄭磏은 화담花潭 서경덕徐敬德이 세상을 떠났다는 말을
듣고 시를 지어 말하기를,

病中聞說花潭逝	병중에 화담이 세상을 떠났다는 말을 듣고
驚起推窓占少微	놀라 일어나 창을 열고 소미少微[64]를 보고 점을 친다.
死者如今不可作	이제 죽은 자는 어쩔 수 없지만
强顏於世欲何依.	억지로라도 이 세상에 누구를 의지하랴.

---

64) 별의 이름.

라 했는데, 알아주는 사람을 잃은 것에 대한 한이라 하겠다.

　조식曺植[65]이 시를 지어 말하기를,

千古英雄所可羞　긴 세월의 영웅으로서 부끄러운 바는
一生筋力在封侯.　일생의 근력이 봉후에 있은 것이라네.

라 했으며, 또 말하기를,

區區諸葛成何事　구차하게 제갈량諸葛亮이 무슨 일을 이루었느냐
膝就劉郎僅得三.　유비劉備에 나아가 겨우 삼분의 일을 얻었다.

라 했는데, 그를 아는 사람들이 그가 세상에 나오지 않은 것을 알
았다고 한다.

　권벽權擘이 경주慶州 서청관西淸觀에 자면서 지은 시에 말하기를,

玉笛吹殘古國聲　저 부는 소리에는 고국의 소리가 남았는데
客窓高臥夢西淸　객창에 높게 누워 서청관을 꿈꾼다.
山形崛起千年地　산 형태는 천년 고도에 우뚝 솟았고
樹色低遮半月城　나무 빛은 반월성半月城을 낮게 가리었다.
語燕繞簷天已曙　제비가 처마를 돌자 하늘은 이미 새벽이었고
飛花撲帳雨初晴　꽃이 장막을 치며 비는 처음 개였다.
朝來爲訴曾遊處　아침에 일찍 놀던 곳을 하소하니
物是人非易感情.　사물은 사람이 쉽게 정을 느끼는 것이 아니오.

라 했는데, 맑고 깨끗하며 유창하고 아름다워 당唐나라 시인들의
작품과 어찌 거리가 멀다고 하겠는가. 그의 <우음시偶吟詩>에 말

---

65) 호는 남명南溟 창녕인昌寧人.

하기를

興來無處不風流　　홍이 나니 풍류가 아닌 곳이 없어
佳節須從物色求　　아름다운 계절에 물색을 따라 구한다네.
黃菊有花皆九日　　황국에 꽃이 피는 것은 모두 구일이며
碧天懸月卽中秋　　푸른 하늘에 달이 뜬 것은 중추라오
淸光照席詩魂冷　　맑은 빛이 자리를 비치니 시혼도 맑으며
嫩蘂當樽酒味柔　　연한 꽃술이 술통앞에 있으니 술맛도 부드럽다.
相對此花兼此月　　아름다운 꽃과 겸해 달을 서로 대하니
謫仙鼓澤擬同遊.　　적선謫仙과 고택鼓澤과 같이 노는 것에 비기겠다.66)

라 하여, 맑고 새로우며 호탕해 외우게 하는 데 게으르게 하지 않
고 있다.

심수경沈守慶이 석왕사釋王寺를 방문하여 지은 시에 말하기를,

雨後輕衫出郭西　　비 내린 뒤에 가벼운 옷 입고 성서쪽으로 나가니
垂楊裊裊草萋萋　　수양은 늘어졌고 풀은 짙었다.
溪深正漲桃花浪　　시내물은 깊어 물결에 봉숭아꽃이 떴고
路淨初乾燕子泥　　젖은 길이 처음 마르자 제비가 흙을 물고 간다.
黃犢等閒依壟臥　　누런 송아지는 한가롭게 언덕에 누웠고
翠禽無事傍林啼　　푸른 새들은 편안하게 숲속에서 운다.
尋僧却恨春都盡　　중을 찾고자 했으나 봄이 지난 것이 한스러워
不見殘紅撲馬蹄.　　남은 꽃을 보지 못하고 말을 쳐 울게 한다.

라 했는데, 그림 같다고 하겠다.

양사언楊士彦67)은 글에 능했고 글씨를 잘 써 세상에서 선풍仙風

---

66) 적선謫仙은 이백李白이며 고택鼓澤은 도잠陶潛이다.
67) 호는 봉래蓬萊 청주인淸州人이며, 문과文科했고 부사府使 역임.

도골道骨이라 일컬었다. 그의 <만경대시萬景臺詩>에 말하기를,

> 九霄笙鶴下珠樓　　하늘에서 학이 저 소리를 내며 누로 내려오니
> 萬里空明灝氣收　　넓은 바다에 비친 달 그림자는 아득한 기운을 거두었다.
> 靑海水從銀漢落　　청해의 물은 은하수를 좇아 떨어지고
> 白雲天入玉山浮　　흰 구름이 낀 하늘은 옥산玉山으로 들어가서 떴다.
> 長春桃李皆瓊蘂　　긴 봄의 도리桃李는 모두 구슬 같은 꽃술이 있고
> 千載喬松盡黑頭　　오래된 큰 소나무는 머리가 모두 검다.
> 滿酌紫霞留一醉　　자하주紫霞酒를 잔에 가득 부어 취하고자 하니
> 世間無地起閑愁.　　세간에 한가한 근심을 일으키는 곳은 없다오

라 했는데, 불로 익힌 음식을 먹지 않은 사람의 말이다.

　　양응정梁應鼎[68]의 <과어양교시過魚陽橋詩>에 말하기를,

> 樹色烟光盡太平　　나무 빛과 아지랑이도 모두 태평스러우며
> 河橋猶帶舊時名　　강에 다리도 옛 이름을 띠었다.
> 伊涼若是簫韶曲　　만약 소소곡簫韶曲과 같이 서늘했다면
> 豈使胡雛犯兩京.　　어찌 호추胡雛[69]로 하여금 양경兩京을 범하게 하랴.

라 했다.

　　소형진蘇亨震은 진주晋州 사람이며 시를 짓는 재주가 매우 뛰어나
났는데 그의 한 절구絶句에 말하기를,

> 公山形勝古名州　　공산은 경치가 아름다워 예부터 명주였으며
> 官渡朱欄暎畫樓　　나루에 붉은 난간이 그림같은 누에까지 비친다.

---

68) 호는 송천松川 제주인濟州人이며, 사성司成 역임.

69) 안록산安綠山을 지칭한 것임. 당唐 명황明皇때 안록산이 어양漁陽에서 반란을 일
　　으켰음.

　　　蘇小門前江水近　　소소문蘇小門 앞에 강물이 가까운데
　　　綠楊枝外繫蘭舟.　　푸른 버들가지에 배를 메어 두었다.

라 했다.

　이제윤李悌胤70)의 시에 말하기를,

　　　雨灑愁簷短　　비가 뿌리자 근심이 처마처럼 짧아지고
　　　月明長亦愁　　달이 밝으니 근심도 또한 길어진다.
　　　愁後愁無歇　　근심 뒤에 근심은 쉬지 않아
　　　愁邊空白頭.　　근심 주변에 흰 머리만 크다오.

라 했는데, 내용의 흥취를 처마의 길고 짧은 것에 위탁하여 인간세
계의 근심을 잘 표현했다고 할 수 있다.

　김택金澤은 백천白川 사람으로서 문장에 능했다. 명종 때 벼슬하
지 않은 선비로서 글을 올려 항의해 을사사화乙巳士禍에 희생된 인
사들의 원통함을 씻어줄 것을 먼저 청하자 그의 명성이 일세에 크
게 알려졌으며 과거에 급제했으나 일찍 세상을 떠났다. 그의 <박
연폭포시朴淵瀑布詩>에 말하기를,

　　　翠壁千尋上下湫　　천길 푸른 벽 아래 위에 웅덩이며
　　　玉虹高掛錦屏頭　　무지개가 비단병풍 머리에 높게 걸리었다.
　　　跳珠散作松間雨　　뛰는 구슬은 흩어져 나무 사이의 비가 되고
　　　聲雜雲山十里秋.　　소리가 구름과 산 사이에 섞이니 멀리까지 가을이라네.

라 했는데, 사람들이 다투어 전하며 외웠다.

　노수신盧守愼71)은 항간에 사용하는 속어俗語로 쓰는 것을 좋아

────────────

70) 호는 재사당再思堂 판관判官 역임.

했다. 우상右相에서 바뀌게 되자 시를 지어 말하기를,

初解右議政　　처음 우의정右議政에서 해임되었는데
便就判中樞.　　문득 판중추判中樞에 나아가다.

라 했다.
이안눌李安訥72)의 시에 말하기를,

卽對璿源參奉話　바로 선원참봉璿源參奉에 대해 이야기했고
常依造紙別提隣.　항상 조지별제에 의해 이웃했다.

라 했는데, 대개 시를 지으면서 이러한 습관은 향산香山73)과 방옹
放翁74)에 뿌리를 둔 것이지만 시를 배우는 자가 꼭 본받을 것은 아
니다.
박순朴淳75)의 청풍淸風 <한벽루시寒碧樓詩>에 말하기를,

客心孤逈自生愁　길손이 멀리서 외로움으로 근심에 젖어
坐聽江聲不下樓　앉아 강물소리 들으며 누에서 내려오지 않네.
明日又登官道去　내일이면 공무公務로 떠나야 할 텐데
白雲紅樹爲誰秋.　흰 구름 붉은 단풍은 뉘를 위한 가을인가.

라 했는데, 한 번 읊으면서 세 번이나 감탄할 만하다.

71) 호는 소재蘇齋 광주인光州人이며, 영의정領議政 역임.
72) 호는 동악東岳 덕수인德水人이며, 참판參判에 증직되었다.
73) 당唐나라 시인 백낙천白樂天의 호.
74) 송宋나라 문인 육유陸游의 호.
75) 호는 사암思庵 충주인忠州人이며, 영의정領議政 역임.

김귀영金貴榮[76]의 <영안시詠鴈詩>에 말하기를,

霜落秋江鏡面開　서리 내리자 가을 강물이 거울처럼 맑아지니
羣飛天末等閑廻　하늘 끝에서 떼를 지어 날아 예사롭게 돌아온다.
隨陽不是謀粱去　양지를 찾은 것이지 기장을 얻고자 간 것이 아니며
遵渚應知避繳來　물가를 좇는 것은 그물을 피해 오는 것을 알기 때문
　　　　　　　이다.

紅樹暮雲聲斷續　단풍나무와 구름 속에서 우는 소리 끊어졌다 이어지며
碧波寒月影徘徊　푸른 파도 달빛 아래 그림자가 배회한다.
歸時莫近長安夜　돌아갈 때 밤에 서울 근처에 가지 말라
萬戶淸砧爲爾催.　많은 집 다듬잇소리를 네가 재촉한다오.

라 했다.

　양대박梁大樸[77]은 임진왜란 때 이천여명이나 모병募兵을 했으나 싸워보지도 못하고 병으로 세상을 떠났다. 그의 <영안시詠鴈詩>에 말하기를,

平沙浩浩水茫茫　사장은 까마득하고 물은 넓으며
秋盡江南雁字長　가을이 지난 강남에 기러기 떼가 길다.
雲渚月明時叫侶　구름 낀 물가와 달 밝은 밤에 때때로 짝을 부르며
塞天霜落亂隨陽　변방 하늘에 서리 내리자 따뜻한 곳을 어지럽게 따
　　　　　　　른다.

斜斜整整寧違陣　가로 또는 바르게 날고 있으나 어찌 행렬을 어기며
弟弟兄兄自作行　아우나 형이 스스로 항오를 짓는다.
菰浦稻畦應有繳　풀밭과 벼논에는 응당 그물이 있을 것이니
不如飛入水雲鄕.　강이나 구름 속으로 날아가는 것만 같지 못할 것이다.

---

76) 호는 동원東園 상주인尙州人이며, 선조宣祖 때 영의정 역임.
77) 호는 죽암竹巖 남원인南原人이다.

라 했는데, 양대박梁大樸의 시는 깊이가 없고 가까워 김귀영金貴榮 시의 매우 맑은 것만 같지 못하다.

송익필宋翼弼의 호는 구봉龜峰이며 여산인礪山人이다. 그의 <도 중시道中詩>에 말하기를,

> 山行忘坐坐忘行 산행을 하다가 쉬는 것을 잊었고 쉬다가 가는 것을 잊었으며
> 歇馬松陰聽水聲 소나무 그늘에 말을 쉬게 하고 물소리 듣는다.
> 後我幾人先我去 내 뒤에 몇사람이 내 먼저 가랴
> 各歸其止又何爭. 각자 그치는 곳으로 돌아가는데 어찌 다투겠는가.

라 했는데, 경쟁하고자 하는 뜻이 없다.

정철鄭澈[78]이 청송聽松 성수침成守琛에게 준 시에 말하기를,

> 每恨箕山叟 매양 기산箕山[79]의 늙은이를 한하는 것은
> 終身不事堯 죽을 때까지 요임금을 섬기지 않은 것이오.
> 松聲雖可愛 소나무 소리가 비록 사랑스러우나
> 何似聽簫韶. 어찌 소소簫韶[80]를 듣는 것과 같으리오.

라 했는데, 청송聽松은 시골에 숨어 살면서 벼슬을 하지 않았기 때문에 이 시를 주어 그에게 벼슬하기를 권한 것이다. 또 한 절구를 얻어 우계牛溪 성혼成渾에 보였는데, 우계가 본디 고금의 싯구에 대해 감식하는 안목이 매우 밝았기 때문이다. 그 시에 말하기를,

---

78) 호는 송강松江 연일인延日人이며, 좌의정左議政 역임.
79) 허유許由가 요堯임금의 왕위를 받지 않고 숨었다는 산 이름.
80) 순舜임금이 만들었다는 음악.

山雨夜鳴竹	산에 내리는 비는 밤에 대나무를 울게 하고
草虫秋近床	풀벌레는 가을이면 책상 근처에 온다.
流年那可住	흐르는 세월을 어찌 머물게 하랴
白髮不禁長.	백발이 자라는 것을 금할 수 없다.

라 하여, 당저唐楮 종이에 써 우계牛溪에게 보이면서 말하기를 "이 것이 옛 벽에 붙어 있었는데 뉘가 지었는지 알 수 없다"고 했다. 우계가 여러 번 음미해 보다가 말하기를 "이 시는 만당晚唐 시인의 작품이라"고 하니 송강松江이 웃으며 말하기를 "내가 공을 시험해 보고자 한 것인데 공이 속임을 보였다"고 했다. 아, 시를 안다는 것 이 어렵다고 했는데, 어렵고 또 어렵다.

송강 정철鄭澈이 관동백關東伯이 되어 지방을 순찰하면서 강릉 江陵에 도착했는데, 그때 읍에 사는 사람 가운데 전의이씨全義李氏 의 백성으로서(전의민全義民) 글에 능한 자가 있어 본부本府의 교의 관教義官이 되어 마침 송강을 맞이하는 자리에 있었다. 송강이 그 에게 일러 말하기를 "내가 일찍 평창平昌에 도착하여 약수藥水라는 이름을 듣고 한 구句를 지었으나 아직 그 대우對偶를 얻지 못했다" 고 하며 인해 읊어 말하기를,

地名藥水難醫疾. 지명이 약수지만 병을 치료하기 어렵다.

라 하니, 그 백성이 말하기를 "그 대구對句가 있는데 감히 말하기 어렵습니다" 하므로 송강이 강력하게 말해 보게 하니 그 백성이 바 로 말하기를,

驛號餘粮未救飢. 역 이름이 여량餘粮이나 굶주림을 구하지 못했다.

라 했는데, 대개 여량은 정선旌善의 역 이름이므로 송강의 시에 참
으로 적실한 대구對句가 되어 송강이 표정을 바꾸어 그를 대했다.

고경명高敬命81)이 일찍 고봉高峯 기대승奇大升을 방문하여 분盆
에 있는 국화를 보고 시를 짓고자 했는데, 그 분에는 누렇고 흰 두
가지 꽃이 피어 있었다. 제봉霽峰이 붓을 적시어 한 절구를 지어
말하기를,

> 正色黃爲貴   황색이 정색正色으로 귀함이 되겠지만
> 天姿白亦奇   타고난 흰색도 또한 기이하다.
> 世人看自別   세상 사람이 보고 구별하겠으나
> 均是傲霜枝.   모두 서리에 거만한 가지라오.

라 했는데, 대개 사물의 형상에 자신의 의사를 첨부한 것이다. 그리
고 <천주봉완월시天柱峯玩月詩>에 말하기를,

> 縹緲奇峰戴六鰲   아득하고 기이한 봉은 여섯 자라를 이고 있고
> 上方秋月一輪高   상방에는 한 개의 둥근 가을 달이 높게 떴다.
> 可憐塵世無人會   가련하게 이 세상에 사람의 모임이 없어
> 風雨凄凄睡正午.   비바람으로 쓸쓸해 정오까지 졸고 있다.

라 했는데, 또한 상쾌함이 있다.

김첨金瞻이 하곡荷谷 허봉許篈에게 일러 말하기를 "내가 고이순
高而順(경명敬命의 자字)의 시에 접근할 수 없다고 여겼는데 지금
보니 전혀 두려워할 것이 없다"고 하니 하곡이 미소하며 인해 제봉
霽峰이,

---

81) 호는 제봉霽峯 장흥인長興人이며, 문과文科에 급제 공조참의工曹參議 역임.

秋後瘴烟鎖嶺嶠　　가을이 지나자 장기가 재 높은 곳에 끼었고
夜深荷雨在官池.　　밤이 깊자 연잎에 떨어진 비가 못에 있다.[82]

이순신李舜臣[83])이 통제사統制使가 되어 지은 시가 있는데 말하기를,

誓海魚龍動　　바다에 맹세하자 고기와 용이 움직이고
盟山草木知.　　산에 맹세하니 풀과 나무도 안다.

라 했는데, 기운과 절의가 활달하고 구애받지 않음을 시에서 볼 수 있다.

곽재우郭再祐[84)는 우윤右尹의 난이 있은 후 국가에서 여러 번 불렀으나 나가지 아니하며 말하기를 "어찌 내가 나가서 주구走狗와 더불어 같이 사귀겠느냐"했다. 그의 <영사연화시永謝烟火詩>에 말하기를,

朋友憐吾絶火煙　　친구들은 내가 화식하지 않는 것을 불쌍히 여겨
共成衡宇洛江邊　　함께 간소한 집을 낙동강변에 지었다.
無飢只在啗松葉　　굶주림이 없는 것은 솔잎을 씹어먹는 데 있고
不渴惟憑飮玉泉　　목마르지 않는 것은 샘물을 마시기 때문이요.
守靜彈琴心澹澹　　고요한 마음으로 거문고를 타니 마음이 담담하고
杜窓調息意淵淵　　창문을 닫고 숨을 고르자 뜻이 깊어진다.
百年過盡亡羊後　　백년이 모두 지나고 실패한 뒤에
笑我還應稱我仙.　　나를 비웃던 자들이 도리어 신선이라 일컬을 것이다.

---

82) 여기에는 전후에 낙자落字가 있지 않은가 짐작된다. 김첨金瞻의 인물에 따른 기록과 하곡荷谷이 외운 시 뒤에 언급이 있었을 것으로 짐작되는데 없기 때문이다.
83) 덕수인德水人이며, 시호는 충무공忠武公임.
84) 호는 망우당忘憂堂이며 현풍인玄風人이다.

라 했는데, 그가 임진왜란 때 공을 이루었으나 벼슬하지 않았으니
몸을 보호하는 데 밝았다고 이르겠다.

　　김천일金千鎰[85]이　최경회崔慶會[86]와　고종후高從厚[87]와　더불어
진주晋州를 지키면서 지은 시가 있었는데 말하기를,

　　　蠢石樓中三壯士　　촉석루 가운데 있는 세 장사는
　　　一鞭笑指長江水　　채찍으로 웃으며 긴 강을 가리킨다.
　　　長江之水流滔滔　　긴 강의 물이 도도히 흘러
　　　波不竭兮魂不死.　　파도가 마르지 않으면 넋도 죽지 않을 것이다.

라 했다.

　　조헌趙憲[88]의　<도강시渡江詩>에 말하기를,

　　　東土貔貅百萬師　　우리나라 맹수와 같은 백만의 사졸들이
　　　如何無力濟艱危　　어찌 무력하여 위태로움을 구하지 못하나뇨.
　　　荊江有約人何去　　형강에 약속이 있는데 사람들은 어디를 갔는가
　　　擊楫秋風獨渡時.　　가을 바람에 노를 치며 홀로 건너는 때요.

라 했는데, 기개가 슬퍼하고 한탄함은 장순張巡[89]이 회양淮陽에서
지은 작품에 양보하지 않을 것이다.

　　괴산槐山 이봉李逢[90]은 종실宗室의 후손으로 줄글을 잘 지었으
며 고제봉高霽峯과 사이가 좋았는데, 같이 쌍계사雙溪寺에 자면서

---

85) 호는 건재健在 언양인彦陽人이며, 판결사判決事 역임.
86) 호는 삼계三溪 해주인海州人이며, 우병사右兵使 역임.
87) 호는 준봉隼峯 장흥인長興人이며, 현령縣令 역임.
88) 호는 중봉重峯 백천인白川人이며, 문과文科 첨정僉正 역임.
89) 당唐나라 명황明皇 때 안록산安祿山의 난亂에 회양淮陽을 지키다가 전사했다.
90) 호는 청계淸溪 완산인完山人이다.

지은 시가 있다. 그 시에 말하기를,

> 信宿雙溪寺　　며칠 쌍계사雙溪寺에서 잤더니
> 雲閑僧亦閒　　구름도 한가롭고 스님도 또한 한가롭다.
> 如何百戰將　　어찌하여 백 번이나 싸운 장수가
> 頭白未歸山.　　머리가 희었는데 산으로 가지 못하나뇨

라 했다.

청계淸溪 이봉李逢의 딸로서 조원趙瑗 승지承旨의 첩이었으며 시로써 세상에 알려졌는데 이른바 이옥봉李玉峯이라는 자가 그였다. 송응창宋應昌 경략經略에 올린 시가 있었는데, 그때 이여송李如松이 평양을 수복하고 그 이긴 것으로 인해 계속 진격하여 개성을 수복했으며 벽제역碧蹄驛에 이르러 빨리 진격하다가 패하게 되자 송응창宋應昌 경략經略이 심유경沈惟敬의 주장에 따라 왜倭와 화해하고자 했다. 그 시에 말하기를,

> 塞邊沙月淨如霜　　변방에 모래와 달빛이 서리처럼 깨끗한데
> 人如冤魂哭戰場　　사람들은 원통한 넋과 같이 전장에서 울고 있다.
> 天連日本還同戴　　하늘은 일본日本과 연해 함께 이고 있으니
> 却恨無謀宋侍郎.　　문득 무모한 송시랑宋侍郎을 한하노라.

라 하니, 송경략宋經略이 보고 실심한 듯했다고 한다.

윤안성尹安性[91]이 임진왜란 후 장차 일본日本으로 가고자 하는 회답사回答使에게 준 시에 말하기를,

---

91) 호는 명관冥觀 파평인坡平人이며, 참판參判 역임.

使名回答向何之　사신의 이름은 회답回答인데 어디를 향해 가나뇨
今日和親我未知　오늘의 화친을 나는 알지 못하겠다.
君到漢江江上望　그대가 한강에 도착하면 강 위를 바라보라
二陵松柏不生枝.　두 능의 송백에 가지가 나지 않고 있다.

라 했는데, 두 능은 선정宣靖 양릉을 이름이다. 말의 뜻이 깊게 느끼게 하고 탄식하게 해 자연히 눈물이 흐른다.

　이벽오李碧梧 판서判書는 유정사惟政師가 일본日本에 가는 것을 보내며 지은 시에 이르기를,

靑丘踏盡萬峯秋　우리나라를 모두 밟았더니 많은 산들이 가을이며
海外還聞有九州　해외에 구주九州가 있다고 들었다.
此去獨當天下事　이번 가는 것이 홀로 천하 일을 당하게 되었는데
世間人自覓封侯.　세간 사람들은 스스로 봉후만 찾는다오.

라 했는데, 고기를 먹는 사람들을 부끄럽게 하고 있다. 또 기생인 취소吹簫를 읊은 시에 말하기를,

簫史西飛去　소사簫史가 서쪽으로 날아가니
烟雲海路遙　구름이 낀 바다길이 멀다.
秦樓月明夜　진루의 달 밝은 밤에
誰與伴吹簫.　누구와 더불어 짝해 소簫를 불겠느냐.

라 했는데, 이달李達이 이르기를 이 시는 바로 당시唐詩의 가락이라고 했다.

　정작鄭碏의 지은 시가 있는데 말하기를,

夜來自笑千般計　밤이 되면 천 조각으로 계획한 것이

每到明朝便一쵸.　　매양 다음 아침이면 문득 없어지는 것을 웃는다.

라 했다. 무릇 시를 지을 때 감정의 지경에 가까운 것을 귀하게
여기는데,

多少關心事　　얼마의 관심 있는 일이
晝灰到夜深.　　낮에는 재가 되었다가 밤이면 깊어진다.

라 한 구와 같은 것이 비록 설득력이 매우 좋으나 원형元衡의,

日出事還生.　　해가 뜨면 다시 일이 생긴다.

라 한 구의 더욱 묘한 것만 같지 못하며, 정작鄭磉의 말에 이르면
사람의 감정을 묘사한 것이 극진한 것에 이르렀다.
　신응시辛應時[92]의 <청주관시靑州館詩>에 말하기를,

百尺盤初下　　높게 서리어 있는 곳을 처음 내려가니
浴溪路亦通　　목욕하는 시냇길도 또한 통했다.
溪橋多臥石　　시내 다리에는 누워 있는 돌이 많고
山店半依楓　　산점은 반이나 단풍나무에 의지했다.
烏度夕陽外　　까마귀는 석양 밖으로 건너가고
馬行秋影中　　말은 가을 그림자 속으로 간다.
神仙如不妄　　신선이 망녕스럽지 않을 것 같으면
今日倘相逢.　　오늘 저녁에 혹시 만나게 되리라.

라 했는데, 묘사한 것이 진실에 가까워 경치에 대해 그림을 생각하

---

92) 호는 백록白麓이며, 부제학副提學 역임.

게 한다.

이산해李山海93)의 <별형군문장시別邢軍門將詩>에 말하기를,

九重東顧彩眉矉	구중九重94)이 빛난 눈썹을 찡그리고 동쪽을 돌아보며
文武全才杖老臣	문무가 온전한 재능의 노신에 맡겼다.
世難獨當天下事	세상이 어지럽자 홀로 천하 일을 담당했고
功成還作畫中人	공을 이루었으니 돌아가면 그림 속의 인물이 되겠다.95)
百年疆域山河舊	백년 동안 지역의 산과 물은 예와 같고
千里桑麻雨露新	천리에 늘어선 상마는 이슬에 젖어 새롭다.
只爲袞衣留不得	임금으로부터 머무는 것을 얻지 못해
滿城鬢白盡沾衣.	성에 가득한 모든 사람들이 눈물로 옷을 적신다.

라 했다. 임진왜란 후에 형군문邢軍門이 중국으로 돌아가게 되자 우리나라 문사들이 송별시를 많이 지었는데 아계鵝溪가 지은 이 시가 제일이었다고 한다. 또 <강정시江亭詩>에 말하기를,

雲橫銅雀夕陽盡	동작銅雀에는 구름이 비끼었고 해가 졌으며
花落廣陵春水多	광릉廣陵에는 꽃이 지고 봄물이 많다.
滿樓樽酒不歸去	누에 술이 많아 돌아가지 않고 있는데
碧樹沈沈藏暮鴉.	침침한 푸른 나무에 늦게 갈까마귀가 있다.

라 했는데, 기운도 맑고 격도 노련하다.

최립崔岦96)의 <삼일포시三日浦詩>에 말하기를,

---

93) 호는 아계鵝溪 한산인韓山人이며, 선조宣祖 때 영의정領議政 역임.
94) 궁중宮中을 말하나 여기서는 임금을 지칭한 것임.
95) 옛날 중국에 건국 또는 중흥에 공로가 많은 사람의 화상을 그려 궁중에 전시한 적이 있었는데, 공이 많다는 것을 칭송한 것임.
96) 호는 간이簡易 통천인通川人이며 문과했고 형참刑參 역임.

三日仙遊猶不再　삼일 동안 선유仙遊를 했으나 다시 놀지 못했으니
十洲佳處始知多.　십주에 아름다운 곳이 많음을 비로소 알았다.

라 했는데, 뜻은 깊으나 말은 막히었다.

아계 이산해李山海의 <한벽루시寒碧樓詩>에 말하기를,

紅樹白雲昔駐馬　붉은 나무 흰 구름에 옛날 말을 머물렀고
亂峯殘雪又登樓.　어지러운 봉과 남은 눈에 또 누에 오른다.

라 했는데, 운치는 있으나 기가 약해 최립崔岦의 시와 함께 하자가
있다. 인조仁祖 때 『간이집簡易集』 아홉권이 간행되었다. 간이는
아계의 시가 뼈가 없다고 했고 아계는 간이 시가 옹졸하다고 했는
데, 이것은 대개 문인들이 서로 가볍게 여기는 것에서 나온 것이다.

서익徐益[97]은 글을 올려 율곡栗谷 이이李珥를 구하고자 하다가
모함을 입었으며 시로써 세상에 유명했다. 유배되어 갈 때 전송하
는 사람들이 배에 가득하여 각각 시를 지었다. 그가 <송별시送別
詩>에 차운하여 말하기를,

舟大容浮世　배가 커 이 세상을 수용하겠고
天長覆遠臣.　하늘이 길어 멀리 가는 신하를 덮겠다.

라 하니, 자리에 가득한 사람들이 놀라며 승복했다고 한다.

윤탁연尹卓然[98]의 <서회시書懷詩>에 말하기를,

---

97) 호는 만죽萬竹 부여인扶餘人이다.
98) 호는 중호重湖 칠원인漆原人이며, 판서判書 역임.

生憎岐路有東西	평생에 동서로 길이 나누어지는 것을 미워하며
雲與同行鶴與棲	구름과 동행하고 학과 더불어 같이 지낸다.
乘興有時成大醉	흥이 나면 때때로 크게 취하게 되는데
醉顏何處向人低.	취한 낯이 어디서나 사람들에 굽히랴.

라 했는데, 높게 사무치고 얽매이지 않고 있다.

허봉許篈[99]이 일찍 북방에 사신으로 갔다가 거산역居山驛에서 지은 시가 있는데 말하기를,

長途皷角帶晨星	먼 길에 고각이 새벽별을 띠었는데
倦向青州古驛亭	천천히 청주青州의 옛 역정을 향했다.
羅下洞深山簇簇	나하동羅下洞은 깊은 산 속에 쌓였고
侍中臺逈海冥冥	시중대侍中臺를 도는 바다는 검푸르다.
千年折戟沈沙短	긴 세월동안 시장에 묻힌 창은 부러져 짧고
十里平蕪過雨腥	넓은 벌판에 비린내 나는 비가 지나간다.
舊事微茫問無處	옛날 일이 아득해 물을 곳이 없고
數聲橫笛不堪聽.	들려오는 피리 소리 듣기 어렵다.

라 했는데, 허봉이 북방 사람의 일로 인해 계상啟上하고자 들어갔더니 임금이 칭찬해 마지 않으면서 오육구五六句에 이르러 구법句法이 마땅히 이와 같아야 하지 않겠느냐 하며 직접 붓을 들고 비점批點을 했다고 한다. 또 분분盆에 있는 매화의 한 가지가 꺾어져 있는 것을 보고 말하기를,

月出虧前影	달이 뜨자 앞 그림자가 이지러졌다.

---

99) 호는 하곡荷谷 양천인陽川人이며, 전한典翰 역임. 홍여순洪汝諄과 더불어 율곡栗谷 이이李珥를 논했다가 유배되었으며, 동생 균筠은 판서를 역임했는데 이이첨李爾瞻의 당으로 처형되었음.

라 하고, 그 대구對句를 얻지 못해 괴롭게 중얼거리고 있으니 오산
五山 차천로車天輅가 갑자기 들어와서 어찌 이렇게 말하지 않는가
하며,

> 風來減舊香.　　　　바람이 불어 오자 옛 향기가 감해졌다.

라 하니, 하곡荷谷이 감탄했다고 한다. 하곡이 갑산甲山에 귀양가
있으면서 지은 시가 있는데 말하기를,

> 春來三見洛陽書　　봄 들며 집에서 보낸 글 세 번 받았는데
> 聞說慈親久倚閭　　들으니 어머니는 이 자식 오기만을 기다린다오.
> 白髮滿頭斜景短　　백발이 많아 살아 계실 날 멀지 않았는데
> 逢人不敢問何如.　　사람 만나도 감히 안부 묻지 못한다오.

라 했는데, 사람으로 하여금 차마 다시 쓰게 하지 못하게 한다.
권필權韠[100]의 <포아유감시抱兒有感詩>에 말하기를,

> 赤子胡然我念之　　갓난아기를 내가 어떻게 생각하랴
> 曾聞爲父止於慈　　일찍 아버지가 하는 것은 사랑에 그쳐야 한다고 들었다.
> 白頭永隔趨庭日　　흰머리 되어 영원히 아버지를 볼 수 없게 되었으니
> 忍看吾身似汝時.　　내 몸이 너 같은 때를 차마 보게 되랴.

라 했는데, 이 시를 읽게 되면 눈물을 흘리게 한다.
　이덕형李德馨[101]이 일찍 말하기를 선위사宣慰使가 되어 영남루
嶺南樓에 두 번 올랐는데 먼저 올랐을 때는 달빛을 구경하기 위한

---

100) 호는 석주石洲 안동인安東人.
101) 호는 한음漢陰 광주인廣州人.

것이고 뒤에는 비가 내리는 것을 보기 위해서였다. 임진왜란 후에
응천凝川을 지나게 되었는데 돌도 거칠어졌고 성곽도 파괴되어 보
이는 것이 모두 쓸쓸했으나 홀로 강위의 풍경만은 옛과 같았다. 누
상樓上에 있는 시에 차운하여 말하기를,

建牙重到嶺南天	깃발을 세우고 嶺南樓에 두 번째 이르니
十二年光逝水前	십이년 세월에 물은 앞으로 흐른다.
人物盡鎖兵火後	인물은 병란 후에 모두 막히었으나
江山猶媚畵圖邊	강산은 오히려 그림처럼 아름답다.
灘聲暝雜長林雨	여울소리는 숲속의 빗소리와 알 수 없게 썩히었고
月色淸籠近渚煙	달빛은 물가의 연기와 맑음이 얽히었다.
風景不殊陳迹變	풍광은 묵은 자취가 변해도 다르지 않으니
白頭時夢醉芳筵.	백두에 때때로 취해 놀던 자리를 생각한다.

라 했는데, 시의 격이 매우 맑고 곱다.
　이항복李恒福[102]의 <선우야연도시單于夜宴圖詩>에 말하기를,

陰山獵罷月蒼蒼	음산에서 사냥을 파하니 달이 매우 밝은데
鐵馬千軍夜踏霜	많은 병졸과 말들이 밤에 서리를 밟는다.
帳裡胡笳三兩拍	장막 속에서 피리 소리 두세 번 불자
尊前起舞左賢王.	술통 앞에 좌현왕左賢王[103]이 일어나 춤을 춘다오.

라 했는데, 말이 자못 호방하다.
　이백사李白沙가 한음漢陰이 세상을 떠난 뒤에 만시挽詩를 지어
울며 말하기를,

---

102) 호는 백사白沙 경주인慶州人이며, 영의정領議政 역임.
103) 흉노족匈奴族의 왕을 말함.

釋褐當年御李君　급제했을 당년에 이군李君을 맞이했는데
陽春座上自生溫　자리가 따뜻한 봄 같아 스스로 온기가 났다.
初驚碉栢昻霄直　처음 냇가 잣나무가 하늘에 곧게 솟은 것에 놀랐고,
竟見雲鵬掣海翻　마침내 붕새가 바다를 끌어 뒤집는 것을 보았다.
歲暮北風寒凜冽　해가 저물자 북풍은 매우 차갑고
天陰籬雀姿喧煩　하늘이 어두우니 울타리의 새는 번거롭게 지껄인다.
哀詞不敢分明語　애사哀詞에 분명히 말하지 못하는 것은
薄俗窺人喜造言.　세속이 사람을 살펴 말 만드는 것을 좋아하기 때문이오

라 했는데, 혹은 말하기를 백사白沙가 처음 이 만사輓詞를 짓고 말
에 감정이 지나치게 노출되었다고 여겨 조각을 내어 일절一絶을 지
어 말하기를,

流落空山舌欲捫　공산을 떠돌아 다니며 혀를 어루만지다가
聞君長逝暗消魂.　그대가 세상을 떠났다는 말 듣고 몰래 혼을 살랐다.

라 하여, 앞의 율시律詩의 끝 구로 작품이 이루어졌는데, 이 한 연
에서 가히 당시의 일을 생각할 수 있을 듯하다.
　이백사李白沙가 일찍 형군문邢軍門의 접반사接伴使로서 진주晉
州에 몇 개월 동안 머물고 있었다. 어느날 기생을 불러 옷이 터진
것을 꿰매게 하고자 했는데, 그 고을 병마사兵馬使가 무료하기 때
문이라고 생각하고 예쁜 기생을 골라 보냈더니 꿰매기만 시키고
보냈다. 그리고 바로 희제戲題로 지은 시에,

將軍熟讀圯橋書　장군이 익숙하게 이고서圯橋書[104]를 읽었으니

---

104) 장량張良이 황석공黃石公으로부터 태공太公의 병법兵法을 배운 곳. 중국 강소
　　성江蘇省에 있는 다리 이름.

料得客情如料敵　　적을 헤아리는 것처럼 손의 감정도 알았을 것이다.
故敎纖指懶縫衣　　일부러 옷 꿰매는 것을 게으르게 하며
欲試先生腸似石.　　선생의 돌 같은 간장을 시험하고자 하네.

라 했다.

윤두수尹斗壽[105)가 과거에 급제하기 전에 절에 가서 공부하면서 벽에 시를 써 말하기를,

懸囊防飢鼠　　도가니를 달아 주린 쥐를 막았고
回燈護撲蛾.　　등불을 돌려 나방이 부딪치는 것을 보호한다.

라 했더니, 스님이 그 시를 보고 말하기를 생물을 구제하려는 뜻이 있으니 반드시 정승이 될 것이라 했는데 과연 증험을 했다.

이호민李好閔[106)의 <영매월시詠梅月詩>에 말하기를,

皎皎雲端月　　밝고 밝은 달은 구름 끝에 있고
娟娟江上枝　　곱고 고운 매화가지는 강 위에 있다.
其間千萬里　　그 사이 천만리나 되지만
淸白故相隨.　　맑고 흰 것은 짐짓 서로 꼭 닮았다.

라 했는데, 말한 내용이 매우 묘하다.

유근柳根[107)은 퇴계退溪 이황李滉의 문인이었다. 제호霽湖 양경우梁慶遇에게 말하기를 "내가 한 연聯을 얻었으니 이르기를,

---

105) 호는 오음梧陰 해평인海平人이며, 영의정領議政 역임.
106) 호는 오봉五峯 연안인延安人이며, 연릉군延陵君.
107) 호는 서경西坰 진주인晉州人이며, 대제학大提學 역임.

古坰生碧草　　옛 언덕에 푸른 풀이 돋고
新月掛黃昏.　　초승달은 황혼에 걸리었다.

라 했는데, 가히 옛 사람의 시에 견줄 만한가” 하니 제호가 말하기를 “두보杜甫의 율시에 이르기를,

映階碧草自春色　　뜰에 비친 푸른 풀은 스스로 봄빛이며
隔葉黃鸝空好音.　　잎 건너 누런 꾀꼬리는 매우 좋은 소리라오.

라 했는데, 공公의 시의 뜻이 여기에서 나온 듯하다”고 하자 서경西坰이 웃으며 말하기를 “내가 자네의 말하는 뜻을 알았다” 하고 생괘生掛 두 글자를 공空과 자自로 고치니 제호가 웃으며 승복해 말하기를 “어찌 감히 이를 수 있겠는가” 했다.

　윤계선尹繼善108)이 임진왜란 때 명明나라 병사들이 오게 되자 명나라 장수에게 준 시에 말하기를,

君家二十四橋邊　　그대의 집은 이십사 다리 가에 있고
樓上佳人三五年　　누상에 가인은 열다섯 살이라네.
征客未歸春已到　　전쟁에 간 남편은 돌아오지 않고 봄이 왔으니
梅花應發玉窓前.　　매화가 분명히 창 앞에 피었을 것이다.

라 했는데, 당唐나라 시인들의 작품과 같고, 이 시를 받은 장수는 바로 양주楊洲 사람으로 결혼한 직후에 헤어졌다고 한다.

　간이簡易 최립崔岦이 신모압新茅押109)으로서 승정원承政院에 갔

---

108) 호는 파담자破潭子, 일찍 세상을 떠났음.
109) 모압茅狎은 어떤 의미인지 알아보지 못했으나 내용으로 보아 급제한 직후를 지칭한 것이 아닌가 한다.

더니 청련靑蓮 이후백李後白 주서住書가 그에게 앞에 엎드리게 하고 칠언七言 근체시近體詩 이십수와 운을 내어 바로 그 자리에서 지어 제출하게 하자 간이簡易가 부르는 것에 따라 지어 그 빠른 것이 이미 생각하고 있었던 것과 같아 해가 기울기도 전에 모두 지어 말과 뜻이 아름다우니 자리에 있었던 사람들이 놀라며 탄복하지 않은 자가 없었다. 세상에서 전하는 은대銀臺 이십률二十律이 그것인데, 그 하나인 <부평시浮萍詩>에 말하기를,

汎汎紛紛點綠漪	뜨고 분잡하게 아름다운 푸른 점이
閑時看作一般奇	한가할 때 보아도 신기하다오.
遮來似爲藏魚躍	가려놓고 오면 뛰는 물고기가 숨게 되는 듯하고
約去如知避鳥窺	맺어놓고 가면 새가 엿보는 것을 피하게 하는 것 같다.
只是無心浮更泊	단지 무심히 떠다니다가 다시 쉬어
何曾有迹合還離	어찌 일찍 모였다가 헤어지는 흔적을 있게 하나뇨.
憑君擬却虛舟說110)	그대에 부탁하노니 허주설虛舟說110)을 비기지 마오.
身是浮萍世是池.	몸은 부평浮萍이요 세상은 못이라네.

라 했으니, 이십수의 근체시를 열흘 또는 한 달에 짓기도 어려울 것인데 하물며 한 순간에 붓을 잡고 바로 지었으니 그의 문명이 세상에 많이 알려진 것은 마땅하다.

최간이崔簡易의 <영괴석시詠怪石詩>에 말하기를,

窓前一虱懸	창 앞에 이가 한 마리 매달려 있어
目定車輪大	눈으로 수레바퀴처럼 크다고 했다.
自我得此石	내가 이 돌을 얻은 뒤로부터
不向花山坐.	화산을 향해 앉지 않는다오.

---

110) 허심 탄회한 마음을 말하기도 하는데, 여기서도 그런 의미로 상용된 것인지.

라 했는데, 정밀하고 돌출하며 기이하고 예스럽다.

최간이崔簡易의 <영폭시詠瀑詩>에 말하기를,

紳垂九萬兒童見　　긴 띠가 구만리나 드리웠으니 아이들도 볼 수 있고
尺可三千世俗談.　　삼천 척이나 된다고 세상에서 말한다.

라 했으며, 소동파蘇東坡의 <영설시咏雪詩>에 차운하여 말하기를,

樓奢白玉敎先碎　　누가 사치스러워 백옥을 먼저 부서지게 가르치고
食淡蒼生爲下鹽.　　싱거움을 먹는 창생에게 소금이 되게 보냈다.

라 하여, 말의 뜻이 모두 사람들이 생각할 수 없는 것에 가까운데 세상에서 기교에 치중하는 자들은 혹 이르기를 지나치게 군세어 족히 볼 것이 없다고 하지만 스스로 생각하지 못함을 많이 보인 것이다.

우리나라에 사신으로 온 중국 사신 주지번朱之蕃 태사太史가 한강에 놀면서 장편 한 수를 지어 영의정領議政 류영경柳永慶에게 차운하여 짓게 했다. 그때 간이簡易가 제술관製述官으로서 대신 지었는데, 그 첫구에 말하기를,

漢江自古娛佳客　　한강은 예부터 손님들을 즐겁게 했으니
不能十里王京陌.　　서울거리와 십리가 되지 않는다오.

라 했는데, 근접사近接使 유근柳根이 보고 왕경王京 두 자를 고쳐 장안長安으로 하니 간이가 약간 빙그레 웃었다. 이 시를 주지번에게 보이자 주지번朱之蕃이 크게 감탄하며 인해 장안 두 자를 지적

하며 일러 말하기를 "장안은 본디 이곳 땅이름이 아니고 또한 힘이 없어 왕경王京 두 자만 같지 못하다"고 하자 서경西坰 유근柳根이 듣고 부끄럽게 여겼다고 한다.

양대박梁大樸[111]은 임진왜란 때 이천여명이나 모병을 했으나 싸워보지도 못하고 병으로 세상을 떠났다. 그의 <청계시淸溪詩>에 말하기를,

> 山鬼夜窺金鼎火　　산의 귀신은 밤에 금정의 불을 엿보고
> 水禽秋宿石堂烟.　　물새는 가을이면 석당의 연기 속에 잔다.

라 했는데 말이 기이하고 굳세다.

임제林悌[112]가 아이였을 때 나가 놀다가 머리를 쪽진 여자를 보았는데, 얼굴이 매우 아름다웠다. 임제가 보고 좋아하여 뒤를 따라갔더니 큰 집에 도착하여 안으로 뛰어 들어갔다. 임제가 그집 밖에 이르자 주공主公이 종을 시켜 임제를 끌고가서 뜰 앞에 세워두고 말하기를 "너는 어떤 아이였기에 감히 이와 같이 당돌하냐" 임제가 사실대로 고하면서 잘못했음을 아뢰니 주공이 말하기를 "네가 내 부르는 운韻에 따라 시를 짓게 되면 용서하겠고 짓지 못하면 벌을 주리라" 하고 운을 부르니 임제가 바로 응해 말하기를,

> 聞道東君九十蔿　　동군東君[113]이 구십에 죽었다는 말을 듣고
> 惜春兒女淚盈升　　봄을 아끼는 아녀의 눈물이 되에 가득하다.
> 尋香狂蝶何須責　　향기를 찾는 미친 나비를 어찌 꾸짖고자 하나뇨

---

111) 호는 죽암竹嚴 남원인南原人이다.
112) 호는 백호白湖 회진인會津人이다.
113) 봄을 맡았다는 신을 말하는데, 여기서는 누구를 지칭한 것인지 알수 없다.

相國風流小似凌.　상국相國이 풍류를 약간 가볍게 여기는 듯하오.

라 하니, 그 주공主公이 크게 기이하게 여겨 쪽진 여아를 불러 임제에게 주었다.

　백호白湖 임제林悌가 일찍 <패강곡시浿江曲詩>를 지었는데 말하기를,

　　浿江兒女踏春陽　패강의 소녀들이 답춘을 하면서
　　何處春陽不斷腸　어느 곳 봄인들 애를 태우지 않으리오.
　　無限煙絲若可織　한이 없는 이 실로 천을 짤 수 있다면
　　爲君裁作舞衣裳.　님을 위해 춤추는 옷을 짓고 싶다오.

라 했는데, 한 때 이 시를 곱고 아름답다고 일컬었다. 내가 「시학대성詩學大成」을 보았더니 그 가운데 한 수의 시가 임제林悌의 이 작품과 다름이 없고 장안長安 두 자를 패강浿江으로 고치었다.

　아계鵝溪 이산해李山海의 <영류사시詠流澌詩>에 말하기를,

　　應是玉龍鬪海窟　분명히 용이 바다 속의 굴에서 싸우다가
　　敗鱗殘甲滿江來.　떨어진 비늘과 껍질이 강에 가득하게 떠내려온다.

라 했다. 내가 『요산당기堯山堂記』의 <영설시詠雪詩>를 보니 이 구가 있는데, 아계는 벽락碧落 두 자를 해굴海窟로 했고 공자空字를 고쳐 강江으로 했으니 아계가 비록 옛 사람의 구句를 온전히 사용했으나 또한 가히 걸음을 옮기고 형상을 바꾸었다고 이를 것이므로 바로 임제가 이름을 얻기 위한 것과 같지 않으니 대개 솜씨가 좋은 사람이라고 하겠다.

차천로車天輅114)의 <유거시幽居詩>에 이르기를,

反鎖柴門白日高	사립문을 반쯤 닫았더니 해가 높이 떴는데
誰憐憲室沒蓬蒿	뉘가 밝은 방을 쑥대에 묻혔다고 어여삐 여기랴.
讀書萬卷功名薄	만 권의 책을 읽었으나 공명은 엷고
把酒三杯意氣豪	석잔 술을 마셨더니 의기가 호걸스럽다.
小雨慣看驕草木	적은 비가 내리자 초목이 교만스럽게 보이고
平池不見怒波濤	평온한 못에 성난 파도는 보지 못했다.
較除蝸角蚊盍過	달팽이를 쫓아버리자 모기가 거칠게 지나가니
擧目長天按寶刀.	긴 하늘을 바라보며 보검을 어루만진다.

라 했는데, 말이 빛나고 호걸스러워 넓은 바다와 같다. 그가 취한
뒤에 읊은 한 율시는 극히 평화롭고 맑으며 따뜻하고 깨끗해 그 기
상이 아름답다. 그 시에 말하기를,

小江微雨浸平沙	작은 강에 내리는 가는 비가 편편한 사장을 적시며
曠野蒼茫遠樹斜	넓은 들이 까마득한데 먼 곳의 나무들이 비끼었다.
但喜客邊還有酒	단지 주변에 술이 있어 기쁘고
不知春盡欲無花	봄이 가면 꽃이 없어지는 것을 알지 못하겠다.
異鄕別恨連靑草	타향에서 헤어지는 한이 푸른 풀과 연했고
故國歸心繞紫霞	고국으로 돌아가고 싶은 마음은 자하동에 둘려 있다.
每向長安作西笑	매양 서울을 향해 서쪽에서 웃는 것은
湖西猶是在天涯.	호서도 오히려 천애에 있기 때문이라네.

라 했으며, 자하紫霞는 바로 송도松都에 있는 동洞의 이름이라고
한다.

---

114) 호는 오산五山 연안인延安人이며 문과에 급제했고 첨정僉正을 역임했다. 세상
을 떠나는 날에 규성奎星의 빛이 희미했다고 한다.

　　차오산車五山은 석봉石峯 한호韓濩와 같은 시기에 송도에서 태
어나 문장과 필법으로 이름이 세상에 크게 알려졌다. 석봉이 세상
을 떠난 후 오산이 꿈에 석봉을 보고 지은 <감작시感作詩>에 말
하기를,

玉樹霜摧墨沼翻	나무는 서리에 꺾어지고 먹물 못은 뒤집어졌으니
羊鞭何忍打西門	양을 쫓는 채찍으로 차마 어찌 서문을 두드리나뇨?
三年地下無消息	삼년 동안 지하에서 소식이 없었고
一夜天涯有夢魂	하루밤 천애에서 꿈에 나타났다오.
叵耐白雲空眼冷	드디어 흰 구름에 눈이 차가워지는 것을 참아야 하고
不須長笛更聲吞	긴 피리에는 다시 소리를 머금지 않았다.
匧中未沫蘭亭字	상자 속에 난정자를 쓴 글자가 마르지 않았는데
却向秋風拭淚痕.	문득 추풍을 향해 눈물 흔적을 닦는다.

라 했다. 오산五山이 석봉石峯의 아들 민정敏政에게 준 시에 말하기를,

潦倒誰憐老太常	늙어 아무 일도 못하는 노태상을 뉘가 어여뻐하리
故人相對又斜陽	고인故人을 서로 대하니 또 사양이라네.
滿城花柳靑春盡	성에 가득한 꽃과 버들에 청춘이 다되었고
過眼悲懽白髮長	눈에 지나가는 슬픔과 기쁨에 백발이 길었다.
子敬箕裘今墨妙	자경子敬에게 전하는 붓글씨는 지금도 묘하고
次公談笑舊醒狂	차공次公과 담소를 하니 옛날 미친 것이 깨는 듯하다.
石峯冥漠寧馨在	석봉의 짙은 향기가 정녕 여기에 있으니
此夕何辭酒十觴.	오늘 저녁 열 잔 술을 어찌 사양하랴.

라 했는데, 읽으면 슬퍼할 만하다.

　　내가 차오산車五山의 시고詩藁를 보았는데 모두 손으로 직접 쓴
것으로 그의 시가 깊고 넓으며 화려하고 호걸스러웠으나 대부분

정밀하지 못했다. 그가 일본日本에 사신으로 가서 지은 시가 사람
들로부터 칭찬한 바가 되었으나 여러 곳에 하자를 면치 못했다. 그
시에 말하기를,

> 愁來徙倚仲宣樓　　근심에 싸여 중선루仲宣樓로 옮겨 의지하니
> 碧樹凉生暮色遒　　푸른 나무는 서늘하고 저문 빛이 단단하다.
> 鼈背海空風萬里　　자라 등의 빈 바다에는 멀리서 바람이 불고
> 鶴邊雲盡月千秋　　학 주변의 구름 끝에 항시 달이 떴다.
> 天連漢使乘槎路　　하늘은 한漢나라 사신이 배를 탔던 길과 연했고
> 地接秦童採藥洲　　땅은 진秦나라 동자가 약을 캐는 섬과 접했다.
> 長嘯一聲凌灝氣　　긴 휘파람 소리로 물 기운을 업신여기며
> 夕陽西下水東流.　　석양은 서쪽으로 가는데 물은 동으로 흐른다.

라 했는데, 이미 해공海空이라고 말했는데 또 채약주採藥洲라고 했
으며 또 수동류水東流라고 말했으니 한결같이 물이 어찌 이와 같이
많은가. 하물며 채약採藥 밑에 주자洲字는 더욱 안정되지 못했다.
대개 오산의 문장이 풍부하고 여유가 있는 것은 견줄 수가 없으나
마침내 난잡한 것으로 돌아갔으니 대개 오산이 뒤에까지 전할 생
각이 없어 고치지 않았는가 한다.
　망헌忘軒 이주李胄의 <기승시寄僧詩>에 말하기를,

> 鍾聲敲月落秋雲　　종소리가 달을 두드리고 가을 구름이 떨어지며
> 山雨脩脩不見君　　산에 비는 소소히 내리는데 그대는 보이지 않는다.
> 鹽井閉門猶有火　　염정鹽井의 문은 닫혔으나 아직 불이 있으며
> 隔溪人語夜深聞.　　시내 건너 사람 소리 밤이 깊었는데 들린다.

라 했다.

충암冲庵 김정金淨의 <강남시江南詩>에 말하기를,

江南殘夢晝厭厭　　강남江南의 남은 꿈에 낮에도 한가로워
愁逐年芳日日添　　근심은 꽃다운 해를 쫓아 날마다 더하는구나.
雙燕來時春欲暮　　쌍연이 찾아올 때 봄마저 저물려 하니
杏花微雨下重簾.　　살구꽃에 내리는 가는 비에 발을 내린다.

라 했다.

최경창崔慶昌 고죽孤竹의 <광릉시廣陵詩>에 말하기를,

三月江陵花滿山　　삼월 강릉江陵에 꽃이 산에 가득했고
晴江歸路白雲間　　맑은 강으로 가는 길은 흰 구름 사이에 있다.
山人遙指奉恩寺　　산인이 멀리 봉은사를 가리키는데
杜宇一聲僧掩關.　　자규 우는 소리에 스님은 문을 닫는다.

라 했다.

백광훈白光勳[115]의 <증승시贈僧詩>에,

湖外逢僧坐晚沙　　호외湖外에서 스님을 만나고자 늦게 사장에 앉았더니
白巖歸路亂山多　　백암白巖으로 돌아가는 길에 산이 어지럽게 많다.
江南物候春猶冷　　강남의 기후가 봄인데 오히려 쌀쌀해
野寺叢梅未着花.　　절에 있는 떨기 매화에 꽃이 피지 않았다.

라 했다.

손곡蓀谷 이달李達의 <궁사宮詞>에 말하기를,

---

115) 호는 옥봉玉峯 해미인海美人이며 진晉의 글씨체를 잘 썼다

平明日出殿門開   아침에 해가 뜨자 궁전문이 열리고
鳳扇雙行引上來   봉선鳳扇116)이 쌍으로 가며 위로 끌고 온다.
遙聽太儀宣詔語   멀리서 태의太儀117)의 조어詔語를 전하는 말을 듣고
罷朝親幸望春臺.   조회를 파하자 친히 망춘대로 간다.

라 했다.

우리나라에 사신으로 온 중국의 주지번朱之蕃 태사太史가 최경
창崔慶昌, 이달李達, 백광훈白光勳의 문집을 보고 크게 감탄하며 말
하기를 "마땅히 돌아가 강남江南에서 간행하여 귀방貴邦의 문물이
매우 발달했음을 자랑시킬 것이라" 했는데, 대개 최경창, 이달, 백
광훈의 시에 대해 승복한 것이다. 어떤 사람이 석주石洲 권필權韠
에게 일러 말하기를 "손곡 이달 시의 좋은 것도 만당시晚唐詩에 그
치었는데, 어찌 자네의 두보시杜甫詩에 접근한 것과 같겠느냐" 하
니 석주가 말하기를 "그렇지 않다" 하고 인해 손곡蓀谷의 <한식시
寒食詩>를 외웠는데 그 시에 말하기를,

梨花風雨百五日   이화梨花에 백오일 동안 비바람이요
病客江湖三十年.   병객病客은 삼십년간 강호에 있다오.

라 하며, "말이 극히 뛰어나고 간절한데 내가 어찌 감히 다툴 수
있겠는가" 했다.

당唐나라 이구李覯의 지은 시에 말하기를,

人言落日是天涯   해가 지는 곳을 천애天涯라고 말하는데

116) 의장儀仗의 한 가지. 봉황새의 꼬리 모양으로 만든 부채.
117) 당唐나라 때 공주公主의 어머니를 지칭함.

望斷天涯不見家　천애를 끊어지도록 바라보아도 집은 보이지 않는다.
已恨碧山相掩暎　이미 푸른 산이 서로 빛을 막는 것을 한했는데
碧山更被暮雲遮.　푸른 산도 저문 구름에 다시 막힌다.

라 했는데, 어떤 사람이 말하기를 이 시가 거듭 막히고 장애를 받는 뜻이 있으니 아마 그 운명이 좋지 않을 것이라고 했는데, 뒤에 과연 그 말과 같았다고 한다.

손곡 이달의 <박조시撲棗詩>에 말하기를,

隣家小兒來撲棗　이웃집 어린아이 와서 대추를 따고자 하니
老翁出門驅小兒　늙은 첨지 나와 아이를 쫓는다.
小兒還向老翁道　어린아이 늙은 첨지 향해 말하기를
不及明年撲棗時.　명년 대추 딸 때는 미치지 않을 것이다.

라 했는데, 아계鵝溪 이산해李山海가 평해 말하기를 "이 시의 말의 뜻이 뾰족하고 각박하여 두텁고 무거운 의사가 없으니 성취할 수 있는 말이 아니라"고 했는데, 뒤에 곤궁하게 일생을 마쳤으니 시가 그 사람의 궁하고 달할 것을 점칠 수 있는 것이 이와 같다.

정지승鄭之升[118]의 시에 말하기를,

客去閉關留月色　손이 가자 대문을 닫으니 달빛만 남았고
夢回虛閣散松濤.　꿈에 허각虛閣을 돌자 소나무 파도소리가 흩어진다.

라 했는데, 허균許筠이 일찍 이 시를 귀신의 말이라고 일컬었다.

차운로車雲輅[119]의 <부벽루시浮碧樓詩>에 말하기를,

---

118) 호는 총계당叢桂堂 온양인溫陽人이며, 정렴鄭礦의 조카.
119) 호는 창주滄洲 연안인延安人이며, 문과文科 장원 벼슬은 司甕正.

浮碧層樓接絳河　　층층의 부벽루가 강물에 닿아 있어
朝天猶記召盤陀　　중국을 갈 때도 반타盤陀를 부르는 것으로 기록한다
雲橋歷落抛金輦　　구름다리는 소리가 그치지 않아 수레를 버렸고
霧窟消沈斷玉珂　　안개 굴이 사그라지자 굴레 치장을 끊었다.
半壁寒花爭錦繡　　반벽에 차가운 꽃은 비단과 다투고
幾年芳草鬪綾羅　　몇 년이나 꽃다운 풀은 능라와 싸웠는가.
歸僧蕭寺客回棹　　스님은 절로 돌아가고 손이 배를 돌리니
千古興亡愁奈何.　　긴 세월에 흥하고 망한 것을 근심한들 어찌하리.

라 했는데, 말이 매우 굳세며, 또 <삼월삼일시三月三日詩>와 같은
시에 말하기를,

老去眞難養性靈　　늙어가면서 참으로 성령性靈을 기르기 어려워
詩憐吟咏醉憐醒　　시인은 읊는 것이 가련하고, 취하면 깨는 것이 가
　　　　　　　　　　련하다.
三三又得纖纖雨　　삼월 삼일에 또 가는 비가 내리니
天意分明助踏靑.　　하늘도 분명히 답청을 돕는다.

라 했는데, 이 시옹詩翁의 아름다운 운치를 글자마다 볼 수 있다.
이정귀李廷龜[120]의 <제중흥사승축題重興寺僧軸>에 말하기를,

僧言入夏無佳景　　입하가 되면 아름다운 경치가 없다고 스님은 말하는데
磬罷仙龕苦日長　　경쇠소리 파하자 감실에 해가 매우 길다.
山影樓中露頂坐　　산그림자 내리는 누에서 머리 들고 앉았으니
木蓮花落水風涼.　　목련화 떨어지고 바람은 시원하다.

라 하여, 스님의 말에 따라 표현한다고 했으나 구법句法은 처음부

---

120) 호는 월사月沙 연안인延安人이며, 인조仁祖 때 좌상左相을 역임.

터 끝까지 다듬은 흔적이 없다. 또 <희증동경승戱贈同庚僧>에 말하기를,

莫恨年同迹不同　나이가 같으면서 행적이 다른 것을 한하지 말라.
乃公心事亦宗風　공의 마음과 하는 일도 또한 높은 풍모라오.
秋來鬢髮驚凋謝　가을이 되어 머리카락이 놀랍게도 빠지게 되면
等是人間一禿翁.　다같이 인간은 하나의 머리 빠진 늙은이요.

라 했는데, 더욱 의미가 있다.
　신흠申欽[121]의 시에 말하기를,

百年大節金時習　백년 동안의 큰 절의는 김시습金時習이며
一世高風南伯恭　일세의 높은 풍모는 남백공南伯恭이라오.
若著當時人物論　만약 당시의 인물론을 저작할 것 같으면
勳名不數狎鷗翁.　공훈에서 압구옹狎鷗翁[122]은 세지 않을 것이다.

라 했는데, 이 시의 이십 팔자는 도끼를 겸해 갖추었다.
　현옹玄翁[123]의 강상록江上錄에 이르기를 내가 동쪽으로 쫓겨 나갈 때 시 한 연이 있었는데 말하기를,

孟德豈能容北海　맹덕이 어찌 북해北海를 용납하며
幼安還欲老遼東.　유안幼安[124]이 도리어 요동遼東에서 늙고자 한다.

라 하고, 얼마 되지 않아 소동파蘇東坡 시집을 보았더니 바로 윗

---

121) 호는 상촌象村 평산인平山人이며, 인조 때 영의정領議政 역임.
122) 백공伯恭은 남효온南孝溫의 자字며 압구옹押鳩翁은 한명회韓明澮임.
123) 신흠申欽의 다른 호.
124) 맹덕孟德은 삼국지三國志 위魏의 조조曹操의 자字. 유안幼安은 위魏의 管寧 자字.

시의 전구全句가 동파집에 있었다. 나도 모르게 합치된 것이 기뻐 고치지 않고 그대로 두었다고 말했다. 내가 일찍 눈을 보고 읊은 시가 있는데 그 <영설시詠雪詩>에 말하기를,

> 寒光宇宙銀千里　　차가운 빛이 우주에 은을 천리나 되게 했고
> 霽色樓臺玉萬家.　　개이자 옥이 누대의 만가에 가득하다.

라 했다. 뒤에 이수광李睟光의 『지봉집芝峯集』을 보았더니 또한 이 구가 있는데 다만 강성江城 두 자가 누대樓臺와 더불어 차이가 있 었다. 내가 일찍 『지봉집』을 보지 못했음에도 이 구가 우연히 합치 되었으니 이에 비로소 현옹玄翁의 시구가 동파의 작품과 모르게 합 치된 것에 괴이함이 없음을 믿게 되었다.

　　이수광의 <만이통제사순신시挽李統制使舜臣詩>에 말하기를,

> 威名久振犬羊群　　위엄 있는 이름은 견양의 무리에 오래 떨치었고
> 智勇堂堂天下聞　　지혜와 용맹은 당당하게 천하에 들리었다.
> 蠻祲夜收湖上月　　만침은 밤에 호수 위의 달에서 거두었고
> 將星晨落苑中雲　　장성은 새벽에 동산 가운데 구름에서 떨어졌다[125]
> 波濤未洩英雄恨　　파도는 영웅의 한을 쉬게 하지 못했고
> 竹帛空垂戰伐勳　　죽백[126]에는 크게 싸운 공을 드리웠다.
> 今日男兒知幾箇　　오늘의 남아들이 얼마나 알고 있을까
> 可憐忠義李將軍.　　사랑하는 충의의 이장군을.

라 했는데, 만침蠻祲과 장성將星은 모두 당시 실제 있었던 말이다.

---

125) 이 항련項聯의 내용은 이순신李舜臣 장군將軍이 전사 당시에 나타난 조짐을 말한 것인 듯함.

126) 책을 말함. 종이가 없을 때 죽백竹帛을 종이처럼 사용했음.

지봉芝峯이 일찍 이 시를 간이簡易 최립崔岦에게 외우며 말했더니 간이簡易가 말하기를 "금일今日의 일자日字는 고자古字로 고치는 것이 좋을 듯하고 가련충의可憐忠義 넉자는 영인장억슝人長憶으로 바꾸는 것이 좋겠다"고 하자 지봉이 기뻐하며 말하기를 "옛날에 한 자의 스승이 있었다고 하더니 오늘에는 다섯 자 스승이 있다"고 했다.

황여일黃汝一[127]이 친구와 더불어 양화도楊花渡에서 모이기를 약속한 것에 대해 지은 시에 말하기를,

> 楊花渡頭楊柳春　양화楊花 나루머리의 버들에 봄이 오니
> 嫋嫋依依綠暎人　휘청거리고 늘어진 푸르름이 사람을 비친다.
> 一夜扁舟風浪惡　하룻밤 작은 배에 풍랑이 사나우니
> 不知何處是通津.　어느 곳이 통진通津인지 알지 못하겠다.

라 했는데, 그의 친구가 통진에 있었기 때문에 끝구에 말한 것이며, 최간이崔簡易가 일찍 좋다고 일컬었다.

모당慕堂 홍이상洪履祥이 <차장가객시次長歌客詩>에 말하기를,

> 哀之欲哭樂之歌　슬프면 울고 즐거우면 노래하노니
> 我欲痛哭君何歌　나는 통곡하고 싶은데 그대는 어찌 노래하나뇨
> 君歌甚於我之哭　그대 노래가 내 통곡보다 심하게 사무치니
> 不須痛哭宜長歌.　꼭 통곡할 것이 아니고 장가가 마땅하리라.

라 했다.

김후원金芋園의 시가 있는데 말하기를,

---

127) 호는 해월海月 평해인平海人이며, 문과文科 벼슬 승지承旨.

長歌長歌復長歌　　장가 장가 다시 장가를 부르니
萬事不如吾長歌　　모든 일이 내 장가만 같지 못하다.
歌聲激烈徹寥廓　　노래 소리가 격렬해 하늘에 닿았으니
天上人應驚此歌.　천상의 사람들도 분명히 이 노래에 놀라리라.

라 했으니, 노래에는 노래를 하게 함이 있고 울음에는 울게 하는 것이 있어 모두 무한의 의사가 있다.

良辰康酌味偏長　　좋은 때 즐거운 술맛이 더욱 좋아
不待扁兪驗妙方　　편작扁鵲[128]을 기다리지 않아도 묘한 처방을 경험했다.
醉裡厭聞塵世事　　취하면 진세의 일은 듣기 싫고
小槽猶愛滴清香.　작은 통에 오로지 맑은 향기의 술을 좋아한다오.

라 했다. 모당慕堂 홍이상洪履祥이 내 증조부曾祖父에게 일러 말하기를 "오늘 과제課製를 지어 제출해야 하는데 그 가운데 치롱주治聾酒를 제목으로 한 것이 가장 어려우니 자네가 지어보겠는가" 하므로 증조부曾祖父가 바로 입으로 이 시를 불렀다고 하며, 아계鵝溪 이산해李山海가 대제학大提學으로서 심사하면서 윗자리에 두었다.

　남이공南以恭[129]이 광릉진廣陵津에 정자를 짓고 현판 이름을 몽오蒙烏라 하고 일대 문사들을 초치하여 술을 마시며 시를 지었는데 이춘영李春英이 먼저 <몽오정시蒙烏亭詩>를 지었다. 그 시에 말하기를,

長松偃蓋石層層　　긴 소나무가 굽어 돌 층대를 덮었고

---

128) 중국 춘추전국시대의 명의名醫.
129) 호는 설사雪蓑 의녕인宜寧人.

十二雕欄向晚憑　　열두 개의 다듬은 난간은 늦게 의지할 곳을 향하게 했다.
漢水秋風吹客棹　　한강의 가을바람은 손이 탄 배에 불어오고
斗津疎雨亂漁燈　　두진斗津의 성긴 비는 고기 잡는 등을 어지럽힌다.
五雲西北瞻宸極　　오운五雲이 낀 서북쪽으로는 궁궐宮闕을 볼 수 있고
一鴈東南認廣陵　　기러기 날아가는 동남쪽은 광릉廣陵임을 알겠다.
物色付君籠絡盡　　좋은 곳을 찾아 그대에게 주어 마음대로 다했으니
老夫才是百無能.　　노부의 재주가 잘하는 것이 없다오.

라 하니, 모든 문사들이 칭찬하며 붓을 놓았다.

　석주石洲 권필權韠이 벼슬하지 않은 사람으로서 종사가 되어 원접사遠接使 월사月沙 이정귀李廷龜를 좇아 의주義州에 가서 몇 개월 같이 있으면서 서로 매우 가깝게 지냈다. 월사가 병으로 먼저 바뀌어 돌아오고 석주는 중국 사신을 따라 뒤에 서울에 왔다. 다음 날 강도江都로 가야 하기 때문에 월사에게 나아가 인사를 하게 되었는데 그때 날이 이미 저물었다. 월사가 말하기를 "나를 위해 율시 한 수를 지어보라" 하니 석주石洲가 날이 저물었다고 하며 사양했으나 월사가 짓게 강요하며 첫 머리의 운으로 혼자昏字를 부르니 석주가 바로 응했는데 그 시에 말하기를,

　　寒天銀燭照黃昏　　차가운 날 촛불이 황혼을 비치니

라 하니, 월사가 연달아 네 개의 운자韻字를 부르므로 석주가 부르는 운에 따라 응해 말하기를,

　　鍾動嚴城欲閉門　　종을 울려 궁성宮城의 문을 닫고자 한다.
　　異禮向來慚始隗　　지난날 특별한 예우로 높은 분에 비로소 부끄러우며
　　淸尊何幸獨留髡　　맑은 술통이 어찌 다행히 머리 깎은 사람에게 머무느냐

未將感激酬高義	감격함을 가지면서 고의高義에게 갚지 못하고
空自周旋奉緒言	공연히 스스로 주선하며 나머지 말만 받든다.
明日孤舟江海闊	내일이면 고주로 넓은 강해로 가게 되면
白頭愁絶更堪論.	흰 머리에 근심이 끊어지는 것을 다시 논하랴.

라 하며, 짓고 바로 가니 월사가 그의 재주에 깊게 승복했으며 시도 진실로 쉽게 지을 수 있는 것이 아니다. 택당澤堂 이식李植이 석주의 시고詩稿를 선발하면서 이 시를 싣지 않았기 때문에 좋은 작품을 잃었다는 탄식을 면할 수 없으므로 내가 아깝게 여겨 기록한다. 석주의 <탕춘대시蕩春臺詩>에 말하기를,

步出北門外	걸어서 북문 밖을 나가니
有村三兩家	마을에 두서너 집이 있다.
洞深喧水石	동이 깊어 돌에 물 흐르는 소리 요란하며
山晚雜雲霞	날이 저물자 산에 구름과 안개가 섞이었다.
古岸依依柳	언덕에 버들이 늘어졌고
平林艷艷花	숲에는 고운 꽃들이 피었다.
醉歸乘小雨	가는 비 내리는데 취해 돌아가니
城上已昏鴉.	성 위에는 이미 저물고 갈까마귀가 있다.

라 했는데, 동명東溟 정두경鄭斗卿이 말하기를 "석주가 그 정종正宗을 얻었다"고 했다.

우리나라에 온 중국 사신 고천준顧天峻이,

烟鎖池塘柳	연기가 못가에 있는 버들에 끼었다.

라 한 구를 써 빈사儐使인 오봉五峯 이호민李好閔에게 보내 대구對句를 잇게 했다. 오봉이 그 뜻을 이해하지 못하고 매우 쉽게 여겨

대구를 지어 보내고자 하니 석주가 종사관從事官으로 옆에 있다가 탄식해 말하기를 "이것은 쉽게 이을 수 없다. 한 구 가운데 금金 목木 수水 화火 토土 오행이 갖추어져 있기 때문에 결코 대구對句를 짓는 것이 불가능하니 못 짓겠다 하고 돌려보내는 것만 못하다"고 했다. 오봉이 비로소 깨닫고 석주의 말과 같이 하니 중국 사신이 탄식하며 말하기를 "동국東國에 시를 아는 것이 이와 같으니 가볍게 못할 것이라" 했다.

　동고 최립이 백의白衣로서 종사가 된 권석주權石洲에게 시를 주어 말하기를,

西江不見西關遇	서강에 살면서 서관에서 만날 사람을 보지 못했으니
一世良難一日知	한 세상에서 진실로 하루를 알기 어렵다.
氣槪合求高士傳	씩씩한 기상은 고사전에서 같은 분을 구할 만하고
文章尤逼古人詩	문장은 더욱 옛 시인에 가깝다.
白衣未害還乘馹	백의지만 역마驛馬를 타는 것이 해롭지 않을 것이며
黃卷安能只下帷	지은 시들을 어찌 장막 밑에만 두랴.
聞說至尊徵稿入	들으니 지존께서 시고詩稿를 들이게 찾았다고 하니
全勝身到鳳凰池.	몸이 궁중宮中에 이른 것보다 온전히 나은 것이요.

라 했는데, 선조宣祖가 석주의 시고詩稿를 들이라고 명령했기 때문에 이른 것이며, 당시 중국 사신을 맞았던 여러 인사들이 위의 시에 차운하여 시를 지었다.

　월사 이정귀李廷龜의 차운한 시에 말하기를

吾能一日長乎爾	내 나이 자네보다 약간 많으면서
同在城西不早知	같이 성서城西에 살며 일찍 알지 못했다.
每把佳篇思識面	매양 좋은 시를 대하면 보기를 바랐고

及觀奇骨又勝詩　얼굴을 보게 되자 시보다 나았다오.
止仍徐孺開塵榻　서유徐孺만 이 자리 먼지를 털게 하는 것을 그치게
　　　　　　　　했으며130)
敢屈康成入絳帷　감히 강성康成을 붉은 장막으로 들어가게 하랴.131)
自是玉堂揮翰手　이로부터 홍문관弘文館에서 글을 짓게 되면
會看鬐鬣化天池.　생선 지느러미가 천지天池에서 변하는 것을 보리라.

라 했다.

남창南窓 김현성金玄成의 시에 말하기를,

十年湖海一竿絲　오랜 세월 물가에 낚시를 하다가
蹔出應因國士知　잠깐 세상에 나와 국사國士로 알려지게 되었다.
西塞山川勞鄭驛　서새西塞의 산천은 정역鄭驛132)을 괴롭게 했고
東槎酬唱有唐詩　중국 사신을 맞을 때의 지은 시는 당시처럼 좋았다.
鄕書無鴈春憑夢　고향 소식이 없으니 봄 꿈에 의지하게 되었고
邊月隨人夜入帷　변방의 달빛은 밤에 사람을 따라 휘장에 들어온다.
坐覺龍灣爲客久　생각하니 용만에서 오랫동안 손이 되었는데
柳撓江岸草生池.　버들은 언덕에서 흔들리고 풀은 못에서 자란다.

라 했는데, 아 인재의 많음이 국조國朝가 시작된 이래로부터 이 시기만큼 성한 때가 있지 못했다.

　권필權韠과 함께 위韠, 인靭, 온韞, 갑韐, 도韜 등 여섯 형제는 모두 시로써 유명하여 옛날에서도 또한 듣지 못한 기재奇才였다. 여

---

130) 후한後漢 말末에 진번陳蕃이 좋은 방석을 마련해 놓고 서유徐孺가 올 때만 그
　　방석을 내어놓고 앉게 했다는 고사로서 석주도 월사의 방석에 앉을 수 있다는
　　것을 말한 것임.
131) 강성康成은 후한後漢 때 학자 정현鄭玄의 자字. 이 작품에 얽힌 이야기는 알아
　　보지 못했다.
132) 어떤 내용인지 알아보지 못했다.

기에 각 한 편씩 취해 기록하고자 한다.

　위화韡는 자제로서 안변安邊에 보이러 따라갔는데 좋아하던 기생이 있었다. 뒤에 시를 지어 전해 말하기를,

床頭十幅剡溪藤　책상머리 시내등굴을 깎아 만든 십폭에
欲寫情懷病不能　품은 정을 쓰고자 하나 병으로 하지 못한다오.
追憶別時今尙苦　이별할 때를 생각하면 지금도 아직 괴로운데
落花風雨對殘燈.　비바람에 꽃 떨어질 때 등불을 대한다오.

라 했다.

　권인權靭의 <과송강묘시過松江墓詩>에 말하기를,

昔年曾聽美人詞　옛날 일찍 미인사美人詞를 들었는데
無限深衷我獨知　무한의 깊은 마음을 나만 홀로 안다오.
今日空山還拜墓　오늘 공산의 묘에 돌아와 절을 하면서
不堪風雨暗荒碑.　비바람이 거친 비를 어둡게 하는 것을 견디지 못하겠다.

라 했다.

　권온權韞은 피난을 하면서 감악산紺岳山의 불암佛庵을 보고 지은 시에 말하기를,

江北江南未定蹤　강남 강북에 갈 곳을 정하지 못해
可憐行李付孤筇　가련하게 행장이 외로운 지팡이에 붙이었다.
郵亭厭聽窮秋雨　우정郵亭에서 가을 빗소리 듣기 싫고
蕭寺驚聞半夜鍾　소사蕭寺에서 반야의 종소리 듣고 놀란다.
家國破亡身不死　집과 국가가 망하고자 하나 몸은 죽지 못했고
君親離別淚無從　임금과 어버이와도 헤어졌으니 눈물은 좇을 곳이 없다.
干戈阻絶西歸路　전쟁으로 서쪽으로 돌아가는 길이 막혔으니

落日關下意萬重.　　관하關下에 해가 지자 마음이 매우 무겁다.

라 했다.

　　권갑權鞈의 <등통군정시登統軍亭詩>에 말하기를,

　　亭在層城上　　　　정자가 성 위의 층대에 있어
　　登臨望欲迷　　　　올라 바라보니 헷갈리고자 한다.
　　人烟通薊北　　　　사람이 피운 연기는 계북薊北으로 통했고
　　地理盡天西　　　　지리는 하늘 서쪽까지 다했다.
　　鼓角邊聲動　　　　대평소 부는 소리는 변방을 움직이고
　　風沙塞日低　　　　바람에 날리는 모래에 차가운 해가 지는 듯하다.
　　書生多古意　　　　서생이 옛 생각이 많아
　　長嘯倚雲梯.　　　높은 사닥다리에 의지해 길게 휘파람을 분다.

라 했다.

　　권도權韜의 <증승시贈僧詩>에 말하기를,

　　爾家本在水雲間　　너 집이 본디 수운水雲 사이에 있었는데
　　偶入風塵久不還　　우연히 풍진세계에 들어와서 오래 돌아가지 못했다.
　　時與病翁相對坐　　때때로 병든 늙은이와 서로 마주앉아
　　一燈風雨說仙山.　등불 아래 비바람 불 때 선산仙山을 이야기한다.

라 했다.

　　권온權韞의 <입춘감회시立春感懷詩>에 말하기를,

　　喪亂今三載　　　　전란은 지금 삼 년째이며
　　光陰又一春　　　　흐르는 세월에 또 한 봄이 되었다.
　　傳聞師欲老　　　　전해 들으니 군사들은 늙고자 하는데

更說賊猶屯	적군은 오히려 둔친다고 말한다.
地下多新鬼	저 세상에는 새 귀신이 많아졌고
樽前無故人	술통 앞에는 친구가 없다오.
餘生豈能久	남은 생명이 어찌 오래 가랴
佳節亦傷神.	아름다운 계절이 또 정신을 상하게 한다.

라 했는데, 석주가 지하다신귀地下多新鬼를 매우 칭찬하다가 인해 웃으며 일러 말하기를 "이 구는 매우 묘하니 아우가 나의 아름다운 이름을 빼앗고자 하느냐" 하며 자신의 것으로 하겠다고 했는데 뒤에 탄시嘆詩가 있었는데 말하기를,

兵戈今未定	전란이 지금도 평정되지 못했으니
何處是通津	어느 곳이 나루로 통하는 곳인가.
地下多新鬼	저 세상에는 새 귀신이 많아졌고
尊前少故人	술통 앞에는 친구가 적다오.
衰年聊隱几	늙은 나이에 궤에 숨는 것을 바라며
浮世獨沾巾	부세浮世에 홀로 수건을 적신다.
閉戶風塵際	풍진이 일고 있는 이즈음 문을 닫고
廖廖又一春.	고요히 또 한 봄을 보낸다.

라 했는데, 전편 말의 뜻이 슬프고 아름다워 앞의 시에 비해 더욱 아름다우니 가히 백호구白狐裘를 훔친 솜씨라 할 수 있겠다.

권도權韜의 <적삼가시謫三嘉詩>에 말하기를,

臣罪如山死亦甘	신의 죄가 산 같아 죽여도 또한 달겠는데
聖恩猶許謫江南	임금 은혜 오히려 강남으로 유배를 허락했다.
臨岐別有窮天恨	헤어지며 따로 많은 한이 있는 것은
慈母年今八十三.	어머니의 나이 금년에 팔십삼세라오.

라 했다. 이이첨李爾瞻이 권도의 재주를 아깝게 여겨 임금에게 그
의 시를 아뢰어 특별히 용서했다. 송宋나라 때 어떤 사람이 진회秦
檜에게 좋지 않게 보였는데, 그 사람이 일찍 보이고자 시도하자 진
회가 어디를 좇아 왔느냐 하며 물으니 원상沅湘을 말미암았다고 하
자 진회가 시를 지은 것이 있느냐 하므로 그가 있다고 하며 잇따라
외워 말하기를,

> 東風吹雨草萋萋　　동풍이 비를 불어오고 풀은 짙었는데
> 路入黃陵古廟西　　길은 황릉黃陵의 옛 사당 서쪽으로 들어갔다.
> 帝子不來春又去　　제자帝子는 오지 않고 봄은 또 가니
> 亂山無數鷓鴣啼.　어지러운 산에 많은 자고가 울고 있다.

라 하니, 진회가 그의 재주를 사랑하여 표정을 바꾸어 그를 대했다
고 하는데, 이이첨李爾瞻이 권도의 죄를 용서한 것과 고금을 통해
같다. 비록 진회秦檜와 이이첨李爾瞻과 같은 악한 무리들도 또한
시인의 재주를 사랑했다.

　죽창竹窓 구용具容이 <제이제독비시題李提督碑詩>에 말하기를,

> 征東勳業冠當時　　동쪽을 칠 때 공훈이 당시의 으뜸이었는데
> 一夕居庸戰不歸　　하루 저녁 거용관居庸關 싸움에서 돌아오지 못했다.
> 莫道峴山能墮淚　　현산에서만 눈물을 흘린다고 말하지 마오
> 行人到此盡沾衣.　지나가는 사람이 이곳에 오면 모두 옷을 적신다.

라 했는데, 표현한 감정이 아름답다.

　양경우梁慶遇[133]는 시에 교묘해 반드시 백 번을 단련한 뒤에 사

---

133) 호는 제호霽湖

람들에게 보였다. 그의 <야음시夜吟詩>에 말하기를,

病葉敲秋盡　　병든 잎은 가을을 두드리다 떨어지고
愁窓得曙難.　　근심에 젖은 창은 밝기도 어렵다.

라 했으며, <도중시道中詩>에 말하기를,

古墓山花落　　옛 무덤에는 산에 핀 꽃이 떨어지고
春田野水分.　　봄철 논에 들 물이 나뉘어 있다.

라 했으며, 또 말하기를,

臥犢眠猶齝　　누워 있는 송아지는 자면서도 씹으며
飢鳥噪更飛.　　주린 새는 울다가 다시 난다.

라 했으며, <천령시天岺詩>에 말하기를,

谷禽巢在穴　　골짜기의 새는 집이 굴 속에 있고
叢木禱爲祠.　　떨기나무는 비는 사당이 되었다.

라 했으며, <칠월야시七月夜詩>에,

愁繁旅枕秋逢雨　근심이 많은 여행길에 자면서 가을비를 만났고
癖在雲山夢見僧.　운산에 있는 것을 즐기자 꿈에 스님이 보인다.

라 했으며, <수원시愁院詩>에 말하기를,

村童拜客猶相哂 마을 아이들은 손에게 절하면서 서로 웃고
野婦簪花不解羞. 들에 있는 부녀들은 꽃을 비녀로 하면서 부끄러움을
모른다.

라 했으며, <초하시初夏詩>에 말하기를,

桑葉掩籬蠶滿箔 뽕잎은 울타리를 가리었고 누에는 발에 가득하며
麥芒齊屋燕迷巢. 보리 가시랭이가 집과 가지런해 제비는 집을 찾지 못
한다.

라 했으며, <하음시夏吟詩>에 말하기를,

眠蠶入繭桑園靜 자던 누에가 고치 속으로 들어가자 뽕밭이 고요하고
乳雀將雛麥隴深. 어미새도 새끼를 데리고 있으니 보리밭이 짙었다.

라 했는데, 말이 모두 극히 교묘하다. 일찍 정옹鄭翁이 계룡산雞龍
山의 안개 속을 지나가다가 갑자기 소리가 있었는데 말하기를 문장
양경우梁慶遇가 세상을 떠났다고 한 것이다. 뒤에 들으니 양제호梁
霽湖가 그날에 세상을 떠났다고 하니 일찍 그 산신山神이 와서 알
려준 것이 아니겠는가. 아 또한 이상한 일이다. 이 말은 동명東溟
정두경옹鄭斗卿翁으로부터 직접 들었다.

　허균許筠[134]은 허봉許篈의 동생이었으며 종사관從事官으로서 원
접사遠接使 이의릉李毅陵을 따라가게 되었다. 아직 젊었는데 의주
義州에 이르고, 교외郊外에서 영칙사迎勅使를 맞이하는 예를 마치
고 성 안으로 돌아오자 많은 사람들이 나와 보고 있었으며, 길에는

---

134) 호는 교산蛟山 양천인陽川人.

의주부義州府의 기생들도 모두 나와 꿇어 앉아 보이고 있었는데,
일찍 허균許筠의 방에 출입한 기생이 무릇 열 둘이나 되었다. 허균
이 시를 지어 스스로 조롱을 했다. 그 시에 말하기를,

    星冠霞佩玉花驄   화려한 의관과 좋은 말을 탔으니
    爭道人間許侍中   인간 허시중許侍中을 다투어 말한다.
    十二金釵南陌上   남쪽 저자 거리에 열둘의 금비녀가
    一時回首笑春風.   일시에 머리 돌려 봄바람을 웃는다.

라 했는데, 곱고 아름다워 제齊와 량梁의 운치가 있다. 허균의 궁사
宮詞 백수百首는 모두 궁중에 있었던 사실을 손으로 가리키는 것처
럼 표현하여 족히 한때의 시사詩史를 갖추었다고 할 것이다. 그 한
절구를 들어보면,

    餘寒阰峭透重茵   아직도 추위가 높아 무거운 자리까지 들어오며
    豹帳貂裘不覺春   두터운 옷을 입었으나 봄을 느끼지 못하겠다.
    長信夜來眠未穩   장신궁長信宮에서 간밤에 잠을 잘 자지 못해
    宮家親問女醫人.   궁가宮家가 직접 여의원에 묻는다.

라 했으며, <영평부시永平府詩>에 말하기를,

    盧龍城裏日初曛   노룡성盧龍城 안에 날이 처음으로 어둑어둑하고
    右北山頭結陣雲   고북산右北山 머리에 전운戰雲이 끼었다.
    共說單于來牧馬   모두 선우單于가 와서 말을 먹인다고 말하는데
    漢家誰是李將軍.   누가 한가漢家의 이장군李將軍[135]이겠는가.

---

135) 전한前漢 초기에 흉노匈奴를 공격하여 크게 공명을 떨친 이광李廣을 지칭한 것
    이 아닌가 한다.

라 했는데, 제호霽湖 양경우梁慶遇는 허균의 시가 풍부하고 여유가
있어 끝이 없으나 격격格과 율율律은 점점 낮아진다고 했지만 지금 이
러한 시들을 보면 어찌 당唐나라 시인들에 양보하겠느냐.

율곡栗谷 이이李珥가 산에서 나와 심장원沈長源에게 준 시가 있
다고 한다. 허균은 그가 편찬한 『국조시산國朝詩刪』에 율곡의 이
시는 초출산중침장원初出山贈沈長源으로 제목을 했다고 하고 또 말
하기를 "이 시가 율곡의 문집에는 실리지 않았으나 또한 스스로 매
우 아름답다"고 한다 했다. 그 시를 들어보면,

> 分袂東西問幾年   동서로 헤어진 것이 몇 해인지 묻고 싶으며
> 欲陳心事意茫然   사정을 말하고자 하니 생각이 아득하다오.
> 前身定是金時習   전신은 분명히 김시습金時習일 것이고
> 今世仍爲賈浪仙   금세에는 거듭 가랑선賈浪仙[136]이 될 것이오
> 山鳥一聲春雨後   산새는 봄비 내린 뒤에 울고
> 水村千里夕陽邊   물가 마을은 석양 즈음에 멀리 떨어져 있다.
> 相逢相別渾無賴   서로 만나고 헤어지는 것을 전혀 믿을 수 없어
> 回首浮雲點碧天.   머리 돌리니 뜬 구름이 푸른 하늘에 점이 되었다.

라 했다. 허균의 사람됨이 가볍고 훔치기를 잘하며 업신여기고 희
롱하기를 좋아하기 때문에 이름을 빌려 위작僞作한 것 아닌지 모르
겠다.

---

136) 당唐나라 시인 가도賈島의 자字. 그는 처음 입산入山했다가 환속 했음.

시평보유詩評補遺 하편下篇

시는 성정性情을 읊은 것이다. 성정이 그 바름을 얻은즉 시로써 표현되는 것이 또한 「시경詩經」의 삼백편三百編의 유가 될 것이다. 그렇기 때문에 군자君子는 반드시 성정을 바르게 다스린 뒤에 가히 더불어 시를 말할 수 있을 것이다. 우리나라의 모든 명사들을 지금 빠짐없이 다 기록할 수는 없고 두드러져 일컬어 말할 만한 자를 중심으로 언급하고자 한다.

안유安裕[1]의 <부자묘시夫子廟詩>에 말하기를,

香燈處處皆祈佛	향등이 켜져 있는 곳곳은 모두 부처에 빌고
絲管家家競祀神	음악소리 들리는 집들은 다투어 신에게 제사지낸다.
惟有數間夫子廟	오직 몇 칸 있는 부자夫子의 사당에는
滿庭秋草寂無人.	가을풀이 뜰에 가득하고 사람 없이 고요하다.

라 했다.

정몽주鄭夢周[2]의 <정부원시征夫怨詩>에 말하기를,

一別多年消息稀	이별한 지 여러 해 소식 드물어
塞垣存歿有誰知	전장에서 죽고 산 것을 뉘가 알고 있으리오.
今朝始寄寒衣去	오늘 아침 비로소 한의寒衣를 보내오니

---

1) 호는 회헌晦軒 순흥인順興人.
2) 호는 포은圃隱 연일인延日人.

泣送歸時在腹兒.　울며 헤어져 돌아올 때 이미 아기를 가졌다오.

라 했다.

김종직金宗直[3]의 <제천정시濟川亭詩>에 말하기를,

吹花擘柳半江風　강바람이 꽃과 버들가지에도 불며
檣影撓撓背暮鴻　돛대 그림자는 늦게 날으는 기러기 등에서 흔든다.
一片鄉心空倚柱　한 조각 고향을 생각하는 마음에서 기둥에 의지하니
白雲飛渡酒船中.　흰 구름이 술 마시는 배 위로 날아간다.

라 했다.

김굉필金宏弼[4]의 <노방송시路傍松詩>에 말하기를,

一老蒼髯任路塵　늙은 소나무가 푸른 수염을 길에 있는 먼지에 맡겨
勞勞迎送往來賓　오고 가는 손을 괴롭게 맞이하고 보낸다.
歲寒與汝同心事　날씨가 추우면 너와 더불어 같은 심사인 것을
經過人中見幾人.　지나는 사람 가운데 몇 사람이나 볼 수 있겠는가.

라 했다.

정여창鄭汝昌[5]의 <화개현시花開縣詩>에 말하기를,

風蒲獵獵弄輕柔　바람이 부들을 엽렵하고 부드럽게 희롱하며
四月花開麥已秋　사월에 화개땅의 보리는 이미 가을이었다.
看盡頭流千萬疊　두류산頭流山 천만첩을 모두 보고
孤舟又下大江流.　외로운 배로 또 큰 강물 흐름을 따라 내려간다.

---

3) 호는 점필재佔畢齋 선산인善山人이며 병판兵判 역임.
4) 호는 한훤당寒暄堂 서흥인瑞興人.
5) 호는 일두一蠹 하동인河東人.

라 했다.

조광조趙光祖[6]의 <영금시詠琴詩>에 말하기를,

瑤琴一彈千年調　거문고로 천 년 내려오는 가락을 퉁기나
聾俗紛紛但聽音　듣지 못하는 사람은 분분하게 소리만 듣는다.
怊悵鍾期沒已久　슬프게도 종자기鍾子期가 이미 죽었으니
世間誰識伯牙心.　세간에서 뉘가 백아伯牙[7]의 마음을 알겠는가.

라 했다.

김안국金安國[8]의 <우중영규화시雨中詠葵花詩>에 말하기를,

松枝籬下小葵花　소나무 울타리 밑에 작은 해바라기꽃은
意切傾陽奈雨何　해를 향하는 뜻은 간절하나 비에 어찌하리오.
我自愛君來冒雨　나도 그대를 사랑해 비를 맞고 왔으나
不知姚魏日邊多.　모란이 해 주변에 많이 피었음을 알지 못했다.

라 했다.

이언적李彦迪[9]의 <관물시觀物詩>에 말하기를,

唐虞事業巍千古　당唐과 우虞의 사업은 천고를 통해 높은데
一点浮雲過太虛　한점 뜬 구름이 태처太虛[10]를 지나간다.
瀟灑小軒臨碧澗　소헌小軒을 깨끗이 하고 푸른 시냇가에서
澄心終日玩游魚.　맑은 마음으로 종일 노는 고기를 구경한다오.

---

6) 호는 정암靜庵 한양인漢陽人.
7) 춘추시대 고금가鼓琴家이며, 위의 종자기鍾子期는 같은 시대의 음악 감상가.
8) 호는 모재慕齋 의성인義城人.
9) 호는 회재晦齋 여주인驪州人.
10) 하늘, 우주의 근본 원리.

라 했다.

서경덕徐敬德의 <사관부견방시謝官府見訪詩>에 말하기를,

萬疊靑山一草廬   만첩의 푸른 산 속 한 채의 띠집에
生涯數帙聖賢書   생애에 몇 질의 성현서만 있다.
時蒙佳客來相問   때때로 가객이 와서 서로 안부 묻기를 바라게 되나
爲有林潭畵不如.   숲과 못에 있는 것을 그리는 것만 같지 못하다오.

라 했다.

조욱趙昱11)의 <영패음시詠唄音詩>에 말하기를,

口中梵唄應黃鍾   입속의 범패12)가 황종에 응하며
魚樂純如震法宮   어락魚樂이 온전히 법궁法宮을 떨치는 것과 같다.
無限人天皆省悟   한없이 사람과 하늘이 모두 깨달음을 살피다가
收聲方覺本來空.   소리를 거두자 본래의 공空을 깨달았다.13)

라 했다.

성수침成守琛14)의 <잡영시雜詠詩>에 말하기를,

携筒自汲寒溪水   통을 들고 시내에 물을 길러 와서
煎却坡山一抹蔘   파산坡山의 삼을 달이었다.
閑臥竹傍無箇事   대나무 옆에 한가롭게 누워 일이 없는데
山風時動倚床琴.   바람이 때때로 책상 옆에 끼워둔 거문고를 탄다.

---

11) 평양인平壤人 현감縣監 역임. 조정암趙靜庵 문인門人.
12) 불교에서 석가여래의 공덕을 높게 찬양하여 부르는 노래.
13) 내용이 불교적인 것이기 때문인지 이해하기 어려움이 있다.
14) 호는 청송聽松 창녕인昌寧人.

라 했다.

조식曹植¹⁵⁾의 <신별이학사시贐別李學士詩>에 말하기를,

送君江月恨千尋　그대를 강월로 보내니 한이 천길이나 되어
畫筆何能畫得深　붓으로 그리고자 한들 어찌 깊은 것까지 그리리오.
此面由今長別面　지금 보는 얼굴을 길이 이별하게 될 것이며
此心長是永離心　이 마음도 길이 영원히 떠나는 마음이 될 것이다.

라 했다.

성운成運¹⁶⁾의 <우음시偶吟詩>에 이르기를,

夏木成帷晝日昏　여름 나무 잎이 휘장이 되어 종일 어두우며
水聲禽語靜中喧　물과 새 우는 소리 고요한 가운데 시끄럽다.
已知路絶無人到　이미 길이 끊어져 올 사람 없음을 알고 있으며
猶是山雲鎖洞門.　오직 산의 구름이 동문을 막았다.

라 했다.

이황李滉¹⁷⁾의 <의주시義州詩>에 말하기를,

龍灣雲氣曉凄凄　용만龍灣의 구름 기운이 새벽인데 쌀쌀하며
鶻岫摩空白日低　골수가 공중에 가까워지자 밝은 해가 지려 한다.¹⁸⁾
坐待山城門欲閉　앉아 성문城門이 닫히기를 기다리다가
角聲吹渡大江西.　대평소 불자 큰 강 서쪽을 건너간다.

---

15) 호는 남명南溟 창녕인昌寧人.
16) 호는 대곡大谷 창녕인. 감사監司 역임.
17) 호는 퇴계退溪 진성인眞城人.
18) 어떤 의미인지 알지 못해 그대로 옮겨 놓는다.

라 했다.

기대승奇大升[19)의 <우제시偶題詩>에 말하기를,

庭前小草挾風薰　　뜰 앞에 풀이 훈훈한 바람을 몰고 오며
殘夢初醒午酒醺　　꿈에서 처음 깨자 낮술에 얼큰히 취했다.
深院落花春晝永　　깊은 뜰에 꽃은 떨어지고 봄낮은 긴데
隔簾蜂蝶亂紛紛.　　주렴 넘어 벌과 나비가 어지럽게 날고 있다.

라 했다.

이이李珥[20)의 <초당풍우시草堂風雨詩>에 말하기를,

客夢頻驚地籟號　　땅위의 여러 가지 소리에 자주 놀라 꿈을 깨니
打窓秋葉亂蕭騷　　창을 치는 가을 잎이 소소히 소리내며 어지럽다.
不知一夜寒江雨　　밤에 비가 강에 내렸는지 알지 못했는데
減却龜峯幾尺高.　　구봉이 몇 자 높이나 감해졌을까.

라 했다.

성혼成渾[21)의 <우음시偶吟詩>에 말하기를,

五十年來臥碧山　　오십 년을 살아오며 푸른 산에 누웠으니
是非何事到人間　　시비가 무슨 일로 인간에 이르겠는가.
小堂獨坐春風起　　소당에 홀로 앉았으니 봄바람이 이는데
花笑柳眠閒又閑　　꽃은 웃고 버들은 졸아 한가하도다.

라 했다.

---

19) 호는 고봉高峰 행주인幸州人 부제학副提學 역임.
20) 호는 율곡栗谷 덕수인德水人.
21) 호는 우계牛溪 창령인昌寧人.

정구鄭逑[22)]의 <무제시無題詩>에 말하기를,

> 月沈空谷初逢虎　달이 침침한 빈 골짜기에서 처음 범을 만났고
> 風亂滄溟始泛槎　넓은 바다가 바람에 어지럽자 비로소 떼배를 띄웠다.
> 萬事莫於平處說　만사가 평화롭게 말하는 것만 같지 못하니
> 人生到此竟如何.　인생이 이에 이르러 마침내 어떻게 하겠는가.

라 했는데, 아 이러한 명현名賢들의 지은 시의 말들이 천연스러워 각자 그 묘한 곳을 다했으니 그 성정性情의 바름을 시에서 얻었음을 이에서 볼 수 있다.

조위한趙緯韓[23)]의 <점귀부체시點鬼簿體詩>가 있었는데 말하기를,

> 文章曾學月汀老　문장은 일찍 월정로月汀老[24)]로부터 배웠으며
> 典雅常師簡易公　전아典雅함은 항상 간이공簡易公을 스승으로 했다.
> 每與長溪論正始　매양 장계長溪[25)]와 더불어 정시正始[26)]를 논했고
> 相隨蓀谷辨汚隆　손곡蓀谷과 서로 따르면서 좋고 나쁜 것을 구분했다.
> 長篇誰似五山子　장편에서 뉘가 오산五山과 같으며
> 絶句無如古玉翁　절구絶句에는 고옥古玉[27)]과 같은 분이 없다.
> 最是石洲名不朽　석주石洲의 시가 가장 썩지 않을 것이며
> 應同體素擅吾東　분명히 체소體素[28)]와 같이 우리나라에서 천단할 것이다.

---

22) 호는 한강寒岡 청주인淸州人.
23) 호는 입곡立谷 한양인漢陽人.
24) 윤근수尹根壽의 호.
25) 황정욱黃廷彧의 호.
26) 시초를 올바르게 시작함을 말함.
27) 정작鄭碏의 호.
28) 이춘영李春英의 호.

라 했다.

택당澤堂 이식李植의 선묘조육절宣廟朝六絶의 귀부체鬼簿體 시가 있었는데 말하기를,

理學陶山正　　　이학理學은 이도산李陶山이 바르고
文章簡易奇　　　문장은 최간이崔簡易가 기이했다
飛騰景洪筆　　　글씨는 한석봉韓石峯이 비등했고
敏捷汝章詩　　　시는 권석주權石洲가 민첩했다.
忠武樓船將　　　누선의 장수는 이충무李忠武였고
鰲城廊廟姿　　　낭묘廊廟의 자품은 이오성李鰲城이었다.
先朝培養效　　　선조先朝의 배양한 효과로
才俊盛於斯.　　　준걸한 재주가 이때 성했다.

라 했다.

현주玄州 조찬한趙纘韓의 <모춘시暮春詩>에 말하기를,

花稀新綠繁　　　꽃은 드물고 새로운 푸른 잎이 무성하며
麥隴搖高浪　　　보리 밭에 높은 물결이 출렁인다.
雉雛日當中　　　장끼 꿩은 한낮에 울고
小犢隨饁往.　　　작은 송아지는 점심 따라 간다.

라 했으며, <추경시秋耕詩>에 말하기를,

烹萁夜勸牛　　　콩대를 삶아 밤에 소를 먹게 주고
未寒還墾墢　　　춥기 전에 빨리 논을 갈게 한다.
墢凍方是膏　　　(이해하기 어려워 그대로 둔다.)
計爲明月設.　　　밝은 달을 위해 설치한 것이다.

라 하여, 한가함과 여유가 있어 농가의 형상을 매우 잘 표현했다.

조현주趙玄洲 궁중사시사宮中四時詞에서의 <영춘시詠春詩>에 말하기를,

> 楡葉陰陰荷葉肥　느릅나무 잎은 컴컴하고 연잎은 살찌며
> 水晶簾外落薔薇　수정렴 밖에 장미꽃이 떨어진다.
> 黃鶯似識君王意　누런 꾀꼬리가 임금의 뜻을 아는 듯
> 不斷柔腸終不飛.　연한 창자가 끊어지지 않게 끝까지 날지 않는다.

라 했는데, 말이 자세하고 간절하며 곱고 아름다워 표현이 매우 묘하다. 그의 <유거시幽居詩>에 말하기를,

> 茅屋小睡覺難去　띠집에서 잠깐 졸다가 깨었는데 가기 어려워
> 欲醒未醒還就濃　깨고자 하나 깨지 못하고 도리어 짙게 되었다.
> 山鶯過後春寂寞　꾀꼬리가 간 후 봄은 쓸쓸한데
> 自在棠花零午風.　한낮 부는 바람에 해당화가 떨어질 때까지 있었다.

라 하여, 곱고 아름다운 나이 많은 여인의 태도가 그대로 남아 있다.

성여학成汝學[29]이 시에 교묘했는데, 그의 시에 말하기를,

> 綠蘿深處夜迢迢　푸른 덩굴 깊은 곳에 밤은 매우 길며
> 一枕悠然萬慮消　자고 나니 여유가 있어 만 가지 생각이 사라졌다.
> 遠岫雲生還掩月　먼 골짜기에 구름이 떠 도리어 달을 가리고
> 小溪潮滿欲沈橋　작은 내에 조수가 가득해 다리가 잠기고자 한다.
> 身無簪組貧猶樂　몸에 비녀가 없어 가난하나 오히려 즐겁고
> 腹有詩書賤亦驕　배에 시와 글이 있어 천해도 또한 교만해진다.
> 怊悵曉來金井畔　슬프게도 금정산金井山 언덕에 새벽이 되자

---

29) 호는 쌍천雙泉 창녕인昌寧人.

碧梧秋氣又蕭蕭.　　가을 기운으로 푸른 오동에 소소한 소리가 난다.

라 하여, 말과 운이 매우 맑으며 표현한 뜻에 풍자와 나무람이 있
고, 또 스스로 지키며 아부하지 않으려는 기색이 있으니 높게 여길
만하다. 성쌍천成雙泉이 양주楊洲에 있을 때 이이첨李爾瞻은 쌍천이
지은 바의 시를 듣고 크게 칭찬하며 뒤에 발탁하기 위해 그의 지은
작품들을 보고자 요구했다. 쌍천이 바로 이 시를 지었다고 한다.

　박엽朴燁이 일찍 연평령延平嶺을 지나면서 지은 시가 있는데 말
하기를,

延平嶺外是昌城　　연평령延平嶺 밖은 바로 창성昌城인데
殺氣連天鼓角鳴　　살기는 하늘에 닿았고 북과 대평소 소리 들리는 듯하다.
敗馬殘兵歸不得　　패한 말과 남은 병사들이 돌아오지 못했는데
夕陽無限大江橫.　　석양에 무한한 큰 강이 가로 흐른다.

라 했는데, 연평령延平嶺은 바로 김응하金應河가 싸우다가 패한 곳
이다.

　석루石樓 이경전李慶全이 친구인 저작랑著作郎 처妻의 만시輓詩
에 말하기를,

有生如此無生可　　사는 것이 이러할 것 같으면 살지 않는 것이 좋겠는데
聞說驚心莫說宜　　소식 듣고 놀란 마음에 마땅히 할 말이 없다오.
著作官高諸幼長　　저작著作은 높은 벼슬 아이들도 자라
到堪榮處不堪悲.　　영광스러운 곳에 이르렀으니 슬프지 않을 것이다.

라 했는데, 표현한 말이 간절하다.

　유몽인柳夢寅[30]은 화를 입고 죽었기 때문에 일생 동안 저작한

것이 전하지 않고 있기 때문에 지금 사람들의 입으로 전하는 것을 기록한다. 그의 <제천주산인시축題天柱山人詩軸>에 말하기를,

淫霖連月苦　긴 장마가 달을 넘겨 괴로웠으나
江叟莫開懷　강변의 늙은이가 생각을 열지 않는다.
懸釜魚兒出　가마솥을 매달아 어린 고기가 나가고
翻巢燕羽差　집이 뒤집히자 제비 날개가 같지 않다.[31]
衆趨吾獨避　뭇사람은 따라가지만 나만 홀로 피했으니
眞境往誰偕　진경眞境을 누구와 같이 가랴.
寄語西僧共　서쪽 스님에게 함께 하고자 부락말을 하니
庭柯夕鳥喈.　뜰의 나뭇가지에 저녁 새가 운다.

라 했다. 또 말하기를,

天柱隣新卜　천주산天柱山 이웃에 새로 집을 지었더니
雲烟日夕通　구름과 연기가 밤낮으로 통한다.
茅齋魚鳥有　띠로 덮은 서재에 물고기와 새가 있고
荒隴綺紈空　거친 밭에 아름다운 비단은 없다.
羈夢玄洲月　나그네의 꿈에 현주玄洲의 달이 있고
歸帆漢水風　돌아가는 배가 한수의 바람을 만났다.
楓林秋賞晚　가을 단풍 구경이 늦었으니
華嶽與君同.　그대와 함께 화악華嶽으로 가려므나.

라 했다.

유몽인柳夢寅의 <송리교리조천시送李校理朝天詩>에 말하기를,

---

30) 호는 어우於宇 고흥인高興人.
31) 이 함련頷聯은 이해에 어려움이 있다.

萬里修程始一鞭 　먼 길 행장 준비는 하나의 채찍으로 시작돼
靑山複複路綿綿 　푸른 산은 겹겹이요 길은 멀고 멀다오.
鴨河撑艇蘆中入 　압록강에서 돛을 버티고 갈대 속으로 들어가고
遼舘封書果下還 　요동 여관에서 보낸 편지가 과연 잘 들어갔을까.
驢吼棗林遲日昃 　나귀는 대추나무 숲에서 울고 해는 더디 지려 하며
柝鳴楡塞晩風顚 　유새楡塞의 나뭇가지는 울며 늦게 부는 바람에 넘어
　　　　　　　　진다.
天西大火吟邊盡 　하늘 서쪽 큰 불은 끝까지 모두 읊었고
回軫行看雪滿氈. 　가다가 수레 뒤를 보니 눈이 담요에 가득하다.

라 했다. <송리양구부북시送李養久赴北詩>에 말하기를,

三尺烏號豹作韜 　석자 오호烏號 활은 표범 가죽으로 활집을 하고
龍泉新淬鷺鵝膏 　용천검龍泉劍은 새로 담금질하여 물새 기름을 발랐다.
將軍擁甲江邊陣 　장군이 갑옷 입고 강변에 진을 치니
老虜收兵漠外逃 　늙은 되놈이 군사를 거두어 사막 밖으로 도망갔다.
嶺雪渾埋千丈檜 　고개 눈은 천 길의 전나무를 완전히 묻었고
海風時立百層濤 　바다 바람은 때때로 백 층의 파도를 일게 한다.
胡姬勸酒胡兒舞 　호희는 술을 권하고 호아는 춤을 추는데
醉臥紅氈塞月高. 　취해 붉은 담요에 누웠으니 달이 높게 떴다.

라 했는데, 위의 작품들이 모두 기이하다. <영화첩시詠畵帖詩>에
말하기를,

汝筒汝荷我竿持 　네 통은 네가 지고 낚시대는 내가 잡고
細雨春江無不可 　가는 비 내리는 봄강이면 어디든지 좋지 않은가.
行行回語莫爭隈 　가는 곳마다 돌아보며 모퉁이를 다투지 말라
磯上苔深隨處坐. 　이끼 깊은 돌이 있는 곳을 따라 앉을 것이네.

라 했는데, 동명東溟 정두경鄭斗卿이 매우 절묘하다고 했다.

　이안눌李安訥[32]이 임진왜란 때 중국 절강浙江 사람으로서 종군했다가 다음 해 집에서 온 편지를 받고 울고 있는 사람에게 준 시에 말하기를,

一望家山萬里餘	고향 산천 바라보니 만여 리나 되는데
今年始得去年書	금년에 비로소 작년 편지 받았다.
書中有恨天涯別	편지에는 멀리 이별한 것을 한하고 있지만
只恨當年學劒初.	그때 처음 칼싸움을 배운 것이 한이 된다오.

라 했는데, 동악 이안눌李安訥이 뒤에 중국에 들어갔더니 중국 사람들이 말하기를 일망가산만리여一望家山萬里餘라 한 공이 들어왔다고 했다. 동악이 금산수錦山守가 되었더니 그곳에 한 영공伶公이 있었는데 나이 칠십여 세가 되었다. 스스로 말하기를 "젊었을 때 장구를 잘 쳤기 때문에 여러 번 궁중에서 잔치할 때 들어갔는데 늙어 물러나 고향으로 돌아왔다"고 했다. 동악이 그 영공에게 준 시에 말하기를,

白頭伶叟病還鄕	흰 머리의 늙은 악공이 병으로 고향에 돌아왔는데
自說先朝入上陽	스스로 먼저 임금 때 상양궁上陽宮에 들었다고 말한다.
一曲昇平與民樂	승평昇平의 한 곡으로 국민과 더불어 즐거워 하니
錦溪花落月蒼蒼	금계錦溪에 꽃은 지고 달빛은 푸르고 밝다.

라 했는데, 이 시는 어찌,

---

32) 호는 동악東岳 덕수인德水人.

　　　　天寶年中事上皇　　　천보天寶 년간年間에 상황上皇을 섬기다.

라 한 절구에 못할 것이 있는가.

　　중국 사신 최정건崔廷健이 우리나라에 와서 백상루百祥樓에 올라 시를 지었는데, 그때 이동악李東岳도 그 자리에서 시를 지어 말하기를,

　　　　崔顥題詩黃鶴樓　　최호崔顥[33]는 황학루黃鶴樓에서 시를 지었는데
　　　　後身來作淸江遊　　후신後身이 와서 맑은 강에 놀며 시를 짓게 되었다.
　　　　淸江之上城百雉　　맑은 강 위의 성에는 백 개의 담이 있으며,
　　　　城頭畫閣臨江流　　성머리 그림 같은 집은 흐르는 강물에 다달았다.
　　　　群山際海地形盡　　뭇산은 바다와 어울러 지형을 다했고
　　　　芳草連天春氣浮　　방초는 하늘에 연해 봄 기운이 오른다.
　　　　忽見新篇更佳絶　　갑자기 새로 지은 시가 다시 매우 아름다워
　　　　東韓千載名應留.　　우리나라에 길이 이름을 남기리라.

라 하니, 장막 가운데 앉았던 사람들이 시를 보고 모두 크게 놀랐다고 한다.

　　이동악이 만취晩翠 오억령吳億齡의 만시輓詩를 짓게 되었는데, 그 경위에 대해 만취가 세상을 떠나자 동악東岳이 문상을 갔더니 발상發喪할 날이 이미 가까웠고 월사月沙 이정귀李廷龜가 그 자리에 있었다. 여러 상주들이 월사에게 사사롭게 일러 말하기를 "돌아가신 아버지가 동악과는 일찍 서로 알지 못했음에도 문상을 왔으니 감사하며, 동악은 당세에 시인으로서 유명하기 때문에 만시挽詩를 얻어 마지막 가는 길을 꾸미고 싶으나 감히 청을 할 수 없다"고 하자 월사가 그 뜻을 동악에게 말하고 그 자리에서 운을 부르

────────────

33) 성당盛唐 때의 시인.

니 동악이 그 운에 따라 바로 시를 지었는데 그 시에 말하기를,

平生性癖似嵇康	평생 동안 성격이 혜강嵇康[34]과 같아
懶弔人喪六十霜	상가에 조문을 게으르게 한 것이 육십년이었다.
曾未識公何事哭	일찍 공을 알지 못했는데 무슨 일로 곡하나뇨
亂邦當日守綱常.	나라가 어지러웠던 날 강상을 지켰기 때문이오.

라 하여, 오래 생각하지 않고 갑자기 지었음에도 말이 깊고 아름다우며 매우 간절해 월사가 칭찬해 마지 않았다고 한다.

정응운鄭應運의 <차신광사승축운시次神光寺僧軸韻詩>는 그가 일찍 석주石洲 권필權韠 오산五山 차천로車天輅와 더불어 해주海州 신광사神光寺에 놀러가서 같이 승축僧軸에 차운하여 시를 짓게 되었는데, 정응운이 먼저 지었다. 그 시에 말하기를,

玉笛雙吹鶴背風	피리를 쌍으로 불고 학 등에 바람이 일고 있는데
淸遊今過梵王宮	청유는 지금 신광사를 지난다.
遙聞勝地魂先爽	멀리서 좋은 곳을 듣고 혼이 먼저 상쾌하더니
卽到名山眼始空	바로 명산에 이르자 눈이 비로소 커진다.
琪樹錦屛詩更好	좋은 나무와 병풍에 시가 다시 좋아지고
水聲僧夢畵難工	물소리와 스님의 꿈은 그리기 어렵다오.
他年下界如相憶	뒷날 하계下界에서 서로 생각할 것 같으면
回首烟霞縹緲中.	안개가 넓고 아득한 가운데로 머리 돌리리라.

라 하니, 오산과 석주가 모두 미치지 못하겠다고 한다 했다.

송宋나라 왕형공王荊公[35]의 시에,

---

34) 진晉나라 때의 죽림칠현竹林七賢의 한 사람 노장학老莊學을 좋아했음.
35) 북송北宋의 정치가政治家 문인文人인 왕안석王安石.

臥分黃犢草　　누워 있으면 누런 송아지와 풀을 구분할 수 있고
坐占白鷗沙.　　앉게 되자 백구와 모래를 점칠 수 있다.

라 했는데, 대개 누워 있게 되면 송아지와 누워 있었던 풀을 구분
할 수 있게 되고 앉으면 백구白鷗와 앉아 있었던 모래를 점칠 수
있기 때문에 옛 사람들이 이 시를 교묘하다고 했다. 허적許積의 시
에 말하기를

草黃臥失犢　　풀이 누르니 누워 있는 송아지를 잃게 되고
沙白動知鷗.　　모래가 희니 갈매기가 움직이는 것을 알겠다.

라 했는데, 말을 선택한 것이 더욱 교묘하다.
　김여물金汝物이 열두 살 때 <증우인시贈友人詩>에 말하기를,

君無欺我以爲欺　　그대가 나를 속인 것이 없는데 속였다고 하고
我不受欺君自欺　　나는 속지 않았는데 그대가 스스로 속였다고 한다.
欺人不得又欺己　　사람을 속이지도 못하고 또 자신을 속였으니
欺己欺人俱是欺.　　자신과 사람을 속이는 것이 모두 속이는 것이다.

라 했는데, 대개 그 친구가 약속을 지키지 않은 일이 있었기 때문
에 꾸짖은 것이다. 이 한 수의 시를 보면 그의 재주가 뛰어났음을
알 수 있는데 시가 전하는 것이 없으니 아깝다.
　김류金瑬[36)의 <만황지천시挽黃芝川詩>에 말하기를,

萬事蒼黃日　　만사가 매우 급했던 날에
孤忠屈曲勞　　외로운 충성은 굴곡의 괴로움을 겪게 되었다.

---

36) 호는 북저北渚 순흥인順興人이며, 인조仁祖 때 영의정領議政.

是非終自定　옳고 그른 것은 결국 스스로 정해졌고
危跪急相操　위험해 꿇어 앉은 것은 급해 서로 잡은 것이다.
愍錫停追贈　불쌍히 여겨 주면서도 추증追贈을 정지시켰으며
恩封缺舊襃　봉작을 하면서도 옛 포상은 빠졌다.
祇今盤血地　지금까지 피가 서리어 있는 땅에
猶見太山高　태산같이 높음을 볼 수 있다.37)

라 했는데, 이로 말미암아 이름이 크게 알려지게 되었다.

김북저金北渚가 황일호黃一皓의 만시輓詩를 지었는데, 황일호38)는 일찍 흉시恤視로서 중국에 들어갔다가 잡혀 처참하게 죽임을 당했다. 그가 죽는 날 하늘의 해도 참담했고 바람까지 처미凄迷했기 때문에 사람들이 눈물을 흘렸다고 한다. 그 만시에 말하기를,

扶持力少神明屈　부지扶持할 힘이 적어 신명도 굴하게 되었고
生殺權移聖主悲.　생살의 권력이 옮겨지자 성주도 슬퍼 했다.

라 했으며, 또 말하기를,

高天日月星辰變　높은 하늘의 일월과 성진도 변했고
大地山河草木悲.　대지의 산하와 초목까지 슬퍼 했다.

라 했는데, 말이 매우 비장하다.

석주石洲 권필權韠의 시에 말하기를,

---

37) 지천芝川 황정욱黃廷彧은 임진왜란 때 선조宣祖의 아들인 순화군順和君을 호위하고 피난하다가 반군反軍에 잡혀 왜군에 넘겨져 갖은 고생을 했으며 난이 끝난 뒤에도 어려움이 많았다. 이 시는 그의 생애를 참고하면 이해에 도움이 될 것이다.
38) 호는 지헌芝軒 창원인昌原人이며 의주부윤義州府尹.

古宅何年廢	옛집은 언제 폐해졌으며
墻垣半已傾	담장은 이미 반이나 기울었다.
空廚有餘粟	빈 부엌에 곡식이 남아 있고
白日鼠縱橫.	한낮에도 쥐가 이리저리 다닌다.

라 했으며, 북저北渚 김류金瑬의 시에 말하기를,

盎粟何曾滿	동이에는 어찌 일찍 곡식이 가득하며
簹衣亦屢穿	불 덮개도 또한 여러 곳이 뚫렸다.
無由除碩鼠	큰 쥐를 쫓을 방법이 없으니
吾欲罪烏圓.	내가 고양이에게 죄를 주고자 한다.

라 했는데, 두 사람이 혼조昏朝 즉 광해군光海君 때를 당해 일찍 충동받은 바가 있어 이와같이 말한 것이 아닌가.

학곡鶴谷 홍서봉洪瑞鳳이 정상태鄭相台 집을 방문하러 가다가 마침 높은 산 위를 오르고자 가는 사람을 보고 한 절구를 지어 말하기를,

瞻彼上山者	저 산에 오르는 자를 보니
終期上上頭	마침내 상봉上峰에 오르고자 기약한다네.
默思下來苦	내려올 때 고된 것을 가만히 생각하니
不如安坐休.	편안히 앉아 쉬는 것만 같지 못하네.

라 했는데, 대개 이 시의 뜻은 벼슬하는 자가 반드시 높은 위품을 구할 것이 아니라고 이른 듯하나 학곡鶴谷도 마침내 벼슬이 영의정 領議政에 올랐으니 또 상봉上峰에 오르고자 한 사람이 아니겠는가.

홍학곡洪鶴谷이 의주義州 기생 안분安分에게 준 시에 말하기를,

四紀重來獨斷魂　사십여 년 만에 거듭 오니 혼이 끊어지는 듯해
繁華眞跡更誰論　변화했던 그 자취를 다시 누구와 논하랴.
材姿尙換三從事　재능으로 일찍 세 번 종사從事를 했지만
不識人間上相尊.　인간세계의 상상上相이 높은 줄을 알지 못한다.

라 했는데, 학곡이 일찍 세 번이나 종사從事가 되어 그곳에 갔기 때문에 이른 것이다. 그리고 옛날 궁녀宮女였는데 출가하여 여승이 된 것을 보고 시를 지어 말하기를,

一洗紅粧脫繡裙　한번 홍장을 씻고 수놓은 치마를 벗었으며
袈裟直拂石珊雲　가사가 바로 석산운石珊雲³⁹⁾을 떨치었다.
秋來嶽寺多紅葉　가을이 되면 큰 산 절에 단풍이 많은데
莫寫閑情惹世紛.　한정閑靜이 어지러운 세상을 끌어들이게 하지 마오.

라 했는데, 사람들이 아름다운 작품이라고 일컬었다.

　지재止齋 조직趙溭은 광해군光海君 때 벼슬하지 않았던 사람으로서 글을 올렸다가 매를 맞고 유배가 되었으며 인조반정 후에 석방되어 돌아왔다. 일찍 삼일포三日浦에 놀면서 지은 시가 있는데 말하기를,

四仙亭上一仙遊　사선정 위에 한 신선이 놀면서
三日浦中半日留　삼일포 가운데 반일 동안 머물었다.
春晚碧桃人不見　봄이 늦어 벽도는 사람들이 볼 수 없고
月明長笛倚蘭舟.　밝은 달빛 아래 배에 의지해 피리를 분다.

라 했는데, 사람들이 이 시를 사선정四仙亭에 걸려 있는 시 가운데

---

39) 어떤 의미인지 알아보지 못했다.

제일이라고 일컬었다.

소암疎庵 임숙영任叔英이 인조반정 후에 지은 <재숙유감시齋宿有感詩>가 있는데 말하기를,

戮盡群凶正大倫	뭇 흉한 놈을 모두 처벌하고 큰 인륜을 바로 세웠으니
周邦雖舊命維新	주周가 옛 나라지만 그 운명은 새롭다40).
一千再覩黃河澈	천년 만에 두번 황하黃河의 맑음을 보겠고41)
四七重逢白水眞	이십팔년에 백수진白水眞42)을 거듭 만났다.
賈傳召還宣室夜	가의賈誼가 밤에 선실宣室로 소환되었으며
蘇郞歸謁武陵春	소랑蘇郞43)이 봄에 돌아와 무릉을 뵈옵게 되었다.
齋房忽罷依俙夢	재방齋房에서 갑자기 희미한 꿈을 깨어
蜀魄聲中泣老臣.	두견杜鵑의 소리 속에 노신老臣이 운다.

라 했는데, 충성스럽고 곧은 뜻을 또한 가히 볼 수 있겠다.

청음淸陰 김상헌金尚憲은 우리 정부에서 소무蘇武와 같다고 할 것이다. 중국에 갇혀 있다가 돌아온 후 화산花山에 물러나 있으면서 달밤에 배회하다가 지은 <유감시有感詩>에 말하기를,

南阡北陌夜三更	남쪽과 북쪽의 밭에 밤은 삼경인데
望月秋風獨自行	달을 바라보며 추풍에 혼자 거닐었다.
天地無情人盡睡	천지는 무정하고 사람들은 모두 자고 있으니
百年懷抱向誰傾.	백년의 회포를 누구에게 말하랴.

---

40) 「시경詩經」에 주수구방周雖舊邦 기명유신其命維新(대아大雅 문왕편文王篇)라 말을 인용한 것임.

41) 중국에서 천년 만에 황하黃河가 한 번씩 맑아지며 따라서 성인聖人이 출생한다는 전설이 있다고 함.

42) 후한後漢 광무제光武帝의 사실과 상관이 있는 듯함. 중흥中興을 상징적으로 표현한 것임.

43) 누구인지 알기 어려우나 전한前漢 무제武帝때 소무蘇武가 아닌지.

라 했는데, 한없는 슬픔을 느끼는 뜻이 있다

　　장유張維44)의 ＜송인환향시送人還鄕詩＞에 말하기를,

窮途莫問是和非	어려운 길에서 시비를 묻지 말고
好脫靑衫得得歸	청금靑衫45)을 벗어버리고 돌아감을 얻게 되었다.
蘿逕少人添鳥跡	덩굴길에 다니는 사람이 적어 새 발자국만 더했고
草堂經雨長龜衣	초당草堂에 비가 지나가자 구의龜衣46)가 길었다.
山童掃榻迎門巷	동자는 자리 쓸고 문 밖에서 맞이하며
野老携書候石磯	늙은이는 책을 들고 바위에 앉아 기다린다.
却想還家饒喜色	문득 집에 돌아가게 되면 기쁜 일이 많을 듯
夫人忙下織紗機.	부인은 바쁘게 베를 짜던 베틀에서 내려오리라.

라 했는데, 정밀하고 맑으며 아름답다. 그의 ＜고우시苦雨詩＞에 말
하기를,

南山北山雲漠漠	남산 북산에 구름이 아득하며
出門入門雨浪浪	문에서 나가나 들어오나 비가 뿌리친다.
蛙鳴閣閣苦相眎	개구리가 각각하게 울어 서로 바라보기 괴로우며
屋漏朱朱難自防	집에 물이 줄줄 새어 막기 어렵다.
麥熟登場漂欲盡	보리가 익어 거두게 되었는데 모두 떠내려가고
菊生滿砌爛堪傷	섬돌에 가득한 국화가 매우 상했다.
閭閻十日炊烟冷	집에 십일 동안 밥을 지을 수 없어
裸飯無人饗子桑.	익히지 않은 밥을 자상子桑에게 먹일 사람이 없다.

라 했는데, 시의 체는 변했으나 또한 스스로 좋다고 하겠다. ＜위언
시危言詩＞에 말하기를,

---

44) 호는 계곡谿谷 덕수인德水人. 인조仁祖 때 우상右相.
45) 푸른색 깃의 옷. 선비를 가르키는 말.
46) 내용을 미루어 보아 풀 이름인 듯 한데 어떤 풀인지 알아보지 못했다.

鐵船欲涉弱水波　무거운 배로 약수의 물결을 건너고자 하며
百尺竹頭舞婆娑　백척의 대 머리에서 소매를 날리며 춤을 춘다.
天台石橋半夜過　천태산天台山 돌다리를 밤중에 지나가면서도
孤臣特立無依阿.　고신孤臣은 우뚝 서 언덕에 의지함이 없다오.

라 했다. 초楚나라 때는 대언大言, 소언小言이 있었고 진晋나라 때
는 위어危語와 요어了語가 있었으며, 당唐나라 때는 참어讒語, 취암
어醉暗語, 골섭어滑涉語가 있었는데, 근세 장계곡張溪谷은 이에서
더욱 넓혀 대소大小, 안위安危, 요미료了未了, 참한讒恨, 취성醉醒,
골섭滑涉, 원근遠近, 명암明暗, 고락苦樂, 난이難易, 냉열冷熱, 청탁
清濁 등 스물네 개의 말을 지었는데 그 묘함을 자세하고 간곡하게
했다.

　이식李植[47]이 충주忠州 동루東樓에서 지은 시에 말하기를,

巖嶢飛閣郡城隈　성 모퉁이에 바위는 높고 집은 날아갈 듯하며
俯視中州氣壯哉　중주中州를 내려다보니 기운이 장하도다.
山鎭東南尊月岳　산은 동남을 진압하며 월악산月岳山은 높고
水移西北抱琴臺　물은 서북으로 옮기며 탄금대彈琴臺를 안고 있다.
乾坤縱目青春動　건곤은 눈을 어지럽게 하여 청춘을 움직이고
今古傷心白髮催　옛과 지금은 마음을 상하게 하여 백발을 재촉한다.
已覺元龍豪氣盡　이미 원룡元龍[48]의 호기가 다했음을 알게 되었으니
明朝投劾可歸來.　내일 안찰하는 것을 버리고 돌아오고자 한다.

라 했는데, 방탕함이 뛰어나 가히 읊을 만하며 사람들은 그의 평생
을 통해 아름다운 작품이라고 했다. 박태원朴泰元 태의太醫가 젊은

---

47) 호는 택당 덕수인德水人 이판吏判.
48) 위魏나라 진등陳登의 자字. 그는 오만하여 손은 소상小牀에 눕게 하고 자신은
　　대상에 누웠다는 고사가 있음.

딸을 잃고 택당澤堂에게 만시挽詩를 구하자 택당이 바로 오언율시를 지었는데 그 시에 말하기를,

> 短命天應定　　생명이 짧은 것은 하늘이 분명히 정한 것이고
> 良方父亦迷.　　좋은 처방은 아버지도 또한 몰랐다.

라 했는데, 짧은 순간에 지은 것이면서 매우 정밀하다. 또 <유한강정시遊漢江亭詩>에 말하기를,

> 開樽山色動　　술통을 열자 산빛도 움직이고
> 繫馬樹陰淸.　　말을 매니 나무 그늘도 맑다.

라 하니, 그때 현곡玄谷 계곡溪谷 주옹疇翁 백주白洲 등과 더불어 같이 시를 지었는데 모두 무릎을 치며 감탄했다.

이명한李明漢은 천재가 무리에 뛰어나 그의 시는 공중누각空中樓閣과 같았다. 그의 <제평해가인가시題平海士人家詩>에 말하기를,

> 雲海微茫澹月華　　구름낀 바다는 아득하고 달빛은 맑으며
> 小村籬落近明沙　　작은 마을 울타리에 밝은 모래가 가깝다.
> 春風一樹梅如雪　　봄바람에 한 나무의 매화가 눈과 같으니
> 莫是孤山處士家.　　여기가 고산처사의 집이 아닌가.

라 했으니, 또한 매우 맑다. 계곡 장유張維가 일찍 백주白洲의 시를 일컬어 귀신이 지은 것이라고 했다. 사람들이 그 까닭을 물으니 계곡이 웃으며 말하기를 "책을 보지도 않고 읽지도 않았는데 시를 잘 지으니 귀신이 아니겠는가" 했다.

동주東洲 이민구李敏求의 <금낭시琴娘詩>에 말하기를,

香羅簇蝶繡紅裙　붉은 치마는 비단에 나비가 모여 있는 것을 수로 놓았고
豆蔲春心已七分　두구豆蔲[49]의 춘심春心은 이미 칠분이 되었다.
却把瑤琴彈一曲　문득 거문고를 잡고 한 곡을 타니
意中流水夢中雲.　생각에는 흐르는 물이요 꿈 속에는 구름이라오.

라 했는데, 말을 선택한 것이 곱고 아름답다. 그의 <강정시江亭詩>에 말하기를,

帆檣影動潮生後　돛대는 조수가 생긴 뒤에 그림자가 움직이고
島嶼形分水落初.　섬들은 물이 떨어질 즈음 형태가 구분된다.

라 하여, 사람들에게 전해져서 외우게 되었으나 판대板對를 건너는 듯하므로 식견을 갖춘 자가 구분할 것이다.

　이성구李聖求는 동주東洲 민구敏求의 형이었다. 일찍 동주가 나에게 말하기를 세상을 떠난 우리 형의 문재는 실지로 우리들과 비할 바가 아니다. 광해군光海君 때 여러 선비들과 경상기京上妓를 이끌고 여러 날 밤을 즐겁게 놀았다. 계해년癸亥年 초에 형이 사간司諫으로서 파직되었고 경상기도 얼마 되지 않아 집을 옮겼다. 형이 연각蓮閣의 우중雨中에서 한 절구를 얻었는데 그 시에 말하기를,

奏罷梨園爲諫名　이원梨園을 파하게 아뢴 것은 간했다는 이름을 위한
　　　　　　　　것인데
却來蓮閣負風情　문득 연각에 돌아오니 풍정을 등졌다네.
池塘水滿芙蓉冷　지당의 가득한 물에 부용은 차가워
獨凭危欄聽雨聲.　홀로 위태로운 난간에 의지해 빗소리 듣는다.

---

49) 두구豆蔲는 약명藥名이라고 함

라 했는데, 대개 희롱하는 말이기는 하나 매우 맑아 사랑스럽다.

　　현곡玄谷 정백창鄭百昌의 <채릉곡采菱曲>에 말하기를,

　　　淡淡芳湖淨不流　　맑고 아름다운 호수의 물은 흐르지 않고
　　　綠楊枝繫木蘭舟　　푸른 버들가지에 목란주木蘭舟가 메여 있다.
　　　美人爭唱采菱曲　　미인이 다투어 채릉곡采菱曲을 부르는데
　　　郞在荷花深淺洲.　　낭군은 연꽃이 핀 섬에 있다.

라 했는데, 자못 당唐나라 작가들의 시와 같다.

　　동악東岳 이안눌李安訥의 <억중씨시憶仲氏詩>에 말하기를,

　　　宿昔元無弟　　옛날에는 원래 아우는 없었고
　　　如今只有兄　　지금은 단지 형만 있다.
　　　兩身分萬里　　두 몸은 만리로 나누어져 있고
　　　衰齒遇新正　　쇠한 나이에 신정을 만났다.
　　　我每懷坡館　　나는 매양 파관坡館을 생각하게 되고
　　　君應憶麗京　　형은 응당 여경麗京을 기억할 것이다.
　　　當時別離色　　당시 이별할 때 표정이
　　　隔歲益關情.　　해가 지나면서 더욱 정을 통하게 된다.

라 했다. 숭정崇禎 임신년壬申年에 나의 할아버지 참찬공參贊公이
주청사奏請使로서 중국 서울에 가게 되었고 그때 동악東岳이 부사
副使가 되어 옥하관玉河關에 이르러 신정新正의 아침을 맞이하게
되어 동악이 중씨仲氏를 생각하며 시를 지어 나의 할아버지에게
보였다. 나의 할아버지와 동악이 중국 서울에 갈 때 동악의 중씨는
파주坡州에까지 왔고 나의 할아버지의 백씨伯氏는 송경松京에까지
왔기 때문에 시 내용에서 파관坡舘 여경麗京이라 이른 것이다. 나

의 할아버지도 그 시에 차운하여 시를 지었기 때문에 중국 사람들
이 두 분을 보게 되면 더욱 나의 할아버지의 지은 시를 일컬었다.
그 시에 말하기를,

看雲應憶弟	구름을 보면 응당 아우를 기억하게 되고
夢草每思兄	풀을 꿈꾸게 되면 매양 형을 생각한다.
一別驚周歲	한 번 이별이 놀랍게도 해를 두루 하게 되었고
三陽値夏正	삼양三陽[50]을 바로 여름에 만났다.
陟岡瞻故國	높은 산에 올라 고국을 바라보았으며
同被徂神京	함께 중국 서울에 가게 되었다.
萬里層霄月	만리의 높은 하늘에 있는 달은
分明照兩情.	분명히 두 사람의 정을 비치리라.

라 했다.

　잠곡潛谷 김육金堉은 벼슬하지 않았을 때 가평嘉平에 살면서 책
을 가지고 들에 나가 농사일을 했다. 늦게 풍운風雲을 만나 정승의
지위에 올라 매우 귀한 직위에 있으면서도 자신을 지키는 것은 한
사寒士와 같이 했다. 그의 <정양시正陽詩>에 말하기를,

莫道來遊已後時	놀러 와서 이미 뒷날 기회를 말하지 말고
非觀山色觀山骨	산빛을 볼 것이 아니라 산 뼈를 보라.
層巖絶壁面目眞	층층의 바위와 절벽이 참면목이지
赤葉黃花皆物外.	붉은 잎 누런 꽃은 모두 사물의 바깥 것이오.

라 했는데, 공이 여행을 하면서 구월 구일을 만났기 때문에 이 시
를 지었다고 하니, 공이 평생에 밖으로 꾸미는 것을 일삼지 않았음

---

50) 「주역周易」에서 괘卦의 셋 양효陽爻를 말함.

을 생각할 수 있다.

용주龍洲 조경趙絅이 도중에서 소나기를 만나 마을의 토담집에 들어가서 희롱으로 지은 시에 말하기를,

曲木爲樑簷着地	굽은 나무로 들보를 하여 처마는 땅에 닿았으며
其間如斗僅容身	그 사이 말과 같은 데 겨우 몸을 용납했다.
平生不學長腰屈	평생에 긴 허리 굽히는 것을 배우지 않았는데
此日難謀一脚伸	오늘 밤에 다리 펴기가 어렵겠다.
鼠穴烟生昏似漆	쥐구멍으로 연기가 나와 옻처럼 어둡고
蓬窓茅塞暗無晨	봉창을 띠로 막아 어두워 새벽이 없다.
雖然幸免衣沾濕	비록 그러나 다행히 의관이 젖는 것은 면해
臨別殷勤謝主人.	떠날 때 은근히 주인에게 감사하다고 했다.

라 했는데, 구와 말이 또한 좋다.

행명涬溟 윤순지尹順之의 <어양교시漁陽橋詩>에 말하기를,

瞥瞥滄桑易變移	얼핏 보아도 바다와 상전桑田이 쉽게 변해
薊門烟樹使人悲	계문薊門의 나무에 낀 연기가 사람을 슬프게 한다.
靑騾西去傷前事	푸른 노새는 서쪽으로 가며 전에 일을 슬프게 여기고
白馬東來恨此時	흰 말은 동쪽에서 오면서 이 때를 한한다.
隨處繁華都已矣	가는 곳마다 번화했던 것은 모두 끝났고
莫强兵甲更何之	강했던 병사와 무기는 어디로 갔나뇨.
塵沙漠漠孤城裡	먼지와 모래가 아득한 외로운 성 안에
羌笛紛紛弄晚飈.	피리가 분분하게 늦게 부는 바람을 희롱한다.

라 했으며, 그의 <효발진화시曉發津和詩>에 말하기를,

客程淸夜一帆催	맑은 밤 손이 가는 길을 돛으로 재촉하여
千里三山取次廻	천리의 삼산을 차례로 취해 돌아오리라.

天外莫愁浮海去   하늘 밖으로 바다에 떠가는 것을 근심하지 말며
月中還得御風來   달 가운데서 도리어 바람을 얻어 돌아오리라.
狂呼玉兔求仙藥   미친 듯이 달을 불러 선약仙藥을 구하고
醉跨金鼇作渡杯   취해 자라를 타고 건너가는 술잔을 만드리라.
墮地壯遊男子事   땅에 떨어져 장하게 노는 것이 남자의 일인데
幾人今古到蓬萊.   고금을 통해 몇 사람이 봉래에 이르렀는가.

라 했는데, 말이 극히 호걸스럽고 방탕하다.

이회보李回寶가 친구의 천장遷葬에 지은 만시輓詩에 말하기를,

憶曾風雨鎖孤城   일찍 비바람이 고성孤城을 포위한 것을 생각하며
天柱摧頹地軸傾   천주天柱가 꺾어지고 지축地軸도 기울어졌다.
我忍獨留看丙子   나만 참고 홀로 앉아 병자년丙子年을 보았고
公能先逝守崇禎   공은 먼저 세상을 떠나 숭정崇禎을 지켰다.
人情自古皆哀死   사람은 예부터 모두 죽음을 슬퍼하지만
世事如今孰樂生   세상이 지금 같으면 뉘가 살기를 즐거워 하리오.
歸去雲間朝列聖   하늘로 돌아가 여러 임금을 뵈옵게 되면
善爲辭說莫分明.   잘 말씀을 드리되 분명히 말하지 마오.

라 했는데, 장가長歌의 슬픔이 통곡하는 것보다 더욱 심하다.

정축년丁丑年 후에 어떤 사람이 숭례문崇禮門에 시를 지어 써 붙인 것이 있었는데, 그 시에 말하기를,

三綱已絶國隨傾   삼강은 이미 끊어졌고 나라도 따라 기울어져
公義千秋愧汗靑   천추千秋의 공의公義로 역사의 기록에 부끄럽다.
忍背神宗皇帝德   차마 신종황제의 덕을 어찌 배반하며
何顔宣祖大王靈   무슨 낯으로 선조대왕의 영을 보랴.
寧爲北地王諶死   차라리 북지왕심北地王諶[51]이 되어 죽을지언정

---

51) 촉한蜀漢의 임금 유선劉禪이 위에 항복하려 하자 북지왕北地王 심諶이 못하게

不作東窓賊檜生　동창의 진회秦檜처럼 사는 것은 하지 않으리라[52].
野老呑聲行且哭　늙은이가 소리를 머금고 가면서 통곡하니
穆陵殘日照微誠.　목릉穆陵[53]의 남은 해가 외로운 정성을 비친다.

라 했는데, 말이 매우 슬퍼하고 한탄함이 있다. 혹은 이르기를 채성
귀蔡聖求 지평持平이 지은 것이라고 한다.

동명東溟 정두경鄭斗卿의 <도성진시到城津詩>에 말하기를

吉城歸路雪漫漫　길성으로 돌아가는 길에 눈이 아득하고
二月邊庭春正寒　이월의 변방 뜰은 봄인데 춥다.
渤海無風波百丈　발해에 바람이 없으나 파도는 백장이요.
扶桑半夜日三竿　동쪽 바다는 밤중인데 해가 높게 떴다.
壯遊不覺關山遠　장유壯遊에 관산關山이 먼 것을 알지 못했으며
縱飮何妨蠟炬殘　많이 마시는데 밀초불이 가물거린다고 방해가 되랴.
只爲思親兼戀闕　단지 어버이를 생각하고 대궐이 그리워
時時回首望長安.　때때로 머리 돌려 서울을 바라본다오.

라 했으며, 또 말하기를,

海上危城北斗齊　바다 위에 솟은 성이 북두성과 가지런하며
女墻橫壓白雲低　여장女墻[54]이 흰 구름 밑을 가로 눌렀다.
春天蜃氣成樓閣　봄하늘에 신기루는 누각을 이루었고
落日鯨濤入鼓鼙　해질 즈음 높은 파도소리는 북소리처럼 들린다.
沙漠未淸氛祲惡　사막이 맑지 않아 해무리 기운이 좋지 않고
蓬萊欲到古今迷　봉래산에 가고자 하나 고금을 통해 아득하다.

했으나 듣지 않으므로 자결했다는 고사故事.
52) 남송南宋 말의 진회秦檜와 얽힌 고사故事인 듯한데 내용은 알아보지 못했다.
53) 선조宣祖의 능호陵號.
54) 성 위의 얕은 담.

愁來賴有胡姬酒　　근심에 들자 호희胡姬의 권하는 술에 힘입어
一任樽前醉似泥.　　술통 앞에 맡겨 매우 취해 보련다.

라 했는데, 기운과 격조가 맑고 굳세다. 그의 <과마천령시過磨天
嶺詩>에 말하기를,

驅馬磨天嶺　　　말을 몰아 마천령磨天嶺에 오르니
層峯上入雲　　　봉우리가 구름 위에 솟았다.
前臨有大澤　　　앞에 큰 못이 있는데
蓋乃北海云.　　　바로 북해라 한다 했다.

라 했는데, 필력이 웅장해 가히 우주를 버티는 기둥이 될 것이다.
그의 <봉은사시奉恩寺詩>에 말하기를,

域中王亦大　　　지역 가운데는 왕도 또한 크고
天下佛爲尊.　　　천하에는 부처가 높음이 된다.

라 했는데, 계곡 장유가 말하기를 천연스럽고 기이한 대우對偶가
되어 더 다듬을 것이 없다고 했다. 동명이 일찍 고원考院에 있었는
데 그때 시월十月이었음에도 우레와 비가 밤에 계속 많이 왔기 때
문에 드디어 시 한 수를 지었다. 그 시에 말하기를,

白岳玄雲一萬重　　백악산 검은 구름이 만 겹이나 싸여
夜來寒雨滿池中　　밤에 내린 비가 못에 가득하다.
傍人莫怪冬雷發　　겨울 천둥소리 괴이하게 여기지 마오
三十三魚變作龍.　　서른세 마리의 잉어가 용으로 변한다오.

라 했는데, 효종이 듣고 매우 칭찬하며 말하기를 "이 시가 족히 재앙을 빌었다"고 했다.

동주東洲 이민구李敏求가 일찍 관동關東에 안찰按察로 가서 춘천春川 청평사淸平寺에 놀러갔더니 스님의 나이 팔십구세였다. 시를 지어 주었는데 그 끝구에 말하기를,

> 明年再叩維摩室 명년에 다시 유마실을 찾게 되면
> 政値仙門九十春. 바로 선문仙門의 구십회 봄을 만나리라.

라 했다. 이규李烇가 부사府使로서 자리에 있다가 웃으며 말하기를 "소생이 시를 짓는 재주가 짧기 때문에 명년까지 해를 연장하기는 어렵고 마땅히 금년으로 말하리라" 하고 차운하여 말하기를,

> 傍人莫問師年幾 옆사람들아 스님 나이 얼마인지 묻지 말라
> 九十前頭少一春. 구십 앞머리에 한 번 봄이 작다오.

라 하니, 동주 이민구李敏求가 기이하게 여기며 드디어 매우 친한 사이로 맺어지게 되었다.

유도삼柳道三의 <제석왕사시題釋王寺詩>에 말하기를,

> 三千官路去來忙 삼천의 관로에는 오고 가는 일이 바쁜데
> 到處繁華問幾場 가는 곳에 번화한 것이 몇 곳인가 묻는다.
> 卽北機心還寂寞 바로 북쪽으로 움직이는 마음은 도리어 적막하고
> 從前豪興太顚狂 종전의 호걸스러운 흥취는 지나치게 미친 듯하다.
> 晨鍾淨洗笙歌耳 새벽 종소리는, 저소리 들었던 귀를 정결하게 씻으며
> 晚茗淸開酒肉腸 늦게 마신 차가 술과 고기 먹은 창자를 맑게 열었다.
> 日午蒲團成一寢 한낮에 방석에서 잤더니

滿山松籟夢中涼.　산에 가득한 소나무 소리가 꿈속에서도 서늘하다.

라 했다. 또 말하기를,

人情母亦曾投杼　인정으로는 어머니도 일찍 북을 던졌고
世態妻猶不下機.　세태에 따라 처도 오히려 베틀에서 내려오지 않았다.

라 했는데, 또한 사람들에게 전해져 외우게 되었다.
　이규李煃가 유감사柳監司 딸의 만시輓詩에,

嫁日衣裳半是新　시집 가던 날 옷이 반이나 새옷이었는데
開箱點檢却傷神　상자를 열고 점검하면서 마음이 아프다오.
平生玩好俱賫送　평생에 좋아했던 것을 모두 보내니
一任空山化作塵.　공산에 한 번 맡겨지면 티끌이 되리라.

라 했는데, 세상에서 매우 뛰어난 작품이라고 일컬었다.
　권극중權克中이 <제전주객사題全州客舍>에서 말하기를,

名都三月盛繁華　이름 있는 도시 삼월에 번화함이 많아
鶯燕紛飛白日斜　꾀꼬리와 제비는 분주하게 날고 해는 비끼었다.
叱撥馬嘶垂柳宅　질발질발55)은 버들 늘어진 곳에서 울고
琵琶聲出捲簾家　비파소리는 주렴 걷은 집에서 들린다.
溪流潤作千村井　시냇물은 불어 많은 마을의 우물이 되고
園木交開百果花　동산의 나무에는 여러 가지 과실과 꽃이 핀다.
薄暮更憑高處望　어두울 즈음 높은 곳에 올라 바라보면
炊烟上結半空霞.　밥하는 연기가 공중에 안개처럼 끼었다.

---

55) 질발叱撥은 말 이름이라고 한다.

라 했는데, 전주객관全州客館에 읊은 시가 매우 많았으나 이 시를
제일이 된다고 한다.

　사암思菴 박순朴淳의 <제금수정시題金水亭詩>에 말하기를,

　　　谷鳥時時聞一箇　　산새 우는 소리 때때로 들리고
　　　匡床寂寂散羣書　　적적한 큰책상에 책들이 흐트러져 있다.
　　　每憐白鶴臺前水　　가련하게도 백학대 앞의 물은
　　　纔出山門便帶淤.　겨우 산문山門을 벗어나면 흙물이 된다오.

라 했다. 휴와休窩 임유후任有後의 <영간수사詠澗水詩>에 말하
기를,

　　　古澗冷冷境復幽　　시내물은 차갑고 지역도 깊숙해
　　　賞心終日坐巖頭　　구경하고 싶은 마음으로 종일 바위 머리에 앉았다.
　　　無由禁爾奔湍住　　달리는 여울물을 머물게 금할 이유는 없지만
　　　纔出山門合野流.　겨우 산문을 나가면 들에 흐르는 물과 합치리라.

라 했는데, 임휴와의 시가 대개 박사암朴思庵의 시에 근원을 두었
다고 하겠으나 구격句格이 더욱 아름다워 탈태법脫胎法을 얻었다
고 이르겠다.

　내가 임휴와와 더불어 승가사僧伽寺에 놀러 갔다가 돌아 중흥사
中興寺를 향해 가면서 한 수의 시를 지었는데 말하기를,

　　　僧伽遊子復中興　　승가사에 놀았던 자가 다시 중흥사로 가니
　　　劍戟群峯勢欲騰　　칼과 창같은 뭇 봉의 형세가 날고자 한다.
　　　麗祖幾年恢淨域　　고려 태조는 몇 년 만에 이 지역을 평정했으며
　　　梵王千劫護居僧　　범왕梵王[56]은 긴 세월로 있는 중을 보호한다.
　　　昏魔自伏輪燈照　　어두운 마귀는 윤회의 등불에 스스로 항복하고

迷惱渾除智水澄   미혹한 생각이 맑은 지혜의 물에 완전히 사라졌다.
人世是非吾已謝   인간세계의 시비에 나는 이미 떠났으며
法問從此講三乘. 지금부터 절에서 삼승三乘[57]을 강하리라.

라 하니, 휴와休窩가 칭찬했다. 그리고 휴와도 바로 차운하여 말하기를,

蕭寺來尋伽與興   쓸쓸한 승가사와 중흥사를 찾았더니
陟峯雙屨共雲騰   봉을 오르자 두 신발이 구름과 같이 난다.
夕陽橫点兩三鴈   석양에 두서너 마리 기러기가 옆으로 날고
秋葉歸筇四五僧   가을잎에 사오 명의 스님이 돌아간다.
千仗古衫庭畔老   높은 옛 삼나무는 뜰가에서 늙었고
一溪流水檻前澄   시내에 흐르는 물은 난간 앞을 맑게 한다.
君詩突兀驚人眼   그대의 시가 뛰어나 사람의 눈을 놀라게 하니
若譬禪家是上乘. 불가에 비유하면 상승上乘이라오.

라 했는데, 맑고 고우며 노련하고 굳세어 한 번 읊게 되면 세 번이나 감탄하게 되어 쭉정이 같은 내 시가 앞에 있는 것이 매우 부끄럽다.

중봉中峯 박의朴漪의 <강촌시江村詩>에 말하기를,

啣泥飛去誰家燕   진흙을 물고 날아가는 제비는 누구의 집 제비이며
橫笛歸來是處兒. 피리를 가로잡고 불며 돌아가는 아이는 이곳 아이었소

라 했는데, 그의 전집全集을 보지 못한 것이 한스럽다.

---

56) 바라문교에서 우주의 만물을 창조한 신으로서 사바세계를 주재한다고 함.
57) 불교에서 중생을 태우고 생사의 바다를 건너 열반에 이르게 하는 세 가지 교법
　　教法.

심동귀沈東龜 사간司諫은 전자진全子珍이 중국 갈 때 준 시에 말하기를,

行人萬里幾西轅	행인이 먼 길에 몇 번이나 서쪽으로 멍에 했으며
玉帛傷心舊路存	예물禮物에 마음이 슬프나 옛길은 있다.
易水悲風來擊節	역수易水[58]의 비풍은 무릎을 치며 불어오고
新亭感淚落離樽	신정의 감동하는 눈물은 이별하는 술통에 떨어진다.
十年關笛干戈動	십년 동안 관문의 저 소리에 간가가 움직이고
四海兵塵日月昏	사해의 전쟁으로 일어난 티끌에 일월이 어둡다.
君去試看燕地壯	그대가 가면 중국 땅이 얼마나 장한가 보라
山河猶帶太平痕.	산하는 오히려 태평의 흔적을 띠고 있다.

라 하여, 탄식하고 슬프함이 매우 높다.

이해창李海昌[59] 사간司諫의 <낙엽시落葉詩>에 말하기를,

滿林紅葉錦斑爛	많은 숲의 단풍잎이 비단처럼 빛났는데
一夜霜威太劇殘	하룻밤 된서리에 너무 쇠잔했다.
慘似商君臨渭水	비참함은 상군商君[60]이 유수渭水에 다다른 것과 같고
散如秦甲解邯鄲	흩어진 것은 진의 병사들이 한단邯鄲[61]에서 풀릴 때와 비슷하다.
風來大野漫天起	바람이 큰 들에 불자 하늘이 아득하기 시작하고
月入空庭得地寬	달빛이 빈 뜰에 들어오면 땅도 너그러움을 얻었다.
志士騷人休怨惜	지사와 문인들은 원망하거나 아끼지 말고
獨憐蒼翠澗松寒.	홀로 푸른 숲이 있는 냇가에 찬 소나무를 어여삐 여기라.

---

58) 춘추전국시대 연燕나라 형가荊軻가 진시황秦始皇을 죽이고자 진나라로 들어갈 때 건넜다는 물 이름.
59) 호는 송파松坡 한산인韓山人.
60) 춘추전국시대 진秦나라 효공孝公을 도와 정전井田을 폐지한 상앙商鞅을 말함.
61) 한단邯鄲은 땅이름.

라 했는데, 표현한 내용이 매우 긴장되었다고 하겠다.

이경안李景顔[62]의 <새하곡시塞下曲詩>에 말하기를,

陰山獵罷萬夫家　　음산陰山에서 사냥을 파한 만부의 집에서
獲得三狼載橐駝　　세 마리의 이리를 잡아 낙타 전대에 실었다.
都尉醉中輕下馬　　도위都尉가 취중에 말에서 내리는 것을 가볍게 여겨
自將金鏃洗黃河.　　스스로 장수 되어 금족으로 황하를 씻었다.

라 했다.

이목李穆이 상처를 하고 난 후 봄을 만나 지은 시에 말하기를,

去春人旁養蚕床　　거년 봄에 처가 양잠하는 평상 옆에 있었는데
人去春回只舊堂　　처가 세상을 떠나자 단지 봄만 집에 돌아왔다.
桑葉萋萋墻外綠　　뽕잎은 무성해 담장 밖이 푸른데
任他隣女採盈筐.　　이웃 여인에 맡겨 광주리에 가득하게 딴다.

라 했다.

이모李某[63] 대간大諫이 상처한 후 잇따라 새로 태어난 아이를
잃고 지은 시에 말하기를,

爾生還禍爾之孃　　네가 태어난 것이 도리어 네 어미에 화가 되었는데
爾亦無生豈有亡　　너도 또한 살지 못했으니 어찌 잃음만 있나뇨.
今哭爾孃兼哭爾　　지금 네 어미와 너까지 잃고 울고 있으니
是誰之罪爾爺殃.　　이것이 누구의 죄냐 네 아비에 내린 벌이다.

---

62) 덕수인德水人임.
63) 이름으로 쓴 글자가 옥편玉篇에도 없으므로 모자某字로 했다.

라 했다.

이계李稽 승지承旨의 <소망실묘시掃亡室墓詩>에 말하기를,

彭兒已長論昏娶	팽아彭兒도 이미 장성해 혼인을 말하고
吾亦揚名免學生	나도 또한 이름을 드날리어 학생을 면했다오.
子長夫榮渾不識	아들의 성장과 지아비의 영광을 전혀 알지 못하고
十年青草掩孤塋.	십년 동안 푸른 풀이 외로운 무덤을 가리었다.

라 했는데, 위의 이목李穆, 이모李某, 이계李稽의 세 작품에서 모두 말이 슬프고 아름다우나 이대간李大諫의 말의 뜻이 더욱 간절하다.

조중려趙重呂가 임련林堜이 용성龍城을 맡아 가고자 하므로 시로써 그를 보내며 말하기를,

昔聞騎鶴上揚州	옛날 들으니 학을 타고 양주를 갈 때
閑好竝行可比侔	한호閑好[64]도 같이 가면서 짝으로 견주었다.
天下皆知帶方國	천하가 모두 대방국帶方國을 알고 있으며
人間亦有廣寒樓	인간에도 또한 광한루廣寒樓가 있다.
小蘇早結仙山約	소소小蘇[65]도 일찍 선산仙山의 만남을 약속했으며
諸謝春從錦里遊	여러 사씨謝氏[66]들도 봄에 금성錦城에서 놀았다.
遙想橋頭溪月白	다리 머리 시내에 달이 밝으면
公餘笑傲領風流.	공무의 여가에 웃으며 풍류를 거느릴 것으로 생각되오

라 했는데, 대개 임련林堜은 금성錦城 사람이었고 그의 동생 담墰

---

64) 임련林堜의 호. 금성인錦城人.
65) 송宋의 소식蘇軾을 대소大蘇. 그의 동생 철轍을 소소小蘇라 함. 여기서는 아우를 말함.
66) 진晉나라 때 사령운謝靈運을 중심으로 여러 사씨謝氏들이 시를 지으며 화락하게 모여 놀았던 것을 말한 것이 아닌가 한다.

이 당시 경상도감사慶尙道監司였는데, 금성에 있기로 약속하고 여러 친족들과 같이 지리산智異山에 놀러가기로 했기 때문에 오륙연五六聯에 그와 같이 언급한 것이다. 채시蔡詩[67]에서는 말하기를,

君向龍城索我詩	그대가 용성으로 가면서 나에게 시를 구하는 것은
欲聞曾佩此時符	일찍 그곳 수령으로 있었기 때문에 듣고자 한 것이겠다.
樓妨聽訟難頻上	누는 업무에 방해되어 자주 오르기 어렵고
酒怕臨民未屢持	술은 백성을 대하는 데 두려워 여러 번 잡지 못했다.
營牒到來空發嘯	감영監營의 통첩通牒이 오면 공연히 긴장되고
村飢報處每嚬眉	굶주린 마을이 있다면 매양 눈썹을 찡그린다.
只除梅竹無他好	매화梅花와 대나무 외에 다른 좋은 것이 없으니
南客南歸也自宜.	남쪽 사람이 남쪽으로 가는 것이 마땅하다네.

라 했는데, 채모蔡某가 일찍 용성수龍城守를 했기 때문에 수련首聯에 이와 같이 이른 것이다. 채시蔡詩가 비록 교묘하고 치밀하나 기격氣格은 조시趙詩에 미치지 못했다고 이를 것이다.

만랑漫浪 황모黃某[68]는 경성鏡城에서 <정순상시呈巡相詩>에 말하기를,

西塞南邊幾往還	서쪽 남쪽 변방을 몇 번 오고 가고 했으며
東行桑域北楡關	동쪽은 상역桑域 북쪽은 유관楡關까지였소.
小臣微分當如此	소신小臣의 작은 지위도 마땅히 이와 같으니
男子奇逢豈等閑	남자들의 기이한 만남을 어찌 등한히 할 수 있으랴.
城外拍天滄海水	성 밖에 넓은 바다의 물은 하늘을 치고
檻前飛雪白頭山	난간 앞의 백두산에 눈이 날고 있다.

---

67) 이름을 말하지 않았기 때문에 누구인지 알 수 없다.
68) 이 보유補遺에는 㞐로 호보號譜에 㞙라 했는데, 두 자가 모두 옥편玉篇에 없다. 호도 호보에는 퇴랑退浪이라 했다.

　　　軒名亦樂君知否　　마루 이름 역락亦樂을 그대는 알고 있는가
　　　不使窮愁上客顏.　　상객上客의 낯에 많은 근심을 있게 하지 마오.

라 했는데, 말이 자못 호걸스럽고 화창하다.
　설봉雪峯 강백년姜栢年의 <금강산도중시金剛山途中詩>에 말하기를,

　　　百里無人響　　백리에 사람 소리는 없고
　　　山深但鳥啼　　산이 깊어 단지 새만 울고 있다.
　　　逢僧問前路　　스님 만나 앞길을 물었는데
　　　僧去路還迷　　스님이 가자 길은 다시 아득하다.

라 했는데, 말이 자못 아름다운 작품에 들어갔다고 하겠다.
　설봉雪峯 강백년姜栢年이 제야除夜에 지은 <차고촉주시次高蜀州詩>에 말하기를,

　　　酒盡燈殘也不眠　　술도 다 됐고 등불은 가물가물 잠도 오지 않아
　　　曉鍾鳴後轉依然　　새벽 종이 운 뒤까지 계속 그러했다.
　　　非關歲歲無今夜　　해마다 오늘밤과 같은 것이 없어야 할 뿐만 아니라
　　　自是人情惜去年.　　이로써 사람들의 마음이 지난해를 아낀다오.

라 하여, 말이 매우 곱고 차분함이 어찌 만당晚唐 시에 못함이 있겠는가.
　백주白洲 이명한李明漢이 일찍 영평永平 백로주白鷺洲에서 절구한 수를 지었는데 용주龍洲 조경趙絅, 감호鑑湖 양만고楊萬古, 낙정樂靜 조석윤趙錫胤이 모두 차운하여 시를 지었다. 이령李令 지백知白이 일찍 영평을 맡아 있을 때 공인工人을 시켜 백주白洲 용주龍洲

감호鑑湖의 시만 바위에 새겨 드디어 유명하게 되었으며 낙정樂靜
의 시는 버리고 새기지 않았다. 그 낙정樂靜의 시를 들어보면,

戀闕心如赴海水	대궐을 생각하는 마음은 바다로 가고 싶은 마음과 같고
出關身似浮空雲	관문을 나서는 몸은 공중에 뜬구름과 비슷하다.
慇懃寄語洲邊路	은근히 백로주 주변 길에 말하노니
何日休官隨爾群.	어느 날 벼슬을 쉬고 너희 무리들을 따르랴.

라 했는데, 이령李令 지백知白 도 또한 글에 능한 자이므로 반드시
취하지 않은 것에는 뜻이 있을 것이다.

사포沙浦 이지천李志賤이 젊었을 때 좋아하는 기생이 있어 어느
날 찾아갔더니 사람은 없고 거문고만 있으므로 돌아오고자 했으나
종로의 종이 이미 울렸다. 초연히 빈 방에 앉아 있으면서 무료해
드디어 벽에 한 절구를 써 말하기를,

碧窓殘月曉仍留	푸른 창에 남은 달은 새벽까지 머물렀고
曲渚輕蘭已覺秋	물가의 난초에 이미 가을을 느낄 수 있다.
斜抱玉琴彈不得	거문고를 안고 있으면서 타지 않는 것은
祇今離恨在心頭.	지금 이별한 한이 마음에 남아 있기 때문이오.

라 했는데, 비록 아름다운 작품이라고 일컬을 수 있겠으나 군자가
처신하는 것은 마땅히 옛 사람을 법해야 할 것이다. 옛 사람은 주
사酒肆와 다방茶房에도 들어가지 않았는데 하물며 그것보다 심한
곳은 말할 것이 있겠는가.

춘소春沼 신최申最가 정월 보름 며칠 전에 바람과 눈이 많이 내
려 느낌이 있어 시를 지었는데 말하기를,

畏寒每待回春期　추위가 무서워 매양 봄이 오기를 기다렸으며
春至還愁暖較遲　봄이 오자 따뜻함이 더딜까 근심된다.
風似怒濤隳巨堅　바람은 노도 같아 크게 굳은 것을 떠들썩하게 하고
雪如狂絮撲重帷　눈은 미친 버들솜처럼 거듭된 휘장을 친다.
尊中無酒慚文擧　술통에 술이 없어 문거文擧[69]에 부끄러우며
案上開圖見伏羲　책상 위에 괘를 펼쳐 복희伏羲를 본다[70].
却問兒童笑何事　문득 아이들이 웃으며 무슨 일을 하나뇨 물으면
阿翁鬢髮欲成絲.　늙은이의 살쩍 머리가 희고자 한다 했다.

라 했는데, 공공이 사詞와 부賦를 잘 지었으나 시에도 또한 격格이
있다.

　나의 돌아가신 아버지는 물질에 대한 욕심은 없고 오직 글읽는
것을 좋아했다. 한가할 때 지은 절구 한 수가 있는데 말하기를,

庭草階花照眼明　뜰에 풀과 꽃은 눈을 밝게 비치고
閑中心與境俱淸　한가한 가운데 마음과 주변이 모두 맑다.
門前盡日無車馬　문 앞을 종일 찾아오는 말과 수레는 없고
獨有微禽時一鳴.　홀로 이름 모를 새가 있어 때때로 운다.

라 했다.
　선인先人의 지은 시에 말하기를,

澤畔有孤竹　못가에 있는 외로운 대나무는
霜梢秀衆林　서리에 나무 끝이 뭇 숲에서 빼어났다.
斜陽雖萬變　사양에 비록 많은 변화가 있으나
終不改淸陰.　끝까지 맑은 그늘은 고치지 않았다.

69) 후한後漢 공융孔融의 자. 그의 술에 대한 이야기는 알아보지 못했다.
70) 「주역周易」을 공부하고 있다는 것을 말함.

라 했다. 정묘년丁卯年 즈음에 청淸나라 사람이 너희 나라에 김사
양金斜陽이라는 사람이 있느냐 하며 묻자 한 재상이 웃으며 말하
기를 "김사양金斜陽은 없고 김시양金時陽이 있다"고 하니 그 청나
라 사람이 말하기를 "그가 척화斥和를 주장한 중심인물이냐" 하므
로 답해 말하기를 "그는 척화를 주장한 자가 아니고 김상헌金尙憲
이라는 자가 바로 그 사람이라"고 했는데 대개 글자가 잘못 전해
진 것이다.

백곡栢谷 김득신金得臣은 형상이 예스럽고 소박했으며 평생에
글 읽는 것을 천만 번이나 두루 하여 머리가 흴 때까지 계속했다.
그의 시는 자주 옛 작가에 가까웠으며 <백이전伯夷傳>을 일억 삼
천 번이나 읽었다고 한다. 그의 <평릉역시平陵驛詩>에 말하기를,

漢陽歸客秣征驪　　한양으로 돌아가는 손이 마부가 말을 먹이자
獨倚平陵古驛樓　　홀로 평릉의 옛 역루에 의지했다.
漁子挐舟衝雨去　　어부가 배를 젓고 비를 맞으며 가니
白鷗驚起海棠洲.　　백구가 놀라 해당주海棠洲에서 일어난다.

라 했으며, <출성시出城詩>에 말하기를,

出城三日滯江樓　　성을 나온 삼일에 강루에 머무니
門樹蕭蕭早得秋　　문 앞 나무들은 쓸쓸하게 가을이 일찍 왔다.
入夜暗聞賈客語　　밤이 들자 상인들의 말을 몰래 들으니
明朝掛席向忠州.　　내일 아침 자리걸고 충주로 간다네.

라 했는데, 모두 당唐나라 시인들에 접근했다. 또 말하기를,

吟病老僧秋閉殿　　병을 앓는 노승은 가을인데 대웅전 문을 닫았고

覓詩孤客夜登樓.　　시를 짓는 외로운 손은 밤인데 누에 올랐다.

라 했으며, <도중시途中詩>의 한 연에 지은 시에 말하기를,

驢背睡餘開眼見　　나귀 등에 졸다가 눈을 떠보니
暮雲殘雪是何山.　　모운暮雲과 잔설殘雪이 있는 곳은 무슨 산인가.

라 했으니, 경치를 묘사한 것이 매우 맑다.
　習齋 권벽權擘의 시에 말하기를,

花正開時月未圓　　꽃이 바로 필 때 달은 둥글지 않았는데
月輪明後已花殘　　달이 둥글어 밝은 뒤에 꽃은 이미 시들었다.
可憐世事皆如此　　가련하게도 세상 일이 모두 이 같으니
安得名花對月看.　　어찌 좋은 꽃과 밝은 달을 같이 볼 수 있으랴.

라 했는데, 내가 권습재權習齋의 이 <화월시花月詩>를 본받아 말하기를,

明月梨花此別離　　밝은 달과 배꽃을 이에 이별하게 되었으니
花香月色共人悲　　꽃향기와 밝은 달빛이 모두 사람을 슬프게 한다.
別來相憶看花月　　이별한 후에도 꽃과 달을 보던 것을 생각하는데
月盡花殘更對誰.　　꽃과 달이 없으면 다시 누구를 대하랴.

라 했더니, 김백곡金栢谷이 보고 지나치게 칭찬하며 말하기를 “이것은 청색靑色이 남색藍色보다 나온 것이다. 나만 홀로 시가 없겠는가” 하고 인해 생각하다가 지은 시에 말하기를,

春來人事可嘆嗟　봄이 오면 사람 일이 슬픈 것은
花月無人無酒何　꽃과 달이 없고 사람과 술도 없으니 어찌 하리오.
若使有人兼有酒　만약 사람과 아울러 술이 있게 되면
的應無月更無花.　응당 달과 꽃이 없을 것이다.

라 하고, 잇따라 웃으며 "말하기를 아름다운 구슬을 얻고자 하다가 도리어 쇠똥과 말똥을 얻었다"고 했다.

백곡栢谷이 두타산頭佗山을 향해 가다가 지은 시가 있는데 말하기를,

行行路不盡　가도 가도 길은 다하지 않고
萬水更千峯　많은 물과 다시 많은 산이 있다.
忽覺招提近　갑자기 절이 가까운 것을 알게 된 것은
林端有暮鍾.　나뭇잎 끝에 저문 종소리가 있기 때문이오.

라 했는데, 공이 스스로 이 시를 외우며 나에게 일러 말하기를 "내가 이 시를 싣고자 했으나 숫자가 많은 만자萬字가 위에 있고 수가 적은 천자千字가 아래에 있어 많고 적은 차례가 바뀌어 있어 결정하지 못하고 있다"고 했다. 내가 말하기를 "옛 시에 말하기를,

萬壑千峯獨閉門.　만이나 되는 골짜기 천의 봉우리에 홀로 문을 닫았다.

라는 구가 있으므로 그것 때문에 버릴 것이 아니라"고 하니 드디어 이 시를 싣기로 했다고 한다.

만주晩洲 홍석기洪錫箕가 영남嶺南의 안절按節이었을 때 그의 종형 석무錫武가 고령쉬高靈倅가 되었다. 홍석기가 고령에 가자 주쉬主倅가 잔치를 베풀어 방백方伯을 청해 윗자리에 앉게 했다. 방백

方伯이 손을 안고 머리를 굽히고 서 있으니 드디어 운을 불러 물러 나게 하고 그에게 부르는 운에 바로 시를 짓게 했는데 이렇게 한 것이 몇 번이나 되었다. 만주가 드디어 한 율시를 지어 말하기를,

襜帷三日駐高陽	휘장을 가지런히 하고 삼일 동안 고양高陽에 머무니
畫戟紅旗一宴張	창과 깃발이 잔치하는 자리에 길게 늘어졌다.
千里嶺南觀察使	천리의 먼 영남에 관찰사요
十年門下壯元郞	십년 동안 문하에서 배운 장원랑壯元郞이라오.
雪消官閣梅花早	눈 녹은 관각에 매화가 일찍 피었고
春動華筵桂萼香	봄이 오자 빛난 자리에 계수나무 꽃이 향기롭다.
爭道世間無此會	세간에 이러한 모임이 없을 것이라고 다투어 말해
已敎人士誦詩章.	사람들에 이미 시를 외우게 가르쳤다.

라 했는데, 일시에 회자되었다.

홍만주洪晩洲의 <유흥시幽興詩>에 말하기를,

客至僧還至	손이 이르자 스님도 돌아와
淸談坐不疲	청담으로 앉았으니 피곤하지 않다.
蜂忙花役日	벌이 바쁜 것은 꽃에 골몰하는 날이며
蠶老麥胎時	누에가 늙는 것은 보리 알맹이가 생길 때요.
細雨池心見	가는 비에 못 속을 볼 수 있고
微雲石面知	엷은 구름으로 돌의 표면을 알 수 있다.
耕收休報事	밭을 갈고 거두는 일을 알리지 마오
幽意欲成詩.	깊숙한 뜻에서 시를 짓고자 한다.

라 했다. 중동仲冬에 새가 나뭇가지 위에 배회하는 그림을 보고 느낌이 있어 시를 지어 말하기를,

爾巢在何處　　　너 집이 어느 곳에 있나뇨
日暮獨不歸　　　날이 저문 데 홀로 돌아가지 않느냐.
長安多雨雪　　　서울에 비와 눈이 많아
吾亦憶山扉.　　　나도 또한 시골집을 그리워 한다오.

라 했는데, 말은 그림같지만 뜻은 다하지 못했다.

　　내가 일찍 고금시률古今詩律을 선발할 때 홍만주는 상당上黨의 계정溪亭에 있었다. 그의 <관동산수도시關東山水圖詩>에 말하기를,

東海移來水墨濃　　동해 쪽으로 옮겨 오니 물이 먹물처럼 진하며
吾亭還有四仙蹤　　내 정자에 도리어 사선四仙의 종적이 있다.
丹山鳥欲捿叢石　　단산丹山의 새는 돌무더기에 깃들이고자 하고
玉峽雲思繞月松　　옥협의 구름은 달이 비친 소나무에 얽힐 것을 생각한다.
疑入鏡湖階下水　　경호鏡湖가 뜰 아래 물에 들어온 듯하고
爭似楓岳檻前峰　　풍악楓岳이 마루 앞의 봉우리와 다투는 듯하다.
名區彼此嫌相類　　명구名區들이 서로 같은 것을 혐의하나니
未必關東待老儂.　　관동關東이 꼭 늙은 나를 기다리지 않을 것이다.

라 했는데, 단산丹山과 옥협玉峽은 모두 땅 이름이다. 홍만주洪晚洲가 이 시를 나에게 내어보이면서 말하기를 "이 시가 자네의 선발하는 시 가운데 들어갈 수 있겠는가" 내가 사양해 말하기를 "존장尊丈의 시가 교묘한 것은 말할 것이 없겠으나 단지 동수東水 두자가 첩자疊字로 묘사되어 선발할 수가 없다" 고 하니 만주晚洲가 말하기를 "관동關東의 동자東字는 바로 땅 이름이기 때문에 반드시 첩자라 할 것이 없고 수묵水墨 두자는 마땅히 묵적墨蹟으로 고쳐야 하겠다"고 하므로 내가 말하기를 "동해東海 밑에 만약 수자水字가 없으면 맥락이 연결이 되지 않아 정밀한 빛이 완전히 없어져 크

게 처음보다 못하다"고 하니 만주가 깜짝 놀라며 말하기를 "세상이
모두 식견 없는 눈들인데 어찌 반드시 억지로 말할 것이 있겠는가"
했다.

옥호玉壺 정성경鄭星卿의 <영촉시詠蜀詩>에 말하기를,

崩蔚峨嵋峻	첩첩한 아미산峨嵋山은 높고
崔嵬劍閣雄	우뚝 솟은 검각劍閣은 웅장하다.
山河天地有	산과 물은 천지에 있고
秦蜀古今通	진秦과 촉蜀은 예나 지금까지 통했다.
日落烏蠻北	해는 오만烏蠻 북쪽에서 떨어지고
雲生五疊東	구름은 오첩五疊의 동쪽에서 난다.
公孫躍馬處	공손公孫이 말을 타고 뛰던 곳에
蕭索壯圖空.	쓸쓸하게 장한 계획은 비었다.

라 했다.

내가 일찍 지은 칠언시에서 그 한 연에 말하기를,

| 流滯自知同賈誼 | 흐르는 것을 그치니 스스로 가의賈誼와 같음을 알
겠고 |
| 草玄無賴有桓譚 | 풀이 시들어지는 것은 환담桓譚이 있으나 힘입음이
없다.[71] |

라 했는데, 이 시에 차운해 짓고자 하는 자들이 모두 담자譚字가
어렵다고 했다. 백곡栢谷 김득신金得臣이 차운하여 말하기를,

---

71) 위의 가의賈誼는 전한前漢 때 문신으로서 잘못이 없었는데 좌천이 되었다고
하며, 환담桓譚은 후한後漢 때의 인물로서 음률에 능했고 오경五經에 정통했
다고 함.

多君詩律如摩詰　그대의 시율詩律이 마힐摩詰과 같은 것이 많고
愧我歌聲學薛譚.　나의 노래는 설담薛譚[72]을 배운 것이 부끄럽다.

라 했으며, 휴와休窩 임유후任有後는 차운하여 말하기를,

傑句崢嶸吟白甫　빼어난 구는 높고 험해 이백李白 두보杜甫를 읊었고
淸歌寥亮送＊譚　맑은 노래는 고요하고 밝은 것으로 ＊ 보낸다[73]

라 했으며, 김진표金震標는 차운하여 말하기를,

敢將滕國能爭楚　감히 등국滕國으로써 능히 초楚와 다투고자 하며
還恐齊師道滅譚.　도리어 제齊의 군사로 담譚을 멸했다고 말하까 두
　　　　　　　　렵다.

라 했는데, 여러 인사들이 모두 묘하다고 일컫었다. 김진표金震標
는 북저北渚 김류金瑬의 손자다.
　죽당竹堂 신유申濡는 일찍 지신사知申事로서 대언사代言司 벽에
시를 써 말하기를

壁坐仍宣飯　벽을 지고 앉아 식사를 하게 되고
輪番伴宿臺　윤번은 숙대宿臺를 짝했다.
十三完做度　십삼은 완전히 법대로 하게 하고
單五畢重來　單五는 거듭 와서 다하게 한다.
位置惟循次　위치는 오직 순서대로 하며
分房豈量才　방을 나누는데 어찌 재능을 헤아리겠느냐.

---

72) 위의 마힐摩詰은 당唐의 시인 왕유王維의 자字이며, 설담薛譚은 고대에 노래를
　　잘했다는 인물.
73) 대본에 글자가 빠져 있음.

封章從副議　　밀봉하여 올리는 글은 부의副議를 좇아하고
請告禀都裁　　청하고 고하는 것은 도재都裁에게 아뢴다.
曉入班常例　　새벽에 들어갈 때는 일정한 차례가 있으며
昏歸首自回　　어두어 돌아올 때는 머리가 스스로 돌아온다.
拜前恭已甚　　앞에서 절을 할 때는 매우 공손하게 하며
O秦膝事哈　　(결자가 있어 그대로 둔다.)
斗苦終申晚　　많은 괴로움은 마침내 늦게 펴게 되며
東愁滿目催　　동수東愁는 눈에 가득하게 재촉한다.
私緘來勿拆　　사함私緘이 오면 열어보지 아니하며
啓事告宜擡　　여쭈어 볼 일은 마땅히 윗사람에게 알린다.
未許齊搖扇　　다같이 부채질하는 것을 허락하지 않으며
何妨共引杯　　함께 술을 마시는 것이 방해가 될 것이 있겠는가.
勖哉同省友　　힘쓸지어다 동성同省의 친구들은
畏此古風頹.　　이러한 옛 풍속이 무너질까 겁낼지어다.[74]

라 했는데, 말은 간략하면서도 사실을 다했으며 고시체古詩體로 십
운을 모두 갖추었으니 가히 승정원承政院의 시사詩史라 하겠다.

　　초암初庵 신혼申混이 열 두 살이었을 때 그의 형과 더불어 난고
사蘭皐寺에 올라 각자 시를 지었는데 신혼申混의 시에 말하기를,

　一點燈殘漁舫雨　　한 점의 등불은 고깃배에 내리는 비를 비추며
　數聲磬動寺門潮.　　얼마의 경쇠 소리는 절문 앞의 조수를 움직인다.

라 했는데, 사람들이 기동奇童이라 일컬었다. 초암이 안주교수安州
教授로 관서 지방에 부임하고자 하니 모부인은 주색酒色을 경계하
게 하고 처도 같은 말을 했다. 초암初庵이 부임하면서 바로 시를

────────────

74) 승정원承政院 내부의 전통과 관습에 관한 표현이기 때문인지 알려지지 않은 말
　　들이 적지 않아 이해에 어려운 바가 적지 않으며, 낙자落字까지 있어 번역하지
　　못한 것도 있다.

지어 말하기를,

> 謂我西行錦繡叢　　내가 서쪽으로 비단옷 입은 사람 많은 곳에 간다 하니
> 慈親戒色婦言同　　어머니는 색을 경계하게 하고 처도 같은 말을 한다.
> 母憂疾病誠意是　　어머니는 병을 근심하니 성의가 옳지만
> 妻妬風流未必公.　　처는 풍류를 투기해 꼭 공정하지 못한 것이다.

라 했는데, 참으로 재주 있는 사람이 지은 것이라 하겠다.

우암尤庵 송시렬宋時烈이 효종孝宗과의 사이에 알아주고 만남이 있었다고 느끼었는데, 효종이 승하하자 만시輓詩를 지었다. 그 시에 말하기를,

> 宇宙懷深耻　　우주에는 깊은 부끄러움을 품었고
> 風塵有暗傷.　　세상에는 말 못 할 슬픔이 있다.

라 했는데, 논자들이 제일이라고 추천했으며 중도에 성취하지 못한 한이 있다고 했으니 임금과 신하 사이에 무한한 감개의 뜻이 있음을 가히 볼 수 있다.

우암尤庵의 <상방시傷謗詩>에 말하기를,

> 登天手摘星辰易　　하늘에 올라 손으로 별을 따기는 쉽지만
> 處世身無毁謗難　　세상에 살면서 몸에 훼방이 없기는 어렵다.
> 不識鄕愿何似者　　알 수 없지만 시골의 어떤 사람 같으면
> 一生能得衆人歡.　　일생동안 많은 사람의 기쁨을 얻을 수 있으랴.

라 했으며, <영호사조시詠呼死鳥詩>에 말하기를,

我嘗憂國心腸熱	나는 나라가 걱정되어 마음과 창자에 열이 나는데
問鳥誰哀哭夜闌	새에 묻노니 누구가 슬퍼 밤에까지 많이 우나뇨.
年年願死年年在	해마다 죽기를 원했으나 살았으니
可惜微禽死亦難.	가석하게도 보잘것 없는 새도 죽기가 어렵다오

라 했는데, 말이 극히 슬프다. 아마 우암尤庵이 이미 위태로운 기틀을 보았기 때문에 이러한 작품을 짓지 않았는가 한다.

현석玄石 박세채朴世采가 해서海西 지방에 얼마 동안 머물고 있을 때 그 지역 사람들이 와서 배우는 자가 많았다. 현석이 그들에게 말하기를 "해서海西는 고도故都인 평양平壤과 멀지 않아 풍류의 남긴 운치가 아직까지 남아 있다. 기자箕子 태사太師가 처음으로 가르침을 베풀었고, 포은圃隱 정몽주鄭夢周가 도道를 주장했으며, 율곡栗谷 이이李珥가 석담에서 학문을 강한 것도 이곳 서쪽이었으며, 또 이른바 수양산도 이곳에 있다. 이로 말미암아 탐하지 않고 청렴하며 약하지 않고 홀로 서는 풍모를 볼 수 있다"고 하니 서방 학자들이 이로써 스스로 힘써 감동하여 일어난 자가 있었다. 현석玄石이 배우는 자들에 보인 시에 말하기를,

西來病倦歲將遷	서쪽으로 오자 병으로 게으르지고 해도 옮기려 하니
文獻興懷倍黯然	문헌을 일으키고자 하는 생각 배나 어두어졌다.
宇宙淸風孤竹子	우주의 맑은 바람은 백이숙제伯夷叔齊며
皇王大法九疇篇	임금의 통치에 따른 큰 법은 구주편九疇篇[75])이었다.
綱常圃老符高義	강상은 포은이 고의高義와 합치되고
道學潭翁得正傳	도학은 율곡이 바로 전함을 얻었다.
斯取魯邦元一事	이것은 노魯나라의 근본이 되는 일에서 취한 것이니

---

75) 기자箕子가 주周의 무왕武王의 물음에 응답한 것으로 천하를 다스리는데 아홉 개의 대법大法.(서경書經 권육卷六 홍범洪範)

憑君庶不忝前賢.　그대들은 전현前賢들에 욕되지 않음을 바라노라.

라 하여, 알뜰하게 생각하는 뜻이 말에 넘쳐 이 시를 읽게 되면 사
람으로 하여금 감탄하게 한다.
　현당玄塘 홍주일洪柱一의 <추야청금시秋夜聽琴詩>에 말하기를,

露下空階蟋蟀鳴　빈 뜰에 이슬이 내리자 귀뚜라미가 울며
半輪新月入窓明　반륜의 초승달이 창을 밝게 비친다.
騷人自是秋多感　시인이 지금부터 가을에 따른 느낌이 많은데
琴韻如何夜更淸.　거문고 소리는 어찌하여 밤까지 맑게 하나뇨

라 했으며, 청심루淸心樓에서 지은 한 연에 말하기를,

山扶初日上　산은 처음 뜨는 해를 붙들어 올리고
江吐大帆來.　강은 큰 돛을 토해 오게 한다.

라 했으니, 시의 뜻이 넓고 활달해 원대한 기상이 있는데, 때를 만
나지 못하고 마쳤으니 진실로 아깝다고 하겠다.
　취선醉仙 홍주신洪柱臣의 <만영시謾詠詩>에 말하기를,

停杯問月向靑天　술잔을 멈추고 달에 묻고자 청천을 향해
此子何如李謫仙　이 사람이 이적선李謫仙과 어떠하냐.
擧世人皆愁已老　세상의 모든 사람들이 이미 늙었음을 근심하는데
半生吾獨酒爲年　반생 동안 나만 홀로 해마다 술을 마시게 하나뇨
淸宵桃李園中飮　맑은 밤에 도리桃李의 동산에서 술을 마셨고
白日長安市上眠　대낮에 장안 저자에서 잤다오
何事屈平嫌衆醉　무슨 일로 굴원屈原은 뭇 취한 사람을 혐의하여
潭邊醒死古今憐.　못가에서 깨었다가 죽어 고금을 통해 가련하게 하

나뇨.

라 하여, 스스로 옛사람에 의탁하고자 했으며 말은 질탕하고 곱다. 눈이 내린 뒤에 지은 한 연에 말하기를,

日暮飢鳥蹲野水　날씨가 저무니 굶주린 새는 들물에 앉았고
天寒孤鶩守氷池.　하늘이 차갑자 외로운 오리는 언 못을 지킨다.

라 했는데, 말을 만든 것이 교묘하지 않음이 아니나 궁하고 고된 기상이 있다. 공이 일찍 세상을 떠나고 현달하지 못한 징험이 아닌가 한다.

　죽리竹里 홍주국洪柱國의 <추회시秋懷詩>에 말하기를,

綠籬瓜蔓欲離坡　푸른 울타리에 외넝쿨이 길어 언덕을 떠나고자 하며
高樹西風索索吹　높은 나무가 서풍에 바삭바삭 소리를 낸다.
九月秋聲人已感　구월이면 가을을 사람들이 이미 느낄 수 있고
一年霜信鴈先知　일 년 동안 서리 소식을 기러기가 먼저 안다.
醅初釀瓮還嫌病　덜 된 술이 독에서 나오자 도리어 해로울까 혐의하며
菊未開花已到詩　국화가 꽃이 피지 않았는데 이미 시는 지었다.
絡緯近床啼作意　귀뚜라미가 마루 근처에서 울려고 하는데
夜闌吾睡爲誰遲.　밤이 깊었으니 내가 누구를 위해 늦게 자느냐.

라 했는데, 표현된 감정과 가락이 모두 높은 수준에 이르렀다. <도중시途中詩>에 말하기를,

一點漏雲山日睨　한 점 뚫인 구름이 산에 비친 해를 흘겨보게 하고
半邊驅雨野風顚.　변방에는 비를 몰고 오고 들바람에 넘어지겠다.

라 했는데, 뜻과 경치를 묘사한 것이 또한 아름답다.

송곡松谷 조부양趙復陽이 십여세 때 용산龍山에 있는 집안사람을 가서 뵈오면서 지은 <황국시黃菊詩>에 말하기를,

問君何術御風霜　너에게 묻노니 무슨 술로 풍상을 거느려
能使黃花十月香　노란 꽃을 시월에 피게 하나뇨
家近龍山樽有酒　집은 용산龍山에 가깝고 통에 술이 있으니
可呼今日作重陽.　오늘 중양重陽을 위해 시를 짓고자 한다.

라 했다.

회곡晦谷 조한영曹漢英이 여섯 살 때 집에 손이 왔는데 그 때 남산南山에 봉화烽火가 오르고 있었다. 손이 봉봉烽과 종자鍾字를 부르며 연구聯句를 짓게 했더니 공이 바로 불러 말하기를,

燈傳千里信　등화燈火는 천리 밖의 소식을 전하고
鍾報萬家昏.　종은 만가에 어두움을 알린다.

라 했는데, 일시에 전해 외웠다. 그의 <소양대시昭陽臺詩>에 말하기를,

平郊烟樹依依畫　넓은 들에 연기 긴 나무가 늘어져 그림 같고
落日漁歌點點舟.　지는 해에 어부의 노래는 점점이 배에서 들린다.

라 하여, 경치를 묘사한 것이 그림 같다

남곡南谷 정지화鄭知和 상공相公이 비록 문장에 스스로 잘한다고 여기지 않았으나 재주와 능력이 있었다. 민정중閔鼎重 상공이 북관北關으로 안찰按察이 되어 갔는데 그때 보낸 글에 봄철의 가

문 것을 걱정 했더니 남곡이 답한 글 끝에 시를 주어 말하기를,

開緘苦語滿紙題　　봉한 것을 열자 고된 말이 종이에 가득하게 써 있어
舊迹迢迢夢亦迷　　옛 자취가 까마득해 꿈에도 또한 아득하다.
聞說北關春不雨　　들으니 북관北關은 봄인데 비가 오지 않는다고 하니
莫敎紅袖向南啼.　　홍수紅袖를 남쪽으로 향해 울게 하지 마오.

라 했다.

정남곡鄭南谷이 <기락중우인시寄洛中友人詩>에 말하기를,

河橋泣別初攀柳　　하교河橋에서 울고 헤어지며 처음 버들을 잡았는데
關塞書回已落花.　　관새에 글이 돌아오자 이미 꽃이 떨어졌다.

라 했는데, 조회曹晦는 나의 장인이다. 일찍 나에게 말하기를 "자네 외숙外叔 정공鄭公의 재주와 인격이 범상치 않다"고 했는데, 대개 심양瀋陽에 있으면서 <기락중우인시寄洛中友人詩>가 어찌 슬프고 아름답지 아니한가 하는 것을 이른 것이다.

동리東里 이은상李殷相의 <송양양윤사군시送襄陽尹使君詩>에 말하기를,

雪嶽山光雪後宜　　설악산 빛은 눈이 내린 뒤가 좋은데
一麾行色一琴隨.　　한 개의 기旗를 세운 행색에 거문고가 따른다.
神仙官府連蓬島　　신선이 있는 관부官府는 봉래도蓬萊島와 연했고
太守風流更習池　　태수의 풍류는 다시 익힐 못이 되었다.
靑鎖夢驚留客館　　궁중宮中에서 놀란 꿈으로 객관에 머물게 되었고
白銅歌作送君詞　　백동의 노래를 지어 그대를 보내며 알리고자 한다.
春來理屐尋眞地　　봄이 와서 신발을 다스려 진지眞地를 찾게 되면
花下相迎倒接䍦.　　꽃 아래서 서로 맞이하며 두건頭巾이 벗겨지리라.

라 했는데, 솜씨는 노련하나 격은 낮다.

정관재靜觀齋 이단상李端相의 <송복건당인시送福建唐人詩>에
말하기를,

南極浮槎海上來   남쪽 끝에서 배를 타고 바다로부터 왔으니
紅雲一朶日邊開   붉은 구름 한 송이가 해 주변에서 피었다.
千秋大義無人識   천추의 대의를 아는 사람이 없어
石室山前痛哭廻.   석실산石室山 앞에서 통곡하고 돌아왔다.

라 했는데, 슬퍼하고 분하게 여겨 가히 지사를 격렬하게 할 만하다.
이단상李端相이 이 시를 짓게 된 배경은 정미丁未년 사이에 복건
福建에 살았던 중국 사람이 바다에서 표류가 되어 제주도에 와서
명明나라 최말의 영력永曆의 역서曆書를 보였는데, 그 사람은 반드
시 명明의 유민流民임을 알 수 있으나 결국 청淸나라로 보내지게
되었다. 이단상이 이들을 보내면서 지은 것이다.

호곡壺谷 남룡익南龍翼이 승정원承政院에 입직을 하면서 꿈에 절
구 한 수를 얻었는데 그 시에 말하기를,

絶塞行人少   먼 변방에 다니는 사람이 드물고
覊愁上客顏   객지의 근심이 나그네의 낯에 오른다.
蕭蕭十里雨   소소히 십리에 비가 내리는데
夜渡鬼門關.   밤에 귀문관을 건넌다.

라 했는데, 그 뜻을 알 수 없었다. 사십년 후 신미辛未에 멀리 유배
를 시켜야 한다는 계장啓狀이 매우 급하게 올라가자 공公이 군관
軍官인 집안사람으로서 북쪽 지리에 익숙한 사람에게 물어 말하기
를 "귀문鬼門이 어느 고을에 있느냐" 하니 명천에 있다고 했다. 공

이 말하기를 "내가 반드시 명천明天으로 유배를 갈 것이라"고 했다. 다음날 대관臺官의 계청에 허락을 받아 과연 명천으로 유배를 가게 되었는데, 이것은 복재服齋 기준奇遵이 옥당에서 꿈에 지은 것과 서로 같으니 이로서 세상의 모든 일이 앞에 정해진 것이 있음을 알겠다.

수현壽峴 석지형石之珩의 <영대부송시詠大夫松詩>에 말하기를,

曹被周天雨露濡	조피曹被는 주周나라 하늘의 비와 이슬에 젖었고
官秦能保後凋無	관진官秦[76]은 능히 뒤에 시들게 보호함이 없었다.
紫陽饒爾心猶直	주자朱子는 너에게 마음도 같이 곧음을 많이 주었으며
單道楊雄莽大夫.	홀로 양웅楊雄[77]이 왕망王莽[78]의 대부大夫 되었다고 말했다.

라 했는데, 말이 생각 밖에서 나왔다.

허격許格은 이동악李東岳의 문인이었다. 젊었을 때부터 과거에 응시하는 공부를 하지 않았으나 시에 능했으며 스스로 호를 창해滄海라 했다. 일찍 단양丹陽에 정해 살고 있었다. 어느 날 우연히 강변에 나가 복숭아 가지를 꺾었더니 나무하는 사람이 있어 앞으로 지나가다가 물어 말하기를 "꽃을 찾고 물을 따라가면서 구경하는 것이 좋은 것인데 꺾어 무엇하고자 하느냐" 하므로 허격許格이 <작도지희음斫桃枝戱吟>에 말하기를,

長江一帶繞村澄　　긴 강의 한 띠가 마을을 둘러 맑고

---

76) 위의 조피曹被와 아울러 고유명사인지 한자씩 분리해서 해석해야 하는 것인지 알 수 없어 그대로 묶었다.
77) 전한말前漢末의 유명했던 학자.
78) 전한말에 찬역簒逆했던 인물.

四面群山削玉層　　사방의 뭇 산들은 깎은 듯 솟았다.
臨流故斫桃花樹　　흐르는 물 따라 봉숭아 가지를 꺾은 것은
恐引漁郎入武陵.　　어부를 무릉으로 끌어들일까 두려워함이었소.

라 했는데, 아마 복숭아 가지를 처음 꺾을 때는 특별한 뜻이 없었
는데 나무하는 사람의 물음을 끌여 들어 갑자기 시를 지었으나 말
에 스스로 묘함이 있다.

권구權垢는 우복愚伏 정경세鄭經世의 문인이었는데 시에 능했다.
일찍 밤에 친구의 집을 찾았더니 그 친구 집에 거문고가 있으므로
권구가 간곡하게 주기를 청하자 그 친구가 말하기를 "내가 부르는
운에 따라 율시 한 수를 짓게 되면 마땅히 청한 바를 줄 것이라"
하고 인해 행行 명明 정情 명鳴 경자更字를 운으로 불렀더니 권구
가 바로 응해 말하기를,

九街鍾定斷人行　　구가九街에 종소리가 행인을 끊었으며
月到今宵盡意明　　달은 오늘 밤에 이르러 매우 밝다.
促席細聽兒女語　　자리를 재촉하고 자세히 듣는 것은 아녀의 말이며
思鄉偏感丈夫情　　고향을 생각하고 치우친 느낌은 장부의 정이라오.
潯江落葉秋風響　　강변의 낙엽소리 가을 바람에 들리고
湘岸疎篁夜雨鳴　　상강湘江 언덕의 대나무에 밤비 소리가 난다.
曲罷高坮仍不寐　　곡이 끝난 고대高坮에 인해 자지 못해
客窓孤枕數深更.　　객창에 홀로 누어 깊어가는 밤을 헤아린다.

라 했다.

전구완田九腕의 <영일출시詠日出詩>에 말하기를,

海作水王天地間　　바다는 하늘과 땅 사이의 수왕水王이 되어
百川朝赴會千班　　백천이 조회朝會에 오기 위해 많은 반열에 모였다.

有意群臣盟帶礪   뜻이 있는 뭇 신하들은 숫돌을 들고 맹세하며
扶桑東畔捧銅盤.   해뜨는 동쪽바다에서 동반을 받들었다.

라 했는데, 묘사한 것이 갈까마귀가 솟아 날으는 것처럼 장하며, 말
을 만든 것도 자못 살쪄 역시 조주潮州의 조덕趙德이라 하겠다.

조종저趙宗著는 이른 때에 글로써 이름이 있었으나 과거시험에
는 어려움을 겪었다. 일찍 율시 한 수를 지어 말하기를,

鴻鵠飢呼鳥雀肥   고니들은 배고프다하고 참새들은 살이 쪄
古今此事最堪悲   고금을 통해 이 일이 가장 견디기에 슬프다.
誰知燕市千金骨   누가 연시燕市에서 천금의 뼈가
不直秦家五羖皮.   진가秦家에 다섯 마리 양의 가죽 값도 되지 못함을
              알랴.
捫蝨高談嘗見笑   이를 잡으며 하는 고담은 일찍 웃음을 보게 했고
屠龍元藝亦云癡   용을 잡는 큰 재주도 또한 어리석다고 했다.
廣陵昨夜春波漲   간밤에 광릉의 봄 물결이 불었으니
欲理扁舟鬢已絲.   작은 배를 수리하고자 했으나 살쩍머리가 이미 희
              었다.

라 했는데, 궁하고 고된 형상이 있다. 조상우趙相愚가 이르기를 낙
구落句에 생기가 있기 때문에 늦게 공을 거둘 것이라 했는데 뒤에
과연 과거에 합격했다.

우재迂齋 조지겸趙持謙이 일찍 고산독우高山督郵가 되어 지은 시
가 있는데 말하기를,

長白以南山幾點   장백산 남쪽에 산이 얼마나 되며
大荒之外月輪高.   넓은 하늘 밖에 둥근 달이 높게 떴다.

라 했는데, 말이 자못 높다.

유재遊齋 이현석李玄錫에게 사람이 제비를 가리키며 운을 부르
자 현석이 바로 대해 말하기를,

穿花幾語少陵舟   소릉주少陵舟에서 꽃을 뚫고 몇 번 지껄이다가
飛入昭陽是物尤   소양昭陽으로 날라드니 뛰어난 것이다.
有頷只宜如爾相   턱이 있어 너 형상과 같다고 하겠으니
會須投筆覓封侯.   장차 붓을 던지고 봉후를 찾을 것이다.

라 했다.

우졸愚拙 임륙任陸의 <행주시幸州詩>에 말하기를,

孤舟來泊幸州城   외로운 배로 와서 행주성에 도착하여
東望王京數十程   동쪽으로 서울을 바라보니 길이 수십정이 된다.
水國花殘春已盡   수국에 꽃이 지자 봄도 이미 다 됐고
海門潮落月初生   해문에 조수가 지니 달이 처음으로 떴다.
村煙似縷微微白   마을 연기는 실같이 가늘고 희며
漁火如星點點明   고기 잡는 등불은 별처럼 점점이 밝다.
何處鳴榔驚宿鷺   어느 곳 우는 소리가 자는 백로를 놀라게 하여
一雙飛起帶波聲.   한 쌍이 날라가며 파도소리와 함께 들린다.

라 했으며, <아정야음시鵞亭夜吟詩>에 말하기를,

怪來春思忽如秋   이상하게도 봄이 오면 생각이 갑자기 가을 같아
清夜鵑聲喚客愁   맑은 밤 두견새 소리는 손의 근심을 부른다.
寂歷東風花落盡   적막한 동풍에 꽃이 모두 떨어지고
月移山影在江樓.   달이 옮기자 산 그림자가 강루에 있다.

라 했다.

　이만겸李萬謙이 최석정崔錫鼎과 더불어 일찍 말을 가지런히 타고 놀러 갔다가 저녁에 돌아오게 되자 이만겸의 말이 노둔해 뒤에 오게 되면서 지은 <모귀시暮歸詩>에 말하기를,

長街逸騎正催鞭	길거리에 말을 달리고자 채찍으로 재촉하며
笑我羸驂蹋不前	내 약한 말이 잘못 걸어 앞에 가지 못함을 웃지 말라.
畢竟到來俱是到	결국 가야할 곳에 같이 이르게 될 것인데
何妨一步讓君先.	한 걸음 먼저 가게 양보하는 것이 어찌 해가 되랴.

라 했는데, 그 후 최석정이 먼저 과거에 급제했고 이만겸이 뒤에 합격했으니 이 시의 말이 과연 증험이 되었다.

　최석정은 선비다웠고 박식했으며 많은 글자의 뜻을 알고 있었다. 일찍 중국에 가면서 옥하관玉河關에 들어가며 지은 시가 있는데 말하기를,

風力揚沙剗地吹	바람이 모래를 들날리고 땅을 깎아 불며
更衣嶽廟不多時	악묘嶽廟에서 잠깐 옷을 갈아 입었다.
黃知殿瓦凌霄出	황지전黃知殿의 기와가 밤에도 우뚝했으며
腥見胡兒夾路馳	누린내 나는 호아胡兒들은 길옆으로 달린다.
萬歲山前花影亂	만세산萬歲山 앞에 꽃 그림자가 어지럽고
朝陽門外漏聲遲	조양문朝陽門 밖에 누수소리 더디다.
星槎遠客無悰緖	배로 멀리 가는 손을 보내 즐거움이 없는데
强被傍人索賦詩.	억지로 옆사람이 시를 짓게 한다네.

라 했는데, 김자익金子益(창흡昌翕 자字)이 말하기를 마땅히 청구속선靑丘續選에 들어갈 만하다고 했다.

송시宋詩에 말하기를,

　　劉郞不敢題糕字　　유랑劉郞이 감히 작자糕字로 시를 짓지 않았다

라 했는데, 옛 사람들이 시 가운데 이어俚語의 글자 쓰는 것을 꺼
려했으나 작자糕字가 이미 이 시에 들어 있다. 최석정이 일찍 중국
에 가면서 한 연의 지은 시가 있는데 말하기를,

　　箕封地卽三江盡　　기자箕子에 봉해 준 땅은 바로 삼강으로 다했고
　　遼塞山看入站多.　　요새의 산들은 역으로 들어오는 것을 많이 볼 수 있다.

라 했는데, 서장관書狀官 이돈李墩이 참자站字를 어디에서 인용한
것인가 하고 물으니 최석정이 작자糕字로써 답을 했다고 하니 문
단의 구실이 될 만하다.

　정재定齋 박태보朴泰輔는 지조가 굳세고 곧았으며 문장도 힘이
있었다. 나와 더불어 사마시司馬試에 같이 합격했다. 내가 남산南山
밑에 있을 때 찾아와서 지은 시가 있는데 그 시에 말하기를,

　　邂逅終南宅　　뜻밖에 남산南山 집에서 만났으니
　　俱爲一榜人　　함께 한 방榜에 합격한 사람이다.
　　等留留此地　　같이 머물고 싶어 이 땅에 머물렀고
　　無醉醉今辰　　취한 적이 없는데 지금 이날에 취했다.
　　處世身如寄　　세상에 사는 것이 붙어 사는 것 같고
　　憂時髮欲新　　때를 걱정해 머리털이 희고자 한다.
　　懷中有血疏　　가슴 가운데 피 묻은 글이 있으니
　　當向九闈陳.　　마땅히 궁중을 향해 진술하리라.

라 했는데, 박태보朴泰輔는 뒤에 폐비廢妃의 일에 반대하는 글을 올렸다가 참혹한 형을 받고 죽었으니 어찌 혈소血疏와 같은 말들이 이 때 이르러 증험한 것이 아니겠는가. 그는 의롭지 못한 일에 슬퍼하고 한탄하며 곧고 절의가 있어 방손지方遜志와 더불어 같은 사람이 아닌가 한다.

김형중金衡重의 시가 있는데 말하기를,

酒盞酌來傾滿滿　술잔에 잔질하는 술은 넘쳐야 하고
花枝看去落紛紛　가지의 꽃을 보고 가면 어지럽게 떨어진다.
莫言三十年方少　서른 살이 적다고 말하지 말라
百歲三分已一分.　백세에 이미 삼분의 일이요.

라 했는데, 옛 명인名人 홍도弘度의 손자였다.

삼연三淵 김창흡金昌翕은 과거를 일삼지 않았고 시로써 세상에 유명해 때때로 흥취를 담아 지은 시가 격이 높고 내용이 오묘해 사람들이 능히 미칠 수가 없었다. 그의 <영풍악시詠楓岳詩>에 말하기를,

象外淸遊病未能　형상 밖의 청유淸遊를 병으로 하지 못했는데
夢中皆骨玉層層　꿈 속의 금강산은 층마다 옥이었다.
秋來萬二千峯月　가을이면 만이천봉 위의 달은
應照孤僧禮佛燈.　분명히 외로운 중의 예불하는 등을 비추리라.

라 했는데, 깨끗해 티끌이 없다.

백치白癡 한여옥韓汝玉은 현실세계를 떠난 사람으로 스스로 생각하고 산과 물을 찾아 방랑하며 오직 시 짓는 것을 일삼았는데, 그가 지은 한 절구에서 말하기를

十里長橋路   십 리의 긴 다리 길에
孤村處士家   고촌孤村에 처사 집이 있다.
歸來香滿袖   돌아오니 향이 소매에 가득하며
風打野棠花.   바람이 들에 있는 해당화를 친다.

라 했는데, 역시 당시唐詩의 맛이 있다

　　조판석曹判錫은 송도松都 문관이었으며, 지은 시가 있는데 말하기를,

吸盡長江沃渴喉   긴 강물을 다 마셔 마른 목을 적시니
波心知有老龍愁   물결도 늙은 용의 근심을 알고 있다.
春來噴作中原雨   봄이 오면 뿜어 중원의 비를 만들어
不洗腥塵也不休.   비린내 나는 티끌을 씻지 못하면 쉬지 않으리라.

라 했는데, 힘이 있고 굳세며 머금고 가진 뜻이 있어 능히 특별한 의미를 나타냈다.

　　박흥종朴興宗은 경성鏡城 문관文官이었는데 해당화 한 떨기가 가시나무 가운데 있는 것을 보고 절구 한 수를 지었는데 그 시에 말하기를,

膩態愁紅荊棘裏   고운 빛이 가시 속에서 근심에 싸여 붉었는데
此花風韻有誰知   이 꽃의 운치를 누가 있어 알아주랴.
莫敎洗出新粧面   씻어 새로 단장한 낯으로 나오게 하지 말라
便是人間第一奇.   마땅히 인간세계에서 제일 기이한 것이요.

라 했다. 북쪽 사람들이 본디 글을 숭상하지 않았는데 이 사람의 재주가 이와 같은 것은 가히 사랑스럽다고 하겠다.

어무적魚無迹의 <봉설시逢雪詩>에 말하기를,

馬上逢新雪　　말 위에서 새로 내리는 눈을 만났는데
孤城欲閉時　　고성孤城에 문을 닫고자 한 때였다.
漸能消酒力　　점차 술 기운이 살아지고자 하여
渾欲凍吟髭　　읊고자 하나 윗수염이 얼었다.
落日無留景　　해가 지자 머무는 경치가 없고
棲禽不定枝　　쉬려는 새는 가지를 정하지 못했다.
灞橋驢背興　　패교灞橋에서 나귀 등의 흥은
吾與故人期.　　내가 친구와 더불어 기약하리라.

라 했는데, 당시唐詩에 가깝다.
　　이진李進의 <염체시廉體詩>에 말하기를,

溫溫白玉匣　　따뜻한 흰 옥으로 만든 갑이었고
宛轉青蛾眉　　원만한 푸른 나방의 눈썹이었다.
一別甚於死　　한 번 헤어짐이 죽음보다 심하며
相思那可支　　서로 생각함을 어찌 지탱하랴.
中途逢雨雪　　중도에 비와 눈을 만났으며
歲暮滯佳期　　해가 저물자 아름다운 기약이 막혔다.
安得西歸夢　　어찌 서쪽으로 돌아가는 꿈을 얻어
冥冥省爾私.　　어두움 속에서도 너를 살펴보랴.

라 했는데, 말이 매우 원만하고 군색함이 없다. 그의 <여숙촌가시
旅宿村家詩>에 말하기를,

客宿田家愁不寐　손이 농가에서 근심으로 자지 못하며
子規夜啼山雨中.　자규가 비오는 밤에 울고 있다.

라 했는데, 창주滄洲 차운로車雲輅가 극히 칭찬했다.

　권식權拭이 열두 살 때 백사白沙 이항복李恒福을 찾아 갔는데 백사가 삼색도화三色桃花를 가르키며 시를 짓게 했더니 그가 지은 시에 말하기를,

桃花灼灼暎踈籬	도화가 활짝 피어 성긴 울타리를 비치는데
三色如何共一枝	어찌하여 삼 색이 한 가지에 같이 있나뇨.
恰似美人梳洗後	미인이 머리를 감은 뒤에
半粧紅粉未均時.	붉은 분으로 화장을 다하지 못한 것과 같다오

라 하니, 백사 상공相公이 칭찬했다고 한다.

　맹익성孟益聖이 어렸을 때부터 문재가 있어 온전히 과거공부에 주력했으나 한 번도 으뜸이 되지 못했다. 늦게 되자 지은 시가 있는데 말하기를,

白髮非公道	백발이 공정한 도리가 아니며
東風亦世情	봄바람도 또한 세상 인정이라네.
名園花早發	유명한 동산에 꽃이 일찍 피더니
寒士鬢先明.	한사寒士의 살쩍머리가 먼저 희다오.

라 했는데, 대개

公道世間唯白髮	세간의 공도는 오직 백발뿐이요
唯有東風不世情.	봄바람도 세정과 같지 않음이 있다.

라 한 구句들을 취해 그 뜻과 반대로 말을 만든 것이 또한 뜻이 있으니 그의 평생동안의 불평을 가히 짐작할 수 있겠다.

홍익해洪益海가 약간 시를 짓는 재주가 있었다. 일찍 나를 찾아
왔으므로 내가 운을 부르며 시를 짓게 했더니 바로 시를 지었는데
그 시에 말하기를,

奧自天皇堅地皇	천황에서부터 지황에 미치기까지
古今天地幾皇王	예부터 지금까지 임금이 얼마였을까.
興亡佚代同秦楚	흥망이 대를 이어 잘못한 것은 진초秦楚가 같고
治亂相承有夏商	치란이 서로 이어진 것은 하夏와 상商이 있었다.
大道不行嗟厄宋	대도大道가 행하지 않아 송宋에 재앙이 내렸고
空言無補謾遊梁	공언空言으로 도움이 없어 양梁에 놀았다.
此生最後東西漢	이 생애에서 최후는 동한東漢과 서한西漢이요
堪愧詩工不及唐.	시 짓는 솜씨가 당唐에 미치지 못한 것이 부끄럽다.

라 했는데, 첫 머리 두 구를 황왕皇王 두 자로 시작했기 때문에 계
속해서 나라이름으로서 압운押韻으로 했으니 이치에 이르렀다고
이르겠다.

홍세태洪世泰가 해상海上에서 한식寒食을 만나 지은 시에 말하
기를,

去年寒食海西頭	지난해 한식에 해서海西 머리에 있었는데
寒食今年此地留	금년 한식에는 이 땅에 머문다.
歲月回環何太促	세월이 돌아가는 것을 어찌 너무 재촉하는가
人生行役不曾休	인생의 살아가는 것도 일찍 쉬지 못했다.
東風野店無烟火	봄바람 부는 야점野店에 연기가 없고
曉雨桑林有鵓鳩	새벽비 내리는 뽕나무에 비둘기가 있다.
觸目韶華徒攬思	눈에 닿는 아름다움에 생각을 잡고 옮기고자 하는데
可憐誰與作春遊.	가련하게도 누구와 더불어 봄놀이를 하랴.

라 했는데, 시를 짓는 재주가 매우 있어 때때로 당시唐詩에 가깝다.

홍세태洪世泰가 일본日本에 가서 지은 한 연의 시에 말하기를,

赤日浮三島　　붉은 해는 삼도三島에 떳고
青天繞百蠻.　　푸른 하늘은 백만百蠻을 둘렀다.

라 했는데, 장종藏蹤 외약畏約해서 스스로 펴지 못했으니 진실로
가석하다 하겠다.

스님 정지定志의 <백상루시百祥樓詩>에 말하기를,

褰衣更上最高樓　　옷을 걷고 다시 가장 높은 누에 오르니
遠近平原暮靄收　　주위의 넓은 들에 저녁 안개가 걷힌다.
數點眠鳧紅蓼岸　　몇 마리의 자는 물오리는 붉은 여귀의 언덕에 있고
一竿漁夫碧波頭　　낚시하는 어부는 푸른 파도 머리에 앉았다.
烟橫大野雲橫嶺　　연기는 넓은 들에, 구름은 고개에 비꼈으며
風滿長江月滿舟　　바람은 긴 강에, 달빛은 배에 가득하다.
回首落霞孤鷺外　　머리를 돌리니 안개와 오리가 있는 밖에
片帆來往白鷗洲.　　작은 배는 백구가 있는 물가에 오고가고 한다.

라 했는데, 말이 너무 화려해 스님의 기상이 없다.

스님 선원禪垣은 글을 짓는데 능했고 웃기고 희롱하며 방랑해
계률을 지키지 않았다. 그가 능가산楞伽山에서 지은 시에 말하기를,

鞍馬紅塵半白頭　　말을 타고 홍진에 있으면서 머리가 반이나 희었으니
楞伽有病早歸休　　병이 있어 능가산에 일찍 돌아가 쉬겠다.
一江煙雨西山暮　　강에 안개비로 서쪽 산이 저물었으니
長捲疏簾不下樓.　　길게 성긴 발을 걷고 누에 머물겠다오.

라 했는데, 기상이 호걸스럽고 방탕해 죽순과 나물 먹는 습성을
벗어났다.

스님 휴정休靜은 최여신崔汝信으로 호는 서산西山인데 지은 시
에 말하기를,

> 山僧雲水偈　　산에 중은 운수雲水를 게로 하고
> 學士性情詩　　선비는 성정性情을 시로 한다.
> 同吟題落葉　　같이 지어 낙엽에 썼더니
> 風散沒人知.　　바람에 흩어져 사람이 알지 못했다.

라 했으니, 불가佛家의 본디 형색이라 하겠다.

스님 충휘沖徽는 이동악李東岳과 더불어 가장 친했다. 그의 <남
계시南溪詩>에 말하기를,

> 南溪秋水碧如羅　　남계南溪의 가을물이 비단같이 푸르며
> 楊柳風絲拂岸斜　　실 같은 버들은 언덕에서 떨치며 비꼈다.
> 漁父一聲煙裏笛　　안개 속에서 어부가 부는 저 소리에
> 渚禽驚起夕陽洲.　　물새가 석양의 사장에서 놀라 날고 있다.

라 했는데, 말이 자못 맑고 아름답다.

스님 처능處能의 <백마강화고시白馬江懷古詩>에 말하기를,

> 白馬波聲萬古愁　　백마강 물결 소리는 만고의 근심인데
> 男兒到此涕堪流　　남아가 이곳에 이르러 흐르는 눈물을 견딜 수 있으랴.
> 始誇魏國山河寶　　비로소 위국魏國 산하의 아름다움을 자랑하게 되었고
> 終作烏江子弟羞　　마침내 오강79)에서 자제들에 부끄러움을 느꼈다.

---

79) 초楚나라의 항우項羽가 패전하고 도망을 가다가 오강烏江에 이르러 건너지 않고

廢堞有鴉啼落日	황폐한 성에 슬픈 까마귀가 낙일에 울고
荒臺衰妓舞殘秋	거친 대에 늙은 기생이 늦가을에 춤을 춘다.
三分割據英雄盡	삼분하여 나누어 가졌던 영웅들은 모두 가고
但看西風送客舟	단지 서풍에 손을 보내는 배를 바라본다오.

라 했는데, 또한 그들 작가들의 습성을 벗어났다고 하겠다.
　스님 각면覺眠의 시에 말하기를,

山僧枕鉢囊	산속의 중이 바리떼 주머니를 베고
夢踏金剛路	꿈에 금강산 길을 밟았다.
蕭蕭落葉聲	소소한 나뭇잎 떨어지는 소리에
驚起江天暮	놀라 잠을 깨니 강천이 저물었다.

라 했는데, 그때 어떤 감사監司가 두류산頭流山에 놀러갔다가 위험한 바위 위에 늙은 스님이 자고 있는 것을 보고 따라온 사람을 시켜 깨웠더니 그 스님이 바로 이 시를 짓고 갑자기 없어졌기 때문에 간곳을 알지 못했다고 한다

　규수閨秀 남씨南氏는 서계西溪 주趎의 누이였는데 시에 교묘했다. 일찍 주趎가 눈을 제목으로 하여 시를 짓게 하면서 녹綠과 홍紅으로써 대가 되게 시켰더니 바로 대해 <영설시詠雪詩>를 지어 말하기를,

| 落地聲如蠶食綠 | 땅에 떨어지면 누에가 뽕을 먹는 소리와 같고 |
| 飄空狀似蝶窺紅 | 공중에 날리면 형상이 나비가 꽃을 엿보는 듯 하다. |

라 했으니, 참으로 기이한 재주다.

─────────────

자결을 했음.

옥봉玉峯 이씨李氏의 <춘일직사시春日卽事詩>에,

數村桑梓暮烟籠　　마을의 뽕나무는 저녁 연기에 쌓였고
林外淸湍石竇春　　숲 밖의 맑은 여울도 돌구멍에 절구질을 한다.
半世人窮詩句裡　　반생 동안을 시구詩句 속에서 보냈고
一年春盡鳥聲中　　일 년의 봄은 새소리 가운데서 다했다.
顚狂柳絮飄香雪　　미친듯한 버들솜은 향이 있는 눈처럼 날리며
輕薄桃花逐亂風　　경박한 복숭아꽃은 어지럽게 바람을 쫓는다.
草綠王孫歸不得　　풀은 푸르나 왕손은 돌아가지 못하고
子規啼血恨無窮.　　자규의 피를 토하는 울음에 한이 무궁하다오

라 했는데, 매우 만당晩唐의 가락과 격이 있다.
　어떤 여인의 <증부시贈夫詩>에 말하기를,

其者何人厥者誰　　그는 어떤 사람이며 저는 누구인가
郞雖不語妾先知　　낭군이 비록 말하지 않아도 첩이 먼저 안다오.
江山城裏花猶在　　광산성 속에 꽃이 오히려 남았으니
早晚東風折一枝.　　머지않아 동풍에 한 가지가 꺾어지리라.

라 했다. 세상에 전하기를 어떤 여인이 시에 능했는데 그의 남편이
친구와 더불어 만나 벽을 사이에 두고 말을 하면서 그가 본 기생의
이름을 숨기기도 하고 또는 그자라 하기도 하므로 이 시를 지어 그
의 남편에게 주었다고 하며, 그 기생은 바로 광주 사람이다.
　어떤 여인이 시에 능했는데 그의 남편이 궐내에 입직을 하게 되자
절구 한 수를 지어 반상에 매여 보냈다. 그 <증부시贈夫詩>에 말하
기를,

風動香羅月隱雲　　바람에 장막이 흔들리고 달은 구름 속에 숨었으며

打窓飛雪擁衾聞　　나는 눈이 창을 치는 소리를 이불 안고 듣는다.
如何若此漫漫夜　　어찌하여 이같이 긴 밤을
來往心頭只是君.　마음속에 오고가는 것은 당신 뿐이오

라 했는데, 세상에서 이 시를 아름다운 시라고 하지만 가석하게도
남편에 얽혀 있는 생각이 너무 많다.

　　송도松都 기생 황진이黃眞伊의 <박연시朴淵詩>에 말하기를,

一派長川噴壑礱　　한 줄기 긴 내가 바위골에서 뿜어
龍湫百仞水濛濛　　백길 되는 용추에 물빛이 어둡다.
飛泉倒瀉疑銀漢　　나는 샘물은 은하수에서 거꾸로 쏟아지는 듯하고
怒瀑橫垂宛白虹　　성난 폭포는 가로 드리워 완연히 흰 무지개라오
雹亂霆馳冥洞府　　동부에 우박이 어지럽고 번개가 달려 어둡고
珠舂玉碎澈晴空　　맑은 공중에 구슬과 옥이 부서진다.
遊人莫道廬山勝　　노는 사람아 여산폭포廬山瀑布만 좋다고 말하지 말고
須識天磨冠海東.　모름지기 천마산 폭포가 해동의 제일임을 알아다오.

라 했는데, 가락이 극히 맑고 상쾌해 다른 여인들의 작가가 미칠
바 아니다.

　　이신李神의 누이는 광해군光海君 때 궁녀로서 노래를 잘했고 글
도 잘 지어 광해군이 항상 중국의 상관소용上官昭容에 견주었다.
광해군이 폐위된 뒤에 심기원沈器遠에 의탁한 바가 되었다가 심기
원이 죽임을 당하면서 김자점金自點이 들이게 되자 시로써 스스로
슬퍼했는데, 그 <자상시自傷詩>에 말하기를,

歌垱舞殿惣成塵　　노래하고 춤추었던 집들이 모두 티끌이 되어
舊日繁華似隔晨　　옛날 번화했던 것이 지난 새벽같다오
怊悵宮花餘一朶　　슬프게도 궁중에 피었던 한 송이 꽃이

幾番風雨泣殘春.　　몇 번 비바람을 만나 쇠잔한 봄에 울고 있나뇨.

라 했다.

　성이 소씨蘇氏인 자가 익산益山에 살았는데 백마강白馬江을 지나면서 지은 시에 말하기를,

日落扶蘇上　　해가 부소산 위에 떨어지니
蒼烟迷遠洲　　푸른 연기가 먼 섬을 아득하게 한다.
千年亡國恨　　천년의 나라 망한 한이
今古一江流.　　예나 지금이나 한 강물에만 흐른다.

라 했는데, 석주石洲 권필權韠이 듣고 칭찬했다고 한다.

　어떤 사람의 <영앵시詠鶯詩>에 말하기를,

身着黃金甲　　몸에 황금 갑옷을 입고
春歸細柳營　　봄이면 가는 버들이 있는 곳으로 돌아간다.
初來名不識　　처음 왔을 때는 이름을 알지 못했는데
飛去自言名.　　날아가면서 스스로 이름을 말한다.

　청의동자가 월사月沙 이정귀李廷龜를 찾아와서 보고 시를 지어 말하기를,

明月大如盤　　밝은 달은 쟁반같이 크고
白雲蜂上吐　　흰 구름은 산봉우리 위에 떴다.
盈虧幾萬年　　차고 이지러지는 것이 몇만 년이었으니
爾獨知今古.　　너만 홀로 고금을 알고 있겠구나.

라 했다. 월사가 만년에 성동城東 집에 있었는데, 어느 날 월사가

책상에 의지하여 약간 졸고 있었더니 청의동자靑衣童子가 나귀를 타고 찾아와서 인사를 하며 「주역周易」을 배우고자 했다. 월사가 알지 못한다고 사양하니 그 동자가 강하게 요구하며 드디어 몇 가지를 들어 의심이 된다고 하므로 묻는 것에 월사가 간단히 이야기를 했더니 동자가 말하기를 내가 일찍 이에 대해 말한 것이 있는데 그 뜻이 지금 가르쳐준 것과 같지 않다고 하며 인해 자신의 견해를 말하는데 뜻이 매우 통달했다. 월사가 크게 놀라며 그와 더불어 한동안 이야기를 하게 되었다. 그때 달이 동쪽에서 뜨고 있으므로 월사가 그 동자에 일러 말하기를 네가 진실로 나를 위해 시를 지어 보라 하니 동자가 바로 응해 짓고 가므로 월사가 사람을 시켜 따라가서 보게 했더니 간 곳을 알 수 없었다. 그의 시가 신선과 귀신이 지은 듯 한데 이독지금고爾獨知今古 다섯 자가 스스로 한이 있어 명월明月의 뜻만 같지 못하나 결단코 이것은 귀어鬼語이다.

어떤 무인武人이 문사文士들이 모여 있는 자리를 지나다가 지은 시가 있는데 말하기를,

瀉石泉聲箏斷續	돌에 쏟는 샘물소리 끊어졌다 이어지는 쟁소리 같고
拂雲山色劍高低.	구름이 떨치는 산 빛은 칼을 들었다가 놓는 듯하다.

라 했다. 우복愚伏 정경세鄭經世가 젊었을 때 글을 아는 선비 삼사 인과 더불어 산속의 흐르는 물가에 놀면서 시를 짓고 있었는데 한 무인이 지나가다가 말을 쉬게 하면서 와서 인사를 했다. 자리에 앉은 한 사람이 말하기를 "우리들의 이 모임은 시를 지으며 술을 마시고자 한 것이다. 그러므로 시를 짓지 못하면 참석할 수 없다"고 하니 그 무인武人이 말하기를 "내가 비록 무인이기는 하나 약간 정

자丁字를 알아볼 정도는 되니 조경종曹競宗의 경병競炳의 운韻을 본받아 이 자리에 참석시켜 주기를 원한다"고 하므로 그 자리에 있던 사람들이 이상하게 여기며 운을 부르자 그 무인이 바로 대해 지었다. 정우복鄭愚伏이 크게 놀라며 시를 짓지 못하고 그의 성명을 물으니 그 무인이 말하기를 "나는 지나가는 사람이므로 성명을 억지로 물을 것이 없다" 하고 말을 타며 말하기를 "해가 산으로 지고자 하고 갈 길이 멀어 떠난다"고 했다. 사람을 시켜 따라가서 보게 했더니 간 곳을 볼 수 없었다. 이 시를 지은 무인은 귀신이나 신선이 아니면 산속에서 신선이 되고자 하는 사람인 듯하다.

동대東臺에서 적笛을 불던 사람의 시에 말하기를,

> 飄然羽蓋下璇霄   표연히 신선이 입는 옷으로 하늘에서 내려오니
> 夜久東臺月已高   밤이 깊은 동대에 달이 이미 높다오.
> 玉笛一聲山水裂   옥적 부는 소리에 산수가 찢어지는 듯하며
> 碧潭千尺舞潛蛟.   푸른 못 깊은 물에 숨었던 용이 춤을 춘다.

라 했다. 사암思庵 박순朴淳이 젊었을 때 일찍 여주驪州의 어떤 절에 가서 글을 읽고 있었다. 어느 날 밤이 깊고 달이 밝았는데 동대東臺로부터 저 부는 소리가 들려오므로 이상히 여겨 찾아가서 저 부는 사람의 성명을 물었더니 끝까지 답을 하지 않고 길게 휘파람을 몇 번 불다가 시 한 수를 짓고 갑자기 공중으로 올라갔다.

어떤 선비가 절구 한 수를 외웠는데 그 시에 말하기를,

> 春水微茫柳絮飛   봄물은 질펀하고 버들솜이 날며
> 野風吹雨點征衣   들바람이 비를 불어 입은 옷을 적신다.
> 原頭古墓淸明近   언덕 머리 옛 무덤에 청명이 가까우니

落日寒鴉啼不歸.　　지는 해에 갈까마귀 울며 돌아가지 않는다.

라 했다. 심모沈某라는 선비가 동교東郊로부터 와서 종암鍾巖 주변
에 타고 왔던 말을 쉬게 하고 있다가 마침 어떤 서생을 만났는데,
그 서생이 절구 한 수를 외우고 인해 보이지 않았다. 선비가 이상
하게 여겨 돌아와서 석주石洲 권필權鞸에게 놀랄만한 싯구를 지었
다고 하며 자랑하자 석주가 말하기를 "이 시는 귀신이 지은 것이며
결코 자네의 솜씨가 아니라"고 하니 선비가 크게 놀라며 사실대로
말했다. 호원서胡元瑞가 말하기를 "재주와 감정이 풍부한 것은 일
반 여염집에서도 많이 있으나 의취가 깊숙한 것은 승려가 으뜸이
다. 신선이 되고자 하는 사람은 신선의 시만 같지 못하고 신선의
시는 귀신의 시만 같지 못하다"고 했는데, 내가 이로써 보면 동대
취적인東臺吹笛人의 시는 가락이 호방하고 뛰어났으며, 종암의 어
떤 서생이 지은 시는 그 뜻의 처지가 고되고 급한 것을 볼 때 호원
서가 구분해서 말한 것이 아마 본 바가 있는 것이 아닌가 한다.
　북헌北軒 김춘택金春澤의 <영장승시詠長丞詩>에 말하기를,

千古英雄楚伯靈　　천고의 영웅인 초백楚伯[80]의 신령이
渡江無面只存形　　강을 건널 면목이 없고 단지 형상만 있다.
平生悔失陰陵道　　평생의 한은 음릉陰陵[81]에서 길을 잃은 것으로
長向行人指去程.　　길이 행인들의 가는 길을 가리킨다오.[82]

---

80) 초한楚漢 때의 항우項羽를 말함.
81) 땅 이름으로서 항우項羽가 패전을 하고 가다가 음릉陰陵에서 길을 잃고 재기할
　　수 없게 되었다고 함.
82) 우리나라 길가에 세운 돌로 만든 장승長丞은 항우의 형상을 한 것이라고 하는
　　데, 그가 길을 잃어 재기하지 못했기 때문에 길가에서 뒷 사람들이 길을 잃지
　　않게 가리키고 있다고 함.

라 했다.

부안扶安 기생 계생桂生의 이름은 매창梅窓이며, 그가 지은 <증별시贈別詩>에 말하기를,

醉客執羅衫	취한 손이 비단 적삼을 잡으니
羅衫隨手裂	비단 적삼이 손을 따라 찢어졌다.
不惜羅衫裂	비단 적삼 찢어진 것이 아까운 것이 아니고
但恐恩情絶.	다만 님의 은정이 끊어질까 두렵다오.

라 했다. 이 시는 마땅히 소성자蘇姓者 과백마강過白馬江 위에 있어야 할 것이다.

오재梧齋 권욱權郁의 <제성천류선관시題成川留仙館詩>에 말하기를,

巫山峰十二	무산의 열두 봉우리가
迤邐擁闌干	구불구불 난간을 안고 있다.
鳥革星光射	새는 별빛이 쏘자 날개를 벌리고
雉翬月影寒	꿩은 달 그림자가 차가우지자 빨리 난다[83]
俯臨橫水帶	아래로는 가로 흐르는 물에 다다랐고
高拱坐雲端	높게 꽂고 구름 끝에 앉았다.
太守有緣者	태수太守는 인연이 있는 자로서
登仙意自寬.	신선이 되는데 뜻이 스스로 너그럽다.

라 했는데, 상쾌해 맑고 높으며 반영된 뜻도 매우 교묘해 현실세계의 밥을 먹는 사람의 입에서 나온 말이 아닌 듯하다.

김시습金時習은 호가 매월당梅月堂이었는데 다섯 살 때 기동奇童

---

83) 이 함련頷聯은 글자대로 해석은 했으나 그 의미는 이해가 어려움을 밝혀 둔다.

으로서 유명해 세종世宗이 불러 삼각산三角山을 시제로 하여 시를 짓게 했더니 그 <삼각산시三角山詩>에 말하기를,

> 束聳三峯貫太淸　묶어 솟은 세 봉이 높은 하늘을 뚫어
> 登臨可摘斗牛星　오르면 북두성을 딸 수 있겠다.
> 非徒岳岫興雲雨　단지 산골짜기에 비구름을 일게 할 뿐만 아니라
> 能使王都萬世寧.　능히 왕도로 하여금 만세나 편안하게 하겠다.

라 했으며, 뒤에 거짓으로 미친 듯하다가 중이 되어 지은 시가 있는데 말하기를,

> 趙火直榮兆　조화가 바로 영광의 조짐이었으며
> 飛鯨是禍胎　비경이 화의 시초였다.
> 羊頭如欲爛　양두를 익히고자 하는 것과 같으며
> 紫盡爾園梅.　너 동산의 매화에 자주빛이 다했다.[84]

라 했다. 그는 한명회韓明澮가 태공太公의 조어도釣魚圖를 보여주면서 시를 구하자 바로 시를 지어 말하기를,

> 風雨蕭蕭拂釣磯　비바람이 소소히 고기 낚는 돌을 흔들며
> 渭川魚鳥識忘機　위천의 물고기와 새들도 기미를 잊었음을 알고 있다.
> 如何老作揚鷹將　어찌하여 늙어 양응장揚鷹將[85]이 되어
> 空使夷齊餓采薇.　부질없이 백이 숙제伯夷叔齊에 고사리를 꺾게 했나뇨.

라 했다.

---

84) 난해한 말도 있고 내용도 이해하기 어렵다.
85) 주周의 무왕武王이 은殷의 주紂를 칠 때 태공太公이 양응장揚鷹將이 되었다고 함.

최수崔脩의 <범사시梵寺詩>에 말하기를,

梵寺鍾聲夜半鳴	범사梵寺의 종소리가 밤중에 우니
廣陵歸客夢初驚	광릉廣陵으로 돌아가는 손이 꿈을 처음 깼었다.
若敎張繼曾過此	만약 장계張繼로 이곳을 지나게 했다면
未必寒山獨擅名.	한산사寒山寺만이 홀로 이름을 오로지 하지 못했을 것이다.

라 했다.

목계木溪 강혼姜渾의 시에 말하기를,

竹葉淸罇白玉盃	죽엽주竹葉酒의 맑은 술통과 흰 옥의 술잔에
舊游陳跡首空回	옛날 놀았던 묵은 자취에 부질없이 머리가 돌아간다.
滿庭明月梨花樹	뜰에 가득한 밝은 달과 배꽃 나무에
爲問如今開未開.	묻노니 지금에도 피었느냐 피지 않았느냐.

라 했다.

허봉許篈의 시에 말하기를,

前度劉郎又獨來	전번의 유랑劉郎이 지금 또 왔으니
亂蟬深樹舊池臺	옛 지대池臺의 깊은 숲에 매미가 어지럽게 운다.
主人正抱相如病	주인이 바로 상여병相如病을 앓고 있어
閑却當年白玉杯.	한가하게 당년의 백옥배를 물리쳤다.

라 했다.

정민수鄭民秀가 일찍 박연폭포朴淵瀑布에 놀러가면서 남루한 의 관을 하고 지팡이를 짚고 갔더니 그곳에 많은 문사들이 모여 있으 면서 정민수의 모습을 보고 일러 말하기를 네가 시를 지을 수 있겠

는가 하므로 정민수가 바로 응해 말하기를,

> 飛流直下三千尺　날아 바로 떨어지는 삼천척이
> 疑是銀河落九天　은하의 구천에서 떨어지는 것이 아닌지 의심스럽다

라 하니, 모여 있는 문사들이 모두 냉소를 하자 바로 그 끝에 말하기를,

> 謫仙此句方今驗　적선謫仙의 이 구가 지금에 증험이 되었으니
> 未必廬山勝朴淵.　여산廬山의 폭포가 박연朴淵보다 낫다고 못할 것이다.

라 했다.

김안국金安國이 일본日本에서 온 사신 붕중弸中의 <독역시讀易詩>에 대한 화시和詩에서 말하기를,

> 大羹元不和梅鹽　대경은 원래 소금으로는 알맞게 못하나니
> 至妙難形筆舌尖　지극히 묘한 것은 뾰족한 붓으로 형용하기 어렵다오.
> 靜裏默觀消長理　고요한 가운데 소장消長하는 이치를 점검해보니
> 月圓如鏡復如鎌.　달이 거울처럼 둥글었다가 다시 낫같소.

라 했다. 또 <반월시半月詩>에 말하기를,

> 神珠缺碎鬪龍魚　신주神珠가 어룡의 싸움으로 망가지고 부서졌으며
> 剮殺銀蟾半蝕蛆　은섬銀蟾[86]을 찢어 죽여 구더기가 반이나 먹었다.
> 顚倒望舒仍失馭　바쁘게 보름에 퍼었다가 인해 길을 잃어
> 軸亡輪折不成輿.　굴대도 망가지고 바퀴도 끊어져 수레가 되지 못했다.

---

86) 달의 별명. 달 속에 두꺼비가 있다는 것에서 유래되었다고 함.

라 했다.

문두文斗 성담수成聃壽의 시에 말하기를,

把竿終日趁江邊　낚시대 잡고 종일 강변에서 머뭇거리다가
垂足滄浪困一眠　발은 푸른 물결에 드리우고 곤해 잤다네.
夢與白鷗飛海外　꿈에 백구와 더불어 해외로 날아 갔는데
覺來身在夕陽天.　깨었더니 몸이 석양 하늘 아래 있다오.

라 했다.

어무적魚無迹의 자는 잠부潛夫 호는 낭선浪仙이었으며 천한 서출
庶出이었으나 문재가 있었다. 그의 <제길주서고리題吉注書故里>에
말하기를,

落落高標吉注書　매우 높게 알려진 길주서吉注書가[87]
金烏山下閉門居　금오산金烏山 아래 문을 닫고 살았다.
首陽薇蕨殷遺草　수양산首陽山 고사리는 은殷나라가 남긴 풀이고
栗里田園晉故墟　율리栗里[88]의 전원은 진晉나라의 옛터라오.
萬古名垂扶大義　만고에 대의를 붙든 것으로 이름을 드리웠고
至今人過式前閭　지금도 사람들이 집 앞을 지나며 구부린다.
男兒生世誰無膽　남아가 세상에 나서 누군들 간이 없겠는가
立立峯巒總起予.　서있는 산봉우리 모두 일어나 주고자 한다.

라 했다.

쌍한雙閑 박수량朴守良은 물러나 시골에 숨어 있었다. 김정金淨
이 금강산에 갔다가 돌아오면서 가서 방문하여 철촉 지팡이 머리

---

87) 고려 말의 길재吉再이며 주서注書는 그가 역임한 벼슬.
88) 진晉나라 도연명陶淵明의 고향.

에 시를 써 주었는데 그 시에 말하기를,

萬玉層巖裡	옥같은 바위가 층층이 솟은 속에서
九秋霜雪枝	깊은 가을 눈서리를 이긴 가지라오.
持來贈君子	가지고 와서 군자에 주는 것은
歲晩是心知.	해가 늦어도 이 마음을 알라는 것이오.

라 하니, 박쌍한朴雙閑이 화시和詩를 지어 말하기를,

似謙直先伐	겸손한 듯 하면서 곧은 것을 먼저 자랑하며
故爲曲其根	고의로 그 뿌리를 굽게 했다.
直性猶存內	곧은 성격은 오히려 안에 있나니
那能免斧斤.	어찌 도끼가 내치는 것을 면하랴.

라 했다.

류성춘柳成春은 집의 아이들이 복숭아 나무를 찍는 것을 보고 시를 지어 말하기를,

悔敎伐木課兒童	아이들에 벌목장[89]을 과제로 가르친 것을 후회하는 것은
斫盡夭桃小苑中	작은 동산의 고운 복숭아 나무를 모두 찍었기 때문이요.
聞道東君消息至	봄이 온다는 소식이 들리는데
更將何物答春風.	다시 무엇을 가지고 봄바람에 답하랴.

라 했다.

사암思庵 박순朴淳의 <백운동시白雲洞詩>에 말하기를,

---

89) 「시경詩經」 권구卷九 벌목伐木 삼장三章.

醉睡仙家覺後疑　취해 선가仙家에 자다가 깨어보니 의아해
白雲平壑月沈時　흰구름이 골짜기를 덮고 달도 지려 한다.
儵然獨出脩林外　빠른 걸음으로 혼자 숲밖을 나서니
石逕筇音宿鳥知.　돌길 지팡이 소리를 자던 새만 알고 있다.

라 했다.

　신암新庵 이준민李俊民의 <만이율곡시挽李栗谷詩>에 말하기를,

芝蘭空室不聞香　지란芝蘭 같은 집이 비어 향기가 들리지 않아
奠罷三杯老淚長　석 잔의 전 드리는 것을 파하니 늙은이의 눈물이 길다.
斷雨殘雲藏栗谷　비도 그치고 남은 구름만이 월곡栗谷에 있어
世間無復識吾狂.　세상에서 다시 내 미친 것을 알아줄 사람이 없다오.

라 했다.

　춘호春湖 류영경柳永慶의 <영용저시詠舂杵詩>에 말하기를,

玉杵高低弱臂輕　절구는 높았다 낮고 약한 팔이 가볍게 움직여
羅衫時擧雪膚呈　비단적삼이 들리니 눈같은 살결이 보인다.
蟾宮慣搗長生藥　달나라에서 장생약을 찧어
謫下人間手法成.　인간세계로 내려 보내 손으로 만들게 한다.

라 했다.

　손곡蓀谷 이달李達의 <사시사四時詞>에 말하기를,

露濕薔薇架　이슬은 장미의 시렁을 적시었고
香凝荳蔲花　향은 두구화荳蔲花에 엉기었다.
銀床夏日永　책상에 여름 해가 길고
金井索浮瓜.　우물에 뜬 참외를 찾는다.[90]

라 했다.

구봉龜峯 송익필宋翼弼의 <탕춘대시蕩春臺詩>에 말하기를,

| 短嶽杯中畫 | 낮은 산은 잔 가운데 그림이며 |
| 長風袖裏秋. | 긴 바람은 소매 속의 가을이라오. |

라 했으며, 또 옥에 갇혀 있을 때 지은 시에 말하기를,

一生身服古人禮	일생에 몸으로 고인의 예를 지켰고
三日頭無君子冠	삼일 동안 머리에 군자관君子冠이 없은 적이 없었다.
落盡林花山下屋	산 아래 집에 임화林花는 모두 떨어지고
曉天歸夢水雲間.	새벽에 꿈은 수운水雲 사이로 돌아간다.

라 했다.

월사月沙 이정귀李廷龜의 <회양판상시淮陽板上詩>에 말하기를,

天擁重關險	하늘은 험한 두 관문을 안았고
江蟠二嶺長	강은 두 재에 길게 서리었다.
雲烟護仙窟	구름과 연기는 선굴仙窟을 보호하고
日月近扶桑	해와 달은 동쪽 바다에 가깝다.
秋膾銀鱗細	가을 회로는 은어 비늘이 가늘고
春醪栢葉香	봄 술에는 잣나무 잎 향기가 난다오.
瓜時倘許代	임기 때 대신하기를 허락할 것 같으면
吾不薄淮陽.	내가 회양淮陽을 엷게 하지 않으리라.

라 했다.

석주石洲 권필權韠의 <과정철묘시過鄭澈墓詩>에 말하기를,

---

90) 글자대로 번역은 했으나 이해가 쉽지 않다.

空山木落雨蕭蕭　　공산에 나뭇잎 지고 비는 소소히 내리는데
相國風流此寂寥　　상국相國의 풍류는 이곳에서 고요하다.
惆悵一杯難更進　　슬프게도 한잔 술 드리기 어려우나
昔年歌曲卽今朝.　지난날 가곡은 지금도 듣는듯 하오.

라 했다.

　세상에 한 수의 시가 전하는데 말하기를,

十里江干和睡過　　십 리의 강변을 졸면서 지났는데
箇中形勝問如何　　그 가운데 광경이 어떠 하냐 묻는다.
他時若使便回首　　만약 다음날 다시 찾게 된다면
身是重來眼是初.　몸은 두 번을 오게 되었으나 보는 것은 처음이라오.

라 했는데, 글을 읽으면서 의미를 두지 않는 것이 학자의 큰 병이라
했다.

　소응천蘇應天의 <제고도시題古都詩>에 말하기를,

江流不得濯愁寃　　흐르는 강물은 근심과 원통함을 씻지 못하고
月上姑蘇聽暮猿　　고소산에 달이 뜨자 원숭이 우는 소리 늦게 듣는다.
巖花落盡春無跡　　바위에 핀 꽃은 떨어지고 봄은 자취도 없으며
水鬼啼歸淚有痕　　수귀水鬼가 울며 돌아가자 눈물 흔적이 있다.
繁華半照孤僧去　　번화함을 반쯤 비치는데 외롭게 중은 가고
往事斜橋一鳥喧　　지난 일이 얽힌 다리에 한 마리의 새가 운다
怊悵竹枝終夜咽　　슬프게도 대나무 가지는 밤이 끝날 때까지 목이 메이는데
行人繫纜古城根.　행인은 옛 성 밑에 닻줄을 맨다.

라 했다.

　호음湖陰 정사룡鄭士龍의 <금강산귀로시金剛山歸路詩>에 말하

기를,

萬二千峰領略歸　　만이천 봉을 대략 보고 돌아오니
蕭蕭黃葉打秋衣　　쓸쓸하게 단풍잎이 옷에 부딪힌다.
正陽寺裏燒香夜　　정양사正陽寺에서 향불 피우던 밤에
蘧瑗方知四十非.　거원蘧瑗[91)]처럼 사십의 잘못을 바야흐로 알았다.

라 했다.

퇴계退溪 이황李滉의 <제금강정시題錦江亭詩>에 말하기를,

鵑啼山裂豈窮年　　자규子規가 울고 산이 찢어지는 해를 얼마나 다했는가
蜀水名同匪偶然　　촉수蜀水와 이름이 같은 것도 우연이 아니라오.
明滅曉簷迎海旭　　새벽 처마가 깜박거릴 즈음 바다의 밝은 빛을 맞았고
飄蕭晚瓦掃秋烟　　나부끼는 늦은 기와에 가을 연기를 쓴다.
碧潭楓動魚游錦　　푸른 못에 단풍잎 떨어질 즈음 고기는 금강에 놀고
靑壁雲生鶴踏氈　　푸른 벽에 구름이 일자 학은 방석을 밟는다.
更約道人攜鐵笛　　다시 약속하는 것은 도인이 철적을 가지고
爲來吹破老龍眠.　와서 노룡의 자는 것을 깨워주면 하오.[92)]

라 했다.

율곡栗谷 이이李珥의 <화석정시花石亭詩>에 말하기를,

林亭秋已晚　　임정林亭에 가을이 이미 저물었으니
騷客意無窮　　소객騷客의 뜻이 다함이 없다.
遠水連天碧　　멀리 흐르는 물은 하늘과 연결되어 푸르고
霜楓向日紅　　단풍잎은 해를 향해 붉었다.

---

91) 거백옥蘧伯玉이라 하기도 함. 위衛나라 현대부賢大夫로서 오십세에 사십구세의
　　잘못을 알았다고 함.
92) 내용에 이해하기 어려운 바가 적지 않음을 밝혀 둔다.

山吐孤輪月	산에는 외롭게 둥근달이 뜨고
江含萬里風	강은 먼곳에서 불어오는 바람을 머금었다.
塞鴻何處去	변방의 기러기는 어디를 가나뇨
聲斷暮雲中.	소리가 저문 구름 속에서 끊어진다.

라 했다.

석주石洲 권필權韠의 <제두자미시題杜子美詩>에 말하기를,

杜甫文章世所宗	두보杜甫의 문장은 세상에서 높이 여기는 바였는데
一回披讀一開胸	일회를 읽을 때마다 한번씩 가슴이 열린다.
神飆習習生陰壑	신기하고 미친 바람이 음산한 골짜기에 불고
仙樂嘈嘈發古鍾	지껄이는 듯한 선악이 오래된 종에서 나는 듯하다.
雲盡碧空橫快鶻	구름이 걷힌 푸른 하늘에 매가 날새게 가로 날고
月明滄海戲群龍	달 밝은 푸른 바다에 뭇 용이 희롱한다.
依然步入仙山路	전처럼 선산의 길을 걸어 들어가
領略千峯更萬峯.	많은 산봉우리를 대략 거느리고자 한다.

라 했다.

송곡松谷 이서우李瑞雨의 시에 말하기를,

海色穿簾動	바다빛이 장막을 뚫고 움직이며
園林白露凄	동산의 숲이 흰이슬로 차다.
寒天千里雁	하늘이 차갑자 기러기는 멀리 날아가고
落月五更鷄	달이 지고 새벽이 되니 닭이 운다.
側耳聞晨角	귀를 기울이고 새벽의 대평소 소리 들으며
高聲叱睡妻	고성으로 자는 처 꾸짖다.
朝來將稻	(끝에 글자가 한 자가 없으므로 그대로 둠)
先步一庭藜.	뜰에 명아주 지팡이를 짚고 먼저 걷다.

라 했다.

이옥李沃의 <난부시懶婦詩>에 말하기를,

蓬蓬頭髮亂垂衣	더부룩한 머리가 어지럽게 옷에까지 드리웠고
似病非愁洗沐稀	병인듯 하나 근심은 아니하고 목욕도 드물게 한다.
乳吮襁兒謀午睡	어린아이 젖먹이는 것은 낮잠 자고자 한 것이고
手探飢虱愛簷暉	이를 잡는 듯하나 처마 밑에 햇빛이 좋기 때문이다.
春桑滿野寧携筥	봄에 뽕이 많으나 어찌 광주리를 가지며.
秋雁傳聲厭上機	가을 기러기가 계절을 알리나 베짜기 싫어한다.
隣里事神聞擊筑	이웃마을에 귀신 섬기는 굿소리 들리면
柴扉半掩走如飛.	사립문을 반쯤 닫고 나는 듯이 달려간다.

라 했다.

호곡壺谷 남룡익南龍翼의 시에 말하기를,

人言多福我聞嫌	사람들은 다복하다고 말하나 나는 듣고 의심하며
默數果如人所云	조용히 사람들이 말한 바가 그런지 헤어본다.
兩國遍觀名勝地	두 나라 명승지를 두루 보았고
四朝連侍聖明君	네 조정의 밝은 임금을 연해 받들었다.
雙親壽享能終養	어버이는 수를 누리어 능히 끝까지 모시었고
一品官高又主文	일품의 높은 관직과 주문主文을 맡았다.
有子有孫妻共老	아들과 손자가 있고 처도 같이 늙으며
飯疏端合樂耕雲.	소박한 밥을 오로지 하며 농사짓는 것을 즐거워한다.

라 했다.

남호곡南壺谷의 <원별시遠別詩>에 말하기를,

| 征馬寒鳴驛路遲 | 가는 말은 차가워 울며 길은 더딘데 |
| 滿山春雪月西時 | 봄 눈이 산에 가득하고 달은 서쪽에 있을 때였소 |

遙知別後江南日　　멀리서 알 수 있는 것은 이별한 후 강남에서
夜夜應勞夢裡思.　　밤마다 분명히 꿈속에서 괴롭게 생각할 것이오.

라 했고, 또 말하기를,

別後光陰奄一期　　이별한 후 세월은 문득 한 돌이 되었으니
思君何日展吾眉　　그대를 생각하는 내 눈썹이 어느날 펴질까.
論文幸得連床會　　책상을 연해 글을 논하는 모임을 다행히 얻을 수 있는가
花發前山麗景遲.　　앞산에 꽃이 피는 아름다운 경치가 더디다.

라 했으며, 또 말하기를,

雁自南天向北來　　기러기가 남쪽에서부터 북쪽을 향해 왔으니
來時應過故山隈　　올 때 분명히 고향 산천을 지났으리라.
如何不報平安字　　어찌하여 편안하다는 말은 알리지 않고
謾吐淸音帶月回.　　부질없이 맑은 소리만 토하며 달과 함께 돌아온다.

라 했다.
　스님 선원禪垣의 <조춘시早春詩>에 말하기를,

管絃聲碎竹外澗　　악기 소리가 대밭 밖의 시내에서 부서지고
水墨畵點烟中山　　수묵으로 연기 속의 산을 그린다.
立馬停鞭望復望　　말을 세우고 채찍을 멈추며 자세히 바라보니
倉庚上下春風端.　　꾀꼬리가 봄바람 끝에서 오르고 내린다.

라 했다.
　고려조의 스님 정은正恩의 시에 말하기를,

古佛巖前水	고불암古佛巖 앞에 흐르는 물은
哀鳴復嗚咽	슬프게 울다가 다시 목이 메게 운다.
應恨到人間	응당 인간세계에 이를까 한이 되어
永與雲山別.	길이 구름과 산과 더불어 이별하려는 것이오

유희경劉希慶은 천한 무리였다. 그의 <오강회고시烏江懷古詩>에 말하기를,

學敵萬人何所用	만인을 당적할 것을 배워 어디에 사용하랴
紛紛天下八千兵	팔천명93)의 병사로 천하를 분분히 했다.
鴻門宴罷謀臣泣	홍문의 잔치를 파하자 모신謀臣94)은 울었고
玉帳歌悲壯士驚	장막 속의 슬픈 노래에 장사도 울었다.95)
月黑澤中騅不逝	달빛은 어둡고 추마騅馬96)도 가지 않고
風殘江上櫓無聲	바람도 불지 않는 강에 노도 소리가 없다.
英雄一劍千秋血	영웅의 칼에 흘린 천추의 피는
化作寒波日夜鳴.	차가운 물결이 되어 밤낮으로 울고 있다.

라 했다.

난설헌蘭雪軒 허씨許氏는 김성립金誠立의 부인이었다. 그의 <채련곡시采蓮曲詩>에 말하기를,

---

93) 여기에서 팔천은 항우項羽가 처음 강동江東에서 나올 때 그곳 자제 팔천 명을 데리고 나왔다고 함.
94) 모신謀臣은 범증范增을 말함. 그는 항우의 모신으로서 항우가 유방劉邦을 불러 홍문鴻門에서 잔치할 때 항우에게 유방을 죽이게 했으나 죽이지 않았기 때문에 울었다고 한 것임.
95) 항우가 패전하고 밤에 도주해야할 때 그의 부인 우미인虞美人과 장막에서 헤어질 때 울었다는 것을 말함.
96) 추마騅馬는 당시 항우가 탔던 말.

秋淨長湖碧玉流	맑은 가을 긴 호수에 푸른 물이 흐르는데
荷花深處繫蘭舟	연꽃이 핀 깊은 곳에 배를 매었다.
逢郎隔水投蓮子	낭군을 만나 물 건너에서 연밤을 던졌다가
遙被人知半日羞.	멀리서 사람이 보고 있는 것을 알고 반일 동안 부끄러 위했다.

라 했다. 김성립金誠立이 젊었을 때 강사江舍에서 공부를 하고 있을 즈음 그의 처 허씨許氏가 보낸 <기부시寄夫詩>에 말하기를,

燕掠斜簷兩兩飛	제비는 비긴 처마에서 휙채며 쌍쌍이 날고
落花撩亂撲羅衣	낙화는 어지럽게 엉키어 비단옷을 친다.
洞房極目傷春意	동방에 보이는 모든 것이 봄 뜻을 상하게 하는데
草綠江南人未歸.	풀이 푸른 강남에서 돌아오지 않는다.

라 했는데, 이 두 시가 방탕한 것에 가까웠기 때문에 그의 문집에 실리지 않았다고 이른다.

어느 부인의 <야행시夜行詩>가 있는데 말하기를,

幽磵冷冷月未生	깊숙한 시내는 차고 달은 뜨지 않았으며
暗藤垂路少人行	어두운 등굴 드리운 곳에 다니는 사람도 적다.
村家知在前峯外	마을이 앞산 봉우리 밖에 있음을 알 수 있는 것은
淡霧疏星一杵鳴.	맑은 안개와 성긴 별빛에 다듬잇소리 들리기 때문이오

라 했다.

옥봉玉峯 이씨李氏의 <규정시閨情詩>에 말하기를,

有約郎何晚	약속이 있었는데 낭군은 어찌 늦나뇨
庭梅欲謝時	뜰에 매화가 떨어지고자 한 때였소.

忽聞枝上鵲　　　　갑자기 나뭇가지에 까치소리 듣고
虛畫鏡中眉.　　　　거울 속의 눈썹을 또 그린다.

라 했다.

양사언楊士奇 첩妾의 시에 말하기를,

悵望長途不掩扉　　슬프게 먼 길을 바라보며 사립문을 닫지 않았으며
夜深風露濕羅衣　　밤이 깊자 이슬이 비단옷을 적시었다.
楊山館裡花千樹　　양산관楊山館에 꽃이 많아
日日看花歸未歸.　　날마다 꽃을 보며 돌아오지 못하나뇨.

라 했다.

천한 창녀 취선설죽翠仙雪竹의 시가 있는데 말하기를,

春粧催罷倚焦桐　　화장을 재촉해 마치고 초동焦桐에 의지하니
珠箔輕明日上紅　　발이 밝아오며 해가 뜨고자 한다.
香霧夜多朝露重　　밤에 안개가 많았고 아침에 이슬이 무거워
海棠花泣小墻東.　　해당화가 담장 동쪽에서 울고 있다.

라 했으며, 또 말하기를,

洞天如水月蒼蒼　　하늘은 물 같고 달빛은 푸르고 희며
樹葉蕭蕭夜有霜　　나뭇잎은 소소하고 밤에 이슬이 내린다.
十二緗簾人獨宿　　열두 폭 누른 발아래 홀로 자고 있으니
玉屏還羨畫鴛鴦.　　병풍에 그린 원앙이 도리어 부럽다오.

라 했다.

임춘林春이 밀주쉬密州倅에게 준 시에,

紅粧待曉帖金鈿　새벽을 기다려 화장하고 금비녀 꽂고
爲被催呼上綺筵　재촉해 부름을 받고 잔치 자리에 올랐다.
不怕長官嚴號令　장관長官의 엄한 호령은 무서워 하지 않고
謾嗔行客惡因緣　부질없는 과객의 궂은 인연만 탓한다.
乘樓未作吹簫伴　누에 올랐으나 퉁소 부는 짝이 되어주지 않고
奔月還爲竊藥仙　달에 달아나 약을 도적한 선녀가 되었다.[97]
寄語靑雲賢學士　청운의 학사에게 부치노니
仁心不用示蒲鞭.　어진 마음으로 부들포 채찍은 쓰지 마오.

라 했다.

신식申栻이 서경西京에 놀러갔다가 자비사慈悲寺에 이르러 정든 기생과 이별하며 지은 시에 이르기를,

慈悲嶺下慈悲寺　자비령 아래 자비사에서
脉脉相看上馬遲　정을 품고 서로 바라보다가 말을 늦게 탔다오.
今日客懷何處惡　오늘 이 길손의 감정이 어느곳에서 나빴을까
驛樓殘照獨登時.　역루에서 저녁 햇빛에 홀로 오를 때였소.

라 했다.

국간菊澗 윤현尹鉉이 금백錦伯이 되어 좋아했던 기생이 있어 지어준 시에 말하기를,

人生離合苦無齊　인생의 헤어지고 만나는 것이 괴롭게도 같지 않아
忍淚當時愴解携　눈물을 참았던 그 때 헤어지는 것을 슬퍼했다.
若使夢魂行有跡　만약 혼몽魂夢의 다니는 것이 자취가 있다면
西原城北摠成蹊.　서원의 성 북쪽이 모두 지름길이 되었을 것이다.

---

97) 항아姮娥가 남편이 서왕모西王母로부터 얻어 온 선약仙藥을 훔쳐 먹고 달나라로 달아났다고 함.

라 했다.

조휘趙徽가 서장관書狀官으로서 중국 서울에 가서 어떤 젊은 여인을 만나 준 시에 말하기를,

也羞行路護輕紗	부끄러워 길을 가면서 가볍게 비단을 썼는데
淸夜微雲漏月華	맑은 밤 엷은 구름에 달빛이 새는 듯하다.
約束蜂腰纖一掬	벌 허리 같은 가는 허리를 한번 안게 약속한다면
羅裙新剪石榴花.	비단 치마에 석류화를 새롭게 갈기리라.

라 했다.

송宋나라 때 안남국왕安南國王이 진중미陳仲微의 만시挽詩에,

痛哭江南老鉅卿	강남의 노거경을 통곡하며
春風搵淚爲傷情	봄바람에 눈물 훔치는 것은 마음이 슬프기 때문이었소.
無端天上偏年月	무단히 천상 세계의 일월을 두루하면서도
不管人間有死生	인간에 죽고 사는 것은 주관하지 못했다.
萬疊白雲遮故國	만 첩의 흰 구름은 고국을 막았고
一堆黃土覆香名	한 줌의 황토가 향명을 덮었다.
回天力量隨流水	하늘을 돌릴 수 있는 역량도 물을 따라 흐르니
流水灘頭共不平.	흐르는 물의 여울머리도 모두 고르지 못하다오.

라 했다.

우리나라에 온 중국 사신 당고唐皐의 <백은탄시白銀灘詩>에 말하기를,

江水浩浩去	강물은 많이 흘러가는데
玆灘浮白銀	이 여울에 백은白銀이 떴다.
無乃守國禁	나라에서 금하는 것을 지킴이 없다면

棄捐向通津. 통진通津을 향해 버리고 싶다.

라 했는데, 이용삼李容參이 당고의 시에 화시和詩를 지어 말하기를,

名銀取其色 유명한 은은 그 빛에서 취하나니
此水豈有銀 이 물에 어찌 은이 있겠는가.
今日玉人過 오늘 옥같은 아름다운 사람이 지나가니
更宜名玉津. 다시 옥진으로 이름함이 마땅하리라.

라 했다.

이제현李齊賢은 회안군淮安君이 출가出家했다는 말을 듣고 시를 지어 말하기를,

火中良玉水中蓮 불 속의 좋은 옥이었고 물 가운데 연이었는데
夜半踰城去杳然 밤중에 성을 넘어 간 길이 아득하다.
雲衲換來新面目 스님 옷으로 바꾸어 입어 면목이 달라졌으니
綠窓啼盡短因緣. 여인이 울기를 다하고 인연을 끊었다.

라 했다.

세상에 전하는 <단선시團扇詩>에 말하기를,

堯時十日並生東 요임금 때 열 개의 해가 동쪽에 같이 나타나니
草木焦枯零落風 초목이 타고 말라 바람에 떨어졌다.
帝獨憂之命羿射 임금이 홀로 걱정해 후예后羿를 시켜 활을 쏘게 하니
至今遺鏃貫輪中. 지금도 남은 화살이 둥근 가운데를 뚫고 있다.

라 했다.

초은憔隱 이인복李仁復이 원元나라에 들어가서 그곳 과거에 합

격하여 벼슬이 고려시중高麗侍中에 이르렀다. 일찍 과거에 같이 합격한 원나라 조정의 학사學士 마언휘馬彦彙에 보낸 시가 전하는데 그 시에 말하기를,

每向瓊林憶醉歸	매양 경림98)을 향해 취해 돌아가는 것을 생각하며
賜花春煖影離離	하사받은 꽃이 따뜻한 봄에 그림자가 이어졌다.
別來更覺交情厚	헤어진 후 사귄 정이 두터움을 느끼었고
老去安知世事非	늙어가며 어찌 세상 일이 잘못되는 것을 알지 못하랴.
駑鈍尚慙懷棧豆	노둔해 아직도 사소한 이익을 생각한 것이 부끄럽고
鵬飛誰復顧藩籬	높게 날았으니 누가 다시 먼곳을 돌아보랴.
請君莫笑東夷陋	그대에 청하노니 동이가 더럽다고 웃지마오
海上三山聳翠微.	바다 위에 삼산의 높은 봉이 솟았다.

라 했다.

만절晚節 박원형朴元亨은 세조世祖 때의 인물로서 세 번이나 원접사遠接使가 되었으며 풍채가 좋은 것으로 일컬었다. 그의 아들 안성安性이 생일날에 헌수를 하자 공公이 입으로 시를 불렀는데 그 시에 말하기를,

今夜燈前酒數巡	오늘 밤 등불 앞에서 술잔이 몇 번 돌았는데
汝年三十二靑春	너도 나이 설흔 두 살 청춘이다.
吾家舊物惟淸白	우리집 전해오는 것은 오직 청백淸白한 것이니
好把相傳無限人.	잘 지켜 한없이 사람에게 전해다오.

이라 했다.

이현손李賢孫 양구陽丘는 추강秋江 남효온南孝溫과 더불어 친구

---

98) 눈이 덮힌 옥같이 아름다운 나무. 동산 이름도 된다고 한다.

가 되어 지은 시가 있는데 말하기를,

水衣綠礎上　　물옷은 주춧돌 위를 푸르게 하고
庭草過檣長.　　뜰의 풀은 담장을 넘을 만큼 길다.

라 했고, 또 말하기를,

溪禽帶雨全身濕　　시내 새는 비를 맞자 온몸이 젖었고
山柹經霜半臉紅　　산에 감은 서리가 내리자 뺨이 반은 붉다.

라 했다.
　　하위지河緯地는 어떤 사람이 도롱이옷을 주는 것에 감사하며 지은 시에 말하기를,

男兒得失古猶今　　남아의 얻고 잃는 것이 옛과 지금이 같은데
頭上分明白日臨　　머리 위에 분명히 밝은 해가 비치리라.
持贈蓑衣應有意　　도롱이 옷을 주는 것은 분명히 뜻이 있나니
五湖煙雨好相尋.　　오호의 내리는 안개비에 서로 찾게 되리라.

라 했다.
　　안정安亭 신영희辛永禧의 시에 말하기를,

打麥聲高酒滿盆　　보리 탁작하는 소리 높고 술은 동이에 가득하며
老人無事坐荒村　　노인은 일없이 황촌荒村에 앉아 있다.
呼童室下遮風慢　　아이 불러 방에 바람막는 휘장을 내리게 하고
恐撓新移紫竹根.　　새로 옮긴 자죽紫竹 뿌리 흔들릴까 두려워한다.

라 했다.

이두춘李逗春은 이름 없는 선비였다. 그의 <단양협중시丹陽峽中詩>에 말하기를,

山欲蹲蹲石欲飛　산은 걸터 앉고자 하고 바위는 날고자 하며
洞天深處客忘歸　골짜기 깊은 곳에서 손은 가는 것을 잊었다.
澄潭日落白雲起　맑은 못에 해가 지자 흰 구름이 일어나고
一路儒風吹羽衣.　가는 길에 선풍儒風이 우의羽衣를 날린다.

라 했다.

가야산伽倻山 부석암負石庵의 돌에 새긴 시에 말하기를,

新羅末裔愛丘山　신라의 끝 후손이 산을 사랑하여
深鎖雲林不出寰　구름과 숲에 깊게 숨어 서울 지역에 나가지 않았다.
三見仙桃花結子　세 번이나 선도화 열매가 열리는 것을 보면서
笑他人老百年間.　사람들이 백년 사이에 늙는 것을 웃는다.

이라 했다.

사재思齋 김정국金正國의 시에 말하기를,

爾生本自蜀呑魚　너는 본디 큰 닭이 생선을 삼킨 것으로부터 태어나
啼送江南誤屬猪　울며 강남으로 보내 돝에 잘못 붙이었다.
邵子慘然聽不樂　소자邵子가 슬퍼해 듣고 즐거워하지 않으며
天津三月住征驢.　삼월에 천진에서 가던 나귀를 멈추었다.[99]

라 했다.

---

99) 이 작품은 시제詩題가 없고 저작 동기에 대해 언급이 없기 때문에 이해에 어려움이 있다. 다음에 실린 시도 마찬가지다.

양성재楊誠齋의,

少年袴下安無忤　소년들의 바지 아래가 어찌 거스름이 없지 않으며
老父橋頭愕不平　노부老父가 다리 머리에서 놀라 편안하지 못했다.
人物若非觀歲暮　인물이 만약 저물어 가는 해를 보는 것과 같지 않으면
淮陰何必減文成.　회음淮陰이 어찌 문성文成에 못하리오.[100]

라 했다.

---

[100] 문성文成은 누구인지 알 수 없으나 회음淮陰은 전한초前漢初의 한신韓信을 말한 것임. 이 시와 위의 김안국金安國의 시는 난해함이 없지 않다.

小華詩評 附錄

칠계창수록漆溪唱酬錄(출야헌일기出野軒日記)

내가[1] 일찍 칠계漆溪에 있을 때 옥천玉川 노규엽盧奎燁과 더불어 이웃에 살았다. 옥천은 재주가 있었고 성격이 호방하여 문인들 사이에 많이 알려졌다. 매양 나를 보게 되면 군색하게 하고자 했으며, 나도 또한 웃고 이야기 하며 희롱했다.

어느날 내 책상 위의 시축詩軸을 보고 희롱해 말하기를 "항아리나 덮을 수 있는 것으로써 귀하게 여길 것이 못된다"고 하므로 내가 응해 말하기를 "수후隋侯의 귀한 구슬을 어린아이들이 참새 잡는데 쓰고자 한다"[2]하니 옥천이 이에 웃으며 사례해 말하기를 "글을 짓고 읊는 것이 선비의 일에서 가장 중요한 것인데 저와 같은 사람은 과거 준비에 골몰하여 짓고 읊는 것에 생각을 할 수 없었으니 가탄스럽다"고 했다. 내가 말하기를 "과거 공부하는 자를 선비라 하고, 시률詩律로써 과거 공부하는 것과 같은 것이라고 하는 말은 틀린 것이다"고 하니 옥천이 웃으며 말하기를 "저가 대답을 잘못했다"고 하며 마침내 제자가 되기를 원한다고 했다.

---

1) 소화시평小華詩評 하권下卷 후미에 있는 소화시평 후발後跋에 따르면 여기의 나는 후발을 쓴 이존서李存緖로서 그의 호는 야헌野軒이며 칠계漆溪는 그가 살던 곳의 지명이다. 그의 인물과 생몰년대는 알아보지 못했으나 후발에서 자신은 홍만종洪萬宗보다 이백여년 후대라고 했으니 그의 생존시기를 대략 짐작할 수 있을 듯하다. 그리고 여기서 옥천玉川은 노규엽盧奎燁의 호이다.

2) 수후隋侯가 뱀으로부터 받았다는 보주寶珠를 참새 잡는데 사용했다는 것은 좋은 것을 잘못 사용했다는 것을 풍자적으로 말한 것임.

며칠 후 옥천이 와서 나에게 일러 말하기를 "얼마 전에 노형老兄으로부터 가르침을 듣고 드디어 시에 뜻을 두고 아침 저녁으로 여가가 있을 때 한두 수의 시를 지어 보았는데, 이에 대해 본디 생소한 것이기 때문에 조률調律과 격식格式을 이루지 못했으므로 노형老兄의 가르침을 받고자 원한다"고 했다. 내가 말하기를 "자네는 사률詞律이 과시보다 쉽다고 생각하는가. 과시科詩는 서술하는 형식이 이미 정해져 있기 때문에 다시 말할 것이 없겠지만, 사률은 두미頭尾와 함경頷頸이 짓는 자의 능력에 있기 때문에 어찌 가히 말로써 형용할 수 있겠는가. 단지 앞 사람들의 지은 작품을 중심으로 모방을 하다가 오랜 시간이 지나 성숙하게 되면 약간 그 향방을 알게 될 따름이며, 매우 참다운 경지에 이르게 되는 것은 천재가 아니면 구할 수 없을 것이라" 했다.

옥천이 말하기를 "그와 같이 어렵느냐" 하므로 내가 말하기를 "병으로 십여년 동안 다른 일을 하지 못하고 우연히 시에 취미를 붙여 지은 것을 생각없이 앞사람들의 시와 비교해 본 바 하늘과 땅과의 차이가 있음을 알았으니 시를 쉽게 말할 수 잇겠는가. 대개 나는 타고난 바탕이 노둔하고 아는 것이 어두워 억지로 모방하고자 하는 것이겠지만, 자네는 재주와 바탕이 뛰어나고 보고 들은 것이 넓기 때문에 얼마의 세월이 아니라도 매우 잘 짓게 될 것이니 지금부터 시작해도 늦지 않을 것이다" 하니 옥천이 웃으며 말하기를 "노형이 저를 희롱하는 물건으로 여겨 지나치게 포장한다"고 했다.

옥천玉川이 물어 말하기를 "문인들이 여러 가지로 짓는 글은 규정 형식이 있는데 중세 이후부터 과시가 크게 변했으므로 그 변한 것에 어두운 선비들이 그 짓는 방법을 알지 못하므로 정조正祖는

직접 시정체詩程體를 정해 규식規式을 만들었기 때문에 이로부터
시를 짓는데 조금 아는 자라 할지라도 능히 지을 수 있었다. 그런
데 어찌 사률에만 홀로 규식規式이 없는가” 내가 말하기를 “내가
젊었을 때 오강족숙梧岡族叔의 문하에서 글을 배우면서 일찍 물어
보았더니 오강이 말하기를 “하나의 빠른 길이 있다. 기승起承 전락
轉落과 경경境竟 정사情謝의 두 가지 형식이 시작과정에 있는데, 이
것이 처음 배우는 과정에서는 가장 중요한 것이라”고 했다.

옥천이 말하기를 “그 여덟자의 의의意義를 듣고자 한다”고 하므
로 내가 말하기를 “사률詞律을 짓는데는 단지 두가지가 있는데 술
회述懷와 유상遊賞을 사용할 따름이다. 술회述懷에서는 기승 전락
의 투식을 사용하는 것이며, 유상에서는 경경境竟과 정사情謝의 투
식을 사용하는 것이다. 대개 기起라고 말하는 것은 일으켜 얻는 것
이고, (기득起得) 승承이라는 것은 이어서 펴는 것이며, (승선承宣)
전轉이라는 것은 옆으로 굴리는 것이고, (전측轉側) 낙落이라는 것
은 모두 이룬다는 것이다. (락성落成) 또 경境이라는 것은 지경地境
이고 경景이라는 것은 시경時景인 것이며, 정情이라는 것은 사정事
情을 말한 것이고, 사謝라는 것은 사사謝事인 것이다. 이러한 투식
套式은 어떤 사람이 처음으로 만든 것인지 알 수 없으나 시를 짓는
과정에서 이치를 얻은 자가 한 것이라 했다. 내가 이러한 투식에
대해 들은 뒤로부터 일찍 전대 사람들의 작품에서 잘못된 것을 바
로 잡은 것이 간혹 많이 있으나, 이것은 거문고나 비파의 기둥을
고정시켜 변화를 모르는 것과 같으므로 나는 이러한 방식을 버리
고 사용하지 않는다”고 했다.

옥천이 말하기를 “그렇다면 절구絶句의 시에서도 또한 그러한
투식이 있는가” 했다. 내가 말하기를 절구의 시에서도 또한 사구四

句로써 이루어져 있는데, 각 구마다 하나의 투식을 사용하고 있는 것이 사률과 다를 것이 있겠는가” 하니 옥천이 말하기를 “오늘 노형老兄으로부터 밝게 듣게 되어 시의 공정工程이 바로 내 눈에 들어왔으니 무슨 어려움이 있겠는가” 했다.

이와같은 이야기가 있은 뒤로부터 옥천이 문을 닫고 나오지 않고 낮에는 과문科文짓는 것을 하고 밤에는 사률을 공부하면서 매일 지은 것을 써 아이를 보내 나에게 상고해 주기를 청했다. 내가 그의 흥미를 돋구고자 자세하게 논평을 해 그 품목品目으로 있는 것에 따라 말하기를 효성욕락曉星欲落 백설간관百舌間關, 범가수편泛駕受鞭 불피험이不避險夷, 장미다자薔薇多刺 애화불서愛花不鋤, 훼환초무卉蘐礎巫 선연가관嬋妍可觀, 영목옹종癭木擁腫 자성문채自成文彩, 고공담자顧公啖蔗 점입가경漸入佳境 등과 같은 논평으로 했다.

이와같이 팔십 여일이나 계속되었으나 시를 짓는 솜씨가 전혀 나아지지 않았다. 이에 자세히 그가 지은 시를 살펴보니 한결 같이 사자투식四字套式을 법으로 했기 때문에 내가 그러한 수렁에 빠져 벗어나지 못할까 두려워 하여 어느 날 논평의 제목을 초휴오음楚咻吳吟 불지역선不知易舌 이라 하고, 또 한 연의 시로서 희롱해 말하기를,

　　風光未好開城府　　풍광은 개성부開城府를 좋게하지 못했고
　　熊犬全難九月山.　　곰과 개는 구월산九月山에서 온전히 어려웠다.

라 하여 보냈더니 그날 늦을 즈음 옥천이 과연 찾아와서 그 시의 뜻을 물었다. 내가 고의로 숨기고 그 시에 대해 해석을 해주지 않고 있다가 여러번 강하게 물은 뒤에 내가 해석해 말하기를 “옛날

글을 잘 알지 못한 자가 경기도백京畿道伯이 되어 시를 짓는 것으로 사람들을 속이고자 다른 사람으로부터 풍광호風光好라는 석자를 얻어 자신이 순찰한 여러 읍邑 이름 두자를 그 위에 더하고자 했는데, 개성부開城府에 이르러 짓고자 하니 여섯자가 되므로 이에 말하기를 이곳에서는 시를 지을 수 없겠구나"하고 드디어 붓을 던지고 돌아왔다.

또 문화현감文化縣監이 된 자가 구월산에 올라가서 붓과 벼루를 가져오게 하여 시를 짓고자 했으나 종일 동안 짓지 못하고 날이 어두워지자 관리가 돌아가기를 청하므로 현감이 탄식하여 말하기를 "이와 같이 경치가 좋은 곳에서 시를 짓지 못한 것이 가석하다"고 했다. 한 관리가 그 현감이 글을 짓지 못하는 것을 알고 아뢰기를 "소인이 대신 지어 보겠습니다"하니 그 현감이 종이를 주며 말하기를 "내가 한 구를 지은 것이 있으니 너가 모름지기 그 구에 이어 지어야 할 것이라"했다. 그 관리가 보니 구월산중능유유九月山中能遊遊 라는 구句였다. 관리가 능유유能遊遊 석자의 뜻을 물었더니 그 현감이 화를 내며 말하기를 "누가 너에게 웅자熊字를 능자能字로 보게 말하던가. 유유遊遊는 바로 곰의 빛깔 모양이라"고 했는데, 대개 황웅黃熊을 보고 유자遊字의 음을 황색黃色으로 말한 것이다. 그 관리가 이에 그 연의 외구外句에 문화성리대광광文化城裏大光光이라고 하자 그 현감이 대광광은 바로 무엇을 말한 것인가 하므로 그 관리가 대해 말하기를 "대大는 크다는 것이고 광광光光은 개의 짓는 소리라"고 하니 현감이 말하기를 "너가 시에 능하구나" 했다. 그 관리가 소인이 이어 한 수의 시로 끝맺고자 한다고 청하니 현감이 허락하자 그 관리가 말하기를,

案前旣食熊四足   상 앞에서 이미 곰의 네 발을 먹었으니
小人何惜大一耳.   소인에게 어찌 큰 귀 하나를 아끼랴.

라 하고 드디어 벽에 써놓고 돌아왔다고 한다. "지금 자네가 사자
투식四字套式을 얻고자 하는 것은 경기감사京畿監司의 삼자투식三
字套式과, 또 시를 짓지 못하면서 억지로 짓고자 하는 것은 문화현
감文化縣監과 같이 부끄러움이 없기 때문에 내가 그 이야기를 이
용하여 풍자하고자 한 것이라"고 하니 옥천이 배를 잡고 크게 웃으
며 말하기를 "이와 같이 알려지지 않고 괴이한 이야기를 노형이 어
디에서 들었느냐 소제小弟를 조롱하기에 가장 알맞다"고 했다.

옥천玉川이 물어 말하기를 "소제가 요사이 시률을 짓는데 빠져
자고 먹는 것까지 모두 잊으며 매양 사람을 놀라게 할만한 아름다
운 구句를 얻어 노형으로 하여금 양보하게 하고자 했는데, 처음 지
을 때는 정밀하고 짜임새가 있다고 생각했는데 지어놓고 보면 매
양 마음에 들지 않았다. 혹은 머리와 꼬리가 연결이 되지 않음이
있으며, 얻고 잃은 것이 뒤섞여 있다. 그렇지 않으면 구에 잘못된
점과 글자에 흠이 있어 보는 곳마다 눈에 거슬리어 전혀 노련함이
없고 생소함을 면하지 못하고 있다"고 했다.

내가 말하기를 "그렇지 않다. 무릇 사람들이 시를 짓는 솜씨는
스스로 깊고 얕음이 있어 지은 작품이 그의 솜씨 밖으로 나가지 아
니한다. 비유하면 기물器物을 만드는 장인匠人이 다른 사람이 만들
어 놓은 것을 보면 자신도 그만큼 만들 것으로 여기고 있으나 자신
이 만든 것은 도리어 그에도 미치지 못하고 있으니 그것은 그의 솜
씨가 그것밖에 나가지 못했을 따름이다. 또 시를 지을 때도 짓는
것마다 모두 좋고 아름다울 수가 있겠는가. 그것은 이백李白과 두

보杜甫도 가능한 바가 아니다. 이백과 두보는 작가로서 긴 세월 동안 매우 높은 존경을 받고 있다. 지금 그들의 작품을 보면 작품 또는 자구字句마다 아름답다고 말할 수 있겠는가. 비유하면 모든 명산名山 대천大川이 길게 흘러 내려오면서 잘 결합되어 아름다운 명승지가 된 것은 몇 곳에 지나지 않고 있다"고 했다.

옥천이 말하기를 "시를 짓는 것은 매우 어렵다. 깊게 생각하고 힘을 다해 한 편을 지어 놓으면 논하는 자들이 당시唐詩도 아니고 송시宋詩도 아니라고 하기 때문에 매양 시를 논하는 자리에서 이러한 지적에 좌절되어 감히 지은 시를 내어놓을 수 없으니, 묻고 싶은 것은 당송시唐宋詩의 성률聲律을 어떻게 분별할 수 있는가" 했다.

내가 말하기를 "단지 조격調格이 얼마나 접근했는가 하는 것에 있을 따름이며 성률聲律은 누가 알 수 있겠는가.「시경詩經」에 실려 있는 시가 끝난 뒤로부터 굴원屈原과 송옥宋玉의 사부詞賦는 족히 더할 것이 없겠지만 오언시五言詩는 이위李衛3)에서, 칠언시七言詩는 백량栢梁4)에서 비롯되었다. 대개 이러한 시들이 한漢으로부터 시작되어 위수魏隋로 내려오면서 점차 이루어져 당唐에 이르러 비로소 성해졌고 송에 이르러 더욱 정비가 되었을 따름이다. 이로써 보면 위수魏隋와 당송唐宋의 격조格調와 성률聲律을 대략 추측할 수 있을 듯하다. 국가를 중심으로 비유해서 말하면 한漢은 처음으

---

3) 이李는 이릉李陵으로서 전한前漢 무제武帝 때 흉노匈奴에 투항해 있으면서 그때까지 같이 있다가 본국으로 귀환하는 소무蘇武에게 준 시가 오언시五言詩의 시초라고 함. 위衛는 위률衛律로서 전한 때 흉노에 사신으로 갔으며 뒤에 흉노에 투항했다고 함.

4) 한漢 무제武帝가 백량대栢梁臺를 지어 낙성落成할 때 군신羣臣들을 모아 시를 짓게 했는데, 이때 지은 것이 칠언시련구七言詩聯句의 처음이라고 함.

로 만들었고(초창草創), 위魏는 지키는데 성공했으며(守成), 수隋는
잘 다스렸고(志治), 당唐은 더욱 밝혔으며(문명文明), 송宋은 정리를
했다고(이치理致) 볼 수 있는데, 미인에 비유해서 말하면 한위漢魏
는 바탕이라 하겠고(질질質質), 수당隋唐은 태깔이며(태態), 송宋은 꾸민
것이라(식飾) 할 수 있다. 지금 시를 논하는 자들은 다름이 아니고
예스럽고 소박한(고박古朴)것을 보면 한위漢魏의 시라 하고, 곱고
아름다운(교염嬌艶) 것을 보면 수당隋唐의 시라 하며, 교묘한 것을
보면 송宋의 시라고 한다. 이밖에 어떤 신기한 감별법이 있어 알겠
는가. 자네가 물러나 다시 생각해 보아도 또한 내가 말한 것에서
벗어나지 않을 것이다."

옥천玉川이 말하기를 "며칠 전에 노형老兄으로부터 밝은 가르침
을 받고 돌아와서 시험해 지어보았더니 이웃집 여인이 찡그리는
것을 본받다가 도리어 놀랍고 괴상한 물건이 되었다"[5]고 하고 잇
따라 사가四家의 체로 지은 것을 각 한 수씩 외우며 말하기를 "조
격調格은 간혹 그럴 듯하게 접근한 것이 있으나 성률聲律은 전혀
서로 같지 않으니 괴이하다. 대개 수시隋詩를 짓는 자는 당시唐詩
는 짓지 못하고 당시를 짓는 자는 송시宋詩를 지을 수 없기 때문에
그런 것인가" 내가 말하기를 "그렇지 않다. 대개 시라는 것은 풍속
에 따라 유행한다. 사가四家의 시체詩體가 각각 그 풍속이 높게 여
기는 바에 따라 변했기 때문에 서로 같지 않았다. 그런데 우리나라
에서는 비록 옛날과 지금의 시가 약간 변하기는 했으나 본디 서로
다른 독특한 것이(주집主執) 없었기 때문에 고려 때로부터 지금에
이르기까지 격조格調가 다르지 않고 성률聲律도 서로 비슷했다. 이

---

5) 서시西施가 아플 때 배를 안고 찡그리고 있는 것이 더욱 아름답게 보여 그것을
   본 여인이 따라 했더니 괴상하게 보였다는 고사를 인용한 것임.

렇기 때문에 비록 한 사람이 지은 작품이라 할지라도 체질이 정해진 것이 없어 식별하기가 어렵기 때문에 당성唐聲도 있고 송성宋聲도 있다고 논해 일정한 원칙도 없이 사람을 비방하는 것과 같다. 지금 시인들에서 스스로 당시唐詩의 성률聲律을 얻었다고 하는 자들이 그의 작품 가운데 수隋와 송시宋詩의 성률이 섞여 있는 것을 알지 못하고 있으니 어찌 가소롭지 않은가. 시를 감별할 수 있는 자로 하여금 보게 한다면 실로 한심하지 않겠는가. 나에게 이러한 주장을 이해하는데 도움이 될 만한 이야기가 있으니 여기에 말하고자 한다.

옛날 시에 능했던 자가 당성唐聲으로써 시를 지어 당률唐律 속에 첨보를 하고 송성으로써 작품을 지어 송률宋律 속에 삽입해 놓았는데 우리나라 사람들은 당성과 송성으로 믿지 않은 사람이 없었다. 그러나 중국 문인은 보고 웃으며 말하기를 당시唐詩인 듯하면서(보당甫唐) 당시가 아니고 송시 같으면서 송시가 아니라고 했다. 이와 같이 말했기 때문에 우리나라 사람들이 사용하는 방언方言에서 서로 비슷한 것을 말할 때 보甫라고 하는데 보당甫唐이라는 것은 당시가 아니라는 것이며, 서로 비슷한 것을 말할 때 송宋과 같다고 이르지만 송시가 아니라는 것이다. 이로써 보면 당송唐宋의 시는 배워서 가능한 것이 아니며, 또한 그것을 꼭 알아야 할 것이다.

옥천이 말하기를 "무릇 시의 작가들이 절구絶句와 사률四律 외에 이른바 고시古詩의 장단구長短句, 가사歌詞, 잡언雜言 등의 여러 체體가 많은데 각 체마다 모두 사률과 같이 어려울 것 같으면 죽을 때까지 해도 잘 지을 수 없을 것이다. 옛날부터 문장으로 유명한 선비들이 여러 형식의 체를 겸비한 자가 없지 않았으니 언제 그러한 공교함을 다할 수 있었겠는가." 내가 말하기를 "나는 외국 사람이므로 중국의 문물을 어떤 방법으로 충분히 알 수 있겠는가. 그러나 내가 일찍 우리나라 여러 문인들의 시집에서 중국 문인들과 더불어 주고 받고 한 시를 많이 보았는데, 그들로부터 칭찬을 받은 것은 모두 율시律詩이고 절구絶句는 얼마 되지 않으며 가사歌詞와 잡체雜體는 전혀 없다. 생각해 보면 중국 문인들이 취하지 않았기 때문일 것이다. 내가 옛 중국 문인들의 시제詩題에서 가요歌謠, 가곡歌曲, 행악行樂 등의 글자가 많은 것을 보고 어렸을 때는 예사롭게 보고 넘겼으나 지금 보면 이러한 삼대작三大作들이 모두 칠언장편七言長篇으로서 가歌, 행行, 사詞였음을 보고 비로소 의심을 가지기 시작하여 여러 가지로 깊게 생각해 보았으나 결국 그 뜻을 알지 못했다가「가어歌語」끝에 있는 문선왕文宣王 제문祭文에 십이률려十二律呂로써 글자마자 옆에 주註를 해놓은 것을 보았는데 이것을 우리나라 사람들이 처음 보고 누가 능히 알 수 있겠는가. 내 개인 생각으로 헤아려보면 우리나라는 해외海外의 한쪽에 있었기 때문에 중국과 더불어 언어가 통하지 않아 오음五音6)과 육률六律7)에 대해 아는 사람이 없었다.

우리나라에서 이른바 가사歌詞라는 것은 한자漢字와 국문으로 섞어 이루어 진 것으로 장편으로는 춘면곡春眠曲 이별곡離別曲과 같은 것이 있고, 단편短篇으로는 우조羽調, 정음正音, 시조時調, 별곡別曲 등의 노래가 세상에 유행하고 있다. 악부樂府와 교방敎坊으로부터 나무하는 아이와 목동에 이르기까지 가요歌謠를 부르지 않는 사람이 없는데, 우리나라 사람들이 듣게 되면 그 음률音律을 구별하게 되나 만약 중국 사람들로 부르게 한다면 그 성음聲音을 어

---

6) 궁宮 상商 각角 징徵 우羽의 다섯 음률.
7) 십이률十二律 가운데 양陽의 음에 속하는 여섯 음을 말함.

떻게 부르겠는가. 단지 그 소리는 들을 수 있겠지만 그 곡曲은 알수 없을 것이니, 우리나라 사람이 중국의 가사에서 단지 그 시詩만 보고 그 조調를 알 수 없는 것과 같은 것이다. 이로써 보면 율律은 시의 정명正名이고 절구는 변풍變風인 것이다. 우리나라 사람들이 한시의 조격調格을 모르기 때문에 중국 시인들이 취하지 않은 바가 되었는데 가사에서는 더욱 말할 수 없을 것이다."

옥천이 몇 개월 동안 여행을 하고 돌아왔다. 내가 어디에 갔더냐 하고 물었더니 영남嶺南과 호남湖南 사이를 왕래했다고 했다. 내가 무슨 소득이 있었느냐 하고 물었더니 하나의 큰 병을 얻어 돌아왔다고 했다. 내가 그의 과장하는 것을 알고 말하기를 "무릇 병은 음식과 풍토에서 생기는 것인데 그 증세가 어떠하냐" 했더니 그가 말하기를 "노형도 일찍 이러한 병을 앓은 적이 있었느냐. 치료를 해주면 좋겠다. 제가 본디 궁한 선비로서 속이기가 어려웠는데, 이번 여행에서 오월吳越의 바람을 삼키고 연조燕趙의 기운을 마셨기 때문에 복부가 요동해 넓은 가슴에는 우레 소리가 나고 배에서는 도끼를 깎는 듯하며 맹교孟郊와 같이 차갑고 가도賈島[8]처럼 파리해 인해 유마거사維摩居士[9]와 같이 더위를 해소하고 과연 미불米芾[10]처럼 미치게 되어 기침을 하게 되면 구슬이 땅에 가득하고 기운을 토하면 달같은 무지개가 하늘을 관통해 이르는 곳마다 사람을 놀라게 하여 압도시키지 않음이 없었다"고 했다. 내가 웃으며 말하기를 "걱정할 것이 없다. 방풍통기산防風通氣散을 쓰게 되면 바로 나

---

8) 위의 맹교孟郊와 같이 성당盛唐 중당中唐 때의 시인.
9) 인도의 석가모니와 같은 시대의 인물로서 집에 있으면서 보살의 행업을 닦았다고 함.
10) 북송北宋의 화가와 문인. 자는 원장元章.

을 것이다"고 하니 옥천이 말하기를 "노형은 가히 오늘날의 편작扁
鵲이라 이르겠다"고 했다.

이틀 뒤에 옥천이 와서 나에게 일러 말하기를 "제가 이번 여행
에서 얻은 것이 많아 비로소 마馬*11)이라도 나를 속이지 못할 것
이라는 것을 알았다. 오늘 노형과 더불어 시로써 다투어 보고자 하
니 제를 전날의 무식한 사람으로 보지 않기를 바란다"고 했다. 내
가 웃으며 말하기를 "전날의 병이 아직도 나아지지 않았느냐. 자네
의 약한 병졸로써 오언五言의 장성長城을 공격하고자 하느냐. 여행
중에 얻은 것을 보여주기를 원한다"고 하니 옥천이 소매 속으로부
터 쓴 시축詩軸을 내어 보였다. 내가 살펴보니 모두 백여수가 되었
는데 그 가운데 과연 놀랄 만한 아름다운 구가 많았다. 아직도 그
를 자극하고자 희롱해 말하기를 "이것은 오강吳江의 단풍잎과 같
은 것으로 다시 볼 것이 없다. 그러나 그 가운데 얻은 바는 오직

> 天地有詩花發後　　꽃이 핀 뒤에 천지에 시가 있고
> 江山爲客雨來時.　　비가 올 때 강산의 나그네가 되었다

라 한 일련일 뿐이다. 그러나 모방한 곳이 있지 아니한가" 했더니
옥천玉川이 크게 웃으며 귀신을 속일 수 없다 하고 인해 그 다음은
어떤가 하고 물었다. 내가 말하기를 "자네가 한산寒山의 한 조각돌
을 보지 못했는가" 하니 옥천이 말하기를 "그렇다면 제가 당나귀
우는 것과 개 짓는 것을 면하지 못했는가" 하고 서로 더불어 웃고
헤어졌다.

이와같은 이야기가 있은 뒤로부터 옥천이 집에 있을 때는 날마

---

11) 마자馬字 밑에 글자를 지우고 옆에 적게 썼는데 알아볼 수 없음.

다 만나지 않는 날이 없었고, 이야기하는 가운데 시를 주고 받고 하는 것을 일삼아 혹은 지난날 지었던 것을 외우고 혹은 새로 지은 것을 서로 자랑하며 좋고 좋지못한 것을 평해 기정고사旗亭故事[12]와 같이 했으니 이것이 객지에서 좋은 일이며 가지고 있는 병에 약과 침이 되었다. 내가 물어 말하기를 "자네가 지난날 봉래산蓬萊山을 유람했는가" 하니 옥천이 말하기를 "그와 같은 선경仙境을 어찌 보지 않을 수 있겠는가" 내가 말하기를 "이우李友의 실상사實相寺의 원운原韻에 차운次韻하여 지은 것이 있는가" 옥천이 말하기를 "평생에 뛰어난 작품이라"하며 인해 외웠다. 내가 말하기를 "아직도 오음吳吟을 면하지 못했다"고 했더니 그가 왜 그렇게 말하느냐 하므로 내가 말하기를 "함련頷聯과 경련頸聯의 두연은 과시科詩이며 율시律詩가 아니다"고 하고 인해 내 시를 외워 알려주니 옥천이 읊고 한동안 있다가 말하기를 "과연 따를 수 없다"고 했다. 드디어 두 사람의 시 두련씩 썼는데 옥천의 시에 이르기를,

> 地轉瀟湘開八景　　땅이 굴러 소상瀟湘에 팔경八景을 열렸고
> 天回閭苑發三花.　　하늘이 돌아 대문 앞 동산에 삼화가 피었다.

> 紅流曲曲仙人洞　　홍류의 굽이굽이에 선인동이요
> 翠嶺頭頭釋子家.　　취령翠嶺의 봉우리마다 절이 있다.

라 했고, 내 시에 이르기를,

---

12) 기정旗亭은 주점酒店으로 당唐의 개원開元 연간에 시인 왕창령王昌齡 고적高適 왕지환王之渙 등이 시로써 이름이 비슷했는데 이들이 기정旗亭에서 시로써 서로 경쟁했던 것을 말함.

身遊日月三淸界　　몸은 해와 달이 있는 삼청계三淸界에 놀았고
脚踏芙蓉十丈花.　　발은 부용의 십장화十丈花를 밟았다.

山斷俗人來往路　　산은 속인이 왕래하는 길을 끊었고
雲藏仙子有無家.　　구름은 선인仙人들의 집을 감춘 듯하다.

라 했다.

내가 옥천에게 일러 말하기를 "자네의 시는 불빛(염焰)이 지나치
게 높고 겉치레만 화려한 것이 지나쳐 번화한 것에서 손상이 되지
않으면 도리어 공교(巧)한 것에 손상이 되어 이로써 수시隋詩가 아
니면 송시宋詩가 되어 당唐의 작가들과 같이 조화의 신비함이 스스
로 발동하여 결점이 없이 원만하게 이루어지는 것과 같지 못하다.
내가 자네를 위해 우리나라 예부터 오늘에 이르기까지 여러 작가
들의 시로써 밝게 알려 줄테니 자네가 모름지기 잘 생각하겠는가"
하니 옥천이 그렇게 하겠다고 했다.

내가 가정稼亭 이곡李穀의 한강승빙시漢江承冰詩와 황이재黃頤齋
의 시를 들려주며 어느 시가 더욱 좋으냐 하니 옥천이 황시黃詩가
좋은 듯하다고 했다. 내가 웃으며 말하기를 "자네가 시를 보는 것
이 이와 같기 때문에 내가 매양 새 우는 소리처럼 읊는다고 나무랐
다. 내가 이미 자네가 황시를 취하리라고 짐작했기 때문에 시험해
보고자 한 것인데, 두 시를 하늘과 땅으로 논할 수 있겠는가. 무릇
시를 짓는 자는 깊이 간직하여 드러내지 아니하고 함축적이고 여
유가 있으며 뜻이 말 밖에 있게 한 자를 가히 작가로서 성공했다고
할 수 있다. 만약 지나치게 노출되고 닦고 장식하며 무미한 것을
바로 토하게 되면 비록 기이하고 교묘하다 할지라도 시를 아는 자
는 취하는 바가 아니므로 자네는 다시 자세히 생각해 보라" 하니

옥천이 말하기를 "노형이 아니면 어찌 이와 같이 밝게 가르쳐 주는
것을 들을 수 있겠는가. 이가정李稼亭의 시는 과연 지금 사람들이
쉽게 그 가치를 말할 것이 아니라"고 하고 드디어 그 두 시를 기록
하여 뒷 사람에게 보이고자 했다. 가정시稼亭詩에 말하기를,

沙頭逆旅正蕭條	모래 머리에 있는 여관이 매우 쓸쓸해
幾傍虛簷望斗杓	여러 번 옆의 처마 밑에서 북두성을 보았다.
半夜疾風吹破屋	밤중에 빠른 바람이 불어 집이 부서지고
一江流水凍成橋	강에 흐르는 물은 얼어 다리를 이루었다.
須臾便見人心小	잠간 사이에 사람의 마음이 약한 것을 볼 수 있고
尋丈休誇馬足驕	어른을 찾아 말의 발이 교만하다 자랑하지 않았다.
過了畏途還自笑	지나온 길을 무서워 하는 것이 스스로 우스워
不如歸去老漁樵.	돌아가 고기잡고 나무하며 늙는 것만 못하다.

라 했고, 이재頤齋의 시에 말하기를,

征鞭曉落漢江邊	가는 채찍이 새벽 한강변에 떨어지는데
氷合纔從數日前	얼음이 겨우 며칠전에 얼었다오.
車轂磨來仍作臼	수레바퀴가 지나온 데는 바로 절구가 되었고
馬蹄踏去欲生泉	말 발굽이 밟고 간 곳은 샘이 되었다.
閻羅脚下無餘地	염라閻羅대왕의 다리 밑에 남은 땅이 없고
菩薩心頭有二天	보살菩薩의 마음에 두 개의 하늘이 있다.
踊躍出堤魂始定	뛰어 언덕으로 나오자 비로소 마음이 안정되었으니
回頭一笑聳雙肩.	머리 돌려 양쪽 어깨가 높은 것에 웃었다.

라 한다.

　무릇 감식하는 눈이 있는 자는 다른 사람의 시를 보게 되면 비록
이해가 되지 않는다 할지라도 다시 자상하게 살피고 여사롭게 넘

기지 아니하며 아이들이 지은 것이라 할지라도 또한 관심있게 생각하고 지은 솜씨를 살피는데, 지금 사람들은 후생後生이 무서운 것을 알지 못하고 작품의 수준이 낮은 것을 보게 되면 시를 논하기 전에 먼저 가볍고 쉽게 여기니 가탄스럽지 아니한가. 백주白洲 이명한李明漢은 어렸을 때 둔했으로 아버지인 월사月沙 이정귀李廷龜가 포기하고 가르치지 않았으며 백주가 장성할 때까지 그가 공부하는 것을 알아보지 않았다.

어느날 어떤 사람이 월사에게 만시挽詩를 지어주기를 청하자 월사가 허락하고 지으면서 그의 문명文名이 떨어질까 싶어 많이 고치고 있었는데 백주가 밖에 나갔다가 들어와서 물어 말하기를 "무슨 긴요한 것을 하시기에 그와 같이 괴롭게 수고를 하십니까" 하므로 월사가 아무개의 만시를 짓고 있다고 했다. 백주가 지금 저도 그 집의 문밖에 적지 않은 만시가 걸려 있는 것을 보았다고 하자 월사가 말하기를 "그 가운데 볼 만한 것이 있던가" 하니 대개 백주가 그 시폭詩幅에서 하나도 관심 있게 본 것이 없었기 때문에 바로 자신이 한 연을 지어 고해 말하기를 "분주한 가운데 자세히 보지 못하고 본 것에서 단지 한 연이 소자小子의 본 것에서 방불한 듯합니다" 하자 월사가 그것을 외울 수 있느냐 하니 백주가 대해 말하기를,

平生駿馬嘶芳草   평생에 준마駿馬는 꽃다운 풀에서 울고
未死佳人怨落花.   죽지 못한 가인은 떨어진 꽃을 원망한다

라 하므로 월사가 듣고 자신도 모르게 기운이 꺾이어 드디어 붓을 놓고 몸이 아프다고 하며 만시를 짓지 않았다. 월사와 같이 문명이

높았던 인물도 한 집에서 그와 같은 솜씨가 있는 것을 알지 못했는데 하물며 월사에 많이 미치지 못한 사람들은 말할 것이 있겠는가.

중국 사신이 우리나라에 왔을 때 채蔡정승 제공濟貢[13]이 원접사遠接使가 되었다. 중국 사신이 우리나라의 의관衣冠이 명明나라 때 제작했던 것을 입고 있는 것을 보고 시를 지어 말하기를,

星槎昨夜出東坰   어젯밤 멀리 배를 타고 동쪽 들로 나오니
誰識衣冠在幙庭.   의관衣冠이 장막 뜰에 있을 줄을 누가 알았으랴.

라 하고 제공濟貢에게 잇기를 말했다. 제공이 갑자기 어찌할 바를 모르고 짓지 못하고 있었는데, 마침 스님이 옆에 있다가 대신 지어 말하기를,

一片丹心君莫變   일편단심을 그대는 변했다고 말하지 말라
首陽山色古今靑.   수양산首陽山 빛은 예나 지금에도 푸르다오.

라 하며 보냈더니, 중국 사신이 받아보고 말하기를 "내가 접반사接伴使을 보니 작은 나라 정승에 지나지 못할 것으로 여겼는데 지금이 시를 보니 임금이 될 기상이 있다"고 하므로 듣는 사람들이 놀라고 이상히 여겼다. 그후 과연 그 스님이 승왕僧王이 되었는데 그를 시기하는 자가 있어 모함하여 역적의 누명에 빠지게 되었다. 이로써 보면 중국 사람이 시인을 보는데 신기한 감식이 있다고 하겠다. 채제공蔡濟貢이 금강산金剛山의 경양루景陽樓에서 지은 시에 말하기를,

────────────

13) 공공貢은 공자恭字가 아닌가 한다.

緣蒼壁路入雲重   푸른벽을 따라 길은 구름 속으로 들어갔으며
樓使能詩客住筇   누는 시에 능한 길손의 지팡이를 멈추게 했다.
龍造化噴飛雪瀑   용이 조화를 머금고 눈같은 폭포를 날리며
劍精神削插天峯   칼의 정신은 봉을 깍아 하늘에 꽂았다.
簷禽白幾千年鶴   처마 밑의 새는 몇천년 흰 학이며
巖樹靑三百尺松   바위 옆의 푸른 소나무는 삼백척이나 된다오.
僧不知吾春夢倦   스님은 내가 봄 꿈으로 게으름을 알지 못하고
忽無心打月邊鍾.   갑자기 무심하게 달 주변의 종을 친다.

라 했는데, 이 시를 보는 사람이 말하기를 "이러한 시체가 언제 나
왔는가" 했다. 또 평안감사平安監司로 외부에 임명되어 가는 도중
에 지은 두 연에 말하기를,

平安道大朝鮮國   조선국朝鮮國에서 평안도平安道는 크고
聖主恩深蔡判書.   채판서蔡判書에 성주聖主의 은혜는 깊다.

山有一生初見鳥   일생 동안 산에 살면서 새를 처음 보았고
水多八面不知魚.   팔면에 물이 많았으나 물고기는 알지 못했다.

라 했는데, 이 시를 논한 자가 말하기를 시인으로서 함부로 날뛰는
자라했다.

　근간에 금성錦城 사람이 바다에 표류하다가 중국에 이르러 당시
중국 사람들이 지은 시 백여수를 얻어 왔는데, 내가 보았더니 그
가운데 별체別體가 많이 있었다. 그 속에 있는 시에 말하기를,

渺渺茫茫浪潑天   아득하고 까마득한 물결은 하늘에서 뛰고
霏霏霂霂雨如煙   부슬부슬 구름비는 연기와 같다.
蒼蒼翠翠山遮寺   푸르고 푸른 산은 절을 가리었고

白白紅紅花滿川　　희고 붉은 꽃은 시내에 가득하다.
整整齊齊沙上雁　　모래 위의 기러기는 바르고 가지런하고
來來往往渡頭船　　나루머리 배는 오고가고 한다.
行行坐坐看無盡　　가다가 앉아 보아도 끝이 없고
世世生生作話傳.　　긴 세월을 통해 이야기를 만들어 전하리라.

라 했고, 또 말하기를,

天連泗水水連天　　하늘은 산수泗水와 연했고 물은 하늘과 연했으며
煙鎖孤村村鎖煙　　연기는 고촌을 자물쇠했고 마을은 연기를 막았다.
樹繞藤蘿蘿繞樹　　나무는 덩굴을 얽었고 덩굴은 나무를 얽었으며
川通巫峽峽通川　　내는 무협巫峽을 통했고 무협은 내를 통했다.
酒迷醉客客迷酒　　술은 손을 취하게 하고 손은 술에 취했고
船送行人人送船　　배는 가는 사람을 보내고 사람은 배를 보낸다.
此會應難難會此　　지금 모임이 응당 어려우면 다시 만나기도 어려우며
傳今話古古今傳.　　지금 전하는 옛 이야기는 고금으로 전한다.[14]

라 했으며, 또 말하기를,

春風春日競春華　　봄바람과 햇빛에 봄꽃들이 경쟁하고
春水春山春景佳　　봄물과 산에는 봄경치가 아름답다.
新柳戀鶯鶯戀柳　　새 버들은 꾀꼬리를 좋아하고 꾀꼬리는 버들을 좋아하며
好花迷蝶蝶迷花　　좋은 꽃은 나비를 미혹하고 나비는 꽃에 미혹한다.
尋芳客入游芳院　　꽃다움을 찾는 손은 꽃다운 뜰을 찾아 놀고
買酒人投賣酒家　　술을 사고자 하는 사람은 술을 파는 집에 간다.
去路亦從來路始　　가는 길도 또한 처음 온 길을 좇아오며
峰頭落日馬頭斜.　　산봉우리에 지는 해는 말머리에 비끼었다.

---

14) 대본에 이 끝구는 전금화고금전傳今話古今傳의 여섯 자였는데 낙자가 되지 않았
　는가 싶어 역자가 임의대로 고자古字를 첨가하여 일곱자로 맞추었다.

라 했으며 또,

垂楊垂柳管芳年	늘어진 버들은 꽃다운 나이를 주관하고
飛絮飛花媚遠天	버들 솜과 꽃은 날아 먼 하늘까지 상긋거리게 한다.
別離江上還河上	강상에서 이별했는데 도리어 강 위에 있고
抛擲橋邊與路邊	다리 주변에 던져 길 옆과 같게 했다.
曰歸曰歸愁歲暮	돌아가겠다고 말하며 해가 저문 것을 근심하고
其雨其雨怨朝陽.	비가 많이 내린다고 하면서 아침 햇빛을 원망한다.

라 한 구와 같은 것을 다 기록할 수 없었다. 그 가운데 있는 화간무
백접花間舞白蝶 앵류리가황鶯柳裏歌黃이라 한 구는 채제공蔡濟貢
의 시체詩體와 서로 비슷하다. 대개 제공濟貢이 여러번 사신으로
중국을 왕래하면서 중국 사람들과 주고 받고 한 시가 많았기 때문
에 생각하기를 제공의 시체가 청淸나라 문인들의 영향을 받지 않
았는가 한다.

당唐나라 시인 향산香山 백거이白居易는 시를 짓게 되면 노파老
波에게 해석하게 하여 노파의 뜻에 맞지 않으면 바로 버리고 선택
하지 않았는데, 대개 사람들에게 쉽게 이해할 수 있게 하고자 한
것이다. 이로써 보면 시라는 것은 깊은 것을 필요로 하지 않으며
감추어진 것과 괴이한 것을 사용하지 않고 다만 구를 부드럽고 연
하게 짓고 말과 뜻을 순하고 편하게 하여 비록 배움이 깊지 않는
선비라 할지라도 보고 쉽게 이해할 수 있는 것을 바야흐로 시의 뜻
을 얻었다고 이를 것이다. 만약 옛 글을 많이 인용하고 어려운 글
자 사용하는 것을 좋아하며 답답하고 복잡하게 하며 우울하고 굳
세게 하는 것과 같은 것에 이르게 되면 자신의 박식한 것을 보이고
자 하면서 그 병의 뿌리가 따라 들어온 것을 알지 못한 것이다. 대

개 시는 뜻을 말한 것이다. 말을 잘하는 자가 여러 가지로 반복하여 충분히 이해하는데 어려움이 없게 하여 듣는 사람의 귀를 순하게 하고 마음을 편하게 할 것이다.

진주晉州에 박주역朴周易이라는 자가 있었는데 처음부터 다른 글은 읽지 않고 「주역周易」만 읽었기 때문에 그러한 이름이 있었다고 한다. 그의 <함안도중시咸安途中詩>에 말하기를,

遇到咸晋分地界　　우연히 진주와 함안咸安이 나누어지는 곳에 이르러
忽逢風雪滿天來　　갑자기 풍설이 하늘에 가득하게 오는 것을 만났다.
計程二日還三日　　길을 계산하니 이틀길이 도리어 사흘이 되었으니
負債朝杯又夕杯.　　아침 술잔과 또 저녁 술잔을 빚지게 되었다.

라 했는데, 말의 뜻이 결점없이 스스로 이루어져 비록 문장에 능한 자라 할지라도 미치지 못할 것이다.

옛 사람이 말하기를 "시는 능히 사람을 궁하게 하기도 하고 달하게 하기도 한다"고 했는데, 시로써 맹호연孟浩然과 같이 버림을 받기도 하고 목장백穆長伯과 같이 수용이 되기도 했는데, 모두 시로 인해 흥하기도 하고 폐출되기도 했기 때문에 사람을 궁하게 또는 달하게 한다는 말이 있게 되었다. 지금 사람들은 시가 능히 사람은 궁하게 한다는 말에 잘못 미혹되어 말하기를 "시가 사람으로 하여 궁하게 하기 때문에 높게 여길 바가 아니라"고 하는데 어찌 가소로운 것이 아니겠는가.

대개 시률을 짓는 것은 노래를 잘 부르는 자가 슬픈 가락과 곡조로 사람을 슬프게 하기도 하고 크고 넓게 불러 사람을 기쁘게 하기도 하는데 시도 또한 그러한 것이다. 그가 궁하면 그의 말도 궁하며 그가 달하면 그의 말도 달하게 되는데, 이것은 바로 시에 능한

자가 말로써 잘 표현하기 때문이며, 어찌 시인이 그의 시를 좇아 궁하기도 하고 달하게 되는 이치가 있겠는가. 그 가운데 무서워 할 바는 오직 시참詩讖이다. 최서崔曙의,

    曙後一孤星.   새벽이 된 뒤에 하나의 외로운 별.

라 한 것과 무원형武元衡의,

    日出事還生.   해가 뜨자 일이 돌아와 생긴다.

라 한 구와 같은 것이 과연 그 들의 명수命數와 합치되었다. 이러한 것은 시인들이 꼭 조심해야 할 것이겠지만 그들이 그러한 시를 지을 당시에는 그 시가 예언이 되는 것인 줄은 알지 못했는데 화를 당한 후에 비로소 증험이 된 것을 알았다. 그렇다면 어찌 오늘에 지은 것이 또 뒷날 화복의 예언이 될 것을 알았겠는가. 나의 가까운 집안에 재주 있는 아이가 있었는데 일찍 시를 지어 말하기를,

    霧濃天地失東西.   천지에 안개가 짙어 동서를 알 수 없다.

라 했다. 그의 숙부叔父 농포처사農圃處士가 말하기를 이것은 단명短命할 구라 했는데 과연 열네살에 일찍 죽었다. 또 강동姜童이라는 아이가 있었는데 아홉 살에 문장과 글씨와 그림에 능했고 아울러 「주역周易」으로 하는 점도 잘했다. 일찍 시를 읊어 말하기를,

    天下三能士   천하의 세 가지에 능한 선비는
    人間九歲童.   이 세상에 아홉 살 먹은 아이라오.

라 했는데, 과연 그 나이에 일찍 죽었으니 바로 신묘한 계기가 모르게 움직여 스스로 입을 통해 나온 것이 아닌가 한다.

　　정범조丁範祖 판서判書가 일찍 꿈에 적벽赤壁에 놀면서 지은 시의 낙구落句에 말하기를,

　　　文章豈獨蘇團練　　문장을 어찌 홀로 소동파蘇東坡만 잘 다듬으며
　　　天地難逢壬戌秋.　　이 세상에서 壬戌년 가을을 만나기 어렵다네.

라 했다. 기미己未년이 되던 해 그의 아들 약형若衡이 창평현령昌平縣令에 임명되자 동적벽東赤壁이 동복同福 지역에 있다는 말을 들었는데 동복은 바로 창평昌平이 읍邑을 겸하고 있었다. 드디어 임술추년이 있어 가을에 동적벽에 기분 좋게 유람할 생각이 있어 아들을 따라가서 창평에 머물고 있었는데 다음 해 신유申酉년에 공公이 세상을 떠났다. 세상에서 말하기를 천지난봉임술추天地難逢壬戌秋의 구가 바로 예언이 아닌가 했다.

　　대개 시는 정에서 발동한 것이다. 옛사람이 이르기를 소리가 있는 그림이라고 했는데 믿을 만한 말이다. 시가 그림과 더불어 무엇이 다르겠는가. 그 성정性情을 그리는 자는 그 신세를 그리는 것이며 그 형용을 그리는 자는 그 형상을 그리는 자이다. 근세에 김인명金寅明 진사進士가 문장으로써 중국에까지 알려졌다. 정약용丁若鏞 승지承旨가 시험해 보기 위해 자신의 일생에서 좋다고 여기는 시에,

　　　山將欲走逢川立　　산은 곧장 달리고자 하다가 내를 만나 섯고
　　　水本無聲遇石喧.　　물은 본디 소리가 없는데 돌을 만나면 지꺼린다.

라 한 연을 김인명金寅明에게 알리며 상고해 주기를 원한다고 하
자 김인명이 말하기를 말의 뜻이 험하고 막혀 답답하며 펀치 못한
기상이 있으니 영감令監께서,

山未渡江江上立　　산은 강을 건너지 못해 강위에 섯고
水難穿石石頭回.　　물은 돌을 뚫기 어려워 돌머리를 돈다.

라 하지 않는가 생각된다고 했다. 정약용이 나와서 사람들에게 말
하기를 누가 김모金某를 문장이라 말하느냐. 아이들의 말을 면하지
못했다고 했다. 얼마 후 정약용이 정부의 처사에 항의하는 글을 올
렸다가 죄를 얻어 강진康津으로 유배가 되어 있으면서 전날의 두
시를 자세히 생각해보니 자신의 시는 억지스럽고 굳세어 큰 바람
이 빠르게 부는 것과 같아 온전히 힘만을 사용했고, 김인명의 시는
조용하고 말이 겸손하며 자못 순한 이치를 얻었다. 이에 탄식해 말
하기를 김모는 단지 문장에 능할 뿐만 아니라 사람을 알아보는 지
혜도 있다고 했다.
　　김인명 문장이 일찍 지은 시의 한 연에 말하기를,

鳥誰教爾丁寧語　　새는 누가 꼭 그렇게 울게 가르쳤으며
花亦無人寂寞開.　　꽃은 사람이 없어도 쓸쓸하게 피었다.

라 했는데, 세상에서 일컬어 자신의 평생을 그림처럼 잘 형용했다
고 하였다.
　　어느날 옥천이 나에게 일러말하기를 "우리들도 또한 새와 꽃을
제목으로 하여 각자 한 연을 지어 놀라게 하는 것이 어떠하겠느냐"
하며 드디어 운고韻考를 보고 제자啼字를 운으로 했는데 옥천이 먼

저 지어 말하기를,

肯耐花光媒眼好　꽃빛은 좋게 보이기 위해 즐겁게 견디며
不令鳥語盡情啼.　새소리는 정을 다해 울기를 시키지 않았다.

라 했고, 내가 다음으로 지어 말하기를,

花自妖嬈終日笑　꽃은 스스로 아름답게 하여 종일 웃고
鳥應寂寞有時啼.　새는 적막하면 때때로 울고 있다.

라 하고 인해 두연을 기록하여 시를 평하는 자를 기다리고자 한다.
　세상에는 시인들의 놀랄 만한 아름다운 작품이 많아 서로 말해 전하고 있으나 그것을 누가 지은 것인지 알지 못하고 있다. 만약 안식이 있는 사람으로 하여금 그 시를 보고 그 사람을 생각하게 하면 백에 하나도 틀림없을 것이다. 전하고 있는 시에 말하기를,

萬樹繁陰鶯世界　많은 나무 짙은 그늘은 꾀꼬리의 세계요
一江疎雨鷺平生.　강에 성긴 비가 내리는 것은 백로의 평생이라오.

라 했는데, 세상에 이르기를 화전花田의 시라고 한다.

危岩欲墜花猶笑　위태로운 바위가 떨어지고자 하나 꽃은 오히려 웃고
古木無情鳥自歌.　고목이 무정해도 새는 스스로 노래한다.

라 한 것과,

別後不知生白髮　이별한 후 백발이 나는 것을 알지 못했고

十年應多我朱顔.   십년이 응당 길지만 내 낯은 붉다오.

라 한 것은 기세가 깊고 넓어 귀신이 출몰하는 듯하며 스스로 말밖에 뜻이 있는 듯해 문장에 능한 자가 아니면 이렇게 지을 수 있겠는가. 근일 어떤 사람이 강진으로부터 와서 입으로 정약용丁若鏞 승지承旨의 시구를 몇 연 전했는데,

得酒三盃猶遣日   석잔 술을 얻게 되면 오히려 하루를 보낼 수 있고
看花一樹足爲春.   한 나무의 꽃을 보아도 봄으로 족함이 된다.

라 했고, 또

非君燈一吾而已   그대의 한 개 등이 아니라도 나일 따름이며
勸我盃三子矣乎.   나에게 석잔 술을 권하는 이도 자네라네.

라 했으며, 또

山深然後寺   산이 깊은 뒤에 절이 있고
花落以前春.   꽃이 떨어지기 전에 봄이었다오.

라 한 구와 같은 것을 모두 들 수가 없는데 김인명의 시와 비교하면 어떤가. 지난날 아이들 소리라고 한 것은 누구를 가리키며 한 말인지 모르겠다.

심두영沈斗永 진사進士는 시를 잘 짓는 것으로 당대에 알려졌다. 내가 일찍 그의 강정江亭에 놀면서 시축詩軸을 보고자 청했더니 그가 말하기를 "평생에 지은 시고詩稿가 먼지 덮힌 상자 속에 있기

때문에 찾을 수가 없으니 꼭 듣고자 하느냐" 하므로 내가 입으로
전해 주기를 청하니 인해 <금강산시金剛山詩>의 한 연을 외워 말
하기를,

　　某時天地水來滿　모시에 천지는 물이 가득할 것이며
　　萬古英雄花落無.　만고의 영웅들은 꽃처럼 떨어져 없으질 것이다.

라 했으며, 또 <망무등산시望無等山詩>의 한 연에,

　　胡僧張舞歸天竺　호승은 춤을 추며 천축天竺[15]으로 돌아가고
　　大馬離鞍立冀州.　큰 말은 안장을 벗고 기주冀州[16]에 섰다.

라 했으며, 또 <유동해시遊東海詩>에,

　　天下皆忙閒日月　천하가 모두 바빠도 일월은 한가하고
　　海東雖小大江山.　해동海東이 비록 작으나 강산은 크다.

라 했으며, 또 <유자음사법당시遊慈音寺法堂詩>에 말하기를,

　　階楓自聽蕭蕭語　뜰의 단풍은 스스로 소소한 말을 듣게 되고
　　金佛相看寂寂魂.　금불金佛은 서로 적막한 넋을 본다.

라 했는데, 이와 같은 수십 구가 모두 당세 시인들에 회자된 바였
다. 내가 말하기를 "전편을 듣고자 원한다"고 했더니 심진사沈進士
가 말하기를 "사률四律은 외우기 어려우니 절구를 몇 수 알려주겠

---

15) 인도의 옛 이름.
16) 중국 구주九州에서 한 주의 이름.

다"고 하며 <무등산반석시無等山盤石詩>에 말하기를,

一任肩輿故假眠　　가마에 맡겨 일부러 자는 척 했더니
懸懸上去似梯天　　매달려 올라가는 것이 사다리로 하늘에 오르는 듯
　　　　　　　　　　하다.
僧徒坐我坐盤石　　승도들이 나를 앉게하여 반석에 앉았더니
指道人間彼杳然.　　인간도 저처럼 아득하다고 가르치며 말한다.

라 했고, 또 <증별공주기녀시贈別公州妓女詩>에 말하기를,

公州兒女善悲歌　　공주의 아녀가 슬픈 노래를 잘해
臨水年年送客多　　해마다 물가에서 손을 많이 보낸다.
有淚莫將啼頰語　　눈물을 뺨에 흘리며 노래하지 말라
今如揮盡後人何.　　지금 다 흘리면 뒤에 사람은 어찌하랴.

라 했다. 내가 말하기를 "두 시의 의취가 각산사角山寺 생양관生陽
館을 갔다가 온 자와 같은 듯하다" 하니 심진사沈進士가 크게 웃으
며 말하기를 "자네는 시에서 귀물鬼物이라"했다.

찾아보기

ㄱ

차용주(車溶柱)

경남 창원 출생
문학박사(고려대)
계명대학교 국문학과 교수와 서원대학교 국문학과 교수 및
청주사범대학 학장과 서원대학교 총장 역임

저서

『몽유록계구조의 분석적연구』, 『옥루몽연구』, 『고소설논고』, 『한국한문소설사』,
『한국한문학사』, 『한국한문학작가연구』, 『허균연구』, 『한국한문학작가연구 2』,
『한국한문학작가연구 3』, 『한국위항문학작가연구』, 『개정증보 한국한문소설사』,
『한국한문학의 이해』, 『농암김창협연구』, 『개고 한국한문학사』,
『한국한문학작가연구 1』, 『속한국한문학작가 연구 1』

역 주

『창선감의록』, 『역주 시화총림』, 『역주 시화류선』

초 역

『양원유집』, 『해학유서』, 『명미당집』, 『소호당집』, 『심재집』

편 저

『연암연구』, 『한국한문선』

小華詩評・詩評補遺 研究   값 33,000원

2015년 12월 2일 초판 인쇄
2015년 12월 10일 초판 발행

저   자 : 차 용 주
발 행 인 : 한 정 희
발 행 처 : 경인문화사
서울특별시 마포구 마포동 324 - 3
전화 : 718 - 4831~2, 팩스 : 703 - 9711
이메일 : kyunginp@chol.com
홈페이지 : 한국학서적.kr /www.kyunginp.co.kr
등록번호 : 제10 - 18호(1973. 11. 8)

ISBN : 978-89-499-1154-0 93910